Mark of the First Emperor

始皇 II 印記

Apocalypse

天啟

江宗凡 著

獻給27屆花中數資班的各位　你們每一位都是共同創作本書的作者

推薦序1

前行政院長　張善政

告別了兩年前高中生江宗凡的第一本書《天啟Ⅰ．末世訊號》，如今已經是大一的他，即將出版第二集《天啟Ⅱ：始皇印記》。

過去兩年，江宗凡雖然有面對大學甄試和一新生活的時間壓力，他還是繼續堅持他科幻創作的目標。第二集，依舊有他在第一集展現敘述生動的文筆，但是科幻的創意更增加了。

在這集裡，秦始皇嬴政後代所率領印法埃部隊成功透過奈米科技將女主角在醫療集團裡所開發出來的病毒一舉傳送到全世界。此外，各國合組的軍事力量面對秦始皇嬴政後代所率領印法埃部隊要接收世界的企圖與攻擊無力反擊。男主角恰也是另一位嬴政少數具有操控他人精神能力的後代，得以運用這能力協助國際軍事聯盟免於被完全殲滅。男女主角也投入抵禦印法埃部隊的行列，又得到嬴政後代的另一支派「救贖派」的協助，並得以釋出氾濫全世界病毒的解藥。

作者設計讓印法埃部隊的首腦不但與男主角有著親密的同宗血緣關係，與女主角也有少年時代結識的淵源。就這樣複雜人際關係，敵友陣營難分，讓第二集不到最後，看不出故事情勢的發展。而外太空來的一筆訊息，又讓故事有了第三集的想像空間。

在第一集序裡，我就提說比起許多科幻電影，這本書的劇情毫不遜色。隨著第二集的故事越來越精彩，我再度為江宗凡的創意喝采！真的期待有一個慧眼看上這本書，有一天成為賣座電影！

推薦序2　我真的夢到倫納德和蕭璟了！

全國兒童神經精神科學勵翔獎主持人／後山怪咖醫師　李惟陽

我真的夢到倫納德和蕭璟了！我竟然在看宗凡的文稿後的第三個晚上，夢到伴著男主角倫納德和女主角蕭璟在力抗邪惡勢力印法集團。一會兒和倫納德在芬蘭的洞穴裡一起感受到七百年前黑死病煉獄的惶恐扭曲，一會兒看到蕭璟在印法埃戰艦上力抗首腦江少白，一會兒沉浸在創世疫苗如何和人類基因相容的研究，一會兒又發現自己身陷在南京廢墟裡的日軍大屠殺。從西安，台北花蓮，倫敦到剛果，我的身體如飛翔般穿梭在活現的場景裡，跟著喘息驚呼，直到驚醒。

從小只愛看奧斯卡級的文藝片和周星馳型的嘲諷片。對於超現實的故事：英雄救世如鋼鐵人，蝙蝠俠或美國隊長啦，科幻片啦、穿越劇啦，一概沒有興趣。所以當宗凡禮貌地請我試閱時，內心還吶喊自己能撐上幾頁。哪知沒有一晚，我就像初次迷上金庸的倚天屠龍記般無法自抑。

我實在無法想像，是怎麼樣的文學基因，能讓一個二十歲不到，在升學壓力下煎熬的年輕人，能有如此的文學天賦，寫出如此龐大細膩兼具的佳作。天啟II：「始皇印記」小說一方面同步金學，有著龐大的結構，故事發展多元，時空橫貫全球數千年。另一方面卻比肩紅學，有著細膩的筆觸。所描寫的父子之情，男女愛戀，同事朋友的點點滴滴，有著年過半百的閱歷智慧。

最讓我欽佩的是宗凡的學富五車。當所有華人眩目於九陰真經、九陽神功和降龍十八掌的凌厲時，金庸告訴讀者他一點都不會武功。這一代的莘莘學子厭惡背誦史地，卻寧可相信元帝國大漢蒙哥是被楊過的彈指神通飛石打死，而尼布楚條約是鄭成功大將陳永華的弟子韋小寶簽訂的。宗凡也是！諸如日軍侵華、國共內戰，諸如始皇一統霸權，諸如生物科技、基因工程，諸如國際局勢。在在都讓我且信且懼，書中所陳幾年後就要發生了！

我在高中感動於滇緬軍和清境農場的大時代故事，也曾經有寫穿越數代的小說的夢想。繁重的課業和構思能力的不足，馬上讓我放棄了。到了四十歲，應時報文化之邀，寫了三本和病人互動的回憶錄，勉強能用文字和國人分享人生經驗和醫病互動。但是，比起宗凡的知識，結構能力和筆觸，真是浩歎不如。

醫師這個職業族群是很奇特的。大部分選擇走這條路的年輕人都背負著家族家長、社會價值等的龐大壓力。所以，許多本來可以在各個領域發光發熱的奇才，都隱忍下來而成為碌碌的醫師。不論在弱冠之齡同儕稱頌的是棋力，是油畫，是琴藝是舞藝，或是登山攀岩、網球跆拳，甚至是史地文化語言的天才，一概消失無蹤。套一句常自嘲的話：「世界上少了一個閃閃發光的歷史學家，多了一個庸庸碌碌的醫師。」當我們進入穩定的醫學門檻後，再想重拾年少的特殊基因，發的光熱已經很難和專業培養的同儕抗衡了，充其量只能當作暇餘的興趣。

宗凡是很特殊的例外，因為他在進入窒息般的臨床醫學桎梏前，他的成就已然是專業級，甚至超越一般專業的等級。他的文學基因，已在這一刻淋漓盡致地展現，毫無餘憾。

金庸大師已矣，在史詩級武俠小說式微的時代，我以激動的心情迎接新世代的武俠小說。希望書友和我一般，在翻閱的第三晚，就進入天啟II：「始皇印記」的夢幻世界。

推薦序3

香港科幻會副會長／編劇／作家　甄偉健

我跟江宗凡的認識可以說是冥冥中注定的，我們有其同的好友蘇惠娟女士，而蘇女士就是93號病房Dora的媽媽。至於我為什麼會認識蘇女士，其實是因為看到藝人陳建洲常常丁訪93號病房談訪小朋友，並推行了Love Life計劃。這種連鎖的關係網，其實也可以是一個很好的科幻題材……

《天啟》系列架構非常宏大，而故事簡直就是一本以整個地球為戰場的三國演義，三個對立的單位，在策略上的比拼，再加上主角們在末世中如何憑藉最微少的機會去扭轉乾坤，讓讀者不禁投入這個真實幻境裡頭。

描寫末日世界的作品比比皆是，但為什麼這麼多人寫這類型小說當然是因為讀者愛看。江兄的幻想力豐富，而故事更滲入了超級英雄作品的特色，再加上穿插了歷史人物，可以說是一個罕見的新題材。

作為科幻迷，我深信《天啟》系列到將可以成為一部史詩式的作品，而故事更可以無限延伸下去……

中國醫藥大學附設醫院國際代謝形體醫學中心院長　黃致錕

推薦序4

一部解答秦始皇的歷史謎團，並帶領你穿越兩千年時空的科幻巨作。

楔子

秦朝　咸陽宮　212B.C.

此時正值初冬，寒風刺人肌骨，原本爭繁競盛的碧翠草木，盡皆脫落枯萎，大地漸漸失去生機，風中瀰漫著蕭瑟陰森的氣息。即便是世界最強盛的帝國，秦朝帝都咸陽宮，都在這樣陰冷的詭風環繞之下，產生肅殺的氛圍。

今晚的夜空清澈澄淨，萬里天際沒有任何一朵浮雲。夜空中沒有月光，只見滿天寂寥無語的冰冷繁星，宛若透明璀璨的朝露一般垂懸在四望無際的空曠平野之上閃爍。在穹蒼的最深處，繁星密佈的銀河橫越天際，在它的軌跡上如鑽塵般晶瑩細碎，卻又寧靜的展示出宇宙的壯闊莊嚴，於死寂如墨的夜色中閃爍生輝。

在這樣寂靜而蕭索的夜晚，咸陽宮外廣場最高的平台上，秦始皇贏政傲然站立，全身沈浸在冰涼的星光中。此刻環繞在他身旁的，是他的十二名兒子——他們每個人不論身處何地，全數在幾天前被祕密急召回宮——此刻他們全都緊閉雙目，身子僵直的躺在周邊。每個人的右手食指上，均戴著裝飾著不同寶石，但型態完全相同的戒指。戒指上頭的寶石，分別是：碧玉、藍寶石、綠瑪瑙、綠寶石、紅瑪瑙、紅寶石、黃碧璽、水蒼玉、紅碧璽、翡翠、紫瑪瑙和紫晶。

在秦始皇所站的高臺上空，一個閃爍著微弱紫光的金屬球體，將十二束光芒指向沈睡的十二人頭頂，使這詭異的氛圍更顯妖異。

「已上傳百分之七十。」球體發出聲音道。

「我不確定這麼做是好的。」在秦始皇身旁的夜色中，一個黑暗的身影無聲無息的冒出來說道，「我們可以加派人手去搜尋就好。」

秦始皇沒有看向他，只是輕輕地嘆了口氣，「混沌，你是我最信任的手下，那你應該知道，我們的宿敵已經出現了，其他人都不會是他的對手。事到如今絕對有這麼做的必要。」

「但這麼做的風險……」

秦始皇沒有答話，但那一刻他身體周遭的闇影似乎擴大了數倍，氣溫也隨之下降。混沌畏懼的鞠了的躬，靜靜地退到了一旁。

周圍又再度陷入寂靜，遠方偶爾傳來士兵巡邏宮城的呼喊，和宮牆上的旗子被冷風吹拂而過的飄動聲。秦始皇靜靜的等待著，穹蒼頂上的銀河在這悄然無聲中，緩緩流洩而過。

在此萬籟俱寂的時刻，漂浮上空的球體忽然發出異常強烈的光芒，讓秦始皇微微瞇起眼睛。球體上浮現出「百分之百上傳完成」的字樣，之後便瞬間消融在夜色當中。

十二名昏睡中的人同時睜開了眼，他們坐起身來，有些困惑的看了看自己所處的位置，也有人對於手上的戒指略顯困惑。

秦始皇拔出腰上的龍泉寶劍，重擊了地面。這十二人同時回過頭來，看著自己的父君威嚴地傲立在他們面前，他們眼中沒有任何的憂慮和迷茫，目光靜如止水，他們一齊對秦始皇跪了下來。

「我的孩子們，」秦始皇聲音輕柔，卻蘊含著無比的堅定，「你們將承襲我和那差我來的主那偉大的願景。」

1

芬蘭　考古挖掘區

倫納德・馬修斯坐在帳棚內，他拿著一杯熱咖啡看著桌上的地圖。他們已經在這裡挖掘了四個月，至今沒有任何發現。

他看向桌上的相框，那是一張有些泛黃破舊的照片，照片中他和一名年輕漂亮的華人女子站在西安紀念碑前，紀念碑上大字刻著「永懷西安之戰」，下面密密麻麻的刻著戰爭中死去戰士的名字。這張照片是在七年前襲捲全球的外星入侵事件後，蓋亞聯盟委員會幫他和蕭環拍的。

他微微嘆了口氣。那場戰爭結束後，各國政府忙著重建，花了四年時間，世界才慢慢恢復正常。在經過那場慘絕人寰的毀滅後，或許是因為有了共同的敵人，人們才理解到互相殘殺是多麼愚蠢的事情，各國政府間的緊張關係逐漸消除，國際間也變得更加團結合作。而在戰爭期間籌組的國際組織「蓋亞聯盟」，為避免未來再度發生類似的戰事，併入聯合國旗下，取代安全理事會成為更有效率和更多權限的軍事組織。除了軍事上，更在經濟、人道、能源上發揮影響力。

至於倫納德和蕭環兩人，在戰爭結束後，就因為消息外流而開始受到媒體大眾的搜索，讓他們相當困擾。所幸蓋亞聯盟立即協助他們篡改身分，才使得這一切紛擾漸漸平息。

倫納德想起過去那令人難忘的時光。如今七年過去了，他從一位歷史系學生成為學有專精的博士，除了擁有自己專屬的辦公室外，還擔任政府的乙太研究會榮譽委員；蕭環也從醫學系畢業，並進修研究基因工程，目前在跨國企業印法埃西安分公司的醫療研究部門上班。現在兩人各自忙碌著，他們已有四個月沒見面了。

不過他們同樣在為七年前，當他們還是大學生時，在西安所發現的現象進行研究一萬多年前，來自一千光年外的乙太外星遠征軍進入了地球，他們的領袖贏政（說來話長）在兩千年前企圖佔領地球，卻被一個叫傑生（這是個更長的故事）的同夥阻止。

七年前贏政捲土重來，倫納德在外星友人傑生的指導下，與當時由各國政府組織的蓋亞聯盟一同計畫，將破壞入侵星艦內部程式的量子磁碟和星艦主控器進行更換，進而拯救了世界。這過程中卻沒有人發現，其實事情另有蹊蹺——外星星艦的主控器是必須具有秦始皇贏政基因的人才可以接觸。而倫納德，他一路通過星艦內部重重的防禦措施，最後和贏政對峙時，利用傑生的量子方塊將他擊敗。政府高層將這場勝利歸功於傑生的發明，然而那並不是唯一的真相。

在倫納德出發以前，他的父親沃克．馬修斯告訴他，他的祖父是在第二次世界大戰時輾轉來到英國的中國人。七年前，傑生告訴他，他腦中的幻象是本來就存在的記憶，是乙太的訊號啟動了它。後來在面對贏政時，他以心智和贏政互相角力並擊敗他。

他不只是地球的子孫，他擁有兩個世界的血脈。

他看著照片，臉上露出微笑。他沒有和任何人說過這件事，只向蕭璟說了關於他基因的事，剛開始他們花了一段時間去克服這項差異，後來兩人試著找出影響他的關鍵外星基因是哪一個，不過人類的基因組實在太過複雜又有許多變因，所以一直沒有進展。

直到倫納德接到這項考古計畫。

十四世紀時，蒙古軍隊將黑死病帶往歐洲，造成了一場席捲歐亞大陸的世紀瘟疫，其病原體至今仍未找到。曾一度有科學家提出黑死病的病源是「鼠疫耶爾森氏菌」，但後來證實那是被現代鼠疫桿菌染色體汙染到樣本所致。這項考古計畫，就是到當時位於高緯度的感染區芬蘭，找尋當年被冰封的完整遺體，進而解開黑死病的病株之謎。

這個計畫已經持續兩年，倫納德是在中途得知並主動提議參加。他之所以參加這項計畫，是因為有資料顯示，當年那場疫情是由蒙古軍隊將秦始皇陵中的病菌帶出所導致。蕭璟認為，如果能找出這病原體的基因序列，再和倫納德的基因進行比較，或許就能找出讓他具有和常人不同心智能力的關鍵基因。

不過到目前為止，疫史考古研究都沒有任何進展，他不禁開始懷疑這裡根本沒有他想要的東西，也許他一開始就不應該答應參加這個計畫，害他白白損失了和蕭璟相處的時間。

他放下咖啡，打算重新檢視一下探勘地點。以一千公尺為一個組聚有問題嗎？還是計畫設定上出了問題？根據可靠的文獻記載，他相當確定這裡有個墓穴，埋藏了許多當年受感染的人。他正在思考的時候，裘爾拉開帳艙門，一臉興奮的探頭進來。

「博士，我們想我們找到了。」

倫納德立刻站了起來。「帶我過去。」

這個月以來，他們每天都在挖掘這片區域，然而卻只挖出了一堆已經腐朽的生物屍體。現在，難道終於有結果了嗎？

他們跑到了挖掘現場，好幾位人員拿著探測器對著地面正低聲地討論著。倫納德知道這裡，這個探勘地點是BD－437區，位在一個雪洞旁邊。挖掘人員本已決定要放棄這個樣本點，而現在……

「借過，」裘爾說道，「倫納德博士來了。」

「東西在哪？」

「研究人員正在研究艙房內進行化驗分析，大概再過半小時就會有結果，還有很多其他沒來得及挖掘的。」裘爾指著坑洞，「去看看。」

倫納德走到最近的挖掘處，考古人員拉了一架梯子，倫納德沿著梯子爬下滿是冰雪的土層。等他雙腳踏到地面後轉過身，一名挖掘人員拿著手電筒指向前方的黑暗處，倫納德向前走了幾步，深吸一口氣。

「就是這個。」

只見前方有幾具被冰雪包覆的屍體，屍體原來的外觀已不可辨認，但骨架都還保存的不錯，低溫確實對於保存遺體有很大的幫助。

「我們本來以為這裡沒有希望了，結果在二十分鐘前居然挖到這具屍體，它後方還有很多，這一定就是當初埋葬的墓穴。」

「大概有幾具？」倫納德看向前方的凍土問道。

「我們推測完整的可能有十到二十具，軟組織和骨骼牙齒在這種溫度下相信都保持得很完整，不會有之前受到現代病菌感染的問題。一定能夠讓研究員對不同組織好好的進行分析。」考古人員說。

「要多久才能全數挖出來？」倫納德問。

「大概半天吧，我們要穿著防護衣才能下去，以免汙染樣本。」

「或是被樣本汙染。」另一人補充。

「你們先上來，挖掘人員要下去。」上面的人說道。

裘爾轉向倫納德，「我們上去吧，剩下讓他們來做就好。」

倫納德上到地面後他對一名研究員說，「化驗完成後能不能取幾片軟組織的樣本給我？」

「當然可以，怎麼了嗎？」研究員問道。

「沒什麼。我在西安有位朋友，她在戰後成立的科學園區實驗室工作，可以分析這些細胞的基因序列。」

「在這邊的實驗室也可以啊，這麼做有什麼別的目的嗎？」

「我只是想謹慎一點，沒什麼其他特別的目的。」

「好，沒問題。」研究員低頭繼續工作，「之後我會取一些給你。」

「好的，謝謝。」倫納德轉身回到帳篷。

他一面走一面想著那困擾他七年的問題。找尋了這麼久的答案，難道這次真的有結果了嗎？

2

非洲　剛果共和國　偏遠村莊

「第十五次實驗對象，失敗。原因一樣，病發速度過快。」一名穿著防護衣的女人透過面罩發出低沈的聲音，話聲中難掩不耐。「確認一下，就把這些垃圾清一清。」

一小隊身穿綠色制服載著防護面罩的人們，拿著一桶桶的汽油潑灑在這座原始村莊周圍。

雖說是原始村落，但這個偏僻山谷中的村落，此時卻成了寸草不生、房舍倒塌和遍地屍骸的狼藉慘狀，和周圍生機繁盛的樹林呈現出極為強烈的對比。

「Shetani（惡魔）！」一名全身滲血並倒在地上的人忽然抬起頭嘶啞的喊著，他一把抓住經過他身邊那個人的腳，「Shetani！」

「噁心的混帳。」那人一腳把他踢到一旁，他口中嘔出一口發黑的血液，身體抽動一下便不動了。

「動作快一點，等下還要去確認其他兩個實驗對象的結果。」領導的女人在手上的平板裝置紀錄了結果，喃喃說道：「如果有結果的話。」

「確認完了。」穿著制服的人們回來後說道，「沒有生還者。」

「動手吧。」

眾人拿起準備好的火把，扔到房舍之上，熊熊烈焰立刻蔓延整座村落，並吞噬了所有失去生命的焦黑屍體。所有的人坐上兩架早已準備好的直昇機，飛離這片毫無生機的焦土。眾人靜靜地望著下方逐漸消失在樹林的村莊，看著一切生命和證據隨著黑煙飄散到大氣之中。

「但願沒人發現。」一人拿掉面罩說道。

「放心，」領導的女人拿起手中雙層密封的試管，看著內部近似液體的病毒，映照著村落中火焰，折射出猩紅色的光芒，「現在新型伊波拉病毒正開始浮現，他們根本無暇顧及其他，不可能猜到別的可能性。」她把試管放回密封盒中，繼續前往下一個實驗對象。

3

中國　西安　印法埃國際企業西安分公司

蕭璟穿著白袍，站在醫學研究部高宏溱主任的辦公桌前。她因為多日未眠而顯得憔悴困倦，襯衫上還沾著點咖啡污漬。主任翻閱著她十分鐘前遞給他的報告，上寫著「創世疫苗－醫療研究部門」。蕭璟在主任翻閱報告的同時，目光停留在牆上的印法埃龍頭徽章。

七年前外星大戰落幕後，遺留下大量的外星殘骸，極具研究外星科技的價值。但全球經濟蕭條，各國政府無力負擔大量研究經費，又需要靠這些技術加以重建，因此共同成立一個專門研究外星科技的科學院。中國政府更在西安設立了一個巨大的科學園區，由企業出資研究計畫。

而印法埃國際，是第一個投資巨額資金的企業。不曉得什麼原因，印法埃公司在戰爭開打前突然將公司的資金全數轉為黃金和珠寶，因此當戰後全球金融體系崩潰，印法埃非但沒有受到太大的影響，反而還提供數百億美金的資金援助受損區域重建。他們透過研究外星艦隊的「地鼠」核心技術，開發出低廉且無汙染的「方舟發電廠」，不僅幫助各地區發展重建，更讓公司規模擴張迅速，一舉躍升為全球市值第一的公司。他們無償提供這項技術協助各國復甦民生、保護環境的舉動，更因此獲得了諾貝爾和平獎。

同時，透過地鼠身上的生物奈米機器人，印法埃和科學院共同開發出可植入人體用於醫療方面的生物奈米機器人。這不同於過去科幻小說的情節，例如可以迅速修復傷口並攻擊病原體。它可以在人體內偵測病原傷損程度，以此彙整出每個人的健康狀況。此外還能透過它即時將治療方法上傳給需要的人，並依據不同個體狀況而做出適合個人的調整，締造前所未有的醫療革命。過去社會對此種生物科技多有存疑，但隨著外星戰爭落幕，人類社會的演進快速變遷，目前全球約有十億人接受了奈米治療。印法埃的員工可以免費接受治療，蕭璟由於工作繁忙，尚未做過此種治療。

蕭璟是在一年前申請進入印法埃國際企業西安分公司的醫療研究部門，她因表現良好，升遷地很快，現在正和一支研究團隊負責開發公司最新的「創世疫苗」。她不敢置信自己居然可以參與這麼重要的研究計畫，因為據悉，這個疫苗將會是公司繼方舟發電廠和醫療用生物奈米機器人後最重大的突破。

「幹的好，」高主任翻閱完報告後抬起頭，「大部分的地方都沒問題，但主要問題還是一樣，轉化演算法和基因組相容程度仍然有限，妳有什麼想法？」

「我知道，」蕭璟有些沮喪地說：「研究遇到一些瓶頸，影響演算法的關鍵基因因子找不出來。如果上面可以給我們相應的原始基因序列的話，或許進展可以……」

高主任舉手打斷她，「我說過了，公司分配各部門負責不同的研究計劃，但彼此間資訊不能互相交流。如果有需要，只能透過中央取得，因此沒有任何一個單位真正知道研究計畫的全貌。很麻煩，但這是公司的規定，明白嗎？」

「明白。」

「很好，我希望你們可以在兩個星期內提出完整的研究結果，」高主任說：「江少白總裁和領導團隊三週後會從總部來到我們這裏，屆時他們一定要看到成果。」

「什麼？」蕭璟驚訝地說。她聽過許多關於江少白總裁的傳言，他是公司的傳奇，帶領印法埃集團在戰後迅速拓展企業版圖，在國際上居領到地位。另外，他還有對十分少見的雙色瞳。但他幾乎都待在總部，這裏沒有人可以證實這點。

「沒錯，所以我們最好加緊腳步，」高主任指了指報告說：「這樣還不夠，疫苗要快點開發出來。聽說舊金山分公司的研究部門進度直追在我們之後，我們千萬不能輸給他們。只要這疫苗開發完成，我們部門所有人都可以升職，並獲得更多的研究經費。」

「明白，我一定會加快進度。」蕭璟緊張的撥了撥頭髮，「那麼我回去研究室了。」

蕭璟拿走主任桌上的報告，轉身離開。

「對了，蕭璟，等等。」高主任忽然叫住她。

「什麼事？」蕭璟轉過身。

主任傾身向前，表情一派輕鬆的說道：「雖然說做研究很重要，但妳也應該注意一下身體健康，適度休息的功效遠勝於熬夜苦幹。聽說附近開了一家新的咖啡店，今天下班後要不要一起去喝？順便討論一下報告和一些……其他私人問題？」

蕭璟愣了一下，「不了，謝謝主任。如果方便，就幫我買一杯，放我桌上就行了。」蕭璟低著頭，快步走出辦公室。

蕭璟煩憂的走回實驗室。她必須在兩週內呈上研究結果，不然就會被另一邊的競爭團隊捷足先登。

蕭璟回到自己的座位上，看著電腦上的疫苗基因序列。他們接續公司數十年來的研究，而她和研究團隊也努力了一年，她必須儘快突破目前的瓶頸，找出逆轉錄基因的關鍵因子，不然就前功盡棄了。

她大大的嘆了一口氣。大學畢業後，原本打算要進入醫院上班，但她迷上了生命科學和基因工程學，因此決定到劍橋大學進修醫學研究。後來她聽說印法埃正在開發「創世疫苗」，這可以醫治許多無解的疾病，諸如癌症、愛滋病毒等。由於她幼時的經驗，拯救人一直是她的夢想，因此她決定申請加入擁有豐富資源的印法埃西安分公司。

當初她看到其他應徵者的履歷後，整天嚷嚷著怕自己沒被錄取，她的男朋友倫納德・馬修斯那個月聽得耳朵都快長繭了。當她收到錄取信函時，抱住倫納德高興地大笑大叫，兩人一起吃大餐慶祝。

想到這裡，她露出了微笑。她從抽屜拿出一張照片，那是她和男朋友在劍橋大學拍攝的。那年他們一起修完博士學位，兩個人穿著畢業服，笑容燦爛的在鏡頭前。

看到這照片讓她好想念倫尼。倫尼說他要去參與一項考古計畫，這可能和七年前他們在西安提出關於嬴政和外星人的假說有關連。但至今他還沒有傳來任何訊息。

「嘿，璟。」一名男人靠到她的桌邊說。

蕭璟連忙把照片放回抽屜，然後抬起頭，站在眼前的是他們研究團隊另一名主力，柯品謙。他除了是位天才外，個性也十分開朗，是蕭璟少數聊得來的朋友，「怎麼了？」

他環視研究室一圈，低聲說：「我聽說，剛才高主任在辦公室邀妳去約會，但妳居然當著他的面拒絕了他，是真的嗎？」

「他不過是找我去喝咖啡，」蕭璟裝出一臉困惑，「我請他買了放我桌上。」

「妳是真不懂還是裝出來的？」柯品謙笑著說：「妳知道妳可是這家公司一半單身男人夢想約會的對象，但妳對他們總是這麼冷淡，害他們都不敢找妳講話。」

「真的？一半？」蕭璟對他的眨了眨眼，「那一半有包含你嗎？」

柯品謙大笑，「我就免了，我只是建議妳可以和主任出去幾次，讓其他人打消念頭。主任他人很好啊，月收入十幾萬人民幣，而且妳都這個年紀了還不交男朋友……。」

「誰說我沒有男朋友？」蕭璟瞟了他一眼，「搞不好我只是不想和你們說而已。」

「妳整天睡在實驗室，又冷若冰霜的，哪個男生可以受的了你？」

蕭璟苦笑著搖頭說：「算了，不管這個了。主任告訴我，公司上層很急迫，要我們趕快交出研究成果，任何成果，否則我們就要回家吃自己了。」

「儘管如此，日常生活還是要打理一下，看看妳的衣服，怎麼穿的？」柯品謙聽了表情有些擔憂，「公司有很多交誼活動，妳偶爾去參加一下讓腦袋放鬆一下。」

「過了這兩週再說吧。」蕭璟說：「我覺得……」這時她的電腦上跳出一則訊息，上面顯示傳訊人是倫納德。蕭璟的眼中立刻出現一點光彩，「哇，他好久沒來訊息了……」

「誰傳的訊息？」柯品謙把頭湊近，「是妳那個隱形男友嗎？」

「你還在這裡混？」蕭璟瞪了他一眼，「總裁三週後就要親自來視察結果，你最好趕快完成疫苗的基因因子。」

「江少白總裁要來？」柯品謙訝異的說，「我的天啊，這可是件大新聞！我要趕快去和別人說。」他說完便一溜煙的離開了。

蕭璟搖了搖頭，柯品謙的缺點就是常常搞不清楚重點。她點開倫納德的信件：

「璟，好久不見，我大約一個月後就會過去找妳，希望妳一切都好。我不久前用國際快遞寄了一個黑死病毒的人骨軟組織以及細胞樣本給妳，現在應該已經到了。妳可以分析看看它的基因組序列嗎？是關於我們七年前在西安討論的始皇基因，這可能是答案。我愛妳。」

找到答案了。蕭璟一時間楞在那裡，可能嗎？花了七年的時間，現在終於找到了？這時電話響起，她抓起話筒：「對，我是蕭璟，給我的？好，我立刻去拿。」

她掛上電話，盯著螢幕上的訊息。看來疫苗研究要請其他隊員多出點力了。

4

大部分的時候，倫納德都可以控制自己的夢境。

自從他在外星星艦內部和贏政對峙，並得知自己身分後，他的心靈好像開啟一扇窗，許多以前沒有發現的能力慢慢湧現。他開始訓練自己的心智，現在他已經已經可以輕易讓自己在最喜歡的地方出現，也就是夜晚臺灣東部花蓮的海岸邊。

晚間點點的星光灑落在岸邊激起的浪花之中，往四面八方散發出柔和如珍珠般的光澤，伴隨著晚間清涼的微風，讓人心曠神怡。

微風吹拂過臉龐，他感覺自己好像回到七年前那個晚上。在同樣美好清爽的微風中，第一次吻了蕭璟。

他俯瞰寂靜的大地，這些年他也曾來過幾次，這裡始終那麼美好，這個美景值得用一切去守護它。

就在這個時候，四周開始輕微晃動，倫納德本來以為是自己的幻覺，但過了一會兒整個空間忽然天搖地動，地面在劇烈的搖晃中碎裂崩解，周遭的一切都陷入大火。海嘯摧毀了海岸線，吞沒這土崩瓦解的大地。

倫納德不可置信的看著一切發生，他用力瞪著崩解的地面，企圖用意志力停止，然而周圍完全不聽他使喚。接著他發現自己回到七年前，他將量子方塊置入主控板上，那個正在崩解的星艦內部。

贏政站在正在崩裂的天花板下方，他憤怒的瞪著倫納德，口中大聲嘶吼：「這一切不是結束！你以為我的影響力只限於這裡嗎？我告訴你，我幾萬年前就來過這了，我的影響力永遠不會消失！」天花板轟然塌下，將贏政淹沒在星艦殘骸之中，而倫納德腳下的地面也同時碎裂。在他下墜的同時，他看見四道暗門中有一個黑影同時掉落出來。

夢境轉變。

時代變了，他正處在一個黑暗的洞穴裡，洞口被石頭堵住，四周散發陣陣寒氣。一群穿著中世紀服裝的歐洲人神情慌張的聚在一起，衣服和頭髮都散亂不堪，有一個人在洞口前緊張的大吼：「我們逃不出去！快點！」

聚在一起的那群人們手忙腳亂的吼道：「快要好了！只要完成這個……」

四周劇烈的震動，一陣驚天動地的大爆炸，烈火炸開洞穴，所有人在尖叫中倒地，倫納德被烈火吞噬。

接著他來到一個較為現代的地方，年代大約是世界大戰時期。他看到一名身穿日本軍服的人站在一幅中國地圖前面，或許是二次世界大戰的戰略地圖，那名軍官將手背在背後，對身旁的人說：「搜尋的怎麼樣？」

「國民政府在這裡的軍隊已經被驅離，不會再造成我們的阻礙。『救贖派』最後的黨羽很快就會被澈底消滅掉，最後一次的轟炸準備好了，五〇戰機都已就定位。」

「很好，我們一定要完成千年來的使命，加入永恆的世界。」

倫納德不知道他在說些什麼，這時候空間開始扭曲，他進到了另一個時間。

只見一個人站在高雅華麗的房間裡，房間後方的牆面印著一個黑色的龍頭。那個人的眼神堅定明亮，大約三十歲，在他面前站著一群約六十多歲的人。他舉起酒杯對眾人高喊：「『天啟』已經開始了，創世之體將會帶領我們，加入永恆的新世界。」

其餘眾人舉起酒杯：「敬永恆的世界。」

那個人繼續說：「這個世界已經腐爛到底了，七年前我主打算降臨世界拯救人類，但卻被無知的人類給摧毀了，而我們將繼承他的願景，誠如我們組織長久以來的目標：『創造一個更優等的世界』。我們在各地的據點已經有突破性的發展，很快就可以啟動天啟計畫。時代已經變了，各國政府還茫然不知，進化方能存活，一個更美好的世界即將在我們眼前出現。各位，歡迎加入嶄新的未來。」

所有人大聲回應，將酒杯一仰而盡。那個男人舉起酒杯微笑的回過頭來，在他眼神對上倫納得的那一剎那，他楞在那裡，「你是誰？」

倫納德倒抽一口氣，空間再度扭曲。這次他來到一個不同的世界。

這是一個由金屬構成的巨大房間，房間後方是一個由無數個同心圓齒輪組成的巨大圓環，齒輪彷彿運算著全世界的時間，同心圓外是一圈雕工華麗的方形框架，上面刻著許多銘文圖像，並閃爍著微光。這種「方中有圓」的設計讓整面牆給人立體深邃的感覺，讓格局更為開闊。

房間的上方是個巨大恢宏的無頂穹蒼，圓頂上呈現無盡疊巒的星辰宇宙，壯麗斑斕的星雲在黑暗冰冷的穹頂之中，染上一抹清雅壯闊的七彩色澤，無數個星系星團在宇宙中往來穿梭，伴隨著黑洞和彗星劃過的軌跡……而在這圓形穹蒼之上的，是位於正中央的核心。核心匯集著所有星辰雲彩的光芒，它的外觀不停變幻，一切星辰銀河均繞著它旋轉，彷彿在訴說無盡星際世界的史詩。

圓形穹蒼之下，一名穿著銀白色衣服的高大男人站立在那裡，至少倫納德覺得他是男的。那個人留著短髮，神態高貴威嚴，這讓倫納德感到一陣顫慄，它似乎在哪裡看過這個表情……然後他想起來，七年前的星艦上，嬴政也露出同樣的表情，只是這個人似乎散發出一圈無形的強烈光環，更讓人難以逼視，他的面孔在倫納德注視下似乎不斷變化，讓人看了相當迷惑。

那個人的背後站著數十個人，他們盯著一個投影螢幕，上面正播放著一段影片——星艦頂端激射出強烈的白光，透明巨大的蟲洞出現在天際當中，上千架的戰機圍繞著星艦砲火往來，在蟲洞的另一端則是難以計數的艦隊軍隊。然後在艦隊靠近洞口時，光芒忽然中斷，蟲洞憑空消失。接著整片天空幻化為一片金色。

是七年前在西安的決戰。倫納德心想。

「第一公民，我們失敗了。」一個人在後方說道。他說的並非英文也非中文，事實上，他根本沒有開口，純粹是用意念傳達，但倫納德就是聽得懂。

「沒有關係，」那個被稱為第一公民的人望著穹蒼說：「永恆之境的鑰匙就在那，無論如何，創世之體終究會覆蓋整個世界。」

「但現在通道中斷了……」

第一公民閉上眼睛，「我感覺得到，那端正在發生事情。這是新的契機，這個局勢即將要逆轉了……」他忽然睜開眼睛，「有人在竊聽。」

「什麼？怎麼可能？」

第一公民目光掃過倫納德所在的位置，他感到全身顫慄，他想這是夢，怎麼可能……

「現在還不是時候，」那個人輕聲說道，他眼中出現猩紅血光。這時倫納德周圍的空間開始崩塌，在強烈的光芒中，他聽到傑生當年消失前對自己微笑說：「在選擇的時候，想想我，不要失去你的信心。」

一陣劇烈的強光閃過，倫納德猛然睜開雙眼。

他坐起身來，看了看時間。現在是半夜，他瞪著天花板，一切都很安靜。他滿身大汗，他很久沒有做惡夢了，而且還是跟嬴政有關的夢，就在他們剛剛發現病毒株時。

他看向艙房內的黑暗，這到底意味著什麼？

5

中國　西安　印法埃國際企業醫療研究部門

「也許問題出在演算法而非基因組，我們的模型無法和宿主相容。」

「這可能是選定的宿主基因排序的問題，我們所針對的不同宿主，可能和疫苗基因組有某種排斥現象。」

「這不能作為理由，畢竟本來就是要設計出可以相容的基因組。也許該從缺乏可以修正的先導啟動因子來下手？」

「這樣太廣了，ＤＮＡ的調控元和基因的互動我們無法掌控，就會出現其他的變異……」

「也許是分析方法出了問題，我們可以試試核酸雜合偵測因子……」

研究團隊正在為研究經費即將截止的疫苗開發進行爭論，時間剩不到一週，但研究團隊到現在還沒有辦法讓逆轉錄病毒穩定的啟動受體的基因因子。蕭璟面無表情的看著實驗室玻璃上的倒影，若是照她以往的個性，她一定會投注全部精力去完成它，畢竟這攸關她的事業。然而，現在她的心思卻不在那邊。

蕭璟此時所想的，是正在實驗室進行基因分析的黑死病病毒株。她自從收到倫納德寄來的組織玻片樣本後，整天就想著找出苦思七年的答案。

當年在西安時他們就懷疑席捲全球的黑死病毒具有特殊的基因因子，和現在的任何的病毒都不相同，因為那是從秦始皇陵帶出來的外星古菌。戰爭結束後，蓋亞聯盟為了讓他們暫避風頭，讓她和倫尼去維也納旅遊，而倫尼在某個星期日上教堂時，告訴自己他的祖先來自中國，而他擁有嬴政的外星基因。

當她聽到這消息時，驚訝到了極點。倫尼向她解釋說，來自乙太的人種和人類其實沒有什麼不同，最大的差異在於他們擁有非凡的心智能力——極高的腦力天賦，並且能夠感應他人情感波動，甚至可以操縱他人的精神情感；他們可以使對方全身充滿快樂，或是恐懼到全身癱瘓。而造成這種差異的關鍵，是基因組中的一小段，他們稱這段基因為「始皇基因」，是嬴政在兩千年前甦醒時帶來世上的。

然而這個基因並不是傳統熟知的「生物學基因」，根據倫納德轉述傑生的話，這是一種「量子基因」，是量子力學和生物學結合的高度文明基因，能夠透過量子糾纏效應將一代代的能力傳承下來。

倫尼的祖先在二次世界大戰時，從中國輾轉來到英國，而那個人顯然一直帶有這段基因，只是沒被啟動。直到那天倫尼意外接觸到一股從乙太傳來的強烈外星電波，才啟動了這個基因，這也是他之後可以理解古代字體，並使用傑生的量子方塊擊敗嬴政的原因。

不過倫尼的解釋並沒有緩和她內心的驚訝。事實上，倫尼解釋完後，她感到十分不安，覺得自己的心靈似乎變成一本可以隨意閱讀的日記。蕭璟花了很長一段時間才克服這項心理障礙。她還記得自己要倫尼發誓不准用他的「天賦」偷窺她的想法，倫尼有一次用這個開她玩笑，結果她整整一天都不和倫尼說話，從此倫尼再也不敢用這點開玩笑。想起這段往事，她不禁露出一抹微笑。

在知道這些事之後，他們一直想要找到這段關鍵的「始皇基因」，然而人類的基因組十分複雜，過了這些年依舊沒有任何進展。直到幾天前，倫尼在芬蘭的墓穴中找到可能是黑死病病毒的樣本，這或許可以為基因研究帶來突破。如果成功的話，其在歷史上的重要性說不定還超越公司正在開發的「創世疫苗」。

現在病毒的樣本正在實驗室進行基因組的分析，再過一會兒比對結果就會出來……

「這都要怪上級不提供初始基因組序列，要完成根本難如登天。」研究團隊中的袁凱翔說，「蕭璟，妳覺得呢？」

「呼叫蕭璟。試音，一、二、三，麥克風打開了嗎？」柯品謙在一旁說。

「抱歉，什麼事？」蕭璟發現所有人都在看她，這才從思緒中回過神來，「可以再講一次嗎？」

眾人發出嘆息聲，大多數了人都帶著苦笑，少部分同事不悅的瞪著她看。

「沒什麼，就是時間緊迫，我們想問問妳的看法。」柯品謙看了看蕭璟，「妳最近都在實驗室搞些什麼東西？」

「呃，只是個小研究……」

「拜託，我們的期限快到了，現在要集中全部的精神在研究上，沒空搞其他東西。」

「抱歉，我會更專注一些。」蕭璟想到這幾天同伴的努力歉疚的說。

柯品謙搖了搖頭，「沒錯。如果再沒有結果我們就真的要完蛋了。」

「你覺得她會在意嗎？反正就算我們研究失敗，我們這位大小姐還不是照樣可以有男人會包養她。」站在蕭璟對面的研究員張麗敏忽然冷淡的開口。

大家安靜了下來。蕭璟望看著她，只見張麗敏正以不屑的眼光看著自己。事實上蕭璟和公司的女性同事都沒有太多的互動，她一直很想打進那些人的圈子中，但又總覺得她們聊的話題都是沒有大腦的題材，像是名牌或是明星之類的。而她和張麗敏處得尤其不好，她聽同事說是因為張麗敏的對象在暗戀蕭璟，所以她才會對自己的態度那麼惡劣，但蕭璟覺得很冤枉，因為她根本不知道那個男的是誰。

「妳這話是什麼意思？」蕭璟努力克制自己冷靜得說。

張麗敏冷笑，「拜託，大家都知道主任找妳去約會，妳又和其他研究員處得不好。公司很多人都說妳整天裝做高人一等，下班後就專門和上司亂來。」

蕭璟聽了咬牙切齒的說：「我明明接連好幾個月都忙到睡在實驗室中，妳在胡說些什麼，嘴巴放乾淨一點。」

「妳要我嘴巴放乾淨一點，為何不是妳自己的行為乾淨一點，」她冷笑說：「自從主任找妳去他辦公室後，妳就整天心神不寧，還說是個『小研究』。妳真的以為沒有人注意到你奇怪的行為嗎？」

蕭璟氣得全身發抖，她實在忍受不了這樣的侮辱，更受不了公司內居然真的有人會相信這種荒謬的指控。正要回嘴，柯品謙就把手搭在她的肩上，「沒關係，她只是隨便講的，別在意。」然後他瞪了張麗敏一眼，「妳這樣說真的很過分。為了研發疫苗大家都很努力，沒有必要……」

「沒有必要？」張麗敏不悅地說：「她這幾天做實驗時都心不在焉，嚴重拖慢大家的進度，只不過是問問她在做什麼都不行嗎？」

蕭璟對她瞇起了眼睛，「若是關於這點只怕還輪不到我吧，我每天都加班到半夜或凌晨。若是要論貢獻，我完成了上一階段百分之三十的基因組序列，妳又做了些什麼？」

張麗敏氣得滿臉通紅，旁邊的同事趕忙打圓場，「好啦好啦，當務之急是趕緊解決問題。主任的事妳也別怪蕭璟了，要怪就怪她的父母沒事幹嘛把她生的那麼漂亮。」眾人發出大笑，張麗敏氣得轉身離開。

分進行修正？」

「好啦，言歸正傳，」柯品謙笑著說：「問題很明顯是出在疫苗的基因組或是演算法，我們要針對哪一部分進行修正？」

「我做了一些分析，」蕭璟說：「在上次的實驗中，有觀測到ROT2140基因段落上存在著變異……」她口袋的呼叫器忽然響起來，她拿出來一看，瞪大了眼睛。

一項結果。

「怎麼了？」袁凱翔問。

「我突然有事……必須離開一下，真的，我很快就會回來，我保證。」蕭璟無視他人的目光，迅速的衝向實驗室。

她打開電腦主機，螢幕上顯示「100％分析完成」，蕭璟迅速點開基因組序列分析，上面的數據十分龐大，沒有用電腦根本不可能看出什麼東西，她打算存起來再和倫尼的基因進行比對分析。然而不知道為什麼，蕭璟覺得這個基因組很眼熟，好像常常看到……

她瞪大了眼睛。不可能。她心想。

她在鍵盤輸入一些字，兩道序列出現在螢幕上，螢幕上亮著「基因組相似度98.8％」。

她雙腳發軟，覺得整個世界頓時天旋地轉。原本是為了興趣而進行關於千年以前的研究，本來計畫要找出的結果，卻意外冒出了新分支，並和她真實人生連接起來。

她緊盯著螢幕上亮著的字體。

「創世疫苗基因與黑死病毒基因組序列　相符度98.8％」

6

法國　里昂　國際刑警組織總部

「確認好所有裝備，絕對不要錯過這個對象。」

行動總負責人賈維斯透過遠在日本的行動人員頭盔上的攝影機傳回的影像，投影在大螢幕上觀看。同一時間，日本中央局也正密切注意這項行動。情報室所有的人員皆屏氣凝神的等待著。

「根據消息，戶川矢智田會提供給我們相關的資訊。這個對象我們已經追蹤三年了，相應的行動電子檔你們都已經看過了，相信各位都明白這次行動的重要性。迅速拿到資料，保護好我們的對象，不要出任何差錯。」

由於時差的關係，日本現在是夜晚。行動的人員啟動紅外線攝影機，從兩輛廂型車下來，一隊的人員確認週遭環境，另一隊破門衝入。

「國際刑警組織！」隊員喊道，「矢智田先生？」

警員們在屋內四處搜尋，沒有聽到任何回應。

「報告長官，找到了，但人已經……」一名警員打開書房的門後叫道。

透過攝影機傳回的影像，看到戶川矢智田倒在書桌上，鮮血沿著嘴角流到桌上。一台筆電放在他的前方，螢幕上顯示「100％刪除完成」。

「該死！」整間情報室中傳來一陣咒罵，「怎麼搞的？還有救活的機會嗎？」

一個隊員伸手到戶川矢智田脖子旁，「沒救了，但他還有餘溫，應該才剛死不到五分鐘。下手的人一定還沒有走遠。」

「立刻通報日本警視廳，封鎖附近所有街區，不要讓兇手逃走，」賈維斯高聲下令，「通報行動組員，搜尋有沒有留下什麼證據，查出被害人怎麼死的，電腦被刪除的資訊能不能恢復。」

「是。」房間內的人和刑警一同答道。

大夥兒大約忙了一個小時，一名組員回應道，「根據日本中央局剛才提供的資訊，門口保全系統運作一切正常，沒有任何企圖入侵的跡象。被害人身體沒有任何外傷，醫生鑑定發現他的微血管大量爆裂，推定為精神瞬間受到極大壓力而死亡。」

「電腦資訊？」

「無法恢復。」組員說，「而且日本當局還沒有找到兇手的蹤跡。」

整間情報室內發出一陣嘆息，賈維斯更氣得摘下耳機摔到地上。螢幕上和日本警方連結的畫面消失，並更換為一張世界地圖，上面分佈了許多紅點，其中以中國、日本、韓國等東亞國家為主要分布區域，其他地區像是北美、歐洲也有些許的紅點。「第三十七起案件，追蹤三年的線索……也終於斷了。」賈維斯眼神深沉的掃過組員們，「我們有什麼結果？」

「這次的被害人，是印法埃國際企業醫療研究部門的高階主管。所有受害的人中有二十位是印法埃的高階人員，另外幾位不是醫療研究專家就是工程資訊專家。」一名警官說，「現在印法埃醫療研究部門正在開發『創世疫苗』，他們公司花了幾十年，投資了近百億美金的資金，據說快要完成了，或許是這一切的根源。」

「是的，世界衛生組織也在盯緊這個研究，」另一名分析師接著說，「我剛才查詢了世衛的資訊，發現他們在一個月前發佈了剛果疑似出現新型伊波拉病毒的警告，目前有幾個受感染的村莊舉村死亡，世衛推估是病毒所致。但有趣的是，有資料顯示一家印法埃子公司里斯企業，在同一時間將大量資金和人力流入該地區。」

「你是說這個創世疫苗很可能就是這所謂新型伊波拉病毒？」

「不盡然，根據世衛的資料，這病毒和他們所掌握的創世疫苗資訊完全不符。」

「但至少是個起頭，」賈維斯說：「現在我要你們過濾案發期間的所有資訊，並且從印法埃集團的相關案件、人事調動、財務金融流動方面下手，所有可疑的資訊都上傳到總伺服器，我不信他們可以把資料澈底埋了。」賈維斯一說完，情報室裡所有人立刻開始動工。

賈維斯看著印法埃國際企業的資料，外界對於印法埃的迅速發展感到頗為存疑，其中最謎樣的，是印法埃國際企業的總部設在國際海域上，由四支配備精良的同型艦隊組成，沒有人知道哪一支才是真正的總部。但由於印法埃對各國政府提供莫大的援助，幾乎所有國家都和他們合作。

傳言印法埃集團犯下過許多罪行，諸如洗錢、暗殺、造假財務報表、賄選等，甚至還有介入國際代理戰爭，可是沒有一項真的留下紀錄。他們將所有相關資訊都保護的滴水不漏，連法院的官司資料都被彌封，各國政府也全都協助印法埃集團掩蓋罪行。賈維斯將身體靠向椅背，這樣下去根本不可能有任何結果。

伺服器上出現幾件被歸類為最低優先度的案件。賈維斯靠近一看，是關於亞洲好幾個國家的兒童青少年綁架案件，由於犯案手法類似，被歸類於國際案件。最近一次是發生在臺灣的一所名叫花蓮高中的學校。

通常這類案件是不會引起他的注意，但是不知道為什麼，今天這件讓他感覺很不對勁。他瀏覽了一下案情簡報，被綁架的大多是具有極高心智天賦的孩子。綁架手法十分乾淨俐落，完全是專業等級的，然而這些被害家屬至今未曾收到勒索訊息。最近發生在臺灣的那起案件，攝影機拍到孩子被綁上一輛黑色貨車。

賈維斯查閱臺灣警政署的資料，這輛貨車登記在全心保全公司下，基於某種理由，臺灣警方終止對他們的調查，而過去其他類似的案子也是一樣收尾。

「給我五秒鐘，」史塔克說：「有了，資料顯示全心公司是家位於新北市保全企業。這是一家空頭公司，它……等等，它是……印法埃軍火保全部門的子企業。」

「逮到你了，」賈維斯對情報室內所有人說：「把三年內各國所有未完結的綁架、失蹤案件全部調出來，並且挑出和印法埃或旗下公司有關連的。」

情報室內立刻忙了起來，過了一個小時，就有超過七十件案件出現在螢幕上，眾人傳出咒罵聲。

「天啊，他們膽子真大，綁架這麼多孩子做什麼？」組員說道。

「不會是拿去做人體實驗吧？」

「那為什麼不抓居無定所的孩子或是孤兒，而要做這些會留下案底的事？」

「誰說他們沒有抓沒身分的人？」賈維斯陰沈的說，「暗殺公司高層人員、非洲病毒、綁架青少年……誰真的知道他們沒做什麼？」

「無論是什麼，他們絕對在策劃一場更大的行動，」賈維斯環視眾人說道：「聯合國幾週後要召開國際會議，我們要趕在那之前查出來。而這需要更大的任務情報編組，把資料傳給MI6還有CIA。」

「要通知中國或是日本等其他相關政府單位嗎？」

賈維斯想了想，「不要，這些國家都和印法埃企業有很深的經貿政治合作關係，通知他們可能會打草驚蛇。我們的對手是市值兩兆美金的跨國集團，行動一定要小心謹慎。對了，也通知LGGSC。」

「了解。」組員點了點頭。LGGSC是在外星戰爭結束後，蓋亞聯盟會員國所設立的一個具有實際執行力的情資特務單位，全名為「League of Gaea of Global intelligence Security supervision and analysis Center」（蓋亞聯盟轄下全球情報安全分析監控統合中心），它處理的事件多為跨國性或個別政府難以負責的案件，包含打擊國際犯罪甚至包含處理戰爭問題，並且它對各國非機密的情報資訊有一定程度的調閱權限。這個機構對於各國政府的合作起了極大的作用。由於其簡稱和在這國際集團中所扮演的實際角色，又被圈內人士暱稱為League of Gaea General Staff Corps（蓋亞聯盟參謀團）。

賈維斯頓了頓繼續說：「還有，將印法埃集團這些年所有活動記錄、和各國政府的合作關係、民間資金往來給找出來。另外，『創世疫苗』和其相關計畫的所有資料也都找出來。分析師只要覺得有任何一點不對勁就立刻通知我，那怕是再沒有邏輯的問題，通通都要向我回報。囑咐外勤人員持續關注相關目標，明白嗎？」

「沒問題。」

賈維斯看著情報室內忙碌的眾人，口中喃喃說著：「我有預感，這場行動背後的意義一定遠遠超過我們想像。」

7

芬蘭　考古挖掘現場

倫納德把最後一疊文件扔進箱子後，終於感覺輕鬆多了。

在這裡待了四個月，收獲不少，還達到他預想的目標——找到七百年前襲捲全球的黑死病毒。想到這，他有種微妙的感覺。一開始是對自己與秦始皇的血緣關聯感到震驚，但隨著時間過去，漸漸轉為對研究的興趣與熱情。如今，這已是他生活中真實且不可分的一部分。

所有的東西都整理好了，只剩下桌上的那張合照。他將照片放入箱內，眼神柔和的注視著照片中的蕭璟。他已經等不及和蕭璟見面了，兩個小時後就要搭飛機回去英國了，一週後就可以去西安找她。

他將箱子合起來，躺到床上閉目養神，打算在離開前好好沉靜一下。

他想起一個星期前寄給蕭璟的組織樣本，不知道分析的結果如何，他感到很興奮。花了七年的研究，始皇基因、歷史奧祕，這一切的解答就在他一週前寄出的樣本上。現在想起當初傑生說的那些專業艱深的詞彙，什麼量子糾纏、表相遺傳之類的，感覺相當真實，似乎是自己生活的一部分。

閉目養神間，他感受到一股輕微的情緒波動，那是人們驚訝、興奮的感覺。他憑著經驗判斷，大約是在五百公尺之外，就在考古挖掘場，看來他們又挖出了什麼東西，或許是更多的人體樣本，或著是中世紀墓碑之類的。倫納德微微一笑，這就是身為嬴政後代的諸多好處之一，精神力場讓他身在遠處也能在感應到發生什麼事。

倫納德對更多的骸骨完全沒有興趣，他翻過身，打算換個姿勢，這時他忽然感應到一股強烈的情感波動，是震驚。就在這時，呼叫器響了起來。

他坐起身來，拿過呼叫器一看，上面的文字讓他赫然睜大了眼。

「倫納德博士，我們發現了一塊中世紀以前的石板，上面刻著古老的文字。就在BD－437樣本區東行五十公尺處的一個洞穴，請您來看看。」

石板？他已經好久沒有聽到這兩個字，最後一次是在西北大學的廢墟中，而那是他生命中未解的重大謎團之一。

他抓起毛皮外套，快步奔向精神力場最強大的地方，人群的聚集處。

數十名挖掘人員聚在一處討論，那裡位於前幾日挖掘出黑死病毒樣本區域旁不遠處，那裡應該什麼都沒有才對，但當倫納德靠近十公尺的時候，他注意到本來冰雪覆蓋的地面上出現了一個洞口。

「倫納德博士。」賽門看見他快步走來，「我們……」

倫納德舉起手打斷他，「石板在哪？」

「就在那裡，我們……」

倫納德沒等他講完，快速跑過去。

大家圍繞在坑洞周圍討論著，看到倫納德跑來便安靜下來，「我們本來只是隨意往旁邊擴展一點點，結果意外發現這個地方，」裘爾指著地面上的坑洞說：「這下面本來是個洞穴，被冰雪凍土給埋住。我們正在探勘內部。」

「石板呢？」倫納德問。

「在那裡，」裘爾用手電筒一指黑暗的洞穴，「只露出了一小部分，外觀很破碎，推測大部分還埋藏在土壞下方或是碎成好幾片散落在地面。」

倫納德小心翼翼的走向洞口，他用手電筒照向那露出的部分，這麼遠的距離看得不是很清楚，但他大約可以看見上面刻著些許的圖像，還有一些可能是字體，「那好像是拉丁文，也可能希伯來文或著是希臘文，甚至是北歐古老文字。」賽門說。

倫納德瞇起眼睛，仔細的端詳上面模糊的字體，不知道為什麼，這塊石板讓他覺得很不安，似乎它本身散發出力量一般。他的眼睛漸漸將模糊的影像對焦，然後幾個字體躍進到他眼中，上面寫著「……救贖者……輻射……」

倫納德倒吸一口氣，身體向後一退。「怎麼了？」裘爾問。

他沒有回答，這種文字語言憑空出現在他腦中的情況，只有在之前看到西北大學下方的石板時有過同樣的經驗。根據傑生的說法，他所擁有的「始皇基因」透過量子糾纏效應，能夠將直系血緣的部分能力直接傳給後代，而這也是倫納德得以在兩千多年後仍可以讀懂當年那石板上的小篆。

而現在……事隔七年後，在遠離中國的北歐地區，某個平凡的土地上，卻再度出現和當年同樣的狀況。這絕對不是巧合。

「我要下去看看。」倫納德對身邊的人說：「拿個梯子或什麼東西來。」

「提醒你一下，再過十分鐘就要去機場了。」裘爾說。

「沒關係，只要一下子就好，」倫納德急切的說，「還有給我一個頭燈。」

三分鐘後，倫納德爬到下方的洞穴中，底下還有幾名考古人員。倫納德右手扶著牆面，小心翼翼的走在冰滑的地面上。走到石板旁後，倫納德將頭燈照向破碎的石板，如此靠近它讓他感到緊張，這場景似乎勾起了他一些回憶。

石板上的字體大多已經剝落破碎，除了他剛才看到的兩個詞彙外，其餘的文字都破損不堪，幾乎無法辨

認，倫納德用戴著手套的大拇指滑過石面，感覺十分粗糙，石面上剝落了幾塊碎石。

「小心！」身旁的人大叫。倫納德立刻把手抬起來，「抱歉。」

「這可能是記載那時代歷史的文字。」賽門搔搔頭說。

倫納德點點頭，他看向洞穴其他地方。這個洞穴並不大，大約才幾坪的空間，內部陰冷乾燥。不知道為什麼，他感覺這裡很熟悉，好像在哪見過……

他看到牆面上有一個焦黑處，他靠過去仔細一看。是火焰，是火焰燒過的痕跡。然後一個畫面浮上他的腦海——一群人恐懼的聚在一起，一道烈炎吞噬掉整個空間。

他迅速的用手電筒將這裡掃過一圈，一陣可怕的寒意蟲從他頸背湧出，沒錯，幾天前他的夢境中，看到的就是這裡。而那群聚在黑暗中的人，他們的位置則在……

倫納德將視線轉回石板的位置，這時裘爾喊說：「博士，你過來看看，這裡好像有圖形在上面。」

「圖形？」倫納德過去俯身一看。確實，在石板接觸地面的地方，有著一行淺到幾乎辨認不出來的黑色痕跡，仔細一看是兩個符號。

「這好像ＵＳＢ符號？」倫納德瞇著眼努力辨認，「還有旁邊

「這些是什麼？一堆圓點……看起來似乎沒有什麼規律……」

「這些有什麼含意？」賽門問。

「你不指望我們在這裡想出來吧？」裘爾說道。

「這很像波賽頓三叉戟符號。」旁邊一名隨行的非裔考古人員巴拉克說。

「的確有可能，」裘爾說，「不過三叉戟的意義也不僅限於波賽頓，印度的濕婆、羅馬海神、中國道教，甚至是撒旦象徵，或是現代許多軍事機構都有類似的符號。」

倫納德盯著那串數字看，低著頭想了想，然後說道：「這裡既然是芬蘭，道教、濕婆或是現代機構應該可以排除吧。」

「而且是它位在黑死病墓穴周圍，兩者必然有一定的關連。」

「三叉戟、黑死病墓穴、石板……」倫納德喃喃說著，然後拿出手機，小心翼翼地拍下石板上的符號。其餘四個人緊張的交換眼神。

「倫納德，你……」裘爾正要說話上面就傳來聲響。

「倫納德博士，您的車子到了，要載您去機場。」

「知道了，」倫納德將手機收回口袋中，然後他轉向裘爾，「等你們把石板其他部分找出來後，拍照傳給我，我再看看上面寫了些什麼。」

「沒問題，」裘爾點點頭，「雖然我認為除了紀錄古代的歷史外應該沒什麼，但我會照做，你快走吧。」

倫納德點點頭，在爬到梯子頂端時他忽然回過頭來：「對了，你們可以順便找找看這洞穴的地下，看看有沒有被火焚燒的屍體。」

「屍體？你怎麼知道？」底下的人不解的問。倫納德沒有回應，爬上地面後快步跑向帳棚艙，車子已經等在那了。

過了五分鐘，倫納德抱著箱子坐在後座，他閉著眼睛，半個小時才會到赫爾辛基萬塔機場，他可以好好休息一下，然而夢境的片段不時衝擊他的大腦。隨著漸漸遠離考古營地，他心裡的不安卻越來越強烈。他將頭仰靠在椅背上，他已經很久沒有這種感覺，自從七年前贏政死後就在也沒有。

8

西太平洋某處　印法埃國際集團第一艦隊　審判號

江少白坐靠在辦公座椅上，一面看著書一面聽著辦公室內的音樂。辦公室所播放的，是莫札特在一七九一年所住的《安魂曲》，此亦是莫札特離世前的最後一部作品。樂章中蘊藏著對死亡深深的悲嘆之聲，卻又在詠嘆生命之餘，流露出對人性與生死的深刻反省，令曲調深度再一次又一次的曲調變化中加深。

聽著這類古典音樂，總能讓江少白感到寧靜和安穩，現代那些歌頌著廉價的愛情和永恆的歌曲，總令他感到諷刺和噁心。人人對愛朗朗上口，卻根本不曉得什麼是真正的為了追尋目標而付出愛與犧牲。

門口傳來敲門聲，江少白合上書籍，「進來。」

開門的是江少白的秘書，她是一名年輕貌美的韓國女子，「報告總裁，我們已經距離臺灣很近了，大約兩天後就可以停靠至基隆港，四天後就可以到上海。」

「很好，」江少白對秘書點點頭，「都準備好了？」

「是的，臺灣那邊應接的官員已經和我們聯繫過了，至於疫苗的部分，西安的醫療研究部門，據悉是目前完成比例最快的，最近可能就可以完成。」

江少白搖了搖頭，「我最清楚那個疫苗的問題，如果沒有找尋到失落的原始基因組是很難完成最後階段。」

「還有一點值得關注的，根據外勤幹員寄回來的備忘錄，最近一次在日本的暗殺行動沒有處理好，此外在海外的研究資金流動也被注意。國際刑警組織已經掌控一些情報了。」

「那些混蛋，連個人都處理不好，」江少白咒罵一聲，然後搖搖頭，「算了，他們不是問題，這個組織自從進行了內部系統編組的升級後，效率和安保都大為下降。要我們的眼線定期回報。還有，委員都到齊了嗎？」

「大多都到了，伊果・布拉格委員從俄國四島飛來，大約二十分鐘後會到。」

「真不容易啊，不曉得上次所有委員都聚集是什麼時候，」江少白嘆了口氣，「了解，召集所有委員一小時後到中央會議室集合，我要宣布下一步的規劃。」

「是。」

秘書離開後，江少白將手上書籍放到一旁，從抽屜中拿出一個小木盒，取出裡面的紅碧璽戒指。

一小時後，江少白總裁走向會議室。會議室門口站著兩名警衛，他們看到江少白立刻立正敬禮。江少白不理會他們，逕自踏進會議室內。

會議室內明亮而寬敞，後方有兩面三公尺高的窗戶，材質為最高級的防彈玻璃，透過窗戶能夠俯瞰超級遊艇外一望無際的海面波濤。在會議室主位後方的牆面，掛著印法埃公司的龍頭徽章。

會議室中央的長桌邊緣裝飾著不鏽鋼條，桌子中間安裝了一副全像投影裝置，能夠呈現高畫質的立體影像。和會議室內華麗裝飾極為不合的，是兩旁牆面上分別掛著兩幅外觀古老的畫作。每幅畫都是不同的畫風，上面各有一名從天降下的騎士。

桌子四周有十二張高背皮椅，此時只剩下桌首的主席座椅，和對面的一張座椅是空著的。印法埃委員會的成員男女各半，除了江少白總裁年僅三十之外，其餘皆年過五十，過半數都已頭髮灰白，他們每個人手上也分別佩戴著和江少白類似的戒指，只是上頭鑲嵌的寶石各有不同。

江少白一踏入會議室，所有成員立刻站立起來。江少白逕自走到桌首的位置，他環顧眾人一圈，大多數人將目光投射到江少白身上，似乎所有人都刻意將眼神避開另一端空下的椅子。

印法埃集團的運作方式和其他企業非常不同，在領導階層上，一切皆由十一人組成的最高委員會主導，委員的選擇是根據個人擁有的心智力量和對組織貢獻進行篩選。印法埃集團自古便在世界各地網羅找尋擁有心智能力的人們，並且在經過層層嚴密的訓練和測試，依據委員個人偏好抉擇傳人，當中僅有主席一職是由眾人共同推舉，而這十一名委員也被組織稱作是他們所信奉真主——贏政之下最重要的「十一使徒」。

委員們平時都在公司各地負責管理和領導，鮮少所有人齊聚一堂，只有當公司要做出重大決策時，才會有這樣的聯席會議。

「各位同胞們，請坐。」眾人坐下後，江少白舉起桌上準備好的酒，說道：「敬世界的主宰乙太，還有智慧給予者贏政。」

眾人一同嚴肅的舉杯敬禮回應。

飲盡酒後，江少白將杯子放下，環視眾人，「我知道各位一定很想知道邀情大家齊聚一堂的用意何在，上一次聚會是在贏政甦醒的時候，由前代主席聶秦召開，那時我們遵守啟示靜候風雲變幻。但這次不一樣，現在是關鍵，我們組織千年來的契機就要出現了。各位是地球上具有最強精神力量的使徒、世界的領導，我們要團結一致，達成主的使命。」

「什麼契機？」

江少白一臉嚴肅的看向眾人，「各位或許來之前也略有耳聞，我就長話短說：《天啟憲章》實行的時候到了。」

聽聞這樣重大的信息，十名委員的表情卻沒什麼太大的變化，因為對於他們來說，心靈的波動遠勝於表情的變化。

「已經完成了？」配載黃碧璽戒指的伊果・布拉格委員問道。

「是的，千年來我們一直在等候的時機，近年來目標已經愈來愈清楚了。而就在七年前贏政的覺醒，證實了最後這一點。」江少白敲了敲桌面，桌面上出現了不同時代的影像：

「誠如各位所知道的，我們的組織從兩千兩百年前大浩劫的餘燼中浴火重生，經過組織內部的淨化，集結由贏政的血脈所組成地下組織『印法埃』——也就是現在人們所熟悉的這家公司。雖然導致第十二支派分裂——那群自稱『救贖派』的叛徒，其實他們不過是背叛真主的猶大。」

許多人聽到這面色頗為凝重的點了點頭。

「這些年來我們成了人類歷史上最不可忽視的力量，從歷朝政權的交替，還有席捲全球的瘟疫，到近代全球戰爭經濟的發展。每個時代的進步，都存在我們努力的身影。而我們所做的這一切努力，都是為了我們組織長久的目標——我們的核心理念：創造一個更優等的世界。

「在我們奮鬥的過程中，曾一度遭逢世界大戰的摧殘以及我們過去最大的敵人救贖派的阻撓。我們試著用自己的力量去完成主的理想，卻從未成功過。」畫面上出現乙太星艦從地底下破土而出的影像，「就在七年前，主的覺醒，給了我們長久以來，最後一片的拼圖。」

江少白指向會議室旁的畫作，「根據傳說，這五幅畫是世界最後命運的啟示，我們組織擁有其中的四幅，第五幅可能已經被救贖派毀了，這四張同時就是《聖經》中的天啟四騎士。第一幅，描述著一支軍隊從天而降，這被視為第一位騎士，而正如各位所知道的，七年前嬴政的覺醒，第一位騎士已經正式出動了。雖然我們對最後的結局都感到惋惜，但那卻是歷史的必然，因為命運早已注定，他只是天啟的開始而已。而他的敗亡，給了我們達成目標的最後拼圖，修正我們過去黑死病毒的錯誤——始皇基因已經找到了。」

「我們的研究部門已經研發出創世疫苗了？」配載綠瑪瑙戒指的羽田列委員問道。

「是的，據悉我們在西安的研究部門已經快要完成了，幾天內就會有回音。其他世界各地的設施都已經備妥，科技部門的改良電磁彈頭已經完成，生物奈米機器計畫也施行良久，就等疫苗完成，就可以用我們家族的生力軍去啟動。」

「基因組的開發，已經持續許久，幾乎伴隨著我們組織發展的整個歷史。雖然七年前獲得了關鍵的因子，但至今仍無法澈底解決病毒和宿主相容和穩定性的問題。我們如何百分之百確定這次是真的成功了？要知道一旦開始執行就再也沒有挽回的餘地。」

「現在還沒有完全確定，」江少白坦言，「因此我將在一週之後前往西安廠區的醫療研究部門親自視察創世疫苗結果。」

委員們顯露出意外的情緒。

「在憲章實行前，您打算離開艦隊親自前往西安？」配載紫水晶戒指的梁佑任副主席開口問道。

「這東西太重要，不親自確認我不放心。而且我有種預感，在憲章開始施行前回到這個嬴政當初覺醒的城市去看看，會有意外的收穫。」江少白說道，「當然，計畫的其他部分也要由各位委員去確認。或至少要由新建的生力軍去執行。」

「既然說到這個，那就來談談吧。」伊果傾身向前，「最重要的是，這群憲章執行者的生力軍召募得如何？」

「你們各自有負責區域，所以可能並不清楚完整的人員數目。本來就在軍隊中的人員以及這七年來廣域搜索的新進人員，目前總計已有將近六百二十名，等達到啟示錄中的命定之數就可以展開行動。我們有特殊的團隊在教育他們，他們將會是我們計畫的中堅，成為創世疫苗篩選的軍隊領導人。」

「擁有現代科技輔助，和對腦波特徵的深入了解，使得我們能找到許多過去遺漏的璞玉。但即便如此，具有操縱人心能力者仍為數不多，即便是歷任委員，也不見得都具有這樣的能力，大多僅具有感受的力量或是些微的操縱力。他們當中有多少是具有成為委員潛能的人？」

「目前推估有大約十七名生力軍具有等同十一委員控管人心的力量，我們最新的編組，將會把這十七名人員設在委員會下直轄，並受命他們擔任這次行動將軍，統御其他六百名生力軍和軍隊。並針對他們表現作評估。將在救贖完成後，遞補長久下來的缺口，成為第『十二使徒』。我們的家族也將終於完善。」

「這空缺已經空了有一千多年了吧。」配戴藍寶石戒指的布蘭達委員搖頭道，「這和那個七年前擊敗我主的那名思想叛徒倫納德有關對嗎？」

會議室中忽然顯露出不尋常的氣氛，眾人轉頭看向坐在桌首的江少白主席，他沒顯露出什麼特別的表情，只是注視著對面的那張空缺的座椅。但其他委員都感覺得出他對周圍放出了一波波強烈的怒意。

「的確，」江少白開口，「關於這點……」

這時傳來一陣敲門聲，接著江少白的秘書推開門走了進來，江少白怒視她說：「我們在開閉門會議。」

秘書畏懼的垂下目光，「對不起。長官，混沌找您，他在您的書房內。」

所有人聞言都屏住呼吸，只有江少白面無表情的點點頭，他起身說道：「各位先繼續。接下來由副主席梁佑任主持會議。我要去見一見這位……朋友。」

江少白在眾人的注視下走出會議室。一踏出會議室，他口中喃喃念著：「看來時間已經到了。」

9

江少白走回書房門口，他對門口的警衛說：「在我談完前，別讓任何人近來，即使是委員會成員也一樣。」

「是，長官。」

江少白走進書房，一名身著黑色軍服的人背對著他，看著牆面上那幅巨大的星空畫作。那個人全身散發出黑暗的氣息，江少白回想當初見到混沌的情形——在西安大戰後，印法埃集團去搜尋星艦爆炸的殘骸，希望能找到什麼有價值的發現，結果卻在殘骸中發現混沌——贏政的頭號手下，他們將混沌放到治療艙中救活他，成為印法埃和乙太聯繫的管道。只是他具有和贏政一般令人望而生畏的氣息，公司內部對他總是敬而遠之。江少白面無表情的走到他身後。

「很不錯的畫。」混沌說，「我剛才在試著尋找乙太的位置。」

「我說過你不能這樣在船艦上隨便亂走。而且委員剛才在開閉門會議……」

「那個會議晚點再開也沒關係。」

江少白沉默了一會兒，「時候到了，是嗎？」

「沒錯，」混沌轉過身。他皮膚黝黑閃亮，猶如菱角分明的黑耀岩般，他的一頭長髮梳到腦後，雙眼如同兩團熔岩發出熾熱的光芒，如同火焰一般向對方捲去，即便是印法埃最高階的委員會成員也會被他這雙眼睛給嚇到退後。

但江少白面無表情的看著混沌的那雙眼，他一路走到現在的地位，這世上已經沒什麼可以讓他感到害怕震驚了。

「確切時間我不知道，」混沌收回他強烈的目光，「但很近了，頂多一年，乙太等不下去了，我們的敵人已經甦醒，計畫必須立刻展開。」

「這沒有問題，我們已經準備許久且充份了。」江少白說：「目前已經有將近十五億人接受了奈米治療，同時透過季風環流的散佈，增加接受者。等到創世疫苗完成後，我們就可以將基因組轉化成電子訊號，透過聯合國天網系統啟動所有受染者，活化始皇基因，篩選出乙太的子民。

「在軍事方面的進展也非常成功，臺灣政府七年前私藏的乙太飛行艦，透過和我們的合作，他們為我們打造出一支強大的空軍。我們的生力軍也已經快要達到命運之數，這是一個強大的精神共同體，具有無可匹敵的強大力量。」

「很好，但我必須警告你：你們的計畫仍有風險。」

「為什麼？」

「相信你知道倫納德・馬修斯。」

「他怎麼了？」江少白面無表情，但每一根肌肉纖維全部都緊繃到最高的狀態。

「沒錯，你的情緒很強烈，我現在可以感受到，」混沌露出微笑，「你對他的恨意很強，這是源自於過去的經驗。然而盲目的仇恨有時會導致自己的滅亡。」

「你沒有回答我的問題。」

「他具有非常強大的精神力量，可以說是乙太和人類血脈中我所見過最強的。他擁有傑生的知識，那是你我所沒有的，而且我很確定他不會支持你。」

「我也不需要他的支持，」江少白說：「他就算再厲害也只是一個人。」

「他擊敗過我們領導人贏政。」

「靠著叛徒傑生的量子武器。」

「那樣說並不正確，」混沌搖了搖頭，「我在星艦毀滅時就在上面，當他和嬴政的意志力互相比拼的同時，我感受到他放出的精神力場，是和嬴政不分軒輊的。而嬴政已經是泰非斯手下最強的戰士了。那種能力是我在人類當中從來沒有感受過，即便你們幾個使徒也一樣，你們沒人可和他匹敵，你或許還有機會，但其他人……不，總之他絕不是單靠傑生的武器擊敗嬴政的。」

「我可以派人殺了他。」

「你覺得自己的手下有比嬴政本人厲害嗎？你自己也有經驗，知道具有乙太血統的人，可以在遠距離就感應到精神力場的波動，進而阻止他們。而且乙太的直接命令，是要留他的活口。」

「但這都不足以成為真正的原因，他真的有那麼重要嗎？」

混沌搖了搖頭，「詳情我無法告訴你，但我可以告訴你，基於某種原因，他是通往創始之體的重要關鍵。而且他也是你們要達到十二使徒的完善所必須克服的對象。」

「所以……要活捉他？」

「沒錯。」

「為什麼？」

「我說過，基於某種原因。詳情我無法告訴你。」

「我救了你的命，如果不是我你早就死在星艦的殘骸中。我命令你告訴我。」江少白直視混沌的雙眼。

「你以為你可以脅迫我告訴你所有的事？」混沌露出微笑，「即便你具有乙太血統，你的智慧仍受限於人體，那些知識遠非你所能了解的。」

江少白板起面孔來，「別忘了你發過誓，將會服侍你主人的後代，絕對服從新主的命令（註：中國神話中，混沌發誓會對惡人屈膝），為自己的使命盡責，必要時甚至獻上自己的生命。」

混沌在江少白的注視下垂下目光，然後不情願的開口：「我知道自己的誓言，但我必須遵從泰非斯元帥的命令。這是人類弱小的心靈不能理解的。」

「我就讓你見識一下弱小人類的力量。」江少白說完後一道強烈的精神勢能在他腦中升起，直接向對方攻去，而混沌也臉色嚴肅的還擊。四周溫度下降，一時間兩人就這樣注視著對方，接著兩人同時後退一步。

「沒錯，你的實力的確遠勝你其餘的同胞，甚至略勝我一籌。」混沌讚歎說：「但你必須了解，具有操縱別人心智的能力，不代表有控制自己的心智的力量。我看得出你心中的仇恨，不要讓這個感覺消失，最後的關頭即將來到，你身為地球上的掌舵者，你不能對乙太和自身理念有絲毫動搖。」

「我的信念從來沒有動搖，我清楚自己效忠的對象。」

「很好。倫納德也和嬴政說過同樣的話，或許你真的是唯一能夠擊敗他的人。」

「你真的不能告訴我他為什麼那麼重要嗎？」

「你會知道的。」混沌對他微笑，「記住，你的世界需要你，你是你們同胞唯一的希望。不要動搖。」他說完便轉身離開，走出書房。

江少白瞪著混沌消失的背影。他感覺怒火在胸口升起，他真的很討厭這個處處和他故弄玄虛的人，但偏偏他又是唯一能夠和乙太聯絡的窗口。然後他想到的倫納德，根據混沌的說法，他擁有某樣乙太亟欲獲得的關鍵東西，那到底是什麼？想到倫納德，江少白握緊雙拳，恨意如同浪潮一般流遍他全身。

他絕對不會忘記當初發生在自己身旁的事情，他已經讓絕大部分參與過那件事的人都付出了慘痛的代價，如今只剩少數幾位還活著，但那並非是源於仁慈，而是更長遠的報復。混沌要他對付倫納德，他會樂於從命。或許他的精神能力比不過對方，但是他擁有無人可比的堅定意志，在面對未來的關鍵選擇時，他不會有絲毫動搖。

外面傳來扣門聲，他的秘書走了進來，「您談完了嗎？」

「不然你是怎麼進來的？」他坐到沙發上。

「那個傢伙真是恐怖，整艘船上的人都怕他怕的要命。」秘書驚恐的看著門。

「那是委員會的事，你別管。有什麼事要報告嗎？」

「是的，剛才西安的醫療部門傳來消息，『創世疫苗』已經研發完成了。」

「真的嗎？」江少白訝異的說：「比我預想的還快，想不到他們沒有原始病毒序列也可以在今天完成。把那份報告給我看。」他接過秘書手上的資料。

「委員會已經知道了，現在正在將此疫苗樣本送到新實驗基地，等他們實驗確認後，就可由送往科技部門的資訊中心，由生力軍啟動始皇基因。」秘書在總裁檢視著報告時在旁一面說著。

「很好，後續的事情都要向委員會報告，傳備份資料給每一個成員。」

「是。」

「還有，」江少白看到創世疫苗人事資料中一位研究員，她是位年輕的女性，年齡二十七歲，面容清秀俊俏，一頭黑色長髮披垂在肩上。他指著照片問道：「這個人是誰？」

「我找找看。」秘書在手上的平板點了點，然後把螢幕轉向總裁，「這是她的個人資料。她叫蕭璟，是我們西安醫療部門的研究員，在疫苗研發上有非常卓越的貢獻，最後的基因組問題就是她解決的。」

江少白看著平板上蕭璟的照片，她的一雙黑眼珠如同黑耀岩般閃爍著自信的光芒，臉上堅毅的神情彷彿準備迎向任何挑戰。江少白一生看過無數美女，因此對大多的美女也沒有什麼特別的感覺，但蕭璟給他感覺不一樣，她有一種獨特的美，不知道為什麼，光是看到蕭璟的照片就讓他感到有些不安。

「等我到西安的時候，囑咐他們把這個……蕭璟找來見我。」江少白對秘書說。

「是的，」秘書點點頭，江少白總裁時常在出訪各地時找明星、模特兒或是貌美的職員相陪，對她而言這沒什麼奇特的。

「沒事了，快走吧。」

「是。」

秘書走後，江少白躺在沙發上，想起不久前在夢中，當他回過頭時，一瞬間見到的另一個人，那是怎麼回事？他搖了搖頭，要專心，他想著混沌的話、創始之體、組織等待千年的契機。這是從他與生俱來承擔的職責，是他對世界的責任。

10

中國　西安　印法埃國際企業醫療研究部門

蕭璟靜坐在位置上，頭抵著雙手陷入沉思。

她應該要感到高興的，因為在不久前她完成了創世疫苗的基因組最後修正部分，完成了公司從幾十年前就開始研發的基因療法，並在期限截止前三天交出了報告這項完成是醫學史上的一大突破，它將可以拯救千千萬萬個人——而這正是她一生最大的願望。

她還記得高主任看到時高興的在辦公室內歡呼，引起公司內一陣騷動。現在因為這項疫苗的研發成功，整個研究團隊都可以獲得升職，整個團隊都樂翻了，出去慶祝了幾次，每個人都把蕭璟當成他們的救星。此時她桌下甚至放著近十盒巧克力——在她完成創世疫苗基因組後，她收到的謝禮及某些男同事的表白。

一切都是那麼美好，眼前的未來一片光明，她甚至可能成為公司內升職最快的研究員。

但她就是高興不起來。一塊沈重的大石壓在她的心頭。

蕭璟看著螢幕上顯示的兩條基因序列：分別是剛剛完成的『創世疫苗』，以及不久前倫納德所寄給她的樣本——十四世紀的黑死病毒。

這讓她感到極端困擾，黑死病毒本該是七百年前的奪命病毒，只是她興趣研究的對象，和她現實生活應該沒什麼關連。結果現在居然看到電腦上顯示：「創世疫苗基因與黑死病毒基因組序列比較　相符度98.8%」

科學家解釋黑死病的成因，推測這場瘟疫是由鼠疫耶爾森氏菌——也就是鼠疫桿菌所導致的，後續的幾場疫情也是該細菌的基因突變。然而學者巴尼・斯隆卻認為黑死病的源頭並非是鼠疫桿菌所造成，因為根據統計，鼠疫應該隨著冬天的到來而逐漸減少，然而研究卻顯示在十四世紀時，黑死病的傳播速率在冬天卻是大大加快，甚至進入格陵蘭；而且許多證據也顯示黑死病的傳播速度快的不可思議，若是以老鼠為媒介根本不可能辦得到。種種證據顯示黑死病的病源並非是人們所認為的鼠疫桿菌，而是某種更為致命的病原體，某種至今仍未知的致病源。

現在蕭環已經知道，十四世紀時襲捲歐洲的黑死病，其來源是來自於蒙古遠征歐洲時所帶去的，當年中國的淮河流域在元朝政權時就爆發黑死病，又在更早之前，蒙古企圖挖掘秦始皇的陵寢。結果在挖掘秦始皇的陵寢的時候，或許放出了某種史前——甚至是外星古菌，造成了往後的疫情。而至於黑死病病原本身，並不是什麼「鼠疫耶爾森氏菌」，而是一種更為複雜的逆轉錄病毒。

她本來認為不論那是什麼，都只是七百年前的歷史——而她對歷史一點興趣都沒有——和現在的世界毫無關連，只是過往餘波的影子而已。

但現在，她卻看到公司正在開發的疫苗居然和七百年前奪去上億人性命的黑死病基因組相似度高達九十八，她甚至可以篤定，公司開發的疫苗，是以黑死病毒為藍本進行研發。而公司不知為什麼遺失了原始的病毒基因組，所以遲遲無法完成疫苗。

當蕭環看到這個結果時，她震驚的無法轉動目光。這個是創世疫苗的藍本，她很確定利用這個藍本她可以迅速的完成創世疫苗的基因編碼。只是她很遲疑，她感覺這背後有某個超乎她想像的陰謀存在。然而時間的壓力不給她考慮的時間，她利用黑死病毒為樣本，很快的修正了創世疫苗有問題的基因組，完成公司多年的研究。

現在，她開始懷疑自己是不是犯了的致命的大錯。

蕭環的目光掃過她桌面上擺滿的資料——全是關於印法埃公司的檔案以及創世疫苗的開發歷程。她極力的調查公司的背景，以及創世疫苗最初始的開發經歷，希望從資料中找到合乎解釋的理由，然而她什麼都沒找到。而關於創世疫苗的開發過程，由於各部門的資訊區隔原則，蕭璟除了自己工作分內的資訊外，對於其他部門則完全無從得知。

現在，只剩下最後一條路可以找出真相。蕭璟看向螢幕右下角顯示「實驗進行中」。她將倫納德以及自己的基因，分別針對黑死病毒以及創世疫苗進行模擬結合，理論上這是違反公司規定的，但蕭璟知道這是最後一條路，她必須利用倫納德的基因和疫苗進行比較，找出這家公司到底在做些什麼。

蕭璟楞楞地看著螢幕。還有四分三十七秒，四分三十六秒……結果就快出來了。

蕭璟坐立難安，她不確定自己究竟希望看到什麼結果，她也不確定自己想不想知道。

「嘿，」高宏溱主任靠到她位置旁，「大家要出去聚餐，你要和我們一起去嗎？」

「不用了，謝謝主任。」蕭璟疲倦的揉揉眼睛，「我晚點還有事。」

「拜託，你是我們的大功臣耶，」柯品謙說：「我們這次每個人可以保住飯碗都是你的功勞啊。大家可都要感謝你，而且主任也說他會請客了。」

高主任瞪了他一眼，好像在說「我什麼時候說過了？」然後他點點頭，「是啊，疫苗已經完成了，現在是高層修正實驗的問題了，你整天還在實驗室要做什麼？」

「謝謝主任的好意，但我真的……有事要忙。」蕭璟悄悄的將螢幕關掉，免得被別人發現她在做什麼。

高主任面露擔心，壓低聲音說：「如果是上次在辦公室的事……」

「不，和那沒有關係，我不在意，真的，」蕭璟擠出一個微笑，「我真的只是累了。」

「好吧，那明天見了，」主任轉過身對大家說：「今天我請客。」眾人歡呼一聲離開。

等到大家走了後，蕭璟喘了一口氣。她最近的行為實在是太反常了，所有人都覺得很奇怪，但她沒有辦法，眼前的事情實在太重要了。她想起七年前和倫尼在星艦上面對贏政時贏政所說的話。如果她猜的沒錯……

電腦螢幕閃爍光芒。實驗模擬完畢。

蕭璟立刻抓起滑鼠，點擊了兩下。當她看到結果時，震驚的張大了眼睛。

不可能。這太難以置信了。她心想，但如果是真的話……

就在這時她的手機響了起來，她瞥了螢幕一眼，螢幕上來電顯示：「倫尼」

蕭璟這才想起倫尼已經回到英國了。她瞪著螢幕的結果，立刻抓起電話。「倫尼，你一定得知道發生了什麼事！」

11

英國　倫敦　英倫國際機場

倫納德剛過海關，就立刻打電話給蕭璟。

他等待通訊的同時，一面看著手錶。上海和倫敦時差大概是八個小時，那裡現在應該是傍晚。他好久沒和蕭璟講到話，他猜想蕭璟看到自己打給她一定會很高興。

電話接通，倫納德輕鬆的說：「璟……」

「倫尼，你一定得知道發生了什麼事！」

倫納德被蕭璟急迫的語氣嚇到，他本來打算和蕭璟好好的聊一聊，也許先從最近過的怎麼樣，或著是甜言蜜語開始談起，但他萬萬沒有想到電話一接通，蕭璟會和他說這個。「呃，發生什麼事？」倫納德困惑的說。

「你寄給我的樣本啊！就是那個被黑死病毒感染的組織，我分析的結果出來了，你一定不敢相信！」

「你說……」

「我們當初不是提了一個理論，認為黑死病並不是由鼠疫耶爾森氏菌感染的，而是由某種高傳染力的其他病毒所致，而那種病毒是來自於秦始皇的陵寢？」

「等等，我不確定……耶爾森什麼東西？」

「結果我把黑死病毒拿去做基因組分析，你猜猜發生什麼事？黑死病毒的基因組，和我們公司正在開發的創世疫苗相似度將近百分之百！」

「等等，你快把我搞糊塗了，」倫納德困惑的問道：「創世疫苗是什麼東西？我知道那是你們在研發的東西，但我不清楚它的實際功能。」

「是這樣的。創世疫苗，嚴格來說並不是一種傳統概念的『疫苗』。基本上是利用生物奈米機器人，針對不同個體，將這個疫苗針對特定的基因上傳給宿主，不同於過去是以病毒作為載體，所以會更加精確且安全。而宿主的遺傳本體形式是ＤＮＡ，所以釋放的ＲＮＡ會和逆轉錄整合酶作用，進入細胞和宿主細胞基因組結合。」

「所以說……」

「印法埃公司開發的技術，利用的正是這種療法，只是結構較為複雜許多。將新的基因組植入宿主，而它可以針對人體系統進行指令，進而重新導引編排……」

「讓我整理一下。你們發明一種將新基因植入人體的基因療法——這種療法的面相比過去其他同類型更全面——但你說這種疫苗的基因組卻和中世紀時代的黑死病相同？」

「很高興你理解了。而在這段時間裡，我們所遇到最困難的問題就是，在透過整合酶成功將疫苗基因插入宿主的遺傳物質後，疫苗本身和宿主基因無法彼此協調。毀壞其餘的基因組，也就是會波及其他的基因，進而傷害人體的其餘部分。我們為了調整這個基因調整個快要瘋了，但由於我們沒有原始基因組，要進行這項工作變得萬分困難，直到……」

「你收到我寄給你的黑死病病毒，」倫納德漸漸領悟，「而那恰好提供你所需的基因藍本……」

「沒錯。」蕭璟語氣擔憂的說：「我迫於期限壓力，很快的將完成的結果交上去，但現在我很擔心……」

「為什麼一家現代公司所研發出來的疫苗，會和七百年前的病毒相同呢？」倫納德不解的說。

「這就是我擔心的問題。我懷疑這個疫苗背後，可能有著更大的陰謀。」

「但你說過當年的黑死病本身就汰選了不同基因的生存者，」倫納德說，嬴政的話縈繞在他耳邊，夢境中的片段一幕幕在眼前閃過，「或許他們只是比我們早發現這個病毒基因組，並了解了它更新人體基因的能力，並不是……」

「我知道。所以我做了另一個實驗，」蕭璟說：「你記得我們七年前提出的『始皇基因』理論嗎？」

「量子生物學，是的，我記得。」

「沒錯，我偷偷將你的基因還有我的，針對黑死病病毒以及創世疫苗進行結合，結果你猜猜結果怎麼樣？你的部分，在面對黑死病病毒時，是完全沒有受到任何影響，我的則是在逆轉錄病毒對基因組的控制當中，免疫系統遭到破壞。這本來沒什麼，都在我們的預期之中，但當我們的基因和創世疫苗結合後……」

「發生了什麼事？」倫納德不自禁的屏著呼吸。

「你的基因組在和創世疫苗結合後，細胞內產生的強烈的級聯反應。好幾段基因和細胞機能被高度活化，像是免疫系統、語言感知都有提昇。最重要的是，你的『始皇基因』變得極為活躍，掌管大腦線路的基因變得更加活躍。」她低聲說：「你不懂嗎？創世疫苗讓你變得更強。」

「但這……這實在沒道理啊！」倫納德顫抖的說，某家國際公司，找出了活化始皇基因的排基因療法？

「那你自己的呢？」

「我的部分也產生了類似效應，許多基因都被活化，然而我針對這個結果進行探討，發現如果沒有始皇基因的調控，被活化的基因彼此間可能會產生互相競爭對抗。」

「這究竟是怎麼回事？」倫納德不解的說，他對醫學並不了解，但對於始皇基因的了解遠勝過世上任何人，他看了看時間，車子還要十分鐘才會到。

「我真的不知道。我的推論是：當年的黑死病病毒是在意外中放出來的，部分基因對它有免疫機制，而始皇基因是這些基因中的其中一種。這是一個意外的基因汰選，而現在這個創世疫苗，由於某種不解的理由，是根據黑死病病毒為設計藍本，研究部門調整了幾個因子，讓它可以將基因植入宿主體內，卻不會直接傷害人體。而由於公司本身缺少黑死病毒的原始樣本，無法使創世疫苗基因組穩定。」

「等一下，」倫納德揉著頭說：「你的意思是，公司利用黑死病毒作為研究藍本，卻因為缺少黑死病毒基因序列而無法製成穩定的疫苗基因？這聽起來自相矛盾。」

「我現在也只研究了一點，以後可能會有別的發現。」

「既然你講到這個，你知道我在考古區也有別的發現，」倫納德說：「我在挖掘區中見到了一個石板。」

「一個石板？」蕭璟的聲音充滿恐懼，「你指的是……和西北大學那塊一樣？」

「語言不一樣，而且這塊已經被破壞的很嚴重，然而主體外觀和西北大學那塊類似的詭異。唯一可以辨認的，是上面記著一個符號。我分析了一下，那個符號所代表的，應該是波賽頓的三叉戟，我檢閱了過去的一些資料，認為它應該是指某座城市，可能是雅典、科林斯，或是羅馬之類的地方」

「一樣的石板，在歐洲居然也有？」

「東西方的文化交流遠比常人以為的更加頻繁久遠。像是一萬年前的印歐原人，或是後來的絲路……」

「所以那個幾地方有什麼特別的？」

「嗯，例如科林斯是個歷史悠久的地方，傳說西緒福斯在此創立了運動會，在歷史上的地位雅典更不用提……」

「真的是幫了很大的忙耶，我問的是那裡有什麼，和我們目前的討論有相關的事物？」

「喔，我還不知道。我請了歐洲地質研究團隊針對我所標示區域進行簡單探測，看看會有什麼發現。幾天內應該就會有回復。」

「我個人是希望沒什麼發現。但我有種不祥的預感。先是中國，現在居然連歐洲也發現……」

「你記得我告訴你傑生說過的話嗎？他說過那些石板不是他雕的，而是另有其人，而那個人不可能是嬴政自己，但同時又要具有和他們相同的心智力量。所以當初認為，雕刻出石板的人，是和我一樣的嬴政的後代。但是現在我開始覺得，這些人彼此之間可能比想像中的更加……緊張。」

「什麼？你怎麼推論出來的？」

倫納德想起夢中炸開洞穴的烈火，和慘叫逃跑的人們。「我現在還不確定。我現在有一個想法……這需要證實。要等到科林斯的報告出來我才能判斷。」

「好吧，那這段時間我會在針對創世疫苗的部分進行研究。」

「那麼，」接他的車輛來了，司機幫他把行李放到後車廂，他逕自坐到後座，「既然討論到一段落，我們可以談談一開始被打斷的話題。璟，你現在過的怎麼樣？」

「和過去一樣。還有，倫尼，我勸你快點回來，你女朋友現在在公司可是很搶手的，為了保密我又不能說出你的身分，我已經收到了一堆巧克力。」

「真的嗎？太好了，留著之後可以一起吃。」

「那是送給我的耶，而且上個情人節你人在芬蘭，別說巧克力，連一通電話都沒給我。這些人比你用心多了。」

「上帝保佑那些男的。」倫納德笑著說：「對了，明天我要和我爸去吃飯，要我待你問好嗎？他很喜歡妳。」

「大概是因為我比他兒子孝順吧。替我向他說聲謝謝，我很喜歡他上次送我的手鍊。」

「我會代為轉達，」他看到車子要進隧道，說道：「那麼我先掛斷了，一週後再見。」

「再見。」

電話掛斷後，車子正好駛入隧道中。倫納德將手機放到一旁，把手提箱放到腿上，開始閱讀裡面關於黑死病及符號的一切資料。

12

臺灣　臺北市　總統府總統辦公室

宋英倫坐在他的辦公皮椅上，眼神望著懸掛在牆面上，歷任總統的照片。從最左邊起，是行憲後第一任總統蔣介石，到後來的蔣經國、李登輝、陳水扁、馬英九、蔡英文，而不久後他也即將加入他們的行列。

他掃視著這間陰暗的辦公室，七年了，他對這裡的裝潢和舒適度不甚滿意，總覺得太多辦公室的氣息。但即使如此，他已在這裡達成了史上無人能及的成就。

就在七年前他剛任職的第一天，便遭逢了外星入侵席捲全球的風暴，當時他頂住了全國人民的怒火下達戒嚴令。並且在國際聯合部隊入駐台灣時，在三天內協調了國共內戰後便未曾有過的龐大軍民遷移，甚至因此刷新前任總統的史上最低民調紀錄。

但他的作為卻在戰後為國家帶來了非凡的成果。故宮大戰時，他使用隱藏許久的軍事科技，擊退外星艦隊並一舉震懾全世界；在各個國家金融崩潰、建築設施損傷大半的情況下，台灣經濟卻在他的領導下，僅花了三年就回到了昔日的水平，如今更是超越過往；在國際秩序混亂時，他不僅藉由實際作為提升國家的國際地位，更重新恢復了兩岸的友好關係，共同重建毀損的地區。

而這一切，全是十年前那一封信促成的。

當時他坐在差不多同樣灰暗的辦公室內，思量著要不要投入台北市長的選舉。那時他收到了一封信，是一家叫印法埃國際的企業寄來的。信的內容表示只要和他們合作，就能夠達成他渴望的一切，成為真正為國奉獻名垂青史的英雄。當時他把那封信扔到碎紙機，一笑置之。

但他很快就改變想法了。

印法埃國際公司的強大實力是他做夢也沒想到的，他們在世界各地的影響力遠遠超過任何一個國家。這十年來他透過和印法埃企業的合作，更加體認到自己參與的是個十分偉大的計畫。

他從來沒有和印法埃有過任何直接地接觸，他們所有的連繫都是經由看過即自動銷毀的氧化信件。合作的這些年，印法埃替他瓦解了所有政敵，助他登上總統大位。而他也聽從印法埃的要求，在戰後強行通過法案將臺灣民間能源企業營運合法化，使臺灣成為世上第一個使用「方舟發電廠」的地區。後來更將自己隱藏的外星戰艦技術提供給印法埃公司軍火科技部門，而軍方在他們的協助下，發明了全新的「赤炎之子」隱形戰機。

現在，他的聲望如日中天，民調超過百分之八十，弭平了長久以來台灣內部的裂痕，達到空前絕後的成就。對比牆面上的前輩們，可說無人可和他相提並論。

但是，也就這樣了。

他看著懸掛在正中央那幅孫中山的照片，孫中山在憲法中規定了總統任期。現在，既有的框架已經無法再更多地滿足他了。

他將目光投向門口。就在兩週前，印法埃公司第一次用電話聯繫他，並告訴他今天會有人來為江少白總裁傳話。他一直到現在還不敢相信，但有一點可以確認，他們將要展開行動了，而這將會是他更上一層樓的踏腳石。

他瞥了牆上的時鐘一眼，已經等了兩個小時。現在應該差不多要到了……

「我來了。」

突然出現的聲音將宋英倫嚇得站了起來，「是江少白總裁嗎？」

黑影中傳來冷酷的聲音，「想見總裁……你的層級還不夠。」

「那是當然。」宋英倫不以為意的點點頭，並指著沙發，「那你是？」

「我是幫江少白總裁傳話的人，你不需要知道我的名字。」

那個人走到燈光下，宋英倫這才發現原來這個傳話人十分年輕，大約二十五歲，「我來這裡是代江少白總裁告訴你，你等待十年的那天已經到了。天啟憲章即將展開了。」那人一面說一面坐到沙發上。

宋英倫屏著呼吸，他望眼欲穿的等了十年，如今聽到對方親口說那天到了，卻有種極不真實的感覺。

「這麼快？」

「沒錯。總裁想知道，你準備好基地所的移轉了嗎？還有你接受過奈米治療了嗎？」

「是的，」宋英倫滿臉困惑，「磐石指揮部的駐守人員我已經調換過了。兩週前收到你們的通知後，我就立刻去你們指定的地區接受治療了。那個用途是什麼？」

「等計畫開始時，那可以保護你不受攻擊。但仍要小心，它無法屏蔽生物性傳染。」

「沒有接受奈米治療的人會怎麼樣？」

對方沉默了一下，「他們將為我們的理想做出犧牲。」

宋英倫感到一陣顫慄。他再次看向牆上的照片，回想起剛才自己思索迄今他所達成的成就。在這期間，全國人民對他寄予莫大的信任，許多建設甚至是靠著人民團結一致而達成。即便在理性上他深深明白，印法埃所做的是為了他們更長遠的利益著想，但他卻要背棄絕大部分支持他的人民。

「總統先生？」對方見他沉默許久問道，「您都聽到了嗎？」

「是的，我只是想……」宋英倫有些猶豫，「我不確定自己想不想這樣……是不是能夠延遲個幾天，讓我想清楚……」

對方的表情忽然變得和冰山一樣冷酷，他沒想到這麼冰冷的表情居然會出自一個青年。

「你承諾過我們，」那個青年瞪視著宋英倫走來，「別忘了，你今天能夠站在這裡，是我們一手建立起來的。我們能建造你，也能在一夕之間毀掉你！」

「我……」

「你已做過承諾，渴望一同見證新世界，而現在居然想反悔？」青年雙眼直視宋英倫，那一刻一股猛烈的恐懼抓攫住他的心靈。那狹帶著肉體的痛楚撲向他，遠遠超過他所能承受。他猛吸一口氣倒地。

「記住剛才的感覺，我可以讓它更痛苦、更持久。」青年說：「現在還想反悔嗎？」

「我的主人，我會履行我的諾言的，」宋英倫顫抖的開口，他撐著桌子站起來，「但我只有一個問題……當那刻來臨時，我怎麼知道呢？」

「你一定會知道，」青年走向門口，「我也該走了，免得被其他人發現。」他轉開門把，回頭望向宋英倫，「記住你的承諾，還有剛才那股痛苦。」說完他便關上房門，連一絲聲響都沒有，一如他走進房間時一般。

宋英倫望著青年離去的背影，深吸了一口氣。是的，他必須再次做出艱難決定，就像當年應戰時做的各項決策一般，雖然人民不理解，可最終帶給他們無比的利益。他必須有承擔這個責任的堅定信念，這才是他對人民真正的貢獻。

13

英國　倫敦市　餐廳

「這陣子過得如何？」沃克嚥下他的香煎鱸魚後，向倫納德問道。

這間餐廳坐滿了人，天花板的正中央吊著一個巨大的水晶燈，將潔白的牆面映照地更加明亮，牆上還掛著幾幅藝術作品。服務生在走道上往來穿梭，應接川流不息的顧客。這裡的食物十分美味，是倫敦風評最好的一家餐廳，倫納德在好幾個月前才訂到位置。

倫納德看著父親的面孔。原本他們兩人過去的關係十分緊張，曾對彼此不聞不問達十年以上，而倫納德也認為父親不要他了，因此毅然決然離開英國去中國念書。後來經歷了外星入侵戰爭後，他們在一度認為對方死亡的情況下，發現對方在自己心中所佔的位置是如此的重要，只是從來不肯告訴對方而已。就在西安戰役前的最後時刻，沃克緊抱住倫納德並彼此傾吐心聲，二人才終於放下過去橫了十幾年的障礙。

儘管在中國的這些年讓倫納德歷經了無數痛苦和折磨，但他從來不後悔，因為那促成了他和父親對彼此的諒解，更讓他認識了蕭璟。

他已經四個多月沒有和父親見面了，在芬蘭的計畫終於告一段落，因此他約沃克一起吃晚餐。在氣氛美好的餐廳中，父子二人好久沒有享受到這麼平靜祥和的時光。

「還算不錯，至少在芬蘭很涼爽。」倫納德笑著說。

「你在芬蘭忙了那麼久，到底在搞什麼東西啊？」沃克皺著眉問。

「一種七百年前……總之你不會感興趣就對了，」倫納德好幾次考慮要向父親說出關於自己基因問題的事，畢竟沃克一定也有始皇基因，只是沒有表現而已，「我把採集到的樣本寄給璟，她會幫我完成分析。」

「璟啊，」沃克嘆了口氣，「她給我的印象很好，她是個意志堅定、勇敢的女性，現在這種人已經很少見了。她到西安工作後我就沒看過她了，差不多一年了吧？」

「是啊，我也不常見到她，芬蘭的考古區域又無法通話。喔，對了，璟要我代她傳話，」倫納德說：「她要我告訴你她很謝謝你上次送她手鍊，還有幫忙問好之類的。」

「她是個很棒的女孩，」沃克笑著說：「你們已經交往七年了，現在也都有工作。你們打算什麼時候結婚？」

倫納德有些害羞，他微笑說：「再等等吧，她是個比較保守又很有主見的人，她打算等我們找到一個穩定的地方再說。」

「只要能幸福，在哪裡都好，」沃克吞下義大利麵，然後忽然神色黯淡的說道：「要維持一個家庭的和諧不是容易的事，我就是個很糟糕的示範。你媽媽是個好人，但我們的關係卻一直處理得不好。你應該很清楚，畢竟那段時間我就是用同樣的方式對待你。」

倫納德聽了覺得十分感慨。他想起七年前外星入侵戰爭時，這件事情一次又一次的撕裂他的內心。尤其是當他和嬴政對峙時，還差點因為這害他死在星艦內部。所幸蕭璟在最後關頭喚醒他心中的另一面，這才終於澈底克服纏繞他多年的陰影，並擊敗了嬴政。

他不否認，即便到現在自己依舊對父親拋棄母親茱莉亞的事情感到生氣，但他學著去接受，他也明白父親當時承受了很大的壓力。此時看到父親語重心長的提到母親，顯然是心理未曾釋懷此事。

「爸，你放心吧，」倫納德擠出一個微笑，「我和璟一定會很好的，你不必為我們擔心。」

「我當然相信你，能夠和你一起登上星艦又死裡逃生的女人，我一定相信你們。我只是在想，當初因為……」沃克聲音忽然低了下來，似乎想起什麼痛苦的事。

他感覺父親的話似乎含有別的更深的意思，但他不便追問。倫納德本來心裡有些感傷，但聽到父親提到七年前的西安戰役，他忽然想起當年登上外星戰艦時，父親對自己說的那些話。

「對了，你能不能告訴我關於祖父江曲昌的事？」

沃克被他的問題嚇了一跳，「你怎麼突然對他感興趣？你應該完全不記得他吧，那時候你連一歲都不到。」

倫納德想起他夢中那稍見即逝的男人，以及站立在地圖面前的日本軍官，還有蕭璟提到的創世疫苗。「也沒什麼，只是我對我們家族一直不大了解。想到你說我居然有一位來自中國的祖父，所以我想……」

「喔，原來是這樣。」沃克點點頭，「其實也沒什麼，你想從哪個部分講起？」

倫納德想了想，「他的工作吧。你說他是在二次世界大戰時來到英國的，他當時是中國國民政府的軍人嗎？」

「你猜的沒錯，」沃克點頭同意，「中日戰爭——也就是第二次世界大戰的亞洲戰場——他當時在蔣中正的手下，為國民政府的軍官。中日戰爭的詳細經歷我就不說了，你一定比我還要熟悉。總之，他是防守南京的軍官之一。當時南京是由唐生智團長領軍防禦，而他是在一百五十九師叫什麼羅策群師長的手下。」沃克說到這時笑了一下，「所以說我們家三代都是軍人。」

「而在日軍攻佔南京後，唐生智與司令部成員乘坐事先保留的小火輪，從下關煤炭港逃到江北。你祖父在南京突圍的時候和軍隊走散——事實上這種事在那時是十分常見的。後來他因緣際會的逃到當時被英國殖民的香港。

「一九四一年的長沙會戰，他本來打算前去幫助國民政府，然而在那不久之後，就爆發了珍珠港事件，之後日軍迅速進攻香港。在那之前就有多人搭乘油輪逃往歐洲，而他也是在那個時候經過一番轉折來到英國的。」

沃克聳聳肩，「後來你知道的，德國、日本相繼投降，二次世界大戰結束。你祖父本來想要回中國去，然而世界大戰結束沒多久，中國國內就爆發了內戰。內戰結束後又接二連三爆發了韓戰、越戰等局部戰役，他一直沒有機會回去，便在英國定居下來。直到八十幾歲他才終於回到中國，尋訪當年的老戰友之類的。」沃克看著倫納德，「我知道的大概就是這些了。」

倫納德皺著眉琢磨父親說的話，感覺缺少了點什麼。他不確定自己是怎麼知道的，畢竟這是他第一次聽關於他祖先的事。他想著夢中的景況，問道：「那我祖父江曲昌……他有其他兄弟姊妹嗎？」

沃克皺著眉把頭歪向一邊，想了想說：「我印象中是有，但他似乎很不喜歡講起那段故事，每次提到他的神情就會黯淡下來。」

「是什麼樣的故事？」倫納德急迫的問。

沃克不解的看了他一眼，然後說：「他有一個弟弟，叫做江良夕。好像和他在南京同一個單位擔任軍官。據說在他們突圍南京的那一天，他弟弟慘遭日軍殺害。當時他下令他弟弟所處的部隊負責斷後，結果敵軍太多，他親眼看見他弟弟被日軍用刀砍傷，生死未卜。但他在人潮推湧和軍令下不得不離開，從此便再也沒有他弟弟的消息。他後來去中國可能就是為了要找尋他的下落。」

倫納德聽父親述說這段往事，彷彿看見當時數萬軍民驚恐的逃難，被比自己強大無數倍的日軍追殺，那個場景是何等血腥恐怖。他自己經歷過戰爭，知道戰爭的可怕，而以前那種近身肉搏的戰役，比起現在更是驚心動魄。他想像看著親人在自己眼前被砍死，卻無能為力，又想起在西安的經歷，不禁為自己的祖父感到無比的哀慟。

「那……後來祖父他有找到他弟弟的下落嗎？」倫納德問。

「應該是沒有，」沃克搖搖頭，「我只知道他回來之後，變得沉默寡言，不愛和別人說話，問他話也時常恍神，一副老年痴呆樣子。在那之後不久……你也都知道了。」

我祖父死了，然後你就和媽媽鬧不合。倫納德心想。

倫納德仔細的把父親剛才說過的話在心裡想過一遍，內容完全沒有提到贏政或是始皇基因，這很正常，畢竟他祖父應該不可能知道這種事。他直覺這段話中似乎藏著什麼訊息，甚至是和創世疫苗、印法埃公司有極大關連，但他怎麼苦思就是想不通。

「你怎麼了？不會是聽完後太傷心了吧？」沃克說：「那個年代的人就是這樣，很多人都經歷過，你也別太執著那些事了。那些都過去了，現今世界正往好的方向發展。」

「是啊，我沒事。」倫納德笑著說：「那麼，談完家族史，我們來聊一些輕鬆的話題吧。」

「好啊，」沃克把叉子放下，他已經吃完了，「我有說過我現在要到ＬＧＧＳＣ擔任副局長了嗎？」晚餐過後，沃克丟了一句：「局裡面有事。」就迅速地跳上專車離開，讓倫納德自己搭Uber回去。不過倫納德對此沒有抱怨，因為他正好趁這段時間好好想想父親告訴他的這段故事，以及璟對黑死病病毒的看法。

回到自己的家裡，倫納德覺得終於放鬆下來了。

知道了祖父江曲昌的事後，他的心裡產生了很微妙的改變，他自己也不明白為什麼。或許是因為對祖父的遭遇感到難過，又或著是為了其他的原因。從晚餐結束後，倫納德一直感覺很不安，這實在很奇怪，因為通常他是可以輕鬆控制自己情緒的。

他望著傍晚的倫敦，街道上車輛川流不息，燈火通明，就像往常一樣。但他有一種感覺，彷彿有個陰謀正在醞釀，在人們意識之外，正從四面八方包覆整個世界。然而當他仔細檢閱時，卻又察覺不到什麼。一般人會對此一笑置之，然而在和嬴政對決後，他便習慣重視自己的這種直覺。

電腦上跳出一則郵件，他希望是蕭璟寄的，但想想不大可能，中國現在是半夜。他湊過去電腦一看，是歐洲地質研究所寄來的。他迅速的點開，是針對倫納德所給出的地標進行的探測結果，他倒抽一口氣。

「科林斯地狹偵測重力異常。」果然，倫納德心想。另一個結構體。嬴政、希臘、傑生……這些名詞在倫納德腦中來回穿梭，他雙手緊抓住桌邊才不致於倒下。石板上的所刻的符號……是真的，他的推論沒錯，還有另一個支派，而這一個……

他抓起電話想打給蕭璟，但猶豫了一下，他改變主意。再過三天就要去中國了，他沒必要在這個時候打擾她。他打給在希臘的朋友。

「莉娜？我是倫納德，我在古科林斯地下有個發現，座標我再給你。而你的位置……對，你真瞭我……為什麼？呃，我之後再告訴你，這很重要，完成後通知我。謝了……你說什麼？……噢，當然，之後有空再見個面好好談。沒問題，再見。」

14

中國　西安　印法埃集團西安分公司　員工餐廳

「今天幹得好。」柯品謙舉起杯子說道。

今天一早，印法埃高層連同江少白總裁一同來到西安分部聽取創世疫苗研究團隊的成果報告。由於蕭璟是最後解決基因組問題的人員，因此也是這次報告的主要負責人，負責展示並說明研究成果。過程中，高層和其他分部的專家針對修正後的基因組模型提出了不少質問，但蕭璟全都回答地毫無瑕疵。她覺得這和倫納德當年在磐石指揮部向各國領袖對話的景況相比，實在算不上什麼。

江少白總裁坐在最後一排，從頭到尾不發一語的聽取報告，報告一結束便離開，因此沒人看清楚他的長相。

此刻眾人穿著西裝圍著桌子慶祝發表成功，蕭璟卻深陷在自己的思緒中。

黑死病毒是七百前的傳染病。黑死病毒是蒙古人從嬴政的陵寢帶出來的。嬴政是外星人。她的男朋友倫尼是嬴政的後代。印法埃企業是她上班的地方。印法埃企業正在開發創世疫苗。創世疫苗的基因組和黑死病病毒一樣。倫尼是嬴政的後代。創世疫苗會活化倫尼基因組。創世疫苗和黑死病病毒基因組相似。創世疫苗是她的公司開發的藥物。黑死病病毒是嬴政的陵寢帶出來的。而嬴政是外星人……

這些想法在她腦中反覆出現。即便她自負自己很聰明，但這個一連串矛盾的推理已經讓她頭昏腦脹，這幾天的精神都處在極為虛弱的狀態。

她想到倫納德不久前提：芬蘭地底下有一塊和西北大學類似的石板。上面有一個座標在希臘的古科林斯，那個地方可能就是一切的答案。倫尼說他會請歐洲地質研究所的人幫忙調查，很快就會有結果……

「當然，這要感謝今天最重要的功臣，蕭璟……蕭璟？」旁邊的同事推推她的肩膀。

「蛤？什麼？」蕭璟一臉茫然的抬起頭，周圍的人都無奈的搖搖頭，似乎已經對她最近的心不在焉習以為常。

「我們正在恭賀你今天的表現。」柯品謙狐疑的說道：「你該不會還在醉心於你的，呃，小研究嗎？」

「沒有，」蕭璟笑了笑，舉起手中的空杯喝了一口，「謝謝。」

其他人對於她反常的舉動感到不解，一名女同事貼近蕭璟露出詭異的表情說道，「我有注意到妳最近開始化妝嘍，妳不會是開始談戀愛了吧？」

「喔……我只是覺得之前忙著做研究，太邋遢了，想趁現在改變一下。」

「少來了，」柯品謙也說道：「妳上班時偷看時尚雜誌被我發現了。老實說吧，妳是不是看上誰了？」

蕭璟尷尬地笑了笑。倫納德的考古計畫終於結束了，他要來西安看她，所以她最近開始學習打扮自己，希望在長達幾個月的分離後能給倫納德不一樣的印象——雖然她有些感慨，最近她嘗試的化妝結果可以說是一團糟——但這種事怎麼能告訴他們？正在她不曉得要怎麼回答時，主任忽然走了過來，「你們都在這裡啊。」

「上面怎麼說？」眾人期盼地問著，蕭璟也趁機喘了一口氣。

「很成功，」主任微笑道：「之後會交給其他部門做測試，就沒我們的事了。這段時間都辛苦了，公司決定之後會給各位一段假期。」

所有人發出一聲歡呼。

「還有，」主任表情忽然變得嚴肅，他轉向蕭璟，「總裁說他想見見解決基因組的研究員。」

眾人安靜下來，轉頭看向蕭璟，她不安的嚥了一口唾沫，「為什麼？」

「我不清楚，」高主任眼神迴避蕭璟，「總裁要妳三個小時後到他的辦公室去見他。妳就……準備一下吧。」

大家羨慕的看著蕭璟，尤其是女同事。但蕭璟心裡卻充滿了恐懼，總裁為什麼要見她？難道是猜到她對黑死病病毒做的研究，要質問她嗎？

三小時後，蕭璟站在電梯內，等著電梯上升到頂樓。

她過去從未到過頂樓，公司最高是七十層樓，她始終不知道頂樓是做什麼，現在才知道原來是公司高層的高級辦公套房。

蕭璟緊張的看了看自己的穿著，她將原來的服裝稍微換得輕鬆一點。原來的西裝褲換成一條黑色牛仔褲，並套了一件研究員的白袍取代原來的西裝外套。她希望這樣可以緩和一下嚴肅的形象。

電梯門打了開來，前方是一條走道，一位穿著西裝的保全上前問道：「蕭璟？」

蕭璟很想說不是，但她點了點頭。

「走吧。」他帶蕭璟走到一扇雙開式的實心橡木門前，門口兩名警衛示意她停下來。他們拿了個探測器在她身旁掃過一遍，蕭璟心中暗暗祈禱希望有什麼意外能讓他們把她送走。

「安全。」搜身的人對門口的警衛比了大拇指，警衛用手指在門旁的感應器上輸入些指令，大門「喀啦」一聲打了開來。「蕭小姐，請。」警衛指了指裡面，蕭璟緊張不安的走了進去，一踏進去後方的門便閉合起來。

「喔，真是太好了。」蕭璟低聲說。眼前的房間，讓蕭璟驚訝地停下了腳步。

在她正前方，是一整面的落地窗，從這裡看出去，壯觀的科學園區盡收眼底。房間內部像宮殿一樣，一架鋼琴放在落地窗前，牆面裝飾華麗，並掛著許多藝術作品，藝術品旁同時裝設著許多高科技裝備。雖然她不想承認，但這裡確實非常吸引她。

她眼神掃過辦公室，並沒有看到任何人。於是她緩步在房間內瀏覽著窗外的景色，從這邊望去，她可以看到科學園區內所有的工廠和研究中心，看見地面上的車輛運送著生產線上的各個產品，也可以看到別棟建築中往來走動的研究人員，若再遠一些，她甚至可以看到園區外的西安古都景色。

她走向擺放著各樣藝術品的區域，欣賞著牆面上的畫作。這些畫大多是古典的藝術作品，也有些是東方的山水墨畫，內容多是描繪夜色星空和音樂。雖然她不是一個很有文藝細胞的人，但她也深深為這些美麗的畫作而感到震撼。看來江少白總裁是個喜歡藝術的人。

她走到總裁辦公桌前，發現旁邊掛了一幅畫。它不像其他明顯是知名畫家的作品，而是一個相較之下頗為普通的東方油畫。畫中一對男孩和女孩並肩坐在空地上，頂上的夜空掛著幾顆星點。這幅畫的畫法頗為粗糙，和周圍其他作品形成詭異的對比，給她的感覺很不對勁。她研究了一下那些星點，似乎是天琴座。畫作下方簽著「Moswoko」，蕭璟皺著眉，只覺得有種熟悉的感覺，這是……

「妳來了。」一個聲音從蕭璟左邊傳來。

蕭璟嚇了一跳，她差點忘了她來這裡是為了什麼。她往聲音的方向看去，一個男人打開門走了進來，「等很久了嗎？」

是江少白總裁。一見到他，蕭璟忽然感到有一道電流流過她的脊椎。江少白總裁穿著黑色西裝，對著自己微笑。他看起來比自己大個幾歲，莫約三十歲，他的相貌英俊冷酷，有些像羅馬天神高貴的雕像。至於他的眼睛……蕭璟看了看，並沒有如傳言般是雙色瞳，但卻像一潭墨池般古水無波，感覺深不見底。

不知道為什麼，他讓蕭璟想到了倫納德。儘管他們二人相似處不大，但他們同樣都散發出無形的力量光環，只是倫尼給她的感覺是讓人放鬆的，江少白則是更為強而有力

「呃，還好，總裁好。」蕭璟緊張不安的微微的鞠了個躬，「主任說您找我來是問關於創世疫苗的問題……」

「喔，那個啊，先不要管它。」江少白笑著走到沙發坐下說，「妳過來坐下吧。」

蕭璟不安的嚥下一口唾沫，「我不確定自己……」

「沒關係。過來。」

蕭璟很想轉身離開，但在總裁的注視下只得一步步的走過去。令她感到奇怪的是，每當她向江少白靠近一

步，自己的意識就模糊了一些，彷彿江少白周圍有一個力場。蕭璟走到他一公尺旁的位置坐下。

江少白看到她這樣也不以為意，反而笑了笑，說道：「聽你們主任說，是妳解決了基因組最後的問題，是嗎？」

「其他人也都有出了很大的力，我只是水到渠成而已。」蕭璟緊張不安的說。

「不，相信我，那個問題我們已經處理了好幾年了，妳絕不只是單純運氣好而已。」江少白微笑道：「辛苦了，從今天的簡報看得出妳在這上面花了很多的精力，之後一定會好好犒賞妳。」

聽到江少白這麼說，蕭璟想到黑死病病毒，她小心翼翼的開口問：「謝謝，總裁先生。另外，我想請問一下，關於那個創世疫苗……它的發展過程是什麼？就是原始基因碼……」

「基因組嗎？」江少白輕鬆了說，但蕭璟在他眼中看出了警告的訊息：不要問。「那沒什麼，妳不會想知道的。」

「好的，我明白。」蕭璟點點頭，她不太確定要說些什麼，她看了看周邊的藝術作品，「這些畫都是您收藏的？」

「這些啊，」江少白看了看周圍的藝術品，露出一抹微笑，「算是吧，我個人喜歡在自己工作的地方佈置些讓人心情可以放鬆的畫，現代藝術太抽象、太講究意象，對於心靈平靜起不了太大作用，這也是辦公室設在樓頂的原因。」

「這我也贊同，只是有好幾幅畫感覺不過是幾條線條，像隨便塗鴉的，卻有人願意用天價買下來，這一直讓我很想不透。」蕭璟說了自己也笑了出來，氣氛立時變得輕鬆不少，「我也很希望能有這樣的工作環境……喔，我不是在抱怨，公司在各方面的軟硬體都很好。」

「沒關係，有任何意見都可以反應，可以給我們一些參考。像我們現在西雅圖、柏林和上海的公司都採取模擬自然環境設計的模式，讓員工有更舒適放鬆的空間，確實能提昇工作效率和品質。」

「希望這裡以後也能這樣。」蕭璟注視著辦公桌旁的星空畫作，「您很喜歡星空嗎？」

江少白點了點頭，臉上頭一次露出柔和的神情，「的確，我從小便很喜歡在夜晚時抬頭觀看天空，也對星座的故事很感興趣。」蕭璟注意到他的眼中閃過一道光芒，決定打住不問。

他們聊了一下研究過程，江少白還講了許多他在世界各地的所見所聞，蕭璟聽得十分入迷，她也因此慢慢放下戒心。這讓蕭璟感到相當意外，和江少白總裁說話十分輕鬆、有趣，完全沒有一開始以為的沈重嚴肅。

「原來是這樣。」江少白講了他在日本航天公司的設計案，因為人員把大氣層（Taikiken）和愛知縣（Aichiken）搞錯而弄出一場烏龍的故事，惹得蕭璟一陣發笑。

「是啊，很多事情深入探究結果，往往是出乎意料的單純。」江少白說道：「對了，妳有男朋友嗎？」他像是忽然想起什麼的隨口問了這個問題，但卻讓蕭璟心頭一陣戒備。

「請問您問這……」

「喔，別誤會。」江少白舉起手笑道，「我只是想關心一下員工的生活，妳知道的，我們相當重視員工的生活品質，沒別的意思。」

「沒關係，」蕭璟謹慎的思考江少白問這問題的動機，倫納德的身分是極度保密的，他刻意問這問題難道有什麼企圖？「是的，我有。」蕭璟最後決定據實以告。

「喔，」江少白點點頭，喃喃說，「沒關係，這不是問題。」

蕭璟不明白他說這話的意思，但她完全不想要在這問題上多做著墨，只想儘快岔開話題，「那個……我在這也待了好一段時間，我突然想到疫苗還有些問題要確認，如果沒別事的話我就先告退了。」

「那些問題會尤其他人接手，你不用擔心。」

「但是……」

「有沒有人說過妳很漂亮？」江少白盯著蕭璟看了好一會兒忽然說道。

「我……我不知道。」蕭環這時候已經開始感到害怕了，她這才發現自己一直防備對方是否發現自己研究關於病毒株的事情，反而完全忽略了他如此明顯的目的。讓她感到最奇怪的是，她坐在這裡愈久，就覺得自己的意識正在一點一點的流失。

「妳放心，我只是問問而已，」江少白笑著說，然後忽然靠過去用右手攬住她的肩膀。

蕭環意識模糊間忽然被抱住嚇了一跳，立刻警覺性的站起來，她面對江少白，腳靠著桌子邊緣，驚恐的說：「你在做什麼？」

「沒關係，」江少白似乎對她的怒氣不以為意，他微笑的站起身來，緩步靠近她。蕭環想要想要離開，但卻辦不到。江少白的面孔漸漸變得模糊，她垂下視線盯著地面。她感覺自己心跳加速，呼吸急促。有某種東西正在侵蝕她的意志力，而她完全無法抗拒。

江少白靠向蕭環，他抓住蕭環的肩膀，蕭環喃喃說著：「不……不要……」

江少白伸手攬住蕭環的纖腰，沿著她的背部撫摸到她的頸項，雙手環繞過她的頭，解開她紮起的長髮。一頭如瀑布般的黑髮垂落在肩上，和白皙的肌膚呈現出對比。蕭環感到全身燥熱，思緒混亂不已，她想要出聲阻止，卻只能在喉間發出微弱的喘息。江少白靠在她耳畔輕聲低語：「妳害羞的樣子真可愛。」他手指順著蕭環的長髮向下梳著，摸到她肩膀時輕輕褪下她身上的白袍。

蕭環忽然感到全身一涼，雙腳一陣軟麻向下傾倒，江少白趕忙摟著她的腰，不讓她倒下。蕭環伸手想推開對方，但雙手卻不聽使喚的垂在身側。

「別緊張。」江少白柔聲說道，他手伸到蕭環腳下。蕭環混亂中忽然覺得全身一輕，被凌空抱起，並被輕輕地放在沙發上。蕭環模糊中感覺自己被放到一片柔軟舒適的物體上，江少白向前低頭親吻她的耳朵和頸項。蕭環想轉頭避開對方，可仍不自覺的將頭靠去。

江少白看到蕭環迷惑的樣子不禁微微一笑，往下扯開她襯衫衣領露出肌膚。江少白低頭溫柔的親吻她身上露出的每一片肌膚，蕭璟在這混亂的情況下忽然感到全身一陣酥麻，忍不住發出輕吟。江少白停下動作，抬起頭輕撫著蕭璟的臉龐，眼神柔和的望著她，那一刻，那雙眼睛深深連往她的心靈。蕭璟一臉迷惘地看著他，然後他向前一傾……低頭親吻她。

蕭璟抬起手想要抵抗，但她意識已經陷入泥淖，看不清周圍的事物。自從倫納德前往芬蘭參加考古計畫後，她已經好幾個月沒有和人擁抱了，而由於她自己高傲古怪的個性，即便是倫納德也不常和她有親密的舉動，而此刻在江少白的環抱中讓她充分感覺到溫暖和依靠。她感覺對方的手移到自己的襯衫上，自己也伸出手環抱江少白的脖子，熱情的回吻。她在這熱情的耳鬢廝磨中感覺自己彷彿回到七年前的夜晚，倫尼在海邊靠過來吻了她……

想到倫納德，蕭璟逐漸模糊的意識立刻清晰起來。她胸口頓時湧上了不可置信的罪惡感以及羞愧的情緒，她雙手正放在江少白的胸前，她順勢用力一推，整個人慌亂地滾到地上。

「你到底在幹什麼？」蕭璟低頭看見自己已經被解開大半鈕扣的襯衫，不禁一陣噁心的恐懼湧上心頭，手忙腳亂的遮掩並大聲質問。

江少白露出非常困惑的表情，似乎不確定發生了什麼事，然後他微笑道：「別害怕，放鬆點。」並伸手抓住蕭璟的手腕，企圖把她拉近自己身旁繼續親熱。

蕭璟心中湧起一股難以遏止怒火，她反手抓住江少白伸來的手腕，出其不意的用力扭向一邊，把他痛的一頭撞到桌角，發出一聲哀嚎。「你給我搞清楚，我可不是那種沒有格調任你胡來的女生。」蕭璟怒聲咆哮道，「以後不要再來煩我！」

江少白按著自己撞到桌角的額頭，緩慢的站起身來，他的額頭流了些血橫越他的左臉。他在蕭璟的注視下逐漸移開手，怒目瞪視著蕭璟。蕭璟初時沒有感覺到哪裡不對勁，但大概過了幾秒鐘她就看見了……他的左眼是猩紅色的，他剛才載了隱形鏡片。

蕭璟感到一陣難以名狀的恐懼爬上心頭令她震駭不已，她覺得自己彷彿揭開了一個恐怖黑洞的表象，那隻如同紅寶石一般的眼珠此刻射出的憤怒中包含了某種更深沈、更可怕的東西。剛才她憤怒責問的勇氣頓時消失得無影無蹤，她害怕地退了幾步，然後抓起地上的白袍，隨便用腳套了一下鞋子便轉身推開大門快跑而去。

蕭璟在門口並沒有遇到警衛，她衝進電梯，按了自己工作的樓層。她在電梯內慌亂的扣上襯衫的鈕扣，電梯門一開便披上白袍迅速的衝出去。

一路上，所有人都對蕭璟投以奇怪的眼光。大家都知道總裁單獨約她會面，而此刻卻見她本來梳理好的頭髮現在隨意的披散著、白袍衣領掀了起來、襯衫更被揉得滿是皺紋，部分扣子還是扣錯的，格外引人側目。而最明顯的是她表現出來動作——滿臉通紅並低著頭抓著上衣衣領快步奔跑。所有人一看到便開始竊竊私語。

蕭璟不理會他們，逕自走到自己的座位，把所有東西塞到背包裡，此刻她只想趕快收拾東西離開。同事們被她的表情都給嚇傻了，柯品謙結巴的開口：「璟……妳和總裁……」

「不要提他！」蕭璟對柯品謙怒吼，然後她忽然癱倒在自己的椅子上，趴在桌面開始哭泣。

周圍的同事看了都不知道發生什麼事，他們都是第一次看到蕭璟做出這種失態的表現。眾人靜悄悄的退出來，柯品謙低聲說：「你們說……該不會是總裁對她不禮貌吧？」

「拜託，講那麼保守做什麼？」張麗敏不屑的聲音清楚的傳進蕭璟的耳裡，「說直接點就是她太過招搖，結果被別人硬上了。」

「妳嘴巴放乾淨一點。」柯品謙小聲而嚴厲的說，「她已經夠難受了……」

「難受？她整天在男人間打轉、享受勾引他們的樂趣，現在不過是報應罷了。」張麗敏聳聳肩，「至少現在我們終於知道她最近開始化妝的原因了。」

「沒有證據不要隨便造謠！她到底哪裡惹到你們了，要這樣羞辱她？」

「等找到了證據那還得了？」

外面吵雜聲音還在繼續，蕭璟不時聽到羞辱她的話，但她沒有理會，因為她知道阻止也沒用，現在這種傳言已經傳遍整個公司。真正讓她感到痛苦的，是她從來沒有對自己感到那麼羞恥過。她不只意志力完全崩潰的任人擺佈，更令她不解的，是她當時完全自己想這麼做。她痛苦的思索自己到底怎麼了，這種情形過去從來沒有發生過。

不對，發生過一次。蕭璟想到當年面對嬴政時，他們一行人在星艦內同樣感受到意志力崩潰，完全任人擺佈。只是那次的感覺是恐懼的，除此之外，和今天的感受幾乎完全相同。

她回想起自己靠向江少白時的感受，還有當他落下隱形鏡片的時候，那一刻閃過的猩紅……嬴政、創世疫苗還有江少白……想到這裡，蕭璟羞愧的情緒頓時轉為震驚。她終於知道了，答案一直在那裡。

江少白瞪視著蕭璟離開的門口，憤怒在心頭翻攪著。

從來沒有人敢對他做這樣的事，這倒不是說他對自己的魅力有把握到不會遇到任何抵抗——雖然大多時候是如此——而是他剛才使用了自己精神控制的能力迫使蕭璟對他產生愛慕和渴望的情緒，她不應該在缺乏精神力量的情況下，還能靠自己破解控制。

江少白在辦公室內緩慢踱步。除非……她長時間處在這種精神力場中，而這個力場必須非常強大，才能使她的感知能力下降到這個程度，也就是說她身邊一定有某個具有極為成功活化始皇基因的人。但除了他自己外，他實在想不到是誰有這樣強大的能力。

他敲了敲辦公桌。「是我，我要你調查西安醫療研究部門的研究員蕭璟的所有個人資料，調查她身邊可能有始皇基因的人，別問原因，一有結果立刻回覆。」

15

英國　倫敦　蓋亞聯盟情報局（LGGSC）總部

「有新消息。」分析師鮑伯走入戰情室宣布。

「快拿來。」LGGSC局長派特羅夫說，戰情室內的所有人立刻轉向鮑伯。

「我們發現印法埃公司透過海外空殼公司，將所有存放在歐美銀行的資金全數轉到中國東岸、日本、臺灣、東南亞等國的企業，並且存放大量現金在他們的海上艦隊。」

「為什麼是這些區域？」

「這些地方全都依靠方舟發電廠，也是他們財力最強大的區域。」

「他們要行動了。」派特羅夫局長點點頭。

「沒錯，我們從可靠的消息得知，印法埃國際公司近來接觸了許多恐怖組織或極端分離主義組織。根據我們的情報，他們在偏遠地區進行活體實驗，近日在西非散播的伊波拉病毒，正是他們進行人體實驗後為誤導偵查所放出的。」

「但這些都沒有直接的證據。我們只有找到幾個遭到毀滅的據點，相信還有更多沒有被揭露。而且，最近創世疫苗就要上市了。」

「這太扯了，怎麼可能？他們這樣做有什麼好處？」一名軍官說道。

「我也覺得他們動機並不單純。」派特羅夫語重心長的說，他點了點桌面，螢幕上出現了一些看起來頗為古老的歷史文件。

「我們從所有管道去追查印法埃公司的起源，透過現有登記的資訊和金錢流動紀錄一路追尋到過去，結果發現……」他深吸一口氣，「就限有文字記錄能追查的資產前身，是歐洲各國的東印度公司。再更早前……就真的什麼都沒有了。」

「東印度公司？」許多第一次聽到這消息的人全都露出驚訝的表情。

「沒錯，他們就是這麼古老的組織，」鮑伯說：「而且考量當時資料保存性，實際上一定不只如此。」

「我們原本只以為他們是在掩蓋非法開發藥物以牟利，但後來發現他們動用的資源和層級遠遠不只如此。有鑒於他們之前的紀錄，再加上這次受害者的層級以及手法，我們推論他們正在策劃的這個行動，是一場全球性的恐怖攻擊。」

「查出行動內容了？」

「具體的不確定。但前些日子，江少白總裁離開了總部前往亞太各個地區進行視察。外勤幹員趁此機會查到了他接下來的行程，他再來要去的地方是印法埃集團在西安的軍火科技部門。然而最重要的，是美國情報單位破解了他們傳送的一份最高層級的行動備忘錄，名稱叫做《天啟憲章》。」

「天啟憲章？他們是想要成立一個國家嗎？」強森中校狐疑地說。

「我們不清楚，但根據他們的全球佈局和我們取得的一些資訊，逐漸拼湊出一個圖像了。各位一定都知道什麼是天啟四騎士吧？」

眾人面面相覷，有的人露出恐慌的表情。

「天啟四騎士……」派特羅夫局長皺著眉頭說：「也就是說他們正在策劃一場全球性的毀滅攻擊，將創造生物瓶頸，造成人口銳減。」

「根據可靠情報來源，我們相信他們打算複製聖經中預言的景況，」鮑伯說道，「就有權柄賜給他們，可以用刀劍、饑荒、瘟疫和野獸殺害人們。」

「刀劍，戰爭，印法埃軍火科技部門。」強森說。

「饑荒，印法埃能源部門，方舟發電廠……掌控了能源，等於掌控資源的分配。」

「瘟疫，」派特羅夫局長額上冒汗的說：「醫療部門剛開發完成的創世疫苗……」

「野獸呢？」一名人員問道，「野獸指的是什麼？」

「我不知道，」鮑伯聳聳肩，「如同我說的，我們手上的資料仍然有限，每一樣名詞的含義也都是透過現有情報的來推測，並沒有絕對的證據。」

「我們有的只是一堆推測，錯了將會造成難以預料的後果。我們有任何對方實際的行動資訊嗎？美方是如何得知這個消息？他們沒查到更進一步的資料嗎？」

「他們已提供所知的全部資訊，但並未說明是如何截獲的，只說這是最高機密。而我們一致認為，他們會在兩週後的第七屆聯合國抗戰紀念大會出手。」

「所以我們必須在大會前查出他們的陰謀。」派特羅夫對所有人：「動用我們所有的資源，務必在三天內查出他們的目的，並擬定出反制計畫。這是上級直接的命令，要快速、低調、俐落的完成這件事。我們經不起再一次的全球性恐慌。明白嗎？」

「是的，局長。」

「還有，整理一份備忘錄給委員會，要他們想辦法拖延創世疫苗上市的時間，直到我們確定他們的計劃。同時聯絡世界衛生組織，準備好因應突發狀況。」

戰情室外傳來一陣叩門聲，一個黑髮灰眼的軍官走了進來，他用暴風雲般的灰色眼珠掃過情報室內所有人，然後對派特羅夫微微點頭，「我是沃克・馬修斯。新任LGGSC副局長，委員會要我加入你們行動。麻煩讓我聽取一下簡報，謝謝。」

會議結束受，沃克沉默地走出了戰情室。

他萬萬沒有想到，這場行動居然會和自己家人切身相關。他瞥了手錶一眼，倫尼後天就要出發前往上海，那個隨時可能成為風暴中心的地雷區。

沃克想到兒子即將踏入死亡陷阱的時候，忽然整個世界的安危顯得一點都不重要。

這項任務必須全然保密，不然可能會有無數人因此喪生。沃克必須警告他，而且不能被別人發現。除此之外就不能做更多了。

16

中國　蘭州　印法埃集團軍火科技部門

江少白總裁站在落地窗前俯視著實驗室，醫療人員將奈米機器人植入受試者的體內，一旁的工程師謹慎的啟動奈米機器人，將療法上傳至儀器中。

「基因組轉換效率如何？」

「快完成了，」科技部門的部長指著螢幕上的完成比例，「我們推估，除了原本接受注射的人，目前已經有七億人身上具有足夠的奈米啟動機器。我們現在和日本、印度、德國的工程師分工，分別轉譯不同斷落的基因組，採用我們獨創的編碼模式。再過二十四小時就可以完成。」

「我們沒有那麼多時間，測試和傳播還需要時間。基因轉譯五個小時後要完成。」

「五小時……您要明白這不是一個簡單的工程，只要輸入電腦就可以自動完成。它涉及了很複雜的生物資訊學，還有加密程式，需要仔細檢驗……」

「不必在意加速所需的經費，」江少白總裁直視他的雙眼，「五小時。我不要藉口，五小時後完成，然後進行檢驗。否則我就換別人負責。」

部長沉默了一下，然後點點頭，「是，總裁。」

「我們的改裝彈頭準備的如何？」江少白走到部長的位置上坐下。

「一切順利，我們這區所部署的導彈都已經準備就緒，就差創世疫苗基因組序列。這個改裝電磁彈頭髮射後，屆時只需天網系統一擊落，就會放出內建的一連串加密電磁波，可以啟動世界各地人體中的生物奈米機器中內建的轉譯系統，進而影響人體內部的基因。」

「電波傳遞的過程中，有沒有可能被他人攔截進而破解？」

「幾乎不可能。我們放出電波的方式，是以所有的奈米機器人作為通訊序列節點，所有節點皆以極其複雜的加密演算法，每次發送的訊息由這種演算法產生。在外界看來每次的信號都是隨機的，每次訊號都不同，但在遠端生物奈米機器中的發送及接收方式卻產生完全相同的序列，接收方只有在收到與自己對應的信號值才會啟動。反之，外界無法探知我們節點單元的演算法，就無法理解我們傳遞的真正訊息。」

「而且就算真的被破解了，那也沒有關係。因為到時奈米機器已經將足量的基因植入人類群體中，他們就算破解演算序列，只要沒有解決ＤＮＡ本身的問題，我們就隨時能再寫一個新的演算法，讓他們窮於應付。」

「ＥＭＰ是否能夠破壞微型生物奈米機器？」

「不會，我們的奈米機器人用的是『地鼠』的屏蔽裝置，除非是我們之前幫臺灣製造的那種重力電磁砲才有可能。但用那種武器，等於同時要了人的命。」

「好，」江少白點頭，「之後會有我的心腹前來監督，其他事情向他回報就好。」

「總裁，您的電話。」江少白身邊的保全主任忽然拿著電話走過來。

「誰打來的？」

「歐洲的醫療部門執行長昆丁，說有要事。」

「我是江少白。」江少白總裁接起電話，他沉默地聽了一會兒，然後點點頭，「好的，我知道了。」

「長官，什麼事？」保全主任接過電話問道。

江少白沉默了一下，似乎在思考。「情報單位已經盯上我們的疫苗開發案。」

「什麼？怎麼會？」

「根據日內瓦的消息，世界衛生組織正有計畫性的針對創世疫苗設計相對應的政策。我們甚至有部分尚未轉移的資金以安全理由遭到扣押。」

「我們的資訊都是以高等級加密傳遞，他們單靠零碎的情報就能拼湊出來？」

「要做出這種程度的反應，至少掌握了一定的情報，不過最核心的資訊仍是由封閉迴路和口頭傳遞……」江少白搖搖頭，「這不是你該操心的事，五小時，把創世疫苗基因組序列的電子訊號完成轉譯。」

「是。」

「還有，」江少白揮揮手，他的秘書跑了過來。

「總裁，什麼事？」

「我要回海上艦隊，確認一下回程準備車輛，還有發一份備忘錄給委員會成員，告訴他們：ＬＧ涉入，確認生力軍狀態，五小時後完成，加速憲章執行。」

「沒問題，我立刻去辦。」秘書接到命令後立刻轉身跑開。

「部長，祝你好運，希望五個小時後你還能在這裡。」江少白總裁對部長微微一笑，部長僵硬的點了個頭。江少白在警衛保護下離開軍火科技部門，搭車前往機場，準備回到海上艦隊。他閉著眼睛靠在座椅上，他好久沒有待在陸地上這麼長的時間，他實在不想回到那個顛頗起伏的海面上，即便那是一艘二十五億美金的豪華遊艇也一樣。

「委員會已經收到了，梁佑任副主席說等您回去就可以看到結果了。」

「很好，」江少白注意到秘書欲言又止，「還有什麼事？」

「對蕭璟的調查已經完成了。」

「是誰？」江少白問道。

「您自己看。」秘書有些緊張的把平板遞給江少白總裁。他看了一會兒瞪大了眼睛。

「倫納德・馬修斯？是她的男朋友？」

「沒錯，而她的父親是中國前任國防部長蕭安國。她的資料被改過，所以我們一時沒有發現。」

「難怪蕭璟對精神力場有那麼高的抗壓性。」江少白喃喃說著，「原來是他……我找了那麼久的突破點，原來一直在我身旁。」

「長官，那有什麼吩咐？是要警衛部隊軟禁她，還是……」

江少白沒有理會幕僚，他只是盯著螢幕上那張蕭璟和倫納德的合照。不知道為什麼，看到這張照片讓他怒火上升，仇恨從他胸中湧出。這讓他感到很困惑，以往他看見倫納德的照片都能夠平靜地克制自己，然而這次的憤怒……似乎還包含了什麼新的感覺在裡面，某種源自自身而非過往的感覺。他一向可以洞察他人心靈，卻對自己陡然冒出的怒火感到不解。

江少白心想，這一定是因為行動迫在眉睫所致。他想到混沌告訴過自己：倫納德是一切的關鍵，一定要抓到他。

他嘆了一口氣，以幾近憐憫的語氣望著蕭璟的照片說道：「真可惜……我本來還打算好好的和妳玩玩……告訴委員會，我不回審判號了，我要回西安。」

17

英國　倫敦市

倫納德緊咬下唇，盯著辦公桌，他正在為自己不久前得到的消息感到無比的震撼。

五個小時前，他在希臘的朋友安潔莉娜傳了訊息過來。她將倫納德標示的那塊區域下的不明結構體，以不同波段偵測，再針對當地的地質進行探究，最後得到的結果完全符合倫納德的猜想。

在波段偵測上，任何形式的波段皆被百分之百反射回來，因此無法對內部結構有任何瞭解。

結構體所在的位置偵測出為兩千三百年前，而地質最近一次擾動，是在七百年前。而那個位置也出現了重力異常，並具有不尋常的能量接收能力。

波段全反射、重力異常、異常高能狀態，所有的數據，都符合七年前在西安下方的巨大外星星艦。

傑生七年前告訴自己，說他有一艘登陸艦隱藏在沒有人知道的地方。而現在，倫納德找到了。這是一個極為重大的發現，甚至比發現黑死病毒更加了不起。它不像西安那艘那麼危險，而是能夠讓人類的科技進步上百年。最重要的是，這證實了他的推論，贏政的後代有兩支派系。

他本來感到十分興奮，然而就在半個小時前，他接到了在ＬＧＧＳＣ工作的父親沃克的電話，這讓他大為震驚，遠遠勝過剛才得知地下結構體真相時的情緒，因為這關乎他這一生最在乎的人。

父親告訴他印法埃國際公司的真相，而蓋亞聯盟籌備已久，要祕密消滅這家公司，西安將會首當其衝。父親是冒著洩密危險告訴他這個消息，並且要他取消明天前往中國的行程，等事情告一段落再說。

但蕭璟在那裡，倫納德不能眼睜睜的看著她捲入這場國際陰謀。

當他聽到父親說印法埃公司在策劃一場攻擊時，他就明白蕭璟告訴他關於創世疫苗基因組異常究竟是怎麼回事。他也告訴父親自己知道的事，並堅持明天一定要前往西安，他不能讓蕭璟陷入危險，無論如何都不能。

倫納德相信父親明白他為何這麼做。他從小被父母拋棄，他絕不會背棄任何一個自己承諾過或是所愛的人。因此沃克沒有反對，只是他堅持倫納德必須帶三名幹員一同前往，以免遭受危險。

現在，他必須通知蕭璟，要她停止對印法埃公司以及創世疫苗的調查，並立刻離開那家公司，免得捲入其中。他撥打蕭璟的電話號碼。

「幹什麼？」

倫納德被蕭璟的聲音給嚇到說不出話。她的聲音帶著深沈的痛苦、羞愧以及憤怒，彷彿遭受了什麼重大的打擊。雖然倫納德沒有利用精神力量去感覺，但他已經很清楚如何揣摩對方的情緒，對於自己的女朋友尤其如此。

「璟，妳怎麼了？」倫納德小心翼翼地問，「妳的聲音……發生什麼事了？」

「我的聲音沒什麼問題。」在倫納德聽來她的聲音比剛才還要帶著更多怒氣。

「發生什麼事了？沒關係，妳可以跟我說，是不是受到什麼委屈？還是……」

「誰和你說的？」蕭璟忽然厲聲質問，「你是不是用你的精神力場感應？你明明發誓過你不會那樣做的！」

「我沒有啊，」倫納德被蕭璟搞得一肚子問號，但他知道女朋友正處在情緒極端不穩定的狀態，如果他在這時候反駁只會激起她的怒火。倫納德保持冷靜的話聲說：「隔著電話無法使用這能力。璟，我認識妳那麼久了，妳的聲音真的很不尋常，發生什麼事了？慢慢說沒關係。」

對方似乎嘆了一口氣，然後蕭璟的聲音幽幽的傳來：「對不起，倫尼，我只是壓力太大了……我想我差不多要準備離職了。」

「什麼？」倫納德心想世上還真有這種事，他正想該如何勸蕭璟離開那裡，她就自己先決定了。但他覺得蕭璟講得似乎是另一件事，所以把正要說出口的話咽回去。「為什麼？」

「你不會生氣吧？」

「拜託，我怎麼可能會對妳生氣？」倫納德笑著說，「怎麼了？也許我能幫妳。」

「因為……」蕭璟遲疑著沒有回應，倫納德靜靜地等著。想到蕭璟剛才說的話讓他很不安，但他告訴自己不論等下聽到什麼，絕不會生氣，他要成為她的依靠。

「昨天我們公司的總裁江少白來到西安視察，」倫納德知道那件事，他父親有告訴他，「他找我去他的辦公室……」

「什麼？」倫納德機警的豎起耳朵。

「總之，他逼我和他上床，然後……」

「他要妳和他怎樣？」倫納德剛才冷靜的情緒頓時消失的無影無蹤，他忘了自己一開始打給蕭璟是為了什麼，他也不在乎了，「妳說他要妳做什麼？」

「你說過你不會生氣……」

「我沒有生氣！」倫納德覺得自己快氣炸了，「事情到底是怎麼回事？」

「他先是說要和我討論創世疫苗的事，誰知聊著聊著，他突然攬住我的肩膀，然後……」蕭璟的聲音忽然哽咽了一下打住。倫納德雖然憤怒，可他更為蕭璟的痛苦感到同情，只能小心地問：「那……你們有沒有……」

蕭璟猶豫了一下，「沒有，」她似乎是感覺到倫納德不大相信，低聲說道：「好啦，我們確實有接吻，但沒有……你知道的。」

「什麼？」倫納德不可置信的說，他本來打算罵一連串的髒話，但他聽到電話另一頭蕭璟的聲音極度痛苦，知道她是在回想自己最不堪的一段經歷，想到這他心中的怒火平息了下來，他關心的說道：「這不是妳的錯，別人會體諒你的。」

「會體諒我？」蕭璟忽然提高音量，「你知道大家現在是怎麼說我的嗎？一開始不少人還同情我，但總裁辦公室居然直接下達人事命令，把我職位大幅提升還加薪，讓所有人都覺得我是為了這和他上床。更可恨的是居然有人真的把我當成妓女，甚至在下班後塞錢給我，被我拒絕後居然說我只挑高層上床……這就是你所謂的體諒？」蕭璟講到這裡說不下去，話聲被哽咽取代。

「璟，有我在。」倫納德對蕭璟經歷的一切感到痛苦不已，他完全沒有想到自己離開了幾個月，就發生這麼大的事。他很清楚，證明無罪遠比證明有罪來得困難，何況蕭璟是這麼重視名譽的人，這對她傷害更是可而知。他柔聲安慰蕭璟說：「璟，妳就辭職吧，離開那裡。妳可以來我這，或任何妳想去的地方。」

「謝謝你，倫尼。」蕭璟擤了擤鼻涕，兩人沉默了一會兒，倫納德靜靜的坐著等待蕭璟情緒平復。過了一會兒蕭璟忽然說：「對了，你打來本來是要說什麼？」

「噢，我的天啊，我差點忘了」倫納德被她這麼一提醒才想起他打來的目的，「璟，妳聽著，妳立刻離開那家公司，馬上就走，回到妳的住處。我明天會去西安，妳到機場來找我，我要帶你離開。」

「為什麼？」

「因為……」倫納德在想要用什麼措詞，「那家企業被證實是一個恐怖組織，他們正在策劃一場全球性的恐怖攻擊。蓋亞聯盟籌劃了很久，即將要對他們出手了。」

「攻擊？什麼攻擊？」

「詳細情況我也不清楚，只知道這個計畫草案叫做：天啟憲章。我明天會和三名幹員到機場，妳過來……」

「天啟憲章？」

「沒錯，」倫納德愣了愣，「怎麼，妳知道？」

「沒有，只是覺得有些熟悉。」

「這個……我有一個想法，」蕭璟吞吞吐吐的說。

「什麼？」

「我覺得，江少白總裁他，你別激動，聽我說完。我覺得他也是嬴政的後代。」

「什麼？」倫納德吃驚的說，夢境的畫面再次出現在眼前，「妳是怎麼知道的？」

「因為當天他找我去辦公室的時候，我在他面前感到意志力完全崩潰，當他吻我的時候我完全沒有辦法抵抗，完全任由他擺佈，就和在星艦上面對嬴政的時候一樣。」

「他吻妳的時候……」倫納德又感到一股憤怒，可是這背後的消息卻讓他震驚到忘了怒氣，「如果他是嬴政的後代……而印法埃又在開發以黑死病為藍本的新型病毒。也就是說，這家公司是嬴政的後代組成的組織？」

「聽起來很合理，這樣可以合理的解釋為什麼創世疫苗的基因組會和黑死病毒雷同，因為他們就是七百年前放出病毒的同一批人。七年前嬴政死前他說過他留有後手，想來指的就是這個。」蕭璟頓了頓，「然而計畫還有別的內容，那到底是什麼？」

「詳細內容我不清楚，但是根據《聖經》，『天啟四騎士』是一個末日的訊息，刀劍、饑荒、瘟疫、野獸……其他三個我不知道，但瘟疫……」

「創世疫苗，」蕭璟驚恐的說，「噢，我的天啊，你還記得我說過，我把我們的基因和創世疫苗結合，結果發生什麼事了？」

「你說我的始皇基因被活化……」倫納德睜大了眼睛，「原來是這樣！創世疫苗可以啟動隱性的始皇基因，而沒有的，則會被摧毀……他們在篩選具有始皇基因的人類！」

「但是……為什麼？嬴政七年前已經被打敗了啊！下一次的黑洞噴流要等到幾千年後，而這裡也沒有星艦能夠建造蟲洞。」

倫納德想起他在夢中的景況：一個穿著銀衣的男人，站在滿是星辰的穹蒼之下，自信的說著：「創始之體將會包覆整個宇宙。」

「我的天啊……」倫納德喃喃說著，一個比嬴政強大無數倍的力量即將甦醒，而他必須借助地球上的力量，也就是印法埃。這比他原本以為得更危險，「璟，妳必須立刻離開那裡。明天我一到西安，就接妳到英國。」

「不，你說過政府還不知道天啟計畫的詳細內容。印法埃公司的資訊防禦做得很好，無法從外部入侵，但我可以利用公司的伺服器查詢看看。」

「不行！」倫納德驚慌地說，他原本以為蕭璟在知道事情的危險性後會先離開，結果她現在居然要繼續留在那裡，還要調查這項跨國陰謀。這和他原本的計畫差太遠了，「璟，妳聽著，這是政府的事，我們不要插手，妳更不要插手。讓他們來，妳在那裡太危險了。我會去接妳，妳只要安全地待在住處就好。」

「才怪，」蕭璟說，「我要掛斷了，等你到西安我會再告訴你他們的陰謀是什麼。」

「不！等等！璟！璟！該死！」倫納德瞪著電話，蕭璟居然掛他電話，他立刻回播，但蕭璟已經關機了。他趕緊撥了另一個號碼，父親沒有接。他記得父親說過這幾天ＬＧＧＳＣ所有人通訊都會斷絕，直到行動結束。

「去他的！」倫納德大罵，他把手機扔到桌面上，開始準備護照。

18

中國　西安　印法埃集團西安分公司　醫療研究部門

蕭璟掛掉電話，她剛才痛苦的情緒已經化解了，取而代之的是她一貫的堅毅。

她瞪著電腦螢幕保護程式，倫納德剛才說的那些話在她耳邊迴盪不止，她想起江少白總裁對自己的微笑，以及他企圖侵犯自己的事。而這一切的答案，都隱藏在這家龐大的公司伺服器背後的某處。

從外界無法進入印法埃公司伺服器，蕭璟雖然位階不高，但至少還擁有下層權限。

「我們走著瞧，你這個變態。」她伸展了一下她的手指，然後點了點鍵盤，螢幕亮了起來。

蕭璟看了看周圍有沒有人，所幸，辦公室內沒有別人，只有一個打掃工在掃地。

她輸入自己的帳號，在伺服器打「天啟計畫」。但她想了想，為了避免公司設有網路蜘蛛，所以她先屏蔽自己所在位置，再設置記錄刪除裝置還有防護監控的防火牆。

一切準備就緒後，蕭璟吸了一口氣，在伺服器上搜尋「天啟憲章」。

什麼都沒有。

這早在她意料之中，她用醫療部門的權限代碼就只能查詢自己被允許的資料。她想了想，然後進入軍火科技部門的伺服器搜尋。

「使用者存取碼權限不足」

蕭璟想了想，這種高層機密計畫即便她駭進其他部門的資料庫也不會有結果。這種涉及公司極機密的資訊一定是要擁有最高層級的存取權限才有辦法閱讀，除了印法埃委員會外，沒有人具有這種權限。雖然她曾經破解過中國國家機密檔案，但這種企業相關資訊一定要有相匹配的硬體措施才可以施行，也就是說即便具有委員會權限，沒有相應的電腦也是無法檢閱高層級訊息。

「該不會只有艦隊總部有這種硬體設備吧……」蕭璟皺著眉說道。如果真是如此，那要進入印法埃高層資料庫基本上是不可能的任務，也許她可以準備回家去等倫尼來西安接她。

「等等，那時候……」蕭璟回想起幾天前到樓頂總裁辦公室的時候，確信有見到桌面上的電腦有顯示系統管理者介面。這表示至少總裁辦公室的電腦是足以使用委員會代碼的，至少是有查閱觀看的權限。這應該是合理的，蕭璟這麼判斷，畢竟印法埃高層要不時到各地出勤，不可能隨時在艦隊上，一定要設計得有彈性才可以讓委員們可以隨時查看企業資料，雖然無法保證江少白離開西安分公司後這個設置是否可以繼續使用，但至少是一個機會。

「先試了再說。」蕭璟下定了決心，立刻起身關上電腦。

蕭璟進入電梯按下頂樓的按鈕，

電梯門向兩旁滑了開來，前方是和記憶中一樣長長的走道，只是這一次沒有警衛在此看守，走廊頂上的電燈也暗了下來，給人陰森的感覺。蕭璟嚥了一口唾沫，這只是自己的心理作用而已。

蕭璟快步走到總裁辦公室的雙開式實心橡木門前，她小心翼翼地瞥了一眼走廊上頭監視器發出的紅光，然後把手指伸到門旁的電子鎖感應器上。她努力回想當初進入辦公室前門口的警衛在感應器上畫出的圖形，她依樣畫葫蘆的對感應器下達指令。大門「喀拉」一聲的打了開來。

她如釋重負的喘了一口氣並緊張地推開大門。辦公室內的擺設就和當時她來的時候一模一樣，她看到了當初和總裁一起聊天時坐的沙發，不禁停下腳步，心中不知道為什麼感到相當複雜，不只是噁心和憤怒，還有某種……她自己也難以解釋的情緒。

她搖了搖頭，闖進這種地方每多待一刻便多一分危險。她快步跑到辦公桌前，點開電腦的螢幕。螢幕閃爍了一下，顯示出「Enter Password」的字樣。

「還可以用，但是這密碼……」她考慮著要嘗試試驗密碼或是試著破解系統，她思量了一會兒覺得對一個完全不熟悉的人猜測密碼幾乎是不可能的事。

她聚精會神地盯著螢幕，手指快速的在鍵盤上飛舞，試著對電腦輸入一道又一道的指令，不過系統都沒有任何回應。

「再試試這樣……」她皺著眉頭又嘗試著好幾種不同的方式，然而不論哪一種方法，螢幕鎖定介面都不為所動，看來系統一定被設定過完全鎖死在登入介面。

本來就該會這樣。蕭璟沮喪的心想，這麼多情報單位都無法滲透，自己根本不可能有辦法破解成功。這種等級企業的資訊安保，除了使用正確的密碼外，系統是不可能有漏洞可以破解的，至少以她的身分，在有限的時間內辦不到。她或許該趁印法埃發現前趕緊回家。

她抬起頭，正好看到掛在辦公桌旁那幅星空畫作。忽然有一段舊時的影像閃過，和自己與江少白在辦公室的聊天內容一同重疊在眼前，那個記號……

別傻了。蕭璟心想，根本不可能。這怎麼可能？但她卻無法控制自己的手指下意識的在「Enter password」欄位中輸入一串外觀毫無意義的字串：

「DJ#99Mdsosu#96Moswoko」

她深吸一口氣，她決定要先證明自己的妄想是錯的。她按下enter鍵。

她在心中默默祈禱，也不曉得自己到底想要看到什麼樣的結果。是解不開密碼證明自己的想法錯了，還是證實了自己那不可置信的念頭？

過了兩秒鐘，螢幕上出現了一條曲線，然後在中央繞了一圈，接著便出現了印法埃的徽章，以及「歡迎使用」的字樣。

蕭璟不敢相信自己的眼睛，她一直盯著螢幕，眼中泛出的淚水模糊了影像。這實在是太難以置信了，這段記憶塵封已久，她也是僅憑著一點印象背誦出來。她想要說服自己這只是一個巧合，但眼前的事實卻不容她這樣去想，她實在無法想像為什麼他會成為現在這個樣子。這背後蘊藏的是比黑夜還深的過往、比冰雪更寒酷的事實。

過了好一會兒她才從震驚中拉回自己，她定了定神，似乎想起自己一開始的目的是什麼。她在搜尋欄位中輸入了「天啟憲章」四個字。結果跳出來數十個視窗檔案，蕭璟一時間不知道要看哪一個。

在檔案最上方，是一串英文，蕭璟仔細一看，上面寫著：「All hail Ether, ruler of the galaxy for eternity; the all-knowing King, giver of wisdom,Ying Zheng（敬世界的主宰乙醚，還有智慧給予者嬴政）。」

乙醚？蕭璟過了好一會兒才意識到，那個是乙太（Ether）。

智慧的給予者嬴政……印法埃真的是嬴政的後代所組成的公司，那麼他……蕭璟掃過視線，然後點擊開「軍火科技部門」。

螢幕上跳出數十張照片、曲線圖。蕭璟快速點閱那些照片，它們分別是地鼠以及外星戰艦的各型照片。蕭璟快速掃過那些結構圖，然後看到一份檔案「印法埃軍火科技部門——赤炎之子」。她記得赤炎之子是臺灣最新研發的機種，預計要加入聯合國太空防禦「星環計畫」。她點擊開來，畫面上立刻跳出一份備忘錄，她飛快地掃過內容：

「八年前和臺灣軍方合作開發重力電磁武器後，透過在臺灣的內應，得到在臺北戰役後，臺灣政府在屏東軍事研究中心所私藏世上唯一一架性能完整的乙太戰艦……並依此開發出六代半機種『赤炎之子』……赤炎之子具有最快的飛行速度、隱蔽能力和垂直起降功能……克服傳統蓄能問題，可在五公里外以戰術雷射精確打擊目標……依據蓋亞聯盟掩影系統……將能壓制各國政府任何型號的防空武器或是飛行器……所有赤炎之子都符合印法挨艦隊升降彈射系統……在任何海域皆有作戰能力……」

蕭璟震驚不已。她還記得七年前臺灣軍方發明了一種高能重力電磁砲，在臺北那一役直接擊潰乙太的指揮艦，那時各國軍方根本不曉得台灣是怎麼辦到的。在那之後臺灣居然私自藏了一台外星戰艦進行研究。但顯然因為臺灣沒有夠高的科技水準和人才，所以和印法埃公司合作。現在又開發出一套新型隱形戰機，這套戰機其實是為印法埃而設計的，戰爭一開打就會落入印法埃手中。

蕭璟又掃過那些軍事武器結構，還有開發預算以及他們和其餘各國政府間的往來合作項目，都是一些見不得光的骯髒工作，她也沒有太大的興趣。接著她關閉視窗，點擊開「印法埃能源部門——方舟發電廠」。螢幕跳出一堆視窗，她點選了一份檔案「世界能源控制效益」，並快速瀏覽：

「在乙太與地球戰爭結束後……藉由和中國政府的地鼠研究計畫以及臺灣政府的戰艦開發案……開發嶄新量子發電能源系統：方舟發電廠……透過戰後提供低廉能源排擠其餘石油綠能產業……目前世界能源使用比例：

全世界：58.7%

亞洲地區：76.6%

主要控管國家：中國：73.6%、日本：79.4%、臺灣98.8%、南韓：69.6%、俄國：71.3%、印度：58.9%、美洲地區：38.5%……

能源使用區域主要為七年前戰爭後受害國家……目前透過能源影響世界七成的金融交易市場……計畫展開後中止能源供給……估計一周內死亡人口：一億到三億不等。以下為世界各區域人口死亡比例示意圖……斷電後依能源分配各地糧食……和軍火部門合作……估計啟動後將立即淪陷政府名單如下——」

控制能源，就可以掌控電力供給、糧食分配、經濟漲跌，就如同美國當年控制石油出產進而掌控世界經濟一般。蕭璟瞪大了眼睛看著附錄中「世界各區域死亡比例示意圖」，計劃實行後，在全球有將近一百五十萬人會「立即」死亡。而其後斷電斷糧所造成的金融崩盤以及醫療停擺、糧食短缺，所形成的生存壓力，將會導致世界陷入無政府狀態，往後的死亡人數會快速攀升。長期計算下來，死亡人數甚至超越核武。這就是第二位騎士。

辦公室外傳來談話聲，蕭璟警覺的看了一眼，好在沒有人進來。她小心翼翼的關起視窗，然後點擊她最在意的「印法埃醫療研究部門——創世疫苗」。

「……七百年前，印法埃透過蒙古西征擴散世紀病毒黑死病……為數支派聯手行動……遭到叛徒救贖派阻止……鑑於對基因組認識之不足……後期依據表觀遺傳學、分子生物加深理解重新解析……七年前戰後透過對『混沌』基因組的研究解析，以及相關技術的進步……改良創世疫苗啟動因子……然而缺少當初黑死病病毒基因組序列……活化及轉錄過程無法穩定……西安醫療部門蕭璟研究員成功提出改良方法……」

蕭璟看到這全身冷顫，是她透過黑死病病毒找到了基因組問題的解決方法，是她發明了這個惡魔。不過

『混沌』又是什麼東西？她搖搖頭，接著看下去：

「此病毒傳播後，將會活化宿主身上的『始皇基因』……使表觀基因隱性者啟動活化基因組……若無此始皇基因之宿主……將過度活化量子基因所調控之免疫系統……造成整體神經元衰退和滲血症狀……此已經過非洲數十個實體研究得到證實……最終以此篩選符合人選……」

蕭璟接著點開了「估計擴散速率圖」。只見世界地圖上，主要城市如：紐約、北京、東京、莫斯科、巴黎、新德里等地，都會迅速向周圍擴散，感染者一週內死亡率估計高達九成。蕭璟看了一下初期感染人口，十五億，再看一下擴散時間：一天。

怎麼可能一天內感染十幾億人？蕭璟滿心困惑地想，即便是空氣傳播，也不可能這麼快，除非是像電腦病毒這種類型，但對向人類，怎麼可能……

電腦病毒。這個念頭頓時給了蕭璟一個可怕想法，她迅速找尋檔案，最後終於找到了一個「印法埃軍火科技部門&醫療研究部門：創世疫苗擴散」。她點開檔案。

螢幕跳出一連串的程式碼。蕭璟錯愕的看著這些程式，這是什麼東西？她點選「印法埃委員會備忘錄」，看了一會兒，錯愕的情緒立刻被恐懼所淹沒。

「致印法埃委員會……創世疫苗擴散計畫……附有有兩組程式碼……第一組程式碼為創世疫苗經生力軍所啟動的基因組鹼基序列的電子模式……第二組程式碼為微型生物奈米機器和其溝通節點使用的演算法……在所有改裝的電磁彈頭上已安裝創世疫苗基因組……聯合國啟動『天網防禦系統』後……立即啟動受染者人體內的生物奈米機器……透過對宿主下達指令自行製造該病毒……估計此時已有十五億人具有足夠生物奈米機器……電磁彈頭裝置如下……」

印法埃公司在十數億人體內植入了大量奈米機器人，這些奈米機器對人體本身是無害的，等到印法埃公司發射出設有創世疫苗基因組的電磁彈頭後，立刻會啟動受染者體內的奈米機器，就像電腦病毒一樣。透過

ＤＮＡ和電子病毒交互感染，這樣的技術在十年前便曾實驗過，但像這樣在全球同步實體化進行還真是前所未見。蕭璟震驚的看著，新型病毒的死亡率將會遠遠高過十四世紀的黑死病，而這次，只會有具有始皇基因的人會活下來。

基因組和演算法，這是關鍵。蕭璟小心地瞥了周圍一眼，確認完之後，她將這份檔案內病毒的轉換程式碼複製下來。該存在哪裡？她從口袋中拿出一個類似光碟的透明圓盤，中央有著一圈銀色金屬，她將磁碟吸附在電腦後方。螢幕上立刻出現一個檔案，她將資料上傳到磁碟中。過了大概一分鐘螢幕上顯示：「100％上傳完成」。

蕭璟關掉傳送視窗。她忽然想到最後一位騎士，「野獸」。她還沒有看到最後一位騎士的資料，她回到總伺服器，正要繼續搜尋，螢幕卻忽然亮起紅光，寫著「禁止使用」，蕭璟困惑得按了按鍵盤，螢幕的視窗忽然全部消失，顯示：「用戶存取碼已刪除」。

「喔，糟了。」蕭璟手忙腳亂的打開刪除使用紀錄的程式，這時她聽到外面傳來陣陣議論聲以及腳步聲，她透過電腦螢幕上顯示的影像，看到外頭有四名重武裝的男人穿著印法埃警衛部隊的制服，表情嚴肅的朝門口走來。蕭璟心裡一陣驚慌，她迅速掃視周邊的環境，確認自己沒有逃脫的可能後，她小心翼翼的把磁碟吸附在總裁辦公桌旁的星空畫作之下。

她一完成這個動作，辦公室的門便被撞了開來，那四名警衛走到蕭璟的位置旁，對她說：「蕭璟嗎？」

「是。」蕭璟緩步滑到畫作前，稍稍把畫框微調回正常的角度。

「我們接獲資訊安保部門的通知，」一名警衛說：「你涉嫌商業間諜罪，我們奉命拘捕你。」

「但是……」

「請您配合。」警衛面無表情地說，「跟我們走吧。」

蕭璟當然知道他們不可能會把自己帶去警局起訴，但此時除了跟著他們走似乎沒有別的辦法，「沒問題。」她一面說一面偷偷關掉身後還在跑的程式視窗，然後走到公安身邊。「走吧。」

「你，去查看一下她剛剛都做了些什麼。」警衛指著一個夥伴，那個人點點頭，拿起一個類似硬碟的裝置往電腦走去。

絕對不行！蕭璟焦急地想，現在還沒完全刪除完，要是他們擷取到剛剛她做的最後一道拷貝程序……

「伸出手。」警衛拿出一副手銬，蕭璟假意伸出雙手，卻在警衛抓著她手腕的一瞬間突然返手把手銬銬到那警衛手上，並在他們還來不及反應時一個肘擊打中另一個警衛的喉結。趁他痛地彎下腰時抓住他手上的槍。

「阻止她！」蕭璟感到一個人用槍托用力敲在她後腦勺，這把她打得頭痛欲裂，但她強忍著疼痛，奮力拉扯槍枝，在他們制伏她以前，把槍口對準電腦主機扣下扳機。

一陣火花閃過，電腦被轟個粉碎，蕭璟見狀鬆了一口氣。她緊接著感受到一陣如雨的重擊敲打在她的胸腹和頭部，她眼前一黑，伏倒在地上，在模糊中失去意識。

19

【BBC世界新聞】

西安戰役後，第七屆聯合國大會

自從二〇二〇年外星入侵戰爭結束後，如今已經邁入第七年，聯合國即將要在三天後於日本東京舉行第七居紀念典禮，以及為期五天的第七居星球安全高峰會。

這次大會的出席國共有一百九十八國。其中參與蓋亞聯盟的會員國皆有參與此場大會，各國政府領導人幾乎皆有出席。LGC表示這場紀念大會是人類團結的象徵，是世界邁入新紀元的里程碑。

此次大會，除了針對戰爭中的死難者及受害國家表達哀悼外，聯合國同時也針對近來的各種議題凝聚共識，包括氣候變遷問題、空氣汙染、貧富差距，而其中最重要的，就是對LGC提出的「星環計畫」進行討論和表決。

所謂星環計畫，便是由各國聯合出資，在月球設置國際太空防禦站，還有在地球衛星軌道上增設重力電磁砲防禦系統。兩者合稱為「星環防禦系統」。

這個計畫估計會耗資上兆美金，若是在過去民眾都是對此表示抗議，認為是在浪費地球資源。不過在七年前外星入侵戰爭之後，人類深刻體會到自己在宇宙中的力量是如此的薄弱，還見識到宇宙中其他文明的實力。外星人不再是科幻電影中的虛幻概念，而是所有人要攜手抵禦的真實存在，因此各個國家幾乎都一致同意此項計劃。

目前聯合國會堂周圍的防護措施已進入高規格戒備狀態，周圍道路都已封鎖，謠傳是有恐怖組織要在今日進行攻擊，但聯合國官方沒有做出回應。

欲知更多詳情，請各位繼續鎖定BBC新聞。

20

中國　領空　印法埃委員會私人專機

江少白搭乘印法埃的私人專機，正在返回西安公司的途中。他坐在會議桌首位整理著等下要和印法埃在各國的領導人說明的資料。

「總裁，您準備好了嗎？」旁邊的秘書問道。

「可以了，」江少白坐正，眼神嚴肅地盯著鏡頭，「開始吧。」

「是。」秘書對著對講機說：「啟動全球保密線路。」

螢幕上出現十來個面孔，每一個都是印法埃集團在世界各地設施的高階領導人。

「各位，雖然你們目前所處的國家和時間都不同，但我們的精神依舊合一。」

「是，總裁。」

「接下來我說的，一字一句都是《天啟憲章》的機密，你們肩負的是重大的使命。絕不允許任何形式的外洩，明白嗎？」

「明白。」

「很好，現在直接切入正題。你們應該都知道，計劃已經開始實行了。我們在世界各地的電磁彈頭裝置如何？」

「報告總裁，合計五十枚彈頭，都已經檢查過，一切準備就緒。」軍火科技部門執行長總結說。

「非常好，」江少白滿意的點點頭，蘇聯解體後，留下了大量的無主原料，他們從那裡得到了不少核彈。另外印法埃已儲備核能和印度政府交易，得到大量退役的導彈。雖然都是些老古董，但對於他們的計畫已經綽綽有餘。「電磁彈頭的發號器都已經裝置好我們新的演算法以及基因組序列了？」

「都安排好了，總裁。」亞洲區負責人說：「經過生力軍啟動的基因序列都已經裝載在信號器上，屆時爆炸將會產生具有指向序列的加密電磁波。我們也算好了聯合國『天網防禦系統』的防禦範圍，我們的彈頭可以升到十萬英呎的高空。他們一旦擊落我們的導彈，立刻會觸動信號器，同時電磁波會透過贏政千年前在世界各地打造的能量接收中繼站而增幅，迅速傳遍整個世界。」

「奈米機器人訊號節點都確認過了？」

「是，增幅中繼點都經過工程師仔細檢查，防護做得很隱密。除非聯合國能夠在一微秒內破壞所有的奈米機器人的節點、攔截所有的訊號，否則絕對擋不下來。」

「我們計劃的每一個環節一定要確實，必須在瞬間癱瘓全球，同時啟動所有生物奈米機器人，絕不能出現任何的差錯。」

「請放心，雖然國際的情報單位現在都在調查各大醫院和創世疫苗的上市途徑，但根本不會有人想到我們會用這種方法。」

「那麼，我們在各國政府的內應如何？」

「報告總裁，已經派遣專人告知他們，內應也都接受了奈米防護治療。」

「我們的軍隊如何？」

「赤炎之子存放在花蓮佳山基地，沒有技術外流的疑慮。不過海軍是在遠程攻擊癱瘓後最重要的投射武力，對於之後情況來說恐怕還稍嫌不足。」

「這部分不用擔心，委員會針對這個問題已擬出計劃，你們只需處理好自己的部分。」

「沒問題。」

「我們的生力軍怎麼樣了？」江少白對著一個螢幕問。

「他們已經達到命定數字，具有最高活化能力的始皇基因的六百六十六名生力軍都到齊了。目前分布在世界各地的據點。」

「各區域的負責人聽著，我現在要和大家說明我們的『歸向計劃』。每一區都會有數名生力軍，大多具有感知能力和細微心智調整能力。只有少數具有高度控管人心這種天賦的人，我們稱為『歸向者』，他們會負責督導所有人員的宣誓效忠。如果有人言不由衷，或者是情報局的幹員，就會將他們挑出來，使之『歸向』。而通過宣誓效忠的所有人，都必須接受歸向者來增強他們的忠誠意念。如此他們便會全心全意的效忠我們，並斷絕任何反對我們的情緒。各位各區域的領導們，你們也必須接受歸向者的忠誠鋼印。」

「現在起，他們會是世界各地的總督，是委員會直轄的特殊軍種，只對印法埃委員會負責。等戰爭開始，他們會負責使敵軍關鍵人物『歸向』。而他們的行動可以不受你們的約束，所有對他們的管制或命令，都必須透過委員會才可以執行。若有違背他們指令的，就是直接反抗印法埃委員會，會遭到心靈處刑。明白嗎？」

所有人面孔都出現驚訝的表情，但他們隨即都凝重的點點頭，「遵命。」

「最後，」江少白看向「特殊計畫部門」的負責人問道：「腦波掩影裝置開發完成了嗎？」

其他人搞不懂總裁在說什麼，但那個人回應道：「大致上完成了，但還有漏洞，那些漏洞以現階段的技術恐怕是不可能修好的。不過經過歸向者的實際測試，面對現在的情況應該夠用。」

「很好，」江少白滿意的點點頭，然後他一臉嚴肅地看著眾人，「各位，你們肩負著新時代的重擔，如今是最後關頭，所有人都要繃緊神經，謹慎面對。」

「是，總裁。」眾人齊聲回答。

「你們繼續完成我剛才交代的事。還有生力軍很快就到了，記得聽從他們的指令，執行『歸向』。」

「沒問題。」接著視訊連接就斷線了。螢幕恢復回印法埃集團的龍頭徽章。

「總裁先生，」江少白的秘書一臉嚴肅地走了進來，「剛才收到西安公司的訊息。」

「什麼事？」江少白站了起來，「我累壞了，如果不是什麼重要的事就明天再說。」

「或許不是太重要的事，但您一定有興趣，」秘書把平板遞給江少白，「蕭璟被警衛部門逮捕了。」

「逮捕？為什麼？」江少白困惑地問，「我又還沒有下令。」

「資訊管理中心的人發現她進入您的辦公室，駭入公司總伺服器，利用委員會權限代碼查詢『天啟憲章』，而您的辦公室也在逮捕過程中嚴重受損。」

「什麼？」江少白震驚的說，「她怎麼可能取得委員會權限？又是怎麼進入辦公室的？」

「我不知道，但根據情報她資訊工程很厲害，或許……」

「不可能，代碼加密方式絕非一時可以破解的。」江少白說，「她現在人在哪裡？」

「在西安公司的禁閉室中。」

「叫人看好蕭璟，不要傷害她，我要親自質問她。還有，要歸向者李柏文過來，我需要他。」江少白嘴邊露出一抹陰險的微笑，「倫納德，你一定會喜歡的。」

21

中國　西安　印法埃集團西安分公司　監獄

蕭璟微微的睜開眼睛，發現自己正躺在一面冰涼的物體上。是冰塊，不，是金屬，她躺在金屬地面上。蕭璟心想，她試著動動雙手，卻發現自己的手腕被膠帶給捆住。

她稍微移動一下，後腦杓卻痛的讓她全身抽痛，她努力回想發生什麼事。昏過去前她在做什麼？喔，對，她正在用公司伺服器搜尋……搜尋什麼？一個計畫，和嬴政還有攻擊有關，然後有四個穿著警察制服的人過來，好像還發生了一陣扭打，然後她就不省人事了。

她吃力的扭動身子，四周燈光微弱，所有東西都十分模糊，周圍一切在她身邊搖晃旋轉，無法對焦。而在對面扭曲的影像中，似乎有一團黑暗在那裡晃動……

「妳醒了。」一個低沈的聲音從那團黑暗中傳來。這聲音蕭璟感到全身一陣顫慄，她似乎在哪裡聽過。她感覺自己彷彿回到七年前的星艦上，當時她正和倫尼一起與嬴政對峙。然後她想起來了，這是總裁江少白的聲音。

一想到江少白總裁，伺服器裡那些駭人的檔案內容全在她眼前浮現，恐懼立刻像浪潮般向她湧來，她立刻清醒過來。她想站起來，但全身的肌肉都癱軟無力，在眼角餘光中，她看見江少白眼神冰冷的注視著她。不知道為什麼，她可以感覺得到江少白可以用那樣漠然的眼神看著世界崩塌毀滅。

「既然妳醒了，那就開始吧。」江少白又說了一遍，他朝蕭璟走了過來，他身後似乎還跟著一個人，蕭璟視線模糊看不清楚，只覺得那個人年紀應該沒有太大，或許還比自己小幾歲。

「我有些問題要問妳。我個人偏好老方法，希望妳不要介意。」

什麼老方法？蕭璟心想。江少白朝身後揮一揮手，門打了開來，兩名穿著黑色皮靴的警衛大步走了進來，然後重重的將一缸裝滿水的水缸放到蕭璟旁邊。一滴水濺了出來滴到她的臉龐，她正心想這個水缸要做什麼用的。

兩名警衛抓住她的手臂，將她上半身拉起。她才終於看清楚周圍的景象。

她正處在一間狹窄的密閉房間，牆面和地板都是金屬材質，天花板上有兩臺監視器亮著紅光，唯一的出入口是一道鐵門。這裡顯然是一間囚室，公司裡面有監獄？她感到很困惑，她從來沒有聽說過，難道自己被帶到了別的地方？

江少白總裁穿著上次見到他時一樣的深藍色西裝，他臉上的表情平淡的像是冰山，他那雙眼睛如同鋼珠般冷酷的看著蕭璟，彷彿在研究一副冰冷的屍體。

蕭璟不禁打了個寒顫。她將目光轉到總裁身後的青年，他大約二十五歲上下，個子不高，在江少白身邊顯得相對渺小，但全身散發出令人不安的氣息。他注視著蕭璟，眼神冷酷，和江少白一樣。至於那兩名警衛戴著面罩，只露出一雙眼睛。

「你想怎樣？」蕭璟勉強擠出聲音問道。

「直接切入正題，我喜歡，」江少白臉上露出一抹微笑，然後很快恢復原本冰冷的神色，「妳是怎麼知道天啟憲章的？」

蕭璟全身一陣顫慄，檔案內容的估計死亡人口、全球毀滅攻擊再度出現在她眼前。

「怎麼，很意外我知道嗎？」江少白挑起一邊眉毛，「妳以為我們籌備了那麼久的計劃會隨便就被一個人看穿？」

「那些內容是真的嗎？」蕭璟嘶啞的問。

「是，而妳為我們達成了最重要的一環。妳還沒回答我的問題，妳是怎麼知道的？」

蕭璟想起倫納德說過，蓋亞聯盟用盡手段才得知這項計劃，對外一切保密，不久後就要展開行動了，她絕不能讓眼前這個惡魔知道。「網路上看到的。」蕭璟瞪著江少白說。

江少白面無表情，「我相信妳。」他對一旁的警衛點頭示意。兩名警衛忽然用力抓住蕭璟的頭髮，她還來不及反應就把她的頭壓到一旁的水缸中。

蕭璟激烈的掙扎，但在兩名警衛的壓制下完全沒有作用。她慌張的想揮動雙手拍打地面，但雙手被膠帶綁在背後動彈不得，她雙腳無助的亂踢卻一點用也沒有。她感覺自己被水泥灌到嘴裡，她驚慌失措的想吸氣卻嗆了一大口的水。她的眼前出現一堆黑點在瘋狂的跳動，全身彷彿被烈火焚燒過一樣發燙灼熱，肺部在高壓下感覺快要爆炸了。眼前的黑點愈來愈大，最後幾乎佔據了她整個視線，她的意識開始漸漸模糊……

有隻手用力一扯蕭璟的頭髮，將她的頭拉出水缸。她在意識邊緣時被拉出水面，她感受到空氣。

蕭璟全身肌肉痙攣，蜷曲在地上，大口的喘氣。她感覺自己的胃像是一個反覆緊握的拳頭，呼進來的氣體灼熱難當，每一口都灼燒著她的肺。她翻過身子趴在地上嘔吐，所幸胃中也沒什麼東西好吐的。過了好一會兒水從她的口鼻流了出來，肺部灼熱的感覺也逐漸退去，眼前跳動的黑斑漸漸消失。

江少白總裁面無表情的看著蕭璟倒在地上蜷曲抽搐，眼神中似乎還帶著一絲愉悅。一旁的青年一樣冷酷地望著蕭璟，彷彿她只是一條哀嚎的狗。

蕭璟呼吸漸漸平緩後，江少白伸出食指頂起她的下巴，注視著她的雙眼說道：「妳知道，領導是一門很深的學問，我花了很多年才搞懂它。永遠有像妳這樣的人，以為恫嚇只是單純威脅，這時我就需要……讓他們知道我是認真的。」江少白傾身靠向蕭璟的臉，語調平緩的說：「我再問一次，妳是從哪裡知道到的？」

蕭璟呼吸本來已經漸漸平緩，聽到這句話又再度急促起來。她想到剛才那窒息般的痛苦，嘴唇微微的顫抖。

「注意妳的言詞，不然下一句謊言很可能就是你人生最後一句話了。」

蕭璟全身顫抖著，她求助的看向周圍。兩名警衛不帶情緒的站在後方，那名青年則冷淡的看著自己。她猶豫的張開嘴巴，但檔案中血腥駭人的內容一幕幕衝擊著她。她勉強抬起目光，虛弱卻堅定的直視總裁的視線。

「我夢到的。」

警衛再度抓住她的頭，按到水缸之中。

江少白在一旁靜靜的看著。過了一分鐘警衛把她的頭拉出來，蕭璟已經全身乏力，幾乎沒有什麼掙扎，只是虛弱的倒在地上喘氣。她臉色慘白，嘴唇因缺氧變成紫色，身上僅有的一層薄薄的衣物也被冷水浸濕，冷得瑟瑟發抖，頭髮上的水珠隨著身體的顫抖滴落到她嘔出的積水當中。

「沒錯，妳很強悍，現在已經很少有像妳這樣意志堅定的人了，」江少白嘆氣說：「真可惜，妳知道嗎，我本來打算把妳調到我的私人辦公室，但妳偏偏要把事情搞的……那麼複雜。」他揮揮手示意兩名警衛出去。

「妳要知道，折磨人並不是我的天性。事實上，我是一個促進世界進步的和平主義者。」

「希特勒也這麼認為。」蕭璟微弱的反駁。

江少白搖了搖頭，「這種想法是片面的。關於妳看到的一切，信不信由妳，我們追尋的是一個更美好的世界。至於妳，我本來也不想用這種手段，但因為妳男朋友倫納德•馬修斯。讓我不得不這麼做。」

聽到倫尼的名字，蕭璟頓時睜大了眼。她這才想到她和倫尼約好要到機場去找他，現在時間不知道過了沒有？

「如果妳和妳男朋友的關係夠好，那麼妳看過那份檔案後，一定知道了我的身分？」

蕭璟想到檔案中地鼠的結構圖、黑死病散播路徑、始皇基因的研究，還有初次見到江少白總裁的奇異感覺。她感到全身一陣戰慄，沒錯，答案一直在那裡……

「你們是贏政的後代。」

「沒錯，兩千多年前，贏政接到乙太的指令甦醒，而同時另一派的成員，也就是傑生，卻前來阻撓他。為了留下後手，他將自己的基因流傳下來。我和你男朋友一樣，都是乙太世界的血脈，你會發現我們沒那麼不同。事實上，我和他是老朋友了。」

「你們兩個完全不一樣。」蕭璟反駁。

江少白點點頭，「這是個有趣的問題，我們可以親自問問他。妳知道，這段時間一直有人打給你。」他從西裝口袋掏出一支手機，「十九通未接來電，倫納德。」蕭璟聽到全身為之一震。

江少白把蕭璟手指壓到螢幕上解鎖，並按下「確認回撥」，然後改成擴音模式，將手機放在他們二人中間。江少白冷笑著說：「看看他聽到這個消息有什麼反應。」蕭璟在心中暗暗祈禱倫尼不要接起來，但同時她又渴望聽到他的聲音。

「璟？」倫納德的聲音從另一頭傳來，蕭璟感到一陣激動，她想開口卻被江少白的目光禁止，「我和三名幹員已經在機場等了三個小時了，我不是告訴妳要趕快離開那裡？」

江少白聽到這話喃喃的點著頭，「原來是這樣……這麼說來，蓋亞聯盟一定也……我們必須要加緊腳步……」

「妳有聽到嗎？妳現在在哪裡？」

「璟正和我在一起。」蕭璟正要回答，總裁卻忽然拿起手機說。

「什麼？你是誰？」倫納德的聲音充滿了驚慌，「蕭璟她怎麼樣了？」

「身為贏政的後代，你應該要更能控制的住自己的情緒表現才是。你太讓我失望了。」

「你說什麼？你到底是誰！你把蕭璟怎麼了？」

「我是一位朋友，倫納德，一位仰慕你的老朋友，是你久未見面的好兄弟。」江少白冷笑著說：「你不知道我沒關係，你女朋友知道，你很快也會知道。至於璟她怎麼樣嘛……」他把手機湊到蕭璟面前，「你自己問她。」

蕭璟剛被折磨的死去活來之後，陡來聽到倫納德的聲音便感到十分激動，她有好多話想說，她想告訴他她很抱歉，但她只能勉強發出聲音：「倫尼……」

「璟？妳……妳怎麼樣？妳沒事吧？他們有沒有傷害妳？」

聽到倫納德急切關心的聲音她感到一陣愧咎，「沒有，我沒事……」

「喔，不，她當然有事。」江少白把手機拿回來：「你真該看看她剛才接受水刑之後，倒在地上痙攣抽搐的樣子，你絕對不會認為那是『沒事』。」

「你他媽的到底是誰？你想要怎樣？」

「我不想怎樣，這只是一個簡單的回報而已，倫納德，」江少白說，「具有乙太的血脈，你得學會將精神內斂隱藏，不能像你現在這樣。」

「贏政……你是他傳下來的後代之一嗎？」

「是的，和你一樣，我們都屬於一個更偉大的世界，你並不孤單。七年前你們因著無知而選擇延遲真主的降臨，我們將會糾正這個錯誤。」江少白看了身旁的人一眼，「現在我身邊就有一名有為的年輕人，他叫做李柏文，他也是這家族的一員，是繼承第十二名使徒的強力候選人。這段時間他會利用他的天賦讓你女朋友過的……更有趣味一點。」

「你什麼意思？」

「我會讓你自己聽。倫納德，你身為唯一和贏政面對面過的人，相信你一定比任何人都了解心靈的受創遠比任何肉體的折磨要痛苦上百倍。」

「拜託，你們要用這種折磨別人讓對方屈服的老招數到什麼時候？」蕭璟勉強擠出力氣反駁，「我是不會讓你們如願的。」

「老招數往往才是最有效的，妳馬上就會明白，什麼實話血清、神經元掃描這種現代招術，反而華而不實。」江少白直視蕭璟的雙眼，在那一刻蕭璟忽然感受到一陣撕心裂肺的痛楚傳遍全身，一把刀劍直接貫穿心靈，她倒抽一口氣，下一秒那個感覺就消失無蹤。蕭璟一臉恐懼的看著江少白，他對她微微一笑，「妳很快就會開始懷念水刑。」

「璟！妳怎麼了？江少白，你對璟做了什麼？」

江少白不理會倫納德，他指著蕭璟，對那名青年李柏文，說：「這位是蕭璟，她是個反對我們理念的救贖派。這段時間你要用自己的天賦教育她，就用上次對付那位不肯效忠我們的男人的方法。」

「那個情報局幹員？」

「沒錯，」他拍拍李柏文的肩膀：「先持續二十分鐘，照你的意思，但別玩死她。」他將手機的擴音取消，「我要你好好的聽聽，讓你體會面對你愛的人受苦，自己是多麼無能為力。仔細聽好，接下來的每一天，這樣的場景會不斷重複，那是你摯愛逐漸死去的聲音。」他將手機放在蕭璟身旁，對她冷笑一下，就轉身離開。

「拜託，你為什麼要這樣做？你明明不是這樣的人啊！」蕭璟忽然出聲哀求。

江少白回過頭，在那一剎那他似乎露出驚訝的表情，但他隨即瞇起眼睛，「我就是這樣的人，相信這段時間，李柏文會讓你明白這一點。」

蕭璟驚恐的將視線轉向眼前的人。在江少白踏出囚室的那刻，一直面無表情的他臉上忽然漾起一抹冰冷的笑容。

囚室的門還未闔上，裡面就傳來蕭璟的慘叫聲。

22

中國　西安　西安國際機場

倫納德癱倒在椅子上，全身顫抖的盯著已經結束通話的手機。

剛才的二十分鐘，是他人生有史以來最長的一段時光，整整二十分鐘他完全不顧機場其他人異樣的眼光，不斷對著手機大吼大叫，然而對方卻是無動於衷。

二十分鐘的酷刑像永無止境那麼長，不管他怎樣懇求、辱罵對方，他們對蕭璟施加的痛苦卻絲毫沒有減弱，蕭璟的每個慘叫聲似乎都像一把利刃畫過他的心頭。自從和嬴政對峙之後，他從來沒有那麼無助過，他什麼都做不了，甚至連安慰她也做不到。直到漫長的酷刑結束後，倫納德聽到蕭璟似乎嘔了一大口血，然後一個冰冷的男聲說道：「明天繼續。」接著電話便掛斷了。

倫納德雙手緊抱自己的頭，心中閃過一幕幕自己過去犯下的錯誤。

他後悔讓蕭璟進入印法埃集團工作；後悔放任蕭璟遠離他的視線，讓她自己去西安；後悔寄給蕭璟的黑死病病毒樣本；後悔打電話去警告她關於天啟憲章的事。他甚至後悔自己這幾個月沒有對蕭璟表示更多關懷，他應該早些注意到蕭璟在公司受到的困境，讓她一個人承受那麼大的壓力……

倫納德搖著頭，現在不管說什麼都太遲了。無論如何，他絕不能讓蕭璟一個人在那個煉獄中任人擺佈，這是他欠她的。

「你承諾過我，會保護她的安全，不讓她受到傷害。」

倫納德抬起頭，在那一刻，他似乎回到了七年前的那時候。當時他和蕭璟在西北大學，第一次看到地鼠的覺醒，當時情況混亂，子彈閃光劃過空氣。蕭安國緊抓著自己的手臂，眼神堅定地看著自己，一字一句的說：

「我要你帶著我女兒離開，保護好她的安全，答應我！」

「我答應你。」

那是倫納德一生做過最重要的誓言。如今七年過去了，這段誓言又再度浮出他的腦海，在他耳畔圍繞。倫納德彷彿看到蕭安國站在自己面前，雙眼如同黑曜岩一般堅定，緊盯著自己的雙眼，那個眼神至今仍讓他無法忘懷。而那雙眼睛只訴說著一句話：

「你承諾過我。」

倫納德冷靜下來，緊握的雙拳漸漸放鬆，跳動的眼神恢復了平靜。他必須冷靜，不只是為了當初的承諾，更是因為蕭璟需要他，他是蕭璟現在唯一的希望。

倫納德撥打父親沃克的電話，不意外，電話是關機的。LGGSC從前天起就封鎖一切對外聯繫，那他只能靠自己了。

「三位。」倫納德站起來，對著身旁三名跟著他的SAS幹員史密斯、詹姆斯、崔史坦說道：「我想請你們幫我一個忙，我必須潛入印法埃集團在西安的公司，去救一個人。這件事很危險，甚至有可能喪命，你們可以選擇不要參加，回到英國去。但不論你們來不來，我都一定要去做，你們願意幫我嗎？」

他注視著每一個人的雙眼，他本來預計沒有人會想幫他，但出乎意料，他們三人都毫不猶豫地點頭，「我們當然要參加，」詹納斯說：「你是要救你的女朋友蕭璟小姐吧？」

「沒錯，」倫納德點點頭，「不管怎麼樣，我一定要救她出來。」

「我們也是，」崔史坦說，「我們看過機密簡報，知道你和蕭璟小姐在七年前做了些什麼。是你們冒著生命危險，阻止了外星軍隊的入侵。我們能在這裡都要感謝你們，現在輪到我們回報了。」

「謝謝，」倫納德感到一陣暖意流遍全身，他不是孤單一人，他有強大的後盾。他的理性慢慢回來了，

「那麼，史密斯和詹納斯，你們兩人幫忙搞清楚印法埃監獄的位置，並在這幾天注意進出人員，特別是高階人

員。」

「沒問題。」

「崔史坦，你對黑市交易比較熟悉，想辦法弄到一台車，我們要從後門進去。」

「這個容易。」

「我在西安有些認識的朋友，看有沒有辦法用到一張印法埃公司的保安卡。」倫納德說完後望向剛才看見蕭安國的身影的地方，「蕭安國，我向你保證。」倫納德喃喃說，「無論如何，我一定會把璟救出來，就算賭上我的性命也在所不惜。」

23

英國　倫敦　LGGSC總部

「對方開始有新動向了。」LGC主席泰勒・雷迪亞茲說道。

這裡是LGGSC最高作戰中心，安裝了屏蔽效能最高的掩影系統。大部分國家的LG高階代表都出席了，但有少數國家因為不明理由而缺席。

「根據LGGSC外勤幹員回報，印法埃集團在世界各地的警衛、傭兵部隊，這幾天忽然有大規模的調動，幾乎全數流向東亞各國，其中以中國、東南亞還有中東地區為主。此外，所有方舟發電廠都布有重兵看守。他們不久前挪動的銀行資金，已經全數轉出，並轉移到他們在新北市、香港、雅加達的陸上設施中，其中大部分是轉到他們海上艦隊的潛艇當中。」主席一面說，分析師一面在螢幕上相應的位置放大標示。

「最後，各位看這幾張衛星空照圖，」泰勒主席指著螢幕說：「印法埃集團的四大艦隊，其中一支目前待在基隆港和上海。另外三支艦隊，則分別前往印度洋、南太平洋、南大西洋。這四支艦隊每一支都擁有極為強大的武力，可以擊敗世上大部分的海軍。」

「一家公司怎麼會擁有那麼強大的武力？」美國代表問。

「我們已經說過，他們不只是一家公司，更是一個恐怖組織。他們自二戰崛起，後來靠著方舟發電廠打入全世界，讓各國政府都依賴他們，他們的實力深不可測。我們不久前成功調查到他們計畫發動一個全球恐怖攻擊《天啟憲章》，就在昨天，我們得到證實，他們將在明天的聯合國大會展開攻擊。」

「已經確定了？」中國代表問。

「是，聯合國這次的戒護是有史以來最高層級。而天網防禦系統也有戒備，防範任何空中攻擊，在中東和東南亞的幾個情報單位，也會嚴密監控所有恐怖組織的活動。」

「攻擊行動的具體內容為何？他們想達到什麼目的？」

「我們並不完全清楚，」副局長沃克說：「但就目前所得的資料顯示，他們打算進行的這場全球恐怖攻擊，將會造成人類大規模死亡。根據分析師對『天啟憲章』的解讀，我們歸納出他們行動的幾大步驟：首先，切斷能源供給來源。他們已經掌控我們絕大部分的能源，又控制了糧食分配，他們的第一步行動就是癱瘓我們的民生。再來，他們將會釋出一種絕命病毒，稱為『創世疫苗』，我們認為這將會是一場更可怕的新黑死病。雖然我們已經阻止創世疫苗的上市，但不排除他們還有其他散播病毒的方式。我們目前還沒有創世疫苗的基因組，他們保密得滴水不漏，我們只能盡力防範。最後，是利用民生和疫情的雙重壓力，吸收大量的難民加入他們，最後以戰爭推翻各國政府。」

「但各國政府也不見得是我們的盟友，」派特羅夫局長說：「根據可靠的情報顯示，有許多國家的政府遭到滲透，嚴重者，甚至協助他們打造軍武。像是臺灣的赤炎之子就是一例。」

不少人露出震驚的表情，因為台灣此時甚至仍然是ＬＧＣ委員會的一員。如果這僅僅只是其中一個案例，那至今為止不曉得有多少情報已經外流。

「這麼說當年台北和外星艦隊的那場戰鬥，那個重力電磁砲也是印法埃協助台灣軍方研發的？」一名代表問道，「那也可以說該地區和某些國家已經被印法埃完全控制了？」

「能查出赤炎之子和印法埃的關聯，就是透過調查之前重力電磁砲後得知的。」泰勒說道，「但如果就此說那些國家被完全掌控也不盡然，或許他們只是被利用而已。只是我們無法得知被滲透的層級究竟有多高，因此各位可能有注意到，今天並非所有國家的代表都在場。」

多國代表這才露出明白的神情。

「那麼，冒著風險讓我們知道這件事情的用意為何？」德國代表問道。

「感謝您的提問，接下來才是會議的主題，」主席說：「印法埃計劃要發起全球恐怖攻擊，部分資料你們都收到報告了。而這場行動擴及全球，因此需要各位的協助。接下來由LGGSC局長派特羅夫為我們說明此次的反制行動。」

「是的，各位代表。我們的戰略簡單來說，就是『點穴式作戰』，直取敵人要害，一招制敵。敵人據點雖然多，但只要扼住他們的要害就能擊敗他們。首先，是江少白總裁所在的西安分公司，再來就是基隆港的主艦隊群。還有他們在中國、新北市、雅加達存放資金的設施。」

派特羅夫面對眾人，「我們將派出最精銳的特種部隊以閃電奇襲攻佔各個據點。在他們反應過來前將他們公司的首腦與資金一網打盡。而這項行動，將有賴各國情報單位的鼎力相助。」

眾人點點頭。

「謝謝。」派特羅夫局長指向大螢幕，「這幾張是西安分公司、基隆港口艦隊分佈、還有他們三個存放資金的設施結構圖。簡而言之，我們會針對這五個據點進行重點打擊。行動的幹員，將由蓋亞聯盟在各國的特種單位執行。我們需要各國政府批准並提供資訊，同時也需要各國淨空領空，讓直昇機能夠靠近。我們已經對行動路線有所規劃，明天一早就會出擊。由於襲擊的地點幾乎為同一時區，且在一早出擊，因此行動代號稱為

『赤日行動』。」

「聽起來很簡單，但是……世事難料啊。」德國代表說。

「我們會設法取得印法埃企業的資訊，這樣將可以掌握他們的動機和更加完整的計畫。」

「那任務完成後呢？」

「局長，我們相信你的判斷，還有你們的能力。」美國代表說，「但是，如果行動失敗，我們有什麼應對措施？不論是針對能源、糧食或是病毒。」

「我方起草了一份應對方案給各國政府，包含正在計劃重啟核能、火力、綠能等發電廠。但許多國家目前幾乎完全依賴印法埃的援助，所以要想辦法接管他們的方舟發電廠。此外，我們也聯繫了世界衛生組織對可能爆發的新型態病毒做好準備，他們正在對此進行研究。」

「我們有幾成勝算？」

「我們有十足的把握。但是，」局長沉默了一下，「如果真的失敗了，就等著面對史上毀滅性最大的戰爭吧。」

24

中國　西安　印法埃集團西安分公司　監獄

蕭璟半閉著眼，眼神低垂的望著地面，心中默默倒數著。

這三天來，蕭璟被關在暗不見日的囚室裡，受到江少白手下那名稱為「歸向者」的青年李柏文，以心智力量折磨。每一次的酷刑都宛如被千百把熾熱的刀劍斬在心靈和肉體之上，雖然那位歸向者的力量和贏政相比仍遠遠不及，但在日以繼夜的折磨下，所承受的痛苦卻遠遠超過和贏政對峙的一瞬間。更難熬的是，他們將她受刑時的慘叫聲錄下來，每當休息時便在牢房中反覆播放，嚴重摧殘她的神智。

她實在不曉得印法埃這麼做的理由究竟是什麼，他們後續也沒有接著拷問她其他事情，不曉得是忘了還是他們已經知道了。但即便他們質問自己，她覺得以現在的精神狀況恐怕也無法回答。

門打了開來，蕭璟警覺的豎起耳朵，沈重的腳步聲漸漸接近。她知道是送水的人來了。

這幾天來（她不確定過了幾天），印法埃會不定期地送飲水給她，忽長忽短的間隔澈底打亂她的生理時鐘，水杯上會插著一根吸管好讓她能在雙手被綁住的情況下飲用，而他們除了水之外什麼都沒有送。飢餓感一日日在體內侵蝕她，在肉體上打擊她的意志。

即便遭受精神和肉體上的嚴酷酷刑，蕭璟那半閉著眼皮下的眼神依舊閃爍光芒，她二十多年來磨練出的意志力和毅力並沒有被這幾天的酷刑給完全抹去。

這幾天來，蕭璟已經仔細觀察每一位警衛的行為。她必須抓緊這個機會，她得在下次酷刑榨乾她的精力前開始。

杯子放了下來。警衛轉過身去。

蕭璟奮力一躍而起，用肩膀撞上警衛的後背。警衛大叫一聲和蕭璟一同翻倒在地。

蕭璟雖然雙手被捆在背後，但她盡最大的努力，翻到警衛背上，極力扭動身子，雙手企圖抓住警衛腰間的武器。牆上兩台攝影機轉向他們。

警衛陡然被一個囚犯攻擊，錯愕的不知道該怎麼做，兩人一同在地上翻滾打成一團。

「妳瘋了嗎？」警衛突然回過神來，怒吼一聲，一拳打在蕭璟的側身，她哀嚎一聲滾落下地。

警衛站起身來，憤怒的抽出腰間的警棍，朝著蕭璟的身軀用力抽打。蕭璟全身蜷曲起來遮蔽攻擊，但在警衛猛力的揮打下卻毫無用處，其中一棍重重的打到她的膝蓋上，骨頭裂開的灼熱痛處讓她痛得幾乎失去意識。

「立刻停止打鬥。」上頭的擴音器發出聲響，「再不停手就增加妳的酷刑時間。」

「蠢蛋。」警衛憤憤地將警棍收回腰帶，然後抓起水杯往蕭璟頭上砸，杯子在她頭上碎掉，水和血流過她的面孔，她張大了嘴拚命吸氣。擴音器又發出聲音：「警衛，停手。」

「妳以為拿到槍就有辦法逃走？腦子被燒壞了吧！」警衛朝蕭璟吐了一口口水，然後就轉身離開。

蕭璟躺在地上大口喘氣，身體因為剛才被警衛的毆打而疼痛不已。但想到等下無比痛苦的心靈折磨還要延長，她就全身顫抖。不過沒關係，因為她已經拿到自己此舉的目的——剛才趁混亂間偷走的東西。

蕭璟張開右手，警衛胸牌的銀色細針閃爍微光。

25

中國　西安

「看起來沒有問題。」倫納德說。

倫納德和三名幹員站在桌前，四人聚精會神地研究著這幾天在印法埃周邊拍攝到的照片，討論如何潛入印法埃公司。

「崔史坦，你的車準備好了嗎？」

「一台豐田汽車，透過黑網買到的，不會留下記錄。」

「從貨物運送通道進入應該沒什麼問題，」倫納德看著照片說，「根據這幾天的觀察，那裡只有一個警衛亭和後面的掃描器，是除了地面後門外戒備最薄弱的區域。我的保安卡也弄到了，可以通過它。」

「還有最重要的一點，幾天前觀察到有車隊離開印法埃公司，推測是江少白總裁不在公司。」詹納斯說。

「那麼成功機率就大多了，」倫納德點點頭，然而他心中卻感到極為不安，莫非他們要行動了？還有蕭璟現在不知道怎麼樣了？如果這幾天她每天都受到那樣的折磨……

「聽起來沒問題，」倫納德說，他拿起幹員放在桌面上的槍枝，仔細審視，「如果他們要有下一步行動，我們必須趕緊動手。一切準備就緒，明天一早就出發。」

26

「以上就是我們的行動方針。」派特羅夫局長在ＬＧＧＳＣ總部對各個據點的行動人員進行最後的戰術確認。

「『赤日行動』將在十小時後開始，」派特羅夫說道，「儘管各個地方有些微時差，不能讓他們有連繫的時間，因此所有的行動必須要同步進行，不能有絲毫差錯。」

「是。」各地的隊員對著螢幕同聲回應。

派特羅夫局長傾向鏡頭，「很好，據悉情報，印法埃極有可能在明日出擊，各地區的情況可能會略有不同，交由各據點長官的自行判斷微調，而所有一切情況，直接向最高層級彙報。ＬＧＣ會在線上全程監看所有行動，讓你們可以即時通訊，接收最新訊息。」

「明白了。」各地負責人說道。

派特羅夫深吸一口氣，面對所有的螢幕，嚴肅的說：「一切準備就緒，『赤日行動』進入倒數計時。」

27

江少白總裁站在講台上，身旁各站了五名被尊稱為『使徒』的委員，表情嚴肅的面對台下數十個鏡頭。現場即時影像正以光速傳到印法埃集團在世界各地的據點，數十萬人正站在大螢幕前觀看著。

「各位印法埃的成員們，大家好。我是印法埃委員會最高主席江少白總司令。」江少白說，他稍微等了一下，因為他知道另一邊眾人一定在鼓掌。

「你們能夠站在這裡，想必都是接受過『歸向』的『受印者』。我知道各位分佈在世界不同的地方，所處的時間也不同，但沒有關係，因為我們的意念是不受時空的隔閡。我們追尋的理念是一致的，我們同屬一個偉大的家庭。」

「全新的一天即將到來——不論是實際或是象徵意義上都是——再過十個小時，《天啟憲章》便要開始啟動，偉大的新國度即將降臨。這不再是由軟弱的人類所組成的，也不是那些虛偽的信徒所稱的新天地，那只是他們幻想中的天國。而這是由真主透過我們的手親手打造的無暇伊甸園，各位將在這新世界中，擔任領導和執行的神聖角色。」

「各地成員的任務都已經由你們的上級長官講解過了，一切已經準備就緒，明天一早就展開行動。各國政府現在還茫然不知事實真相，就和七年前乙太軍隊崛起一樣。當年我主未完成的事業，將由我們達成。救贖並非從天而降，而是要經過共同的奮鬥和努力才能得到。你們是新時代的中堅，我們不容許你們當中有任何不忠、背叛的思想，因為一個團體的毀滅，必然是從內部的崩解開始。當你們宣誓效忠時，歸向者都核實過你們的忠誠度，那些不忠者或是政府的間諜，都已經被我們除名了。」江少白對台下的人揮揮手，此時世界各地的大螢幕上多出了一個新的影像。

「在螢幕上的這二十個人，是LGGSC和各國政府派來的間諜，這群異端者帶著罪惡進入我們神聖的組織中，歸向者將會負責他們的處刑。現在你們將見識到他們是如何因自己的愚昧而死。」螢幕上的二十人在歸向者的折磨下，尖叫倒地，七孔流血，最後一齊斷氣。

「各位都看到了，企圖抵抗新時代來臨的下場是什麼。」江少白等了等，讓眾人感受一下剛才螢幕上震撼的影像。

「這就是叛徒的下場。然而你們不會步上他們的後塵，因為你們是乙太忠貞的子民、是世界未來的核心力量，世界的希望寄託在你們身上。」

江少白總裁深吸一口氣，以堅定的眼神望著前方，彷彿穿越鏡頭直接望進那數萬名觀眾的眼裡，「新世代來臨了，明天是象徵邪惡的聯合國大會，我們將在那時揭竿起義，建立永恆不朽的新世界！各位同胞，讓我們攜手同心，一同邁進敞開的天國之門。」

28

日本　東京　聯合國紀念會場地

在雄偉的聯合國廣場上，世界各國的國旗在高台兩側飄揚，聯合國以及蓋亞聯盟徽章在舞台後方閃爍發光。台下坐著數千名各國的代表、政商經要、媒體記者，高台上是世界各國的元首，他們神色愉快地坐著，等待大會開始。

聯合國秘書長薩德面帶微笑地走上主席台，「各位女士，各位先生，各位親愛的同胞們，大家好。我們即將進入一個新的紀元、新的時代。我們今天聚在這裡，除了要紀念七年前那場慘絕人寰的世界大戰外，更是為了全體人類未來的獨立自由而努力。見證歷史，展望未來，是國際間長久努力的目標。」

「美國的雷根總統曾說：『自由和和平不會從天而降，必須靠我們誓死奮戰才能得到。』大家想想七年前我們為了自由付出什麼代價，現在，為了確保這樣的自由不受剝奪，我們是否能勇敢地再度踏出新的步伐！謝謝，」他轉向台下：「第七屆地球抗戰紀念會正式開始！」

數聲禮砲接連發射，戰機編隊四散分飛橫過天際，在空中畫出弧線直達雲端。台下眾人站起身來瘋狂地鼓掌，聯合國紀念大會正式開始了。

中國　西安　印法埃集團西安分公司外

兩輛黑色軍用休旅車停在印法埃公司不遠處，一名特種隊員拿著望遠鏡觀看大樓動靜。

「我方民航機低空進入印法埃公司上空一百公尺處，正在投下六名傘兵。」

「準備好！隨時要出擊！」隊長透過對講機大聲命令，所有隊員仔細檢查自己身上的配備。

「傘兵到達樓頂，正在垂吊下到四十三樓保全部門。」

「最後確認好路線，A、B小隊和一齊從後門攻入，走員工逃生路線。C、D小隊確認安全隨後跟上。和六名保安部門傘兵會合。」眾人忙著確認路徑。

「傘兵已進入印法埃大樓！」所有人屏住呼吸，車上靜默了好一段時間，接著對講機傳來聲音：

「已解除警報，保全系統全數解除。安全。」

「行動！」隊長大喊一聲，特種隊員迅速的跳出車輛，排成戰鬥隊形，往印法埃後門衝去。「赤日行動」正式展開。與之同時在上海港、香港、新北市、基隆港、雅加達，一樣的行動正在展開。

中國　西安　印法埃集團西安分公司外

倫納德坐在駕駛座，開著豐田汽車準備進入印法埃所在的科學園區。另外三名幹員在後座將身上的武器上彈藥。

「前方主道路被封鎖了。」倫納德說。

「沒關係，我們可以在前面右轉，走唐街區繞進去。那裡只有一名警察負責封鎖。」史密斯盯著地圖說。

「準備好，我們快到了。」倫納德說，三名幹員低著頭將槍塞到襯衫當中。

「你們在這裡做什麼？」一名警察攔住倫納德的車輛，倫納德搖下車窗，「你們幾個，現在這條路封鎖了，你們快點回去！」

倫納德止住正要開口的詹納斯，他對警察露出微笑，「抱歉，我們只是要進去一下。」

警察愣愣的看著他們，似乎忘了自己在說什麼，最後點了點頭，「沒問題。」

車輛通過封鎖線，詹納斯訝異的說：「你是怎麼辦到的？」

「一點小技巧，」倫納德沒有回答，他開往印法埃運貨門口，那裡有兩名荷槍實彈的警衛負責檢查出入車輛。

倫納德拿起手中的保安卡，「準備好，我要進去了。」

中國　西安　印法埃集團西安分公司　監獄

警衛打開囚室，看見蕭璟躺在地上，雙眼緊閉著蜷曲起來。他想起蕭璟那天對自己展開攻擊並打算逃離的愚蠢行為，現在看到她痛苦虛弱的樣子讓他感到一絲愉悅。

事實上，他之前在值夜班時，就被蕭璟出眾的外貌與氣質吸引。後來他擔任看管監獄的警衛，幾天前發現蕭璟居然關在他負責的區域。他心想，這五天來的酷刑應該已經磨去她全部的抵抗能力。

警衛走到蕭璟身前，她沒有任何反應，她如果不是睡著了就是根本累到動彈不得。這是他絕佳的機會。他拿起遙控器，關閉了攝影鏡頭。他知道公司上下現在正忙著準備別的機密安保事務，不會有時間管這裡發生了什麼事。他將水放到蕭璟身旁，然後彎下腰輕撫她的臉頰，她表情痛苦的皺了皺眉頭卻沒有抵抗。警衛興奮的將她的身體轉正，準備解開自己的皮帶。

他的右手忽然感到一陣疼痛，他錯愕的低下頭。

蕭璟睜開雙眼，把一根針用力扎在警衛的手腕，趁他吃痛放手之際，抓住杯子用力砸向警衛的面孔，然後一躍而起迅速的用針劃過警衛雙手手腕，趁警衛翻倒彎腰時，迅速抽出他腰間的槍然後指向他的頭。動作從頭到尾沒有一絲猶豫，彷彿已經練習過無數次了。

「再見，笨蛋。」蕭璟把槍枝對警衛的頭用力一揮，警衛立刻昏倒在地。

蕭璟取出警衛腰間的保安卡，然後迅速地跑出囚室。

她一手撐著牆面，低頭劇烈喘氣。這幾天她的體力已經被逼到極限，剛才的動作耗盡她的力氣，差點昏了過去。她同時也在心頭暗暗感到震驚，她萬萬想不到警衛居然敢在監獄意圖非禮，但也因為這樣使得她的偷襲更容易得逞。

她試著動一下受傷的膝蓋，只覺得疼痛的像有一根灼熱的鐵絲刺穿一般。但她猛吸一口氣，強迫自己站穩。她知道自己現在太引人注目了，她不能走一般的路線。

她步履蹣跚的向前，往緊急逃生樓梯跑去。

特種部隊擊昏後門的一名警衛，迅速衝入大樓內。

「緊急逃生樓梯在那裡！」隊長看了看手腕上的螢幕說。

「你們是誰？」樓梯口有名警衛看到他們，大聲叫道，「呼叫……」

隊員迅速的敲昏門口兩名警衛，然後裝上密碼破解裝置，過了五秒鐘，大門向後打開。隊長指著兩名隊員，「你們負責看守這條路，不要讓其他人上來！」

「是。」

其餘眾人快步踏上階梯，沿著逃生樓梯往上跑。

「出示保安卡。」警衛對倫納德說。

倫納德交出保安卡，他們將條碼掃過機器，前面的鐵門打了開來。「沒問題。」警衛將保安卡還給倫納德。

「等等。」警衛忽然說，「你們那三個，證件。」

「嘿，他們和我一起來的，通融一下吧？」

「這是規定。」警衛面無表情地說。

「好吧，」倫納德嘆口氣，「讓我和你警衛亭中的同伴說一下好嗎？」

警衛遲疑了一下，「等等。」倫納德對崔史坦點了個頭。

三秒後，警衛亭門口打了開來，「什麼……」

崔史坦對裡面的警衛射出一道電流，倫納德趁機射倒另一名警衛。

「我們上。」車子開入通道。

蕭璟左手撐著牆面，勉力向前踏步。她每走幾步，就靠著欄杆劇烈喘氣。這裡大約五十幾樓，她還有很長的路要走，而她不確定自己能不能走得下去。肉體和心靈上的虛弱正在快速侵蝕她。

倫納德，她必須見到他。蕭璟深吸一口氣，緊抓著扶手，繼續向下走去。

「我們已經到四十樓了，」隊長說，「傘兵部隊會在六十樓等我們。」

眾人轉過一個彎，忽然看到一名穿著破爛衣服的女性一手撐著牆，表情吃力的走著，她看到士兵停下了腳步。

「怎麼會有人在這？」三名隊員立刻用槍指著她，「有平民出現在路線上。」

那名女性看起來簡直像一具活屍，只見她上衣染著乾掉的鮮血，眼窩凹陷，滿臉憔悴且佈滿血漬，一副飽受折磨的樣子。隊長不曉得該怎麼辦，「妳是誰？」

她全身發顫的說道：「拜託你們幫幫我，我……」

「她有槍！」一名隊員看到大吼。

「立刻拋下！」隊長拿起槍大吼。

她看著自己的手，「等等……我不是……」一名隊員上前用力扭轉她的手腕，她哀嚎一聲拋下手槍，身體失去支撐跌倒。

「她不是警衛。」

「但還是不能讓其他人發現我們的行動，先把她銬在這裡，等下回來再放了她。」

「也只能這樣了。」一名隊員拉著她的手，將她左手手腕銬在欄杆上，並將她身體扶正，她掙扎著想要抗議，卻一點用也沒有。

「抱歉，等下有空再回來放了妳。」隊長說：「我們繼續上！」

「逃生樓梯在這邊。」

倫納德沿著印法埃地圖上標示的路徑，快速跑到逃生樓梯的入口，卻赫然見到兩名身穿黑色軍衣的重裝士兵站在那裡，他們看起來不像是印法埃的成員。

「你們是誰？」倫納德問，「讓開，我們要進去。」

那兩個人互看了一眼，然後低聲說：「你們……」

倫納德身旁三名幹員立刻跳上前去和那兩人打了起來，五個人拳來腳去。倫納德很驚訝地發現，這三名幹員已算是英國最頂尖的人手，而和那兩名士兵打起來居然完全佔不到便宜。不論這兩個人是誰，他們絕對不是印法埃的成員。但倫納德管不了那麼多，他小心地運用心智力量，在一瞬間麻痺那兩名士兵的意識，幹員趁機把他們撂倒。

「他們是什麼人？」史密斯氣喘吁吁地問。

「看來今天大家都很忙，」倫納德說：「不管怎麼樣，路障已經清除完畢，我們上！」

「我們快到了！」隊長大喊。士兵撞開鐵門，射倒三名印法埃警衛。

「我們在六十五樓。剩下五樓要搭電梯，」隊員們進入電梯，電梯門合上。顯示螢幕上的數字迅速接近「70」。

蕭璟用力扯著自己被銬住的左手，手腕都被磨傷發紅，卻沒有任何用處。她試圖去抓滑落在一公尺外的手槍。

窗外傳來一陣不引人注意的微弱聲響，但在那刻，蕭璟感受到一股電流痛楚流進她的腦中，感覺和這四天來她經歷的折磨一樣，彷彿某種東西在她體內炸了開來。她頭向旁一側，失去了意識。

「到了！」隊員到達總裁辦公室門口，擊斃門口兩名警衛，並在門口裝置炸藥。門炸開後，隊員往裡面扔了兩顆震撼手榴彈，一聲爆炸後，所有特種隊員一齊衝入總裁辦公室。

「報告隊長，沒有人！」隊員巡視一圈說道。

「該死！給他們逃過了！」隊長大聲咒罵。

「您看看這個。」隊員指著書架旁的螢幕說道。

中央大螢幕上，顯示著幾個字：「已啟動。」

「我們來晚了，」隊長滿臉憤怒的靠到牆上，「看看他們有沒有留下什麼東西。」

眾人在辦公室內巡視了一番，隊長一路經過辦公室內的藝術作品，最後走到總裁辦公桌旁站在那稍微有些歪掉的星空畫作前，咕噥道：「想不到他還有文藝素養？」

「呃，你們最好來看看這個，」一名隊員指著總裁辦公桌上的螢幕，隊長靠過去一看，只見上面呈現了許多熱源成像，那些影像似乎還隨著隊員們移動而晃動……

隊長忽然倒抽一口氣，大聲嘶吼：「快跑啊！」

太遲了，震耳欲聾的槍聲在周圍響起，無數子彈呼嘯而過，士兵們連槍都來不及舉起來就被擊中倒下。所有特種隊員在槍響後不到十秒悉數倒地，鮮血流滿地面。

槍響結束後，四下一片寂靜，只有螢幕上的「已啟動」持續地閃動。

29

美國　天網系統監控中心

「監測到大規模無預警飛彈發射！」技師在螢幕前大喊。

「聯絡防空司令部確認！」監測中心指揮官貝利茲少將大聲說：「幾枚彈頭？」

「已確認，共五十枚飛彈！」

「目前高度？飛彈目標？」

「目前十萬英呎，正在高速攀升中。電腦推測目標可能是要前往各大城市上空。」技師說：「我們要啟動天網系統反制嗎？」

「立刻聯繫ＬＧＣ，一經授權立刻啟動。」少將說完技師就接通電話。

「這裡是ＬＧＣ。」

「我是天網監控系統的負責人貝利茲少將。系統偵測到五十枚飛彈在各大洲發射，請授權啟動天網系統殲滅攻擊。」

「授權啟用天網防禦系統。」

「啟動！」少將說道，技師輸入指定密碼，螢幕上五十條代表雷射光的線朝著所有彈頭射去，在三百五十公里高度時擊中摧毀。

「幹得好，各位。」少將說，「又化解了一次危機。」

下一秒，指揮中心陷入一片黑暗。

30

中國　西安　印法埃集團西安分公司

「你聽到了嗎？」倫納德跑到一半停下腳步，因為剛才窗外傳來一陣微弱的聲響，「那是什麼？煙火？施工？聽起來是從天上傳來的，打雷嗎？」

「不知道，」史密斯皺著眉說，「今天真是奇怪的一天，先遇到不像是印法埃警衛的重裝士兵看守門口，現在又搞不清楚……」

「也許是GSC的人員，他們終於出手了？」倫納德說，「等下再討論，我們快走。」

四個人又跑過幾層樓，倫納德在前面帶頭。在轉過最後一個彎，他再度停下腳步。

只見一個穿著襯衫的女人身子癱倒在樓梯欄杆旁。她全身蒼白瘦弱，左手被銬在杆子上頭，那個人上衣襯衫染滿乾掉的鮮血，一頭長髮凌亂糾結的垂在臉龐，身上看得到肌膚的地方幾乎都布有傷痕，額頭還流著一道血痕。整個人宛如從一場血腥的戰場逃出來一樣。倫納德倒吸一口氣，雖然不大像，但他認得那個長相。是蕭璟。

「璟！」倫納德快步衝上前去扶住蕭璟的身子，蕭璟軟綿綿的依在他胸口，沒有反應。

「噢，我的天啊，」崔史坦驚懼的看著依在倫納德胸口的蕭璟，聲音微微顫抖，「他們把她怎麼了？」

倫納德沒有理會崔始坦，他此時專注他懷中的蕭璟，只見她原本美麗的秀髮凌亂糾結又乾燥如蜘蛛絲，身形削瘦枯槁、眼窩凹陷暗沈，身上更滿是血和汗水混雜的腥臭味。倫納德以為自己明白什麼叫心痛，他曾經聽著蕭璟在電話中被折磨的慘叫聲。但直到親眼看到蕭璟被折磨成什麼樣子，他所感受的痛苦遠遠超越過往。他實在難以想像蕭璟這一段時間究竟受了怎樣的折磨。他想和蕭璟道歉，但他沒有時間，他必須趕緊救出蕭璟，

「璟，醒醒。」倫納德輕輕搖晃蕭璟，並看向詹納斯，「把這手銬打斷。」

詹納斯掏出槍射斷手銬的鏈子，那刻蕭璟忽然呻吟一聲，倫納德趕忙低頭，「璟？妳聽得見嗎？我是倫納德……」

蕭璟一臉茫然的看著前方，在倫納德說到自己名字時她忽然瞪大雙眼，尖叫出聲。詹納斯被她突如其來的舉動嚇退了一步，倫納德全身一陣顫慄。

「不要！」蕭璟慘叫，雙腳亂踢，兩隻手用力捶打著倫納德的胸口，尖叫道：「求求你！停止！不要那樣對我……我不行……拜託！不……啊！」她雙手緊抱著自己的頭，彷彿有把刀刺入她的腦中。

三名幹員有些不知所措，倫納德感到一陣痛心，他知道蕭璟正回到她遭受心靈折磨的那段時光，由於有和嬴政對峙的經驗，他很清楚那種痛苦遠非人所能承受的，何況蕭璟是接連好幾天都遭受同樣的酷刑，就連具有精神力量的自己恐怕也撐不下去。他認識蕭璟七年了，還沒有看到蕭璟這個樣子過，完全的崩潰、恐懼、無助，一雙原本閃耀光華的明亮雙眸此刻宛若兩池暈開的墨水。他緊抱著蕭璟，顫聲說：「璟，別怕，是我。」

「不要！走開！不！」蕭璟哭喊，「求求你……不要再折磨我了……你想要我怎麼樣都可以！拜託……停止！拜託！殺了我！我受不了了！」

「璟！冷靜！」倫納德低吼一聲，用自己精神力量束住蕭璟凌亂的心智，蕭璟頓時停止慘叫，虛弱地喘著氣。她緩緩地將視線轉向眼前，顫聲說道：「倫……倫尼？是你？」

「是我，」倫納德濕著眼眶柔聲地說，雙手緊緊環抱著蕭璟，他感受到蕭璟虛弱的身軀在懷中顫抖。「我在這裡，我再也不會離開你了。」

「真的是你……噢，倫尼，對不起……你不知道……你不知道我這段時間……」蕭璟緊抱著倫納德痛哭。她這段時間承受了無數壓力，所有淚水都忍了下來，此時被倫納德抱著，她再也忍不住。這幾週的委屈和痛苦全在此刻宣洩出來，到後來愈哭愈厲害，淚水完全止不住。

儘管時間緊迫，但沒有人催促她。幹員們默默地站在一旁，倫納德輕拍著蕭璟的背，口中溫言安慰她。

「你們是來救我的嗎？」過了一會兒蕭璟情緒稍微穩定後，開口問道。

「沒錯，他們三位是SAS最優秀的幹員。」

「我不喜歡SAS，他們曾經在西安企圖拋下你。」蕭璟喃喃說，倫納德笑了出來，但卻是苦澀的成分居多。

「不管怎麼樣，我們該走了，」倫納德說，「璟，妳走得動嗎？」

「可能要你扶一下……」蕭璟試著站起來，卻差點倒下來，倫納德趕忙扶住她。

「我抱你。」倫納德不等蕭璟回答，就將她橫抱起來，「我們快走。剛剛有一群士兵跑上來，我猜測他們是LGGSC的人……」

「等等，」蕭璟低聲說：「我在樓頂的總裁辦公室中，有藏著一個磁碟，很重要……」

「璟，我們沒有時間……」

「拜託，真的很重要。」蕭璟哀求，「一定要拿到，那是一切的關鍵。」

「好吧，」倫納德看了幹員一眼，「那我們動作要快。」

他們進入電梯後倫納德迅速按下頂樓的按鈕。電梯上升途中蕭璟全身都在顫抖，倫納德知道她是刻意忍住身上的痛苦，好讓自己不要分心，他感到十分痛心，對蕭璟的歉疚也愈加深。「蕭安國，我答應你。」倫納德喃喃說。

「你說什麼？」蕭璟迷糊的問。
「沒什麼，」電梯忽然一晃，「電梯門開了，小心點，我們不知道這裡有什麼防禦。」崔史坦小心的拿著槍檢視著周邊環境，其餘人快步而警慎的跟上。
「直走就好，門口感應器操作……」蕭璟氣若游絲的說。
「我知道，妳別太費神。」倫納德說。
他們快步走過。走到通道底部時，倫納德看到敞開的大門有爆破痕跡，他停下腳步對一旁幹員使了個眼色，眾人小心翼翼的將頭靠向門口，然後同時倒抽了一口氣。
「天啊……這群人……」倫納德看到穿著剛才見到同套軍裝的士兵們，他們的屍體倒了滿地並浸在血泊中，不禁感到一陣噁心。
「發生什麼事？」蕭璟疲憊的想睜開眼，倫納德趕忙把她的頭微微轉向胸口。
「沒什麼事，」倫納德看向詹納斯，「我們能進去嗎？」
「看起來是被自動機槍襲擊。若是自動感應，那既然可以讓那麼多人進去並平均分散在室內，表示一定有事先設定足夠的時間，只是拿個硬碟我一人應該就辦得到。」
「你確定？」倫納德擔心的看著他。
「放心。當初在ＳＡＳ時我曾經當著七個塔利班的面閃過他們的自動步槍，最後徒手用小刀做掉他們。史密斯當時在場可以作證。」
「你還是一樣喜歡吹牛。若沒有我分散他們注意力，你根本辦不到。」
「好吧，那就交給你了。」倫納德決定投降，「璟，那個硬碟藏在哪裡？」
「總裁辦公桌旁有一幅星空油畫，在它的背後。」蕭璟輕聲說道。
「交給我吧，」詹納斯將手上的槍枝插回槍套中。他作勢輕鬆的在原地跳了兩下，便以迅雷不及掩耳的速度閃進辦公室中。

詹納斯快步踏過地上的屍體，以巧妙的步伐躲過幾乎遍佈地上的血跡。當倫納德還在為他敏捷的身手感到讚嘆時，他已取下牆上的畫作且摘下吸附在背後的硬碟，然後以同樣俐落的身手返回門外。

「如何？」詹納斯將硬碟交到倫納德手中。

「難以置信。」倫納德笑著說，「我們快走吧。既然軍隊都入侵了，那我們也沒必要隱匿蹤跡，直接搭電梯到一樓吧。」

他們快步返回電梯，在電梯門剛闔上的那刻，辦公室才傳出自動機槍的槍聲。

電梯門打了開來，他們迅速地跑出來，正是一樓的大廳。大廳滿是往來的人群，眾人看到倫納德橫抱著身上滿是鮮血傷痕的蕭璟，都對這五人投以不解和恐懼的眼光，然而這個眼光並沒有持續太久。

所有電子設備發出嗡嗡聲響，中央的大螢幕閃爍光芒，接著所有螢幕和電燈都暗淡下來，然後便完全熄滅，電梯示意燈也暗了下來。眾人緊張地議論。

倫納德感到全身一陣顫慄。騎士出動了。

「我的手機沒有訊號！」一個女人喊道，接著大廳內所有人都掏出自己的手機，議論的聲音愈來愈吵雜。

「訊號全都斷了！好像沒電了？」

「我的也是！」

「怎麼搞的？」

大樓外也開始出現異狀。所有的燈光都熄滅了，還有人從對面的大樓走了出來，皺著眉看著空中。

「怎麼回事？」詹納斯低聲問道，「為什麼會這樣？」

「印法埃一定中斷了所有方舟發電廠，」倫納德咬著牙說，「但連衛星電話……他們是怎麼辦到的？」

接著有人發出一聲尖叫，驚恐地指著窗外，「天啊！你們快點看！」

所有人隨著他指的方向轉頭過去，倫納德和幹員們驚得瞪大了眼睛，「狗娘養的。」倫納德咒罵一聲。一架波音客機像失去動力般，從空中快速往地面俯衝而來，眼尖一點的人就會注意到，機身的燈全是暗的。在眾人的尖叫聲中，那架客機直直墜毀在幾公里外的城市，一道巨大的爆炸火花從那端傳來，即使遠在數公里外仍感受到那股震動。

「他們在空中引爆彈頭！一定是！」史密斯咒罵一聲，「難怪所有通訊會中斷，客機一定是被飛彈產生的電磁脈衝癱瘓設備，我的天啊……」

倫納德沒有聽到他說了些什麼，他只是震驚的望著遠處飛機墜毀的火光，心想這班客機上到底載了多少人？底下的城市又有多少人在那？與之同時世界上又有多少架一樣的飛機正在朝地面墜毀？

四周陷入瘋狂的混亂，這些人大多都經歷過七年前乙太艦隊的崛起，現在再度看到同樣恐怖的事情發生，那些回憶再度湧上心頭。眾人驚聲尖叫，有人甚至激動的昏了過去，就連倫納德和三名幹員也驚恐不已。誰都不想在享受多年的安逸後，再度重回夢魘。

蕭環在倫納德懷中呻吟一聲，倫納德猛然被拉回現實，他低聲說道：「趁著現在一片混亂，我們……」

大樓外傳來巨大的聲響，有十幾輛大型休旅車停在外面。大批印法埃武裝警衛身著重裝下車，往兩側圍了過來。眾人驚慌的看著這群荷槍實彈的警衛跑進來，不知道發生了什麼事。

為首的隊長拿起擴音器大聲命令，要大家安靜遵守秩序離開。警衛對空鳴槍，嚇得眾人低下身子。倫納德小心的抱著蕭環退到人群後。

「怎麼辦？」崔史坦低聲問，「要想辦法通知我國政府嗎？我可以幹掉那個隊長。」

「不，」倫納德低頭看著懷中表情痛苦的蕭環，「我們快離開這。」

「去哪？」

倫納德露出了有些懷念的神色，「環在西安的房子。」

31

臺灣　花蓮縣　磐石指揮中心

「所有官員都到了嗎？」宋英倫總統在指揮中心問道。

「還沒，」黃森東中將說：「漢龍國防部長和幾名官員還在路上。」

「我們派遣去奪取印法埃金庫和艦隊的人員怎樣？」

「前往這兩處的特種隊員遭到埋伏，全數陣亡。現在全國的電力都中斷了，搶奪方舟發電廠的士兵也遭到擊退。甚至有三架飛機墜毀在高雄和新北市，現在全國陷入一片動亂。」

「赤炎之子和病毒呢？」

「我們和蓋亞聯盟的人全數被繳械擊斃，赤炎之子也已經全數被奪走了，目前有一萬五千名印法埃警衛部隊正在境內佔領了各個軍事基地。聯合國大會也立即解散，所有人都慌了，東南亞區域已有多個國家淪陷。病毒嘛……目前還沒有看到影響，畢竟才過了不到二十分鐘，但世界衛生組織要求所有國家審慎面對，蓋亞聯盟會員國已全數宣布戒嚴，並進行邊界封鎖。大約一小時後會召開ＬＧＣ緊急高峰網路會議。」

「怎麼會發生這種事？」副總統莊皓大聲咆哮：「我們被滲透，完全滲透，幾乎所有軍事單位同時淪陷，所有行動都被識破，這當中一定有內鬼在幫助他們！」

「現在說這個於事無補，」宋英倫搖了搖頭，「等國防部長一到我們就開始，並和ＬＧＣ一同商討下一步。」

「報告總統，國防部長到了。」一名憲兵進來說道。

「快讓他過來。」宋英倫趕忙說道。

「總統先生。目前情況如何？」國防部長對宋英倫點了個頭，然後問道。

「我們準備要和ＬＧＣ商討下一步，」黃森東中將說道，「然後就要對印法埃反擊。」

「關於這一點，計畫剛才改變了。」宋英倫臉色一沉，「拿下他們！」

數百名士兵連同印法埃警衛部隊衝進來，用槍指著所有官員，宋英倫和當中的部分官員走上前台。

「現在這是什麼狀況？」莊皓副總統說道，大部分官員面露困惑而非恐懼。

「我親愛的副總統，我知道你們一定感到很困惑，但這都是通往美好新世界的必經之路。你們幫助我走到了今天，我很感激，現在輪到我報答你們了，我會讓你們活著見到新世界地降臨。」

「你瘋了嗎？」國防部長大吼，卻被士兵按下來，「你不會成功的，軍隊是效忠國家和人民的，你的區區一道命令是不可能改變他們，一定會有人阻止你。」

「誰會阻止我？」宋英倫莞爾的說道，「半個小時前，印法埃部隊已經入駐全國各個軍事基地，所有士兵都排隊等著繳械並宣示效忠新政府，警察機關也正在比照辦理當中。」

「你背叛你的人民！」副總統企圖撲上去卻被士兵打倒在地上，他滿口鮮血的望著宋英倫，「人民信任你，你卻與虎謀皮，和惡魔做交易來成就自己！」

「國父曾說過：『世界潮流，浩浩蕩蕩，順之則昌，逆之則亡。』新時代的巨輪已經轉動，你們需要具有智慧的舵手引導你們才不至於迷失。對於你們的恐懼我不疑惑，所有偉人一開始都不免被認為瘋狂。」宋英倫說：「把他們關起來。」

士兵抓著一干官員的手臂將他們拖出去，副總統大吼：「你不會成功的，你不過是印法埃的棋子，等他們佔領了全世界，就會把我們全部殺光，包括你！」

「等事情過了，我會留給你們懺悔的機會。」宋英倫說道。官員們被拖出指揮中心後，他轉頭看著留下來的官員和士兵，在眾人的注視下對他們攤開雙手，「歡迎加入新世界。」

眾人瘋狂地鼓掌。

「新時代來臨了，」宋英倫喃喃說，「我終於辦到了。」

32

臺灣海峽　印法挨第一艦隊　審判號

「恭喜各位。」江少白站在大螢幕前，微笑著看著眼前的眾人，不論是委員會成員還是軍官領導們，都面露欣喜的看著總裁，「行動開局完美成功，都是在場各位的功勞。」

「是歸功於總司令的領導。」眾人開口回應。

「我只是印法埃大家庭的一員而已，這一切都是拜我主所賜，」江少白舉起手中的酒杯：「敬世界的主宰乙太，還有智慧給予者贏政。」

「敬世界的主宰乙太，還有智慧給予者贏政。」眾人高喊。

「今天只是偉大計畫的第一步，歷史的巨輪不斷轉動，新時代即將來臨。但接下來的每一步都會更加艱難，我們絕對不可以鬆懈，大家要全力面對。救贖之路本來就不是輕易就能達成的，這是真主給我們的試驗。接下來，我們讓鍾紹鈞少將為各位報告目前的情況。」

「各位，我是鍾紹鈞少將，」鍾紹鈞少將起身，「現在由我來為各位報告目前世界各地的情況。」他揮了揮手，牆上的大螢幕出現了一幅世界地圖。

「在蓋亞聯盟的『赤日行動』中，我們成功的伏擊了敵方，其後我們各國的歸向者也已經和內應配合，控制多個國家。」他按了個鈕，地圖各個區域出現深淺不同的色彩。

「目前我們接管了全球百分之六十五的能源，突擊隊正在策劃奪取其餘能源及糧食控制中心。其中北美和歐洲大陸的能源大多還在各國政府的控制當中，然而我們已經壟斷了石油出口，他們的儲備能源可以撐個幾年，但無力對外動武。」

「至於我們的勢力範圍，被我們以奇襲手段奪下的國家有，台灣、菲律賓、泰國、印尼、阿根廷、南非等，大多是在第三世界以及南半球的國家，另外還有中國南部數省和印度部分地區。」

「關於我們的東亞主基地台灣，首先是我們最新的戰機機種赤炎之子，共有四十架，目前正存放於佳山基地當中，由印法埃直屬部隊監管。其次，雖然我們在世界各地控制了多國部隊，然而有些還在搖擺不定，對我們絕對忠誠的軍隊目前只有印法埃警衛和長期金援的傭兵一共二十萬人。其中五萬在我們控制的諸國中負責監控，還有五萬駐守在臺灣，其他則在各地待命。我們計畫台灣的部隊約過半數會在兩天內橫渡海峽前往中國。」鍾紹鈞一面說，後方的螢幕一面出現標示海軍艦隊的衛星影像。

「赤炎之子的技術是否有流向蓋亞聯盟？」一名軍官舉手問道。

「我的答案是否定的，」鍾紹鈞說：「擁有赤炎之子詳細資訊的人員名單都在我們的掌控當中，目前都已被剷除。其餘人員並不清楚機組內部技術，就算是前總統宋英倫先生也不知道。」

「這些都無關緊要，」一名將軍說：「我想問，計畫當中最重要的創世疫苗，目前發展得如何？」

「關於這點，由蔡晉瑞博士代為回答，」江少白說。

「謝謝總裁，」蔡晉瑞站到螢幕前：「在電磁導彈爆炸後，世界各地的醫院開始出現流感潮，各國政府目前選擇對人民隱瞞病毒的消息，他們還以為這只是一場流感。但根據我們科學家的預期，以奈米機器製造病毒的速度，真正的病況會在三到五天後爆發開來，目前大約有十五億人受到感染，其後疫情將會快速擴散。」

「但根據線報，蓋亞聯盟會員國正在籌組建造隔離營，是否會阻斷疫情傳播？」

「每一個微型奈米機器的電磁波影響的實用半徑有四百公尺，最多可到六百。也就是說即便用牆隔開，病毒還是可以在遠距感染，只有透過我們植入的晶片才能屏蔽病毒的感染。隔離營反而會加速我們的計劃。」

「不只如此，」江少白面露微笑的說：「奈米機器人並非只適用於人類，也會在空氣、水源、鳥禽類中散播，這些都將會是病毒傳播器。感染者基本上是利用飛沫傳染給他人，幾乎不可能有人逃得過這場疫情。」

「然而各國政府正在計畫攻擊我們，我們主力部隊才準備渡過台灣海峽，剛收服的軍隊軍心不穩，恐怕蓋亞聯盟會在疫情爆發之前先行出手。」一名將軍說。

「我們不是有歸向者嗎？」一名將軍問道。

蔡晉瑞搖了搖頭，「你不明白，心靈操控是件很危險的事，很多無法掌控的變因。涉入太過頭會有難以估計的意外，或是造成機密外洩，所以我們通常只對關鍵人物進行控制。像對這麼大的一批人，最好是對方主動願意歸向。」

「那麼……」

「放心，這一切都在我們掌控中，」蔡晉睿看向江少白笑著說：「雖然沒有明說，但想想我們估算的疫情爆發時間，還有軍隊交戰的計畫……」

江少白露出微笑。眾人不久便露出恍然大悟的表情。

「真是天衣無縫的計畫。」鍾紹鈞笑著說。

「是的，這批軍隊將會是我們最強的軍源。隨後我們將會扭轉剩餘軍隊和人民來對我們效忠，那時各國政府將無力出擊，我們將從六軍全方面進行動員，同時招募更多生力軍加入我們的行列。

「還有，為了因應往後行動，印法埃艦隊會開始分頭移動，佔領世界十六主水道，和陸空軍配合朝歐陸和北美進軍。而我們則會移往在中國的陸上基地。所有人開始準備遷移事宜，十二小時後和印法埃第二批部隊在香港登陸。並聯繫戰略中心，監控所有歸向者的位置，前往指定區域。明白嗎？」

「是的。總司令。」眾人一同開口。

「委員會所有資訊在一小時內加密金鑰上傳到公司伺服器。要所有人回到崗位準備交接事宜，各級長官很快就會下令。開始動工。」

眾人紛紛離開座位，和江少白敬了個禮後離開戰情室。

「胡劭華隊長，留下。」江少白對中國印法埃警衛部隊隊長胡劭華招招手，他趕忙走到總裁面前。

「長官，什麼事？」

「我想問一下，我之前交代請你監管囚禁在西安分公司的蕭璟，她移監過來了嗎？」

「呃，我正打算和您說這件事，」胡劭華露出困難的表情，「她逃走了。」

「什麼？」江少白不可置信地說，「怎麼回事？」

「您也知道，當時是我們籌備伏擊ＬＧＧＳＣ的時候，公司上下都很忙，造成人員控管出現疏漏，初步調查發現是負責看守蕭璟的警衛一時疏忽……」

「一時疏忽？」江少白憤怒的說，「她被綁住，又連續四天沒有進食，還接受歸向者酷刑，結果還被她逃出去？」

「一時疏忽是監視人員的說法，但我親自調閱監視錄影，推斷是那名警衛趁大家繁忙之際，意圖性侵蕭璟……」

「你說什麼？」江少白感到一陣比剛才強烈數倍的怒火，一時疏忽就算了，但這樣直接反抗自己的命令就是完全不同等級的事情，「蕭璟她怎麼樣？」

「蕭璟沒事，反倒是那名警衛，遭到偷襲並被制伏，蕭璟則拿了他的保安卡逃出監獄。後來ＬＧＧＳＣ就入侵總部，後續情況也就不得而知了。」

江少白仰靠在椅子上，深深了吐了一口氣，不知道為什麼，當他聽到胡隊長說完竟感到一陣寬心，「知道她現在在哪裡嗎？」

「我不知道，但保全人員發現，在ＬＧＧＳＣ入侵前有一個偽造的保安卡從地下通道通過。我們調閱路口監視器，雖然只拍到剪影，但應該是倫納德．馬修斯。所以我們推斷蕭璟可能是被他救走了。」

「倫納德？」江少白才剛才平息的怒火再度湧上，「怎麼會發生這種事？為什麼會出這麼大的紕漏？」

胡劭華緊張的說：「長官……當時情況一片混亂，我們真的……」

「派人把她找回來，」江少白低下頭，「你可以出去了。」

「是的。」警衛隊長趕忙跑出房間。

江少白獨自坐在戰情室內。他想到居然有一名混蛋警衛竟敢違抗命令意圖侵犯蕭璟……那個混蛋是誰？剛才忘了問。他一定要把那個畜生給宰了……他搖搖頭，想起混沌說過的話：「不要動搖。」

看著戰情室螢幕上的龍頭徽章，他想到了倫納德。這是他的使命，自己絕不能在這關鍵的時刻，因為心中的軟弱而延誤真主的託付。

他深吸了一口氣，閉上雙眼，將頭仰靠在座椅上，開始沈陷於過往——他再度回到過去，看著自己的父母在血泊中死去。還有自己在看盡人性黑暗後，於絕望中看見的上帝之面，和應許之諾。

33

中國　西安　民宅

「璟，妳醒了。」倫納德捧著一碗雞湯小心翼翼地推開房門，看到蕭璟吃力地撐起身體，「小心點。」倫納德扶著蕭璟坐起身來。

「妳身體還很差，既然醒了要不要吃點東西？我幫妳做了雞湯，還有一塊麵包。」

「嗯。」蕭璟眼神呆滯的看著前方，沒有接過食物。倫納德不知道她有沒有聽到，卻又不想打擾她，所以靜靜的陪坐在一旁。過了一會而，倫納德才開口：「璟，妳不想吃嗎？還是妳想要點別的？像是……」

「倫尼，對不起。」蕭璟忽然說。

倫納德愣住，「怎麼了？」

「我應該聽你的話，當天就離開，沒想到還鬧出了那麼多事。我根本什麼忙都沒有幫到，還害你冒著危險潛入公司……」

「璟，別說了，」倫納德哽咽地說道：「妳現在最應該在意的，是妳的身體。這幾天……」倫納德說不下去，低頭抹去眼中的淚水。

「我很抱歉……」

「妳為什麼要道歉？」倫納德情緒忽然爆發開來，「妳這段時間受了多少折磨？妳……那根本不是人可以承受的！而那段時間我在做什麼？我什麼忙都幫不上！只能在電話另一頭聽著那群禽獸折磨妳……我簡直快瘋了！」

蕭璟默默地低下頭，不知道要說些什麼，倫納德眼中雜合的憤怒和慚愧瞪視著牆面。一時間兩人就這樣沉默的面對著。

「應該是我，」倫納德咬牙切齒地說：「印法埃要的人是我，是我七年前擊敗嬴政，我才具有精神力量，是我把黑死病基因組傳給你，這一切應該是我去承受，為什麼是妳？為什麼我連我愛的人都保護不了？」

「倫尼，我……」

蕭璟說到一半忽然右拳緊握，按著自己的胸口，劇烈的咳嗽喘氣。倫納德見狀怒氣馬上消了，眼中的憤怒轉為憐惜。他趕忙拍拍蕭璟的背，緊張的問道：「妳怎麼了？沒事吧？」

「沒事……」蕭景看了看周圍，似乎第一次意識到自己在哪，「這是我家？」

「對，妳已經昏睡了一天了，三名幹員在外面休息。」

「嗯，」蕭璟稍微動了一下身子，發現身體不好活動。拉開衣服發現受傷的地方都塗著藥膏，胸腹間纏繞著繃帶，身體也被清洗乾淨，「這身服裝……」

「對，是我幫妳換的，」倫納德有些不好意思的說，「因為當時妳的樣子……極需要盡快處理一下。這些繃帶都已經纏了一天了，現在也應該要換一下。」

「喔，」蕭璟雙頰泛紅的低下頭，若是平常她一定會不會容忍倫納德對自己做這種事，「那就……嗯，多謝了。」

蕭璟脫下自己上衣，倫納德坐在她背後幫她解下身上的繃帶。儘管先前已經看過了，但再次看到到她佈滿瘀青的肌膚，他還是忍不住倒抽一口氣。他緊閉雙眼，告訴自己現在不能讓蕭璟分心。

倫納德忍著淚水幫忙蕭璟在胸口和背部的傷口塗藥，然後換上新的繃帶，在整個過程中他的雙手異常溫柔，彷彿她是一個玻璃瓷器一般。倫納德將衣服遞給蕭璟，蕭璟穿上衣服後，他微笑對她說，「妳看起來好多了。來，把這碗湯喝了。」

「謝謝。」蕭璟接了過來，「對了，現在外面的情況如何？」

倫納德臉上掠過一陣陰霾，但他勉強擠出微笑，「沒什麼，妳先吃，吃完好好休息。」

「我一定要知道，」蕭璟堅持，「這件事有一部分是我的責任，我有義務知道。還有最重要的一點，如果你不告訴我，我就不吃。」

「妳是在勒索我嗎？」倫納德笑著搖搖頭，「好吧，等妳吃完，我保證，我一定會告訴妳，好嗎？」

「成交。」蕭璟接連好幾天除了水之外沒吃任何東西，這時聞到雞湯的味道食慾頓時湧上，立刻將整碗湯灌了下去，倫納德還不時勸她喝慢一點。蕭璟將空碗拿給倫納德，他起身將碗放到書桌上。

「還要嗎？」倫納德問，「妳需要多吃一點。」

「別要我，」蕭璟說：「快告訴我，外面怎麼樣了？不說我就不吃。」

「好吧，」倫納德嘆了一口氣，重重的坐回床緣。

「首先，妳已經昏睡了一天。昨天是聯合國七週年抗戰紀念大會，印法埃在那時展開行動。LGGSC的幹員襲擊失敗後，全球許多地區的電力都中斷了，不只方舟發電廠，連其他像是燃煤之類的，也有大半在混亂中被印法埃佔領。他們動作很快，現在東南亞國家幾乎都被印法埃掌控了。像是台灣、菲律賓、中國南部等區域，已經完全淪陷。剩餘國家都進入戒嚴狀態，並對尚未淪陷的區域進行封城、實施糧食配給。現在差不多就是這種狀況。」

「他們怎麼有辦法這麼快就控制那麼多國家？」

「他們為此一定佈局了很久，也不曉得他們收買了哪些人。而且妳也知道，他們是贏政後代所組成的軍隊，」倫納德說：「他們有能力扭轉人們效忠的對象，就像妳在監獄中……總之就是這樣。印法埃目前還沒有進一步的行動，他們可能在計劃一場更大規模的行動。」

蕭璟皺著眉頭，這些都不是她想聽的，「疫情呢？創世疫苗怎麼了？」她說完又用力的咳了一下。

倫納德遲疑了一會兒，「現在還沒有出現大規模的影響，但是已經有許多民眾出現輕流感的症狀。詳細情況我不清楚，只知道少數沒有被印法埃控制的歐美國家，已經宣佈封鎖國境了。但如果印法埃的奈米機器人已經散布到世界各地了，那也沒什麼用……總之這個病毒究竟會造成什麼影響目前還不清楚，目前大家的注意力都放在斷電缺糧上。」倫納德說到這停了下來，一臉憂心地看著蕭璟。

蕭璟沒有注意到倫納德的表情，她露出恍然大悟的表情，「程式碼。」

「什麼程式碼？」

「我應該有交代你拿磁碟吧？」

「當然，但是……」

「那是一切的關鍵。」蕭璟吃力的說：「印法埃將病毒的基因組轉為程式碼，並設計一套演算法識別相對應的程式。由於每次產生的訊號都是隨機的，兼之有複雜加密，外界不可能識別得出真正的訊號內容。」蕭璟爆出一連串的咳嗽。

「璟，妳……」

「我還沒說完。而每一個生物奈米機器都會釋放電磁波彼此聯繫，也就是說，就算你在幾百公尺外，只要你身體中有奈米機器，就會受到感染。所以就算阻止他們繼續發射訊號也沒有用，因為每個人都是病毒發報器。阻止他們唯一的方法，就是找出相應的基因療法，將療法上傳到每個奈米機器當中。但如果政府沒有這個程式碼和演算法，就無法將療法運用在眾人身上。所以說……」蕭璟像是被嗆到一般用力的咳嗽。

「好了，璟，夠了。」倫納德將被子拉到她身上，「妳先休息。有什麼話妳等會兒再說。」

「你不明白，這很重要。」蕭璟抓著倫納德的手腕，「我看過檔案，第一天就會有十幾億人遭到感染，而染病後四、五天就會發作，而感染後的死亡率高達九成五以上。我必須立刻將演算法還有病毒基因組的資訊傳給疾管局，或是世界衛生組織，他們需要這個才能製造解藥，並上傳療法。」

「我以為只有具有始皇基因的人會對此免疫，」倫納德困惑的說：「那為什麼死亡率才九成五？我不是要抱怨，只是……」

「我懂你的意思，」蕭璟說：「但基因這種東西沒那麼簡單，由一個宿主感染另一個宿主，病毒必然會發生變異，這變異會造成什麼影響我們並不知道，而能對此免疫的也不只始皇基因，還有其他因素。這樣說吧，你沒有始皇基因不一定會染病，但你有始皇基因就一定不會染病，甚至會像我做的實驗中——你的基因組被活化，效能甚至變得更強。」

「所以說一般人……」

「是的，由於這個基因的複雜性，我不確定它對不同人會造成什麼影響。」蕭璟吸了口氣：「所以，檔案呢？我們需要立即警告世界衛生組織。」

「在詹納斯那裡，」倫納德說：「璟，但是現在全國都斷電了，和外界的聯繫基本上都癱瘓了。我這裡只有一具衛星電話，它現在也沒有任何用處。」

「不可能什麼單位都聯繫不到。」

「是真的，好吧，如果你是想聯繫地方環保署之類的地方可能可以——當然前提是他們還有在運作——但要聯絡到高層基本上完全不可能。我已經試過了，政府似乎在策劃什麼行動，要對外完全封閉。」

「什麼行動……噢，天啊！」蕭環瞪大了眼睛說：「那個病毒主要是在四到五天後發作對吧？印法埃知道！他們是在等政府的軍隊！我們必須立刻警告他們！」

「環，等等，這沒道理。」倫納德說：「他們等政府的軍隊要做什麼？疫情一旦爆發，各國政府必然無力使用軍事對抗印法埃，他們何必多此一舉？」

「你不明白，」蕭環緊抓著倫納德的手臂，「他們有一批人叫作『歸向者』，是由贏政的後代所組成的特殊位階，他們能夠將情感植入他人心理，不論是忠誠，還是痛苦……」

蕭環聲音忽然頓住，全身顫抖，倫納德問道：「環？妳怎麼了？」

「不要！」蕭環尖叫哭喊：「停止！求求你！我……」

「環，別怕。」倫納德溫言安慰，同時運用精神力量來撫平蕭環混亂的心靈，蕭環雙手緊抱著倫納德的腰，用力喘氣。

「怎麼了？」崔史坦還有詹納斯推開門跑了進來。

「沒事。」倫納德看了他們一眼，他們二人都戴著口罩，「讓我們靜一靜。」

「呃，沒問題。」他們看了兩人一眼，輕輕的關上門。

幹員走後，倫納德抱著蕭環，輕輕地搖晃，他感受得到蕭環在虛弱的顫抖。倫納德深深嘆了一口氣，他知道蕭環不只是身體被折磨的虛弱無比，她心中的某個地方更是破碎了。即便她看起來和平時無異，但倫納德知道，蕭環再也不是過去的她了。他心疼的將下巴抵在蕭環額頭上，流下兩行淚水。

蕭璟呼吸漸漸平緩，她低聲問道：「倫尼，你是不是違反我們的約定，用精神力量操控我的心智？」

「沒錯。妳不喜歡嗎？那……」

蕭璟緊抱倫納德，閉上了眼睛，「那麼，請你繼續這樣做。」

倫納德將蕭璟抱得更緊。

中午的陽光透過窗簾照入室內，陽光映照在蕭璟蒼白的臉上，將她肌膚照得猶如黃金般閃閃發光，看起來極為祥和，彷彿從未經歷過印法埃那地獄般的折磨。倫納德靜靜的看著蕭璟寧靜的臉龐，微微地嘆了一口氣。他用自己的心智力量輕撫過蕭璟心靈上，那道正在啃噬著蕭璟生命，永遠無法修復的裂口。

34

中國　重慶　蓋亞聯盟亞洲區全球打擊指揮部

在蓋亞聯盟全球打擊指揮部中，指揮官許奕訢上將和各級單位長官面向螢幕，和駐守在中國東南區大批的陸空軍軍官進行保密視訊。

「敵人控制南半球近五成的國家，而且只有他們控制的區域具有電力，其餘各處都處於斷電的狀態，政府開始無力支撐，愈來愈多人選擇加入印法埃組織的行列。北半球的大國包括印度、中國、日本都在逐步失守。各位將官，LGC和北京高層下令一定要立刻解決這件事，絕不能讓它再繼續擴大。」許奕訢上將說道。

「我們也有收到來自中央軍委的消息。」螢幕上林頂凱中將說道，「根據最新情報，除了原本在東南戰區的印法埃武裝部隊外，有大批印法埃軍隊橫渡臺灣海峽，還有部分自越南北上。他們目前在福建、廣東的印法埃設施及淪陷軍營建立軍事基地。

「但必較麻煩的問題是，在天網系統擊落印法埃的導彈後，釋放的電磁脈衝立刻阻斷了所有衛星的功能。

一般的彈頭是不會造成這麼廣泛的影響，顯然他們是刻意設計過的。在缺少資訊流通的情況下，雙方唯一取得資訊的方法就是透過近距偵察和內線情報。意思是，我們現在幾乎像瞎子在打仗。」

「好消息是，」指揮部情報總監賴奇彥說道，「敵方所有的遠端或是尖端致命武力也同樣被鎖死，因此不容易有遠程的大規模毀壞戰爭出現。」

「明白了，長官。我們對印法埃軍事部屬有了一定的瞭解，現在正根據敵人軍隊的佈署採取相對應的策略。目前已派出了幾支先遣快速部隊和印法埃對戰，也獲得了不少與他們有關的情報。包圍網估計再過一天就能建立起來，屆時我們就能澈底擊敗他們。」

「記著，」許奕訢說：「美國的第七艦隊和第三艦隊現在正前往台灣周邊外海。他們將會在你們展開行動的同一時間，封鎖台灣印法埃勢力的海上出路，並對台灣的印法埃基地進行攻擊，所以攻擊時間的搭配在進行前要先確認。最後，我和指揮部部分官員會在十二小時後前往你們所在的陸軍基地，你們做好準備，到時……」

許奕訢忽然頓住，他和周圍官員交換了一下眼神，然後說道：「北京中央軍委來電，我們要先掛斷了，將軍，祝你好運。」官員一關掉視訊立刻開啟和北京的對話視窗，視窗上中共總書記正嚴肅地看著他。

「不說廢話，直接進入正題，」總書記打斷正要行禮的一干官員，訊息一接通後立刻說道：「情況如何？」

「我剛才已經和林頂凱將軍確認過了，我軍包圍網就快要建立完成，應該沒有問題。我本人將會在十二小時後親自前往前線基地。」

「很好，有你的保證我就不必多問了，」總書記眼神稍微不安的晃動了一下，然後他傾身向前說道：「我想有些事應該告訴你們。」

螢幕上出現了世界地圖，各個位置具有不同的顏色，其中以亞洲、非洲及南美洲最為顯著，在某些重要都市和要塞則標示的亮點。

「你所看到的這份，是世界衛生組織和蓋亞聯盟一同擬定的計劃。」

「世界衛生組織？」許奕訢一臉茫然。

「是的，這項計畫在幾個月前就開始了。我們預計要在各個國家建造大型隔離營。這些隔離營同時兼顧收容及堡壘的功能，都將有軍隊駐守，目前國內設置最完備並開始啟用的是西安軍事堡壘。」

「等等，你說隔離營？」許奕訢和其餘官員都露出恐懼的神色。

「喔，這不是你想的那種。它的目的只是把人員和物資集中起來，並和外界隔離。」

「那這個隔離營的目的是什麼？」許奕訢不解地問。

「關於這件事，由於你的職權和此事沒有重疊，所以不知道。」總書記說道：「印法埃引爆的電磁彈頭，除了破壞衛星外，其實還蘊藏著極端致命的病毒。要軍方立即出手，其實是希望能夠在疫情爆發前將印法埃擊敗，避免事端進一步擴大。」

「大規模疫情？我怎麼沒有收到通知？」許奕訢和幾名官員茫然失措的看著螢幕。

「你其實也知道的，目前全世界開始出現流感症狀，保守估計已有十億人遭受感染，然而這其實是一種很致命命的病毒。我們目前對人民保密，但你要知道……不論最終你們和印法埃的對抗結果如何，勢必會有一場嚴重的疫情爆發。因此不論成敗，你都要在行動結束後讓部下盡快分流到周邊中央指定的隔離營據點進行佈防。」

「長官請放心，我們一定會成功打贏這場仗，並且一舉拿下印法埃在台灣的基地。」

「那麼先這樣，之後詳情會有專人負責會報。祝你好運，許將軍。」視訊終止了。

「將軍，我們該準備一下，做好最後的確認，然後就要離開。」情報總監說。

「有件事一直很困擾我，」許奕訢皺著眉頭，神色陰鬱的瞪著螢幕，顯然他對這場仗的把握並沒有他所表現出來的那麼大。

「印法埃到底是如何收服這麼多人的？」

35

美國　世界衛生組織研究中心

「我們對病毒有多少認識？」研究團隊領導，約書亞問道。

「老實說，幾乎完全沒有，」一名研究員嘆氣，「病毒目前尚在潛伏期。我們觀察了部分已經病發的人體樣本，發現病毒是某種逆轉錄病毒，是透過操縱人體某段基因，進而散播感染人群。」

「我們知道它操縱的是哪段基因嗎？又或著是病毒的基因組？」約書亞冷冷的問。

「呃，不知道。」

「那剩下的，就是廢話了。」

眾人陷入一陣沉默。

「我不明白，這病毒傳播的速率是不可思議的快，」研究人員皺著眉說道：「文獻上，從來沒有哪一種病毒傳播的速度可以達到一天內十億人遭受感染，即便是透過空氣傳染也不可能達到這樣的速率。毫無疑問我們面對的是一種全然新型的病毒。」

「你忘了印法埃和政府一起開發的奈米機器人？」約書亞的妻子双木永萱說，眾人將目光轉到她身上。她是一名日本人，和丈夫約書亞・鍾・金恩兩人是基因工程和腦科學界的權威，二人除了夫妻關係，同時也是最佳的研究搭檔。他們在三年前因發現人體基因的量子機制對大腦線路的影響，而一同獲得諾貝爾生理醫學獎。

在接到線報後，世界衛生組織立刻將他們請來籌組研究團隊研發病毒解藥。「但你說的沒錯，這絕對是一種全新型的病毒。」

「那我們只要把他們上傳的病毒基因解出來，不就可以開始研發對應療法？」

約書亞搖搖頭，他將目光投射到螢幕上，各大洲的色塊顯示已受感染的區域。紅色區域覆蓋的面積僅過了一天便擴及到整個地圖上，「也許有什麼其他方法可以阻止機器人傳遞病毒？」

「目前各國政府的計畫，是希望將感染的民眾遷移到某些區域集中管理。」一名研究員聳聳肩，「他們很清楚這樣根本不可能抑制得住疾病的傳播，這策略真正的目的恐怕是怕民眾加入敵方陣營吧。」

「目前已經開始出現一些較早發病的病患，」另一名研究員說道：「根據估計，該病毒的潛伏時間大約是一個星期，所以只剩下兩、三天左右的時間。目前有一些針對表面症狀的治療方法，但對於解決病毒本身沒有絲毫助益。」

眾人又再度陷入沉默。

過了好一會而約書亞才打破沉默：「算了，討論就先到此為此。目前我們先以掌握並抑制病毒產生的所有症狀為主，但同時也要試著分析出病毒的基因組，畢竟這才是根本解決之道。大家也要注意自己的身體狀況，一有問題要馬上回報。」

眾人離開後，約書亞默默的坐在自己的位置上，雙木永萱走到他身邊，輕輕的說：「你知道我們時間不多了。如果聯軍失敗，沒有從印法埃那得到解藥，疫情兩天內就會爆發。」

「我知道，」約書亞神色陰鬱的盯著螢幕，「現在只能祈禱了。」

中國　西安　某民宅

三十八度。

倫納德皺著眉看著手上的溫度計，三十八度，這是他今天幫蕭璟測量體溫後的結果，再往前一天，是三十七點五度。

璟生病了。倫納德心想。

這在平常看來只像個小感冒，過幾天就好了。然而倫納德想到的卻是蕭璟在不久前告知他的：在實驗中，倫納德的基因遇到創世疫苗完好無缺，蕭璟的則是遭受到破壞。

這幾天倫納德幾乎都醒著，但他卻不感覺疲累。反觀蕭璟雖然已經不像當初那麼虛弱削瘦，卻燒得一天比一天厲害。每天睡覺時她總是不時顫抖，眉宇間盡是痛苦和恐懼，完全看不到蕭璟過去的無畏與自信。

倫納德知道為什麼。蕭璟在印法埃的監獄曾受到極度嚴酷的心靈折磨，造成了她身心靈極為嚴重的創傷，就算是倫納德用他的精神力量仍無法治癒，每當想到這總讓他憤恨不已。自己空有那麼強大的力量，卻對蕭璟的傷無能為力……然而最近她的情況變得更糟了，似乎有某種東西在體內啃食她的生命。

倫納德想到印法埃在兩天前發射了帶有創世疫苗基因訊號的電磁彈頭，目前各大醫院已經出現大量的輕流感病患。根據估計，大約再過幾天天，病情就會開始大規模擴大。想到這裡他感到非常自責，這一切都是因為他自作聰明把黑死病毒樣本寄給蕭璟。

他低頭看著蕭璟熟睡的面孔，將手放到蕭璟的額頭上。

萬一蕭璟對病毒沒有免疫力……

「嗯。」蕭璟呱噥了一聲，倫納德趕忙將手抬起來。

「倫尼？」蕭璟問道，倫納德不禁暗自後悔不該打擾蕭璟睡眠。

「對，是我。」倫納德輕輕撫摸蕭璟的手背，「妳還好嗎？要不要再睡一會兒？」

「我很好，我應該已經睡了十個小時以上吧？你就一直坐在這？」

「我沒關係，既然這樣妳就先吃點東西吧。」倫納德拿起放在桌上的粥，「我幫妳做了粥……呃，它有點涼掉了，我應該拿去加熱一下。」

「不，沒關係，工作後我已習慣吃冷的東西。」

蕭璟接過倫納德手上的粥，一口一口的吞咽下去，倫納德在一旁關心的看著。這段時間外面不時傳來民眾和軍警的叫喊聲，蕭璟皺著眉問道：「外面發生什麼事了？」

「政府下令要人民遷走，」倫納德望著窗外說：「這段時間每天都有大量的運輸車將軍隊載到各處駐防，軍方也強迫將出現輕流感症狀的人全數送往醫院做隔離。我在街上還聽說政府正在籌組隔離營，很多公共設施都已經在清空了。」

「什麼？」蕭璟憂心的說：「你認為聯軍有機會在瘟疫之前打贏嗎？」

「現在就很困難了，瘟疫爆發之後……」倫納德聲音低了下來，眼神卻是望著蕭璟。

「你還是沒有辦法聯絡上政府單位嗎？」蕭璟喪氣的說。

「電磁脈衝阻撓了所有的通訊，不知道什麼時候才會恢復，也遇不到高層。我爸爸現在一定很擔心，不知道他現在怎麼樣了。」倫納德憂心的說。

蕭璟沒有再說什麼，只是默默的吃著粥。過了幾分鐘，蕭璟嚥下最後一口粥，然後搖了搖頭，「哇，這東西真是慘不忍睹。」

「是妳不要加熱了。」倫納德笑著將空碗接過來，然後他扶著蕭璟的背將她平穩著躺下來，「妳身體還沒恢復，趕快再睡一下。」

「不，我很好，」蕭璟撐起身體，「我整天都躺在這裡都成什麼樣子？我需要多活動才能恢復體力。」

「不行，」倫納德堅持：「這樣只會消耗更多能量。」

「我們兩個誰才是醫生？」蕭璟說：「而且這裡是我家，我說了算。」

「但是……」倫納德試著要找反駁的話，「妳身體還很不舒服。」

蕭璟翻了個白眼，「拜託，這可以算是我這一週最舒服的一天了。」

這句話雖然只是隨口說說，但在倫納德聽來背後卻帶著無比的痛苦。蕭璟注意到倫納德的表情陰沈，趕忙說：「好，我不起來就是了。」然後她看著倫納德的臉一會兒，忽然向前一傾吻上他的嘴唇。倫納德伸出右手輕撫蕭璟的臉龐，並將手指滑入她的髮絲之中，雙唇深深印在她柔軟的唇上。她的唇嚐起來鹹鹹的，如同海水一般，氣息猶如清新空氣。過了好一會兒蕭璟才忽然笑著推開倫納德，她笑道：「至少我還有體力親你。」

倫納德笑了出來，蕭璟在這個時候還是有心思開玩笑，也許她的身體狀況沒有自己想像的那麼糟。

蕭璟躺了下來，「但是，你得幫我做件事。」

「什麼事？」

她指向房間那架鋼琴，「我想聽音樂，我教你彈鋼琴也教了七年了，現在應該要驗收一下成果。」

倫納德愣了一下，他沒有想到蕭璟會提出這種莫名其妙的要求。他望向那台許久沒動過的鋼琴。在他們上大學、進修碩博士的這幾年，蕭璟時常在兩人空閒時段教倫納德彈琴，一彈通常就是一個下午。雖然學習的很累，但卻是他們最快樂的一段時光。現在回想起那些美好回憶，彷彿都是上古以前的事了。倫納德不禁感到一絲感慨。

「倫尼？你有聽到嗎？」蕭璟看他呆呆的望著鋼琴不說話，伸手在他眼前晃一晃，「難道這麼簡單的要求你都做不到嗎？」

「當然，沒問題。」倫納德回過神來，「我剛才只是在回想。」

「想什麼？」蕭璟說完自己就明白了，她微笑道：「別胡思亂想了，趕快開始吧。」

「當然，妳仔細聽好了，一定讓妳大開眼界。」倫納德坐上琴椅，打開積滿灰塵的橡木琴蓋，露出裡面黑白交錯的琴鍵。那一刻倫納德腦中似乎閃過一道靈光，某個被忽略的事情浮現出來，但隨即消失無蹤。倫納德搖了搖頭，將手放到琴鍵上，深吸了一口氣。手指開始舞動。

一開始倫納德並沒有想好要彈什麼，但才剛按下琴鍵他就知道了，他彈的是七年前蕭璟第一次教自己彈琴時所彈奏的「悲愴」。

音符組成的旋律充塞在房間中，窗外透射入房的陽光，伴隨著優美而哀傷的樂章填滿整個空間。蕭璟在一旁驚訝的聽著，她沒有想到倫納德居然將這首曲調彈奏地如此深邃而動人。旋律打入她心中的某個地方，她感覺音樂確實反映出貝多芬當年內心孤獨但又不向命運低頭的執著性格。

蕭璟專注的望著鋼琴前的倫納德，一如他七年前望著自己一樣。

然而倫納德並沒有把注意力放在旋律上。他反而是回到了七年前的西安，他和蕭璟兩人被困在西安無法脫離，他第一次同蕭璟坐在琴椅上。

當時他對音樂還一竅不通，對於蕭璟所彈奏的曲子並不瞭解其中含意，只是深深地被旋律所感動。他彷彿回到當時那張琴椅上，周圍陽光如同今日一般閃耀，自己坐在蕭璟身旁，雙眼凝視著鋼琴前的蕭璟。她的頭髮在陽光下閃爍著金色的光澤，她的眼神映照著琴鍵流露出光彩；她帶有茉莉花香味的柔軟髮絲輕拂過自己的眼前。當時的自己害羞的將頭轉開，心臟瘋狂地跳動。

他回想起過往種種美好的事物，那些回憶藉由旋律化為影像，在眼前如夏日的溪水般流淌而過，最終匯聚到心中，讓胸膛隨著旋律而起伏，因著情感而散發暖意。那些是他和蕭璟共同的回憶。

更重要的是，在那些回憶裡，蕭璟的雙眼是流露出無比的自信及光彩，絲毫沒有現今的那抹痛苦與無助。

當音符消失後，倫納德雙眼含淚看著黑白交錯的琴鍵。

「彈得真不錯。」

倫納德回過頭去，看到蕭璟微笑著的看著自己。那一刻倫納德忽然湧起一股複雜的感覺，剛才在旋律中自己彷彿看到健康自信的蕭璟，一回過頭卻看到她如今一臉憔悴蒼白。

「看來我這些年的教育沒有太失敗。」蕭璟似乎沒有注意到倫納德短暫的震動，接著說道。

「我早就說過會讓你大開眼界了，」倫納德笑著說，同時眨眨眼擠掉淚水，「我這是青出於藍，境界已經直逼貝多芬本人。」

「是，大鋼琴家，下次輪到你來教我。」蕭璟說完笑了出來。那一瞬間倫納德似乎看見蕭璟恢復成過去的樣子，充滿自信、樂觀開朗，眼中閃爍著明亮的光芒。

倫納德深深的將這個畫面映入自己的眼底。那一刻，他感覺外頭髮生的一切事情似乎都退去了，印法埃、蓋亞聯盟、瘟疫、戰爭，全部都如冰雪般消融在他們的世界之外，彷彿從未存在這個世上過。唯一真實存在的，就只有在冰雪融化後，被溫暖的陽光所照耀，此刻與他面對面的蕭璟。

門忽然打了開來，將倫納德從心靈漩渦邊緣拉了回來。史密斯戴著口罩看不出表情，但從他的眼神倫納德知道他一定是帶來了什麼消息。

「怎麼了？」蕭璟緊張地問。

史密斯看了蕭璟一眼，眼中似乎帶著點怨恨。然後又轉回倫納德身上。

「詹納斯生病了。」

37

中國　福建　印法埃部隊聚集地

眾人坐在臨時戰情指揮中心聆聽軍官的匯報，看著螢幕上顯示印法埃在世界各地的行動進展，並低聲討論著。江少白面無表情的坐在桌首的位置看著眾人。

「謝謝您的報告。」江少白點了點頭，似乎不大耐煩。台上的軍官對江少白敬了個禮，然後回到自己的位置坐下。

「我們所控制的諸國現在問題並不大，在歸向者和當地部隊的合作下，反對勢力不大有機會對我們構成威脅。世界各國正引頸看著我們在此處和盟軍主力的正面對決，這會影響之後各國對我們抵抗的程度和民心歸向的意願，因此眼前最重要的還是在於中國和美國軍方在此地進行的大規模軍事行動。」江少白看向軍官，「鍾紹鈞將軍？」

「是的，」鍾紹鈞起身，螢幕顯示的是印法埃主力部隊所在的福建及台灣，在其四周則以不同顏色包圍整個區域。「誠如各位所見，以上標示的兩個區域，分別為我方和蓋亞聯盟的軍事佈署。蓋亞聯盟已經對我們完成包圍網，他們不論在軍事科技、人數上，都有巨大的優勢。」

「另一方面，根據我們無人機拍攝到的影像，美軍第七艦隊和第三艦隊的主力，估計十二小時後就會到達作戰半徑，對我們東亞的作戰區和中國軍方進行全面封鎖。我們推斷對此處的攻擊大約會在十二到十三小時左右就會開始。」

「盟軍必然會先出動轟炸機對我們進行強力的攻擊，想藉此癱瘓我們防空能力。要所有人員警惕一下，不要還沒開始行動就先遭受襲擊。」江少白說。

「了解。」

「事實上，盟軍現在已經是外強中乾，」蔡晉瑞博士說道：「根據全球統計數據顯示，已有十幾億人感染病毒並出現病發前症狀，目前更有超過百萬人出現嚴重症狀並死亡，這數字將會在往後這段時間急遽增加。」

「是的，根據我方情報人員的消息指出，各國群眾已經開始懷疑流感背後和戰爭的關聯，政府雖是極力壓住訊息不外漏，但擋不了多久。開始有許多人宣傳末世預言，在我們歸向者的推波助瀾下，渴望加入我們陣營的人在世界各地開始激增。各國政府現在也急瘋了，不斷向中國和蓋亞聯盟施壓要求立刻對我們發動攻擊，蓋亞聯盟會員國也準備啟用瘟疫時期的隔離營，只要這場仗一輸就立刻進入圍堵狀態。」

「他們堵住的是自己的生路。」鍾紹鈞說。

「各位有這樣決心是好事，但不要過度放大，」江少白等大家安靜下來說道，「我們還在起步階段，接下來每一步都要小心謹慎。傲慢是生存的首要敵人，別重蹈組織當年的覆轍。明白嗎？」

「是的。」眾人立刻斂起笑容。

「如果敵方想在十二小時內發動攻擊，那我想我們得先準備一下了，」江少白傾身靠向桌子，「立刻調集基地內的歸向者，一個小時內到這裡和我見面。還有，要我們情報人員確認一下我們的內應是不是準備好了，其餘作戰各部隊也隨時待命。有問題嗎？」

「是，長官。」

「很好，和我同行的特戰隊負責人，和兩名歸向者留下，其餘幹部回到崗位執行交代的任務。」

眾人站起身準備離開，這時門忽然打了開來，江少白的秘書一臉困擾的走到會議桌旁。

「長官。」

「怎麼了？」江少白隨意地問道。

「混沌來了，長官。」

「什麼？」江少白訝異的說，周圍眾人都露出不可置信的表情。「怎麼會？」

「他和特種部隊一同搭運輸機，半小時前降落。」

江少白看向眾軍官，發現他們也看著自己。他離開前就交代混沌要他待在台灣，結果他居然自己過來。江少白皺起眉頭，心想這個外星人真是個自走砲，完全無法控制。他搖了搖頭，「算了，先別管他。你們就照剛才的指令去執行。散會。還有，胡劭華隊長你也留下。」

眾人離開之後，江少白皺著眉說道：「混沌再這樣下去遲早會出問題，而且他會讓軍中懷疑委員會的領導體制。」

「這個……人？傳聲筒？至今他有什麼作用嗎？」胡劭華隊長問道：「我們真的有必需要和他合作嗎？」

「他是我們和母星唯一的溝通管道，儘管十分不完美，但也只是將就用了。」江少白搖搖頭，「不管他了，胡隊長，我要你搜尋倫納德和蕭璟的下落，怎麼樣了？」

「報告總司令，根據我們在西安的特務表示，他們二人正在蕭璟西安的房子內躲避。」

「還真是有用的資訊，」江少白不耐煩的說：「有辦法抓住他們嗎？」

「目前西安仍舊由中國軍方控制，一切對外的通道都鎖死了，軍隊恐怕仍很難越過邊界。而且和他們在一起的還有三名ＳＡＳ幹員，因此不論在武力還是精神上，我們的歸向者和特務就目前的情勢，都無法抓住他們。」

一名歸向者舉起手問道：「總司令，請問為什麼倫納德這麼重要？重要到母星甚至指名一定要將他活捉？他到底有什麼特別？就算他實力真的很強大，不過就一個人，仍不是我們整體的對手。還是他握有什麼重要的資訊嗎？」

「我不知道，」江少白說，他腦海中掠過多年前所見的異象，還有不久前的奇異感受。「混沌沒有解釋原因，只說他至關重要，是通往創始之體的重要關鍵。」

「他們總喜歡隱瞞內情不讓我們知道，好像主並不信任我們一樣。」

「或許主有他的用意。」江少白輕聲說。

「活捉倫納德就算了，他至少擁有精神力量，更在七年前擊敗過嬴政，也許他真有什麼特殊之處。然而我不明白，為什麼還要活捉那個女人……叫什麼來著？蕭璟，她又有什麼特殊之處。」

所有人將視線轉到江少白身上。他也感到十分不解，是啊，為什麼呢……

「根據混沌的說法，那個女孩是控制倫納德的必要因素，」江少白嚴肅的說：「唯有透過她才能達到對倫納德徹底的控制。」

眾人點點頭，似乎對這答案沒有意見。江少白微微喘了一口氣，同時心中掠過不祥之感。有人仍然面露疑色，張口想說些什麼，「但是……」

江少白舉手制止繼續討論這個話題，「這件事先到此為止，胡隊長，叫幹員繼續監視他們，隨時向我回報。」然後他面向歸向者，「準備好，我們等會兒就出發。先拿下蓋亞聯盟，其他的再從長計議。」

38

中國　浙江省　蓋亞聯盟指揮基地

「沒想到您會親自到來這視察。」林頂凱對著許奕訢敬禮。

許奕訢上將面露疲憊的對他揮揮手。他濃密的黑髮亂成一團，不只是因為這幾日他夜以繼日的籌劃評估攻擊行動，更是從昨天起軍營內開始有大批人出現流感症狀，當地城市也有上萬人感染。關於流感的謠言傳遍各地，他不久前實際在軍中視察，發現這已打擊軍心，導致聯盟開始鬆動。蓋亞聯盟和中國政府高層昨天再度施壓，要求立刻殲滅印法埃基地。

「對於軍中的這場流感，軍醫怎麼說？」許奕訢看著營區中許多靠在車上或牆上面露痛苦的士兵說道。

「他們感到很不解，因為這一切發生得太突然了。而且軍隊這五天並沒有太多人進出，他們不明白為什麼會有這麼多人同時染病。」許奕訢的隨行軍官皺著眉說，「至於病情比較嚴重的，都已經依照您的吩咐全部送到醫院和隔離據點進行治療，人數約有一千。而有輕感冒症狀的，恐怕有五分之一。士兵們都很害怕，軍中開始出現傳言，說有一場瘟疫要席捲世界。」

「他們當然會感到恐懼。」許奕訢喃喃說道，他看著基地中各種型號的戰鬥機、轟炸機、坦克車，這些武力都將在不久後對印法埃的開戰中出動，然而看著靠在這些武器上的士兵們……對這場戰爭，他內心充滿了不確定感。

「將軍，您有什麼需要確認的嗎？」林頂凱看許奕訢一直看著同一個方向卻不說話，便忍不住開口問道。

「噢，當然。前線部隊回報的情況如何？」

「他們說，我們已經到了主動出擊的時間了，」林頂凱對許奕訢說：「根據前線所提出印法埃軍隊的分佈報告，我們的空軍將在三小時後出發，會以805轟炸機攻擊一切軍事目標，並立刻派遣戰機編隊奪取制空權。之後這裡的坦克戰鬥群會在戰鬥直升機的掩護下直擊敵方主基地，陸戰隊員接著便會攻佔其指揮中心。然後就是艦隊對台灣的攻擊了。」

「目前美軍的艦隊群在西太平洋，但我們無法聯繫上他們，這樣能確定海軍和我們的攻擊時間嗎？」軍官問道。

「我們當初的指令是等到一定的時間才發動攻擊，不過美軍艦隊的主要任務也只是封鎖印法埃外海出路，並不會影響大局。」

「我很不喜歡這樣，」許奕訢上將說：「海軍艦隊在失去和總部通訊的情況下，基本上是空門大開。」

「所以……」林頂凱說到一半，忽然彎下腰咳了幾聲嗽，許奕訢上將機警的望向他。

「你怎麼了？」許奕訢問，他感到手心冒汗，目前軍中除了自己和情報總監賴奇彥外，只有少數幾名官員知道疫情。

「我沒事，只是小感冒而已。」林頂凱笑著點點頭。

「要不要找軍醫看一下？」許奕訢面色憂心的問道。

「真的，我沒事，將軍您不會也聽信軍中那些謠傳吧？」

許奕訢欲言又止，他不打算在這麼關鍵的時刻動搖軍心，或許他真的只是小感冒而已。因此他只是點點頭，「那麼，印法埃有出動赤炎之子嗎？」

「根據得到的情報，赤炎之子仍停放在花蓮的佳山基地，並沒有參與此次行動。他們的實戰能力目前並沒有得到證實，但因為性能優秀，情報單位一直在注意他們。」

「聽起來沒什麼問題，」許奕訢眉頭深鎖的點點頭。

「將軍您怎麼了？」一名軍官問道，「是什麼地方有問題嗎？」

許奕訢搖搖頭。聽起來一切都井然有序，但就是有什麼讓他不安，如果印法埃這樣就被擊敗了，那未免也太容易了吧？他總覺得還有什麼地方遺漏了，但卻說不出是什麼。他實在很氣中央為了因應印法埃的威脅而如此草率的行動。他抬起頭，發現兩架直昇機正飛越眾人的頭頂，在指揮基地的屋頂降下。

「那架直升機，是怎麼回事？」許奕訢問道，眾人隨著他的目光望去。

「那是我們的直升機啊，」軍官聳肩說：「他們一定有獲得許可才能進來，最近這不是很常見嗎？蓋亞聯盟成天派官員來視察什麼的。」

「沒錯，但是……」許奕訢皺起眉頭，似乎很不對勁，他直覺應該要叫塔台詢問一下。然而現在情勢緊迫，他不能在這時候因為「直覺」而在眾人面前表現軟弱失常。

「算了，別管他。」許奕訢說：「我先回去指揮基地，行動前有消息立刻告訴我。」

「是。」

「還有情報總監……」許奕訢往左右兩側看，這才發現賴奇彥情報總監沒有出現，他向一名隨行的官員問，「有人知道情報總監在哪嗎？」

「不知道，」眾人聳聳肩，「今天都沒有看到他人。」

許奕訢心頭掠過一陣不祥的陰影，但他只是點點頭。「我知道了，其他人和我回去指揮部。林將軍，保持聯繫。」林頂凱對許上將敬個了禮，眾多軍官隨許奕訢一同返回基地。

許奕訢一回到指揮部，賴奇彥情報總監就已經站在門口等他。

「賴總監。」許奕訢看到他連忙上前，「你怎麼在這？是中央有消息嗎？」

「領導人來了。」情報總監說道。

「領導人？」許奕訢皺著皺眉頭，然後忽然瞪大了眼睛，「總書記先生？怎麼沒有通知我們一下？什麼時候到的？現在在哪裡？」

「十分鐘前直升機剛剛降落，他們人正在會客室和官員們對談。」

「天啊，我們得趕快過去。」許奕訢上將和軍官們驚訝地看著彼此，許奕訢對眾人說：「等會兒要出發的軍官先到自己的崗位上，所有人各就各位，等候執行司令部下達指令。」他轉向賴奇彥，「走吧。」

十幾個人在賴奇彥總監的帶領下快步走到會客室。許奕訢推開大門，目光掃視整間房間。只見另一端一名男子背對著自己，正在和幾名官員說話，他身邊還有兩名穿著西裝的年輕人站在他身旁，看起來像是他的保鑣，許奕訢本來以為那個人就是總書記，但仔細一看他太年輕，大概只有三十歲左右。許奕訢皺著眉頭，他仔細看了看周圍，卻仍沒有看見總書記的身影。

「總書記呢？」許奕訢不解地問道，眾人也一臉困惑的望著賴奇彥。

「我說是領導人，沒說是總書記。」賴奇彥露出一抹微笑。

「難道是ＬＧＣ泰勒主席？」眾人又看了房間一圈，仍沒有看到他的身影。

「是我。」房間底端那個男人轉過身來，對眾人微微一笑，所有人倒抽一口氣。江少白攤開雙手，以莊嚴肅穆的口吻說：「新世界的領導人，更正確的說法，真主的代言人。」

「你怎麼進來的？」許奕訢和周圍軍官同時拔槍，許奕訢怒視江少白還有賴奇彥，「你怎麼通過塔台的？還有你一直都是印法埃的內應？」

「他們只是比你們早看清真相。」江少白向前踏上一步。

「別動。」許奕訢慌張的拿槍一指。然而江少白卻沒有停下腳步，他和身旁的青年隨扈繼續往前。

「我他媽說了別動！」許奕訢大喊，但不知道為什麼，他的雙手顫抖的異常厲害，雙眼刺痛，幾乎無法睜開。

「別怕，一切都過去了，救贖已經到來，」江少白繼續上前，當他手放到許奕訢肩膀上，他手上的槍頓時掉落在地，「你過去被黑暗和無知所蒙蔽，今天我奉主的名宣告，你必成為主的子民，成為他手下忠誠的受印者。」

許奕訢全身顫抖，他感覺雙眼刺痛，難以直視江少白的面孔。彷彿一個長年住在監獄深處的污穢之人，陡然面對世上最有權勢和正義的國王，而這個國王居然以慈愛和溫柔對待他。江少白的聲音傳到每個人的耳中，那聲音充滿了智慧，如同一位慈父般溫柔指正他的孩子。那一刻許奕訢感到無比的羞愧，覺得自己不配和如此聖潔之人面對面。

許奕訢強迫自己把視線從江少白身上轉開，但當他看到江少白背後的青年時，赫然發現他們每個人都散發著智慧的光芒。許奕訢拚命告訴自己「他是恐怖組織的首腦！」但他就是無法擺脫這種崇敬之感。

他轉頭看周圍的官員，卻發現他們也和自己一樣，一臉愧疚茫然，有人甚至跪下痛哭流涕。

「你還在等什麼呢？」江少白面露慈祥的說，「不要拒絕這份愛，欣然加入我們，成為主的選民。」他將手輕輕放在許奕訢手臂上。

許奕訢的意志力瞬間瓦解，他跪倒在地，將頭抵在江少白的皮鞋前，眼淚流個不停。他曾經在世界中迷失，但現在主已經將他找回，他再也不孤單，他頭一次這麼近距離感受到主的愛。

「對不起。」許奕訢上將痛哭道，江少白溫和的拍著他的背。「對不起……」

39

中國　浙江省　中程反艦導彈控制中心

「報告總司令，技術人員已成功恢復衛星連結，目前『審判三號』正通過東海上空。」

「將浙江海岸裝載東風中程導彈的一百零三座活動發射裝置連結上我方衛星。」江少白對著剛成為受印者的解放軍及蓋亞聯盟工程師說道。

江少白和軍官們透過衛星資料觀察美軍第三艦隊以及第七艦隊的行蹤。

真是可笑。江少白心想，海軍艦隊在無法和五角大廈聯絡下，又失去偵查周遭的能力，其防禦能力形同虛無。美國急著鞏固自己在西太平洋的勢力，卻沒有預想中國東岸淪陷後的可能性。

過了二十分鐘，技師抬起頭。「完成。」

「先啟用台灣基地的信號干擾裝置，不用太久，就算只讓他們失去偵測能力一分鐘也行。開始轟炸。」

搭載新型東風41-D反艦導彈的發射裝置，在江少白下令後第三秒進行轟炸。軍官們看著「審判三號」顯示的飛彈軌跡。衛星顯示了第三、七艦隊的位置，以及臺灣海峽中的羅斯福號。在台灣以東五百公里，艦隊以尼米茲級的喬治・華盛頓號、卡爾・文森號、約翰・C・史坦尼斯號以及福特級的福特號為艦隊中心，再加上正通過臺灣海峽的羅斯福號。上面一共載送了超過兩百架的超級大黃蜂打擊戰機，還有六十餘架的F-35閃電戰鬥機，在其周圍有數十艘驅逐艦以及巡洋艦。

「導彈已穿越大氣層。」技師說道。

美軍艦隊的宙斯盾此時也偵測到空中有導彈來襲，立刻發射數十枚防空飛彈，企圖攔截印法埃的攻擊。螢幕上顯示大量的飛彈被擊落，但仍有將近半數的飛彈突破火網防禦，運用機動重力，將彈頭重返大氣層，以十八馬赫的高速射向美軍艦隊。

「衛星雷達引爆炸彈。」技師說。

數十枚導彈射入航空母艦的甲板，在技師控制下引爆。航空母艦自內部發生大爆炸，成為海面上的團團火球，其餘導彈則落在大部分的巡洋艦以及驅逐艦上。

「讓基隆港的艦隊出擊，利用臺灣基地的雄風飛彈攻擊主體受損的剩餘驅逐艦。」

「真是場偉大的勝利！」許奕訢上將看著螢幕上美軍艦隊被導彈擊沈的畫面興奮的高喊歡呼。

「是的，」江少白露出淡淡的微笑，「傳令臺灣基地，派出佳山基地內赤炎之子、魚鷹式兩棲直升機，還有外海的印法埃主艦隊，不要和他們硬碰硬，只要將殘餘美軍艦隊驅逐即可。他們在這種情況不會做出主動攻擊。」

過了一個半小時，廣播傳出：「任務達成，我方四艘伯克級驅逐艦受損並損失十五架F-16。請指示下一步。」

「出動所有艦隊，在他們反應前拿下琉球群島，再封鎖盟軍在關島上的西進路線。」江少白說完轉過頭面對眾人，他身後的影像轉為世界地圖，地圖上分佈著大量紅色區塊。

「接下來就是我們的工作了。」

40

中國　西安　民宅

蕭璟看著手上的膠囊，陷入極度的掙扎。

十秒鐘。

她盯著手上的膠囊看，只要十秒鐘，頂多二十，然後一切就會結束。

蕭璟看向自己虛弱無力的身軀，自己已經很久沒有感到這麼無助、沒用甚至骯髒。她曾經是個對任何事都充滿自信的人，無論身處在何種情況，她都是坦然樂觀的面對。在朋友當中，她總是為自己的知識實力感到驕傲，即便有些人會因為她的性別和華人的身分而歧視她，但她仍憑著自身的實力讓那些懷疑她的人心服口服。她從來不是一個軟弱的人。

但現在，她痛苦的看著自己飽受摧殘的虛弱身軀。

真正讓她感到痛苦的，不只是愈來愈差的健康，或是肌膚上滿是毆打的傷痕，更是在印法埃監獄時，被歸向者蹂躪摧殘的心智。

不論她外在遭受怎麼樣的傷損侵犯，都只是身體上的痛苦。然而在印法埃的那段時光，被侵犯的卻是她的靈魂。

雖然她在倫納德面前總是極力裝出滿不在乎的樣子，彷彿一切都和過去一樣。但在她心底知道，某部分的自己已經留在那監獄中了。每當她獨自一人時，在每個眨眼的瞬間，被折磨的影像就會在眼前浮現。她感覺自己很骯髒，那是精神的汙穢，不論如何掙扎都無法煉淨。痛苦如黑雲般將她籠罩，隨著時間過去，這種感覺非但沒有絲毫減弱，反而是日益增強。

現在，她不想再裝下去了。

她專注的看著手上的藥丸，七百毫克的氰化鉀，意識會在十秒以內喪失，五分鐘內心臟會麻痺而死亡。她不會有太多痛苦，一切就會結束。

她緩緩的將藥丸放到唇邊，就在她咬下藥丸前，她腦海中閃過一連串的影像。大多是這七年來她和倫納德相處時的歡笑，以及這段時間他對自己無微不至的照顧和關心。她嘆了一口氣，即便她不關心自己，至少也該為愛她的人著想。

她將藥瓶收回抽屜。看著手上那顆藥丸，猶豫了一下，然後將它放到胸前的口袋裡。

「璟，妳在做什麼？」

倫納德忽然推開門，和史密斯一同走了進來。蕭璟嚇了一跳，打翻了放在桌旁的藥瓶，一堆藥丸滾出瓶子灑落在桌上。

「那是……」

「你幹嘛忽然進來？」蕭璟對倫納德怒吼，左手下意識的按在自己胸前的口袋，「我難道不能享有一點隱私嗎？」

「璟，我很抱歉，好嗎？」倫納德對蕭璟的怒氣似乎不以為意，只是笑了笑。然後他看看蕭璟身後的桌子，「妳在吃什麼？」

蕭璟搖了搖頭，「抱歉，倫尼，我只是……算了，這是類固醇。」這時她似乎才注意到倫納德的表情不對，她忽然感到一陣緊張，「發生什麼事了？」

「出大事了。」史密斯說。

「不，是天大的事。」倫納德嚴肅的說：「不久前得到消息，印法埃的軍隊在和蓋亞聯盟的對抗中大獲全勝。全軍向印法埃投降，美國太平洋艦隊遭到全滅，印法埃正開始向全球進軍。」

「還有呢？」蕭璟從倫納德的表情推斷絕對不只這樣，「該不會……」

「沒錯，」倫納德神色陰鬱的說：「瘟疫爆發了，在聯軍潰敗後，控制疫情的力量立刻瓦解。雖然疫情一直存在，但過去軍隊一直有效的掌控真實的情況，讓患者就醫隔離。但現在西安市已經出現數千人吐血就醫，無數人當街昏死過去，這一切都在印法埃擊潰聯軍後不到兩小時發生。政府已經下令，南部各省人員要盡量往北撤離，現在運輸車已經到了，要將所有人分流到各個區域進行疫情篩檢與隔離。」

疫情爆發了，他們最恐懼的情況終於發生了。蕭璟點了點頭，「那麼還有其他事嗎？」

「有的。」倫納德說：「妳被通緝了，印法埃發佈消息，我們現在是全球通緝犯。」

「什麼？」蕭璟不可置信的說：「怎麼會？為什麼？」

「在聯軍潰敗一小時後，印法埃向全世界宣稱，說病毒是妳一手製造出來的。他們當時識破妳的計策並將妳軟禁，而我是救出妳並散播病毒的幫凶。」

「我的天啊。」蕭璟將頭髮向後爬梳，居然有人會相信這種話？「他們怎麼會突然展開隔離檢疫行動？」

「其實之前就已經有在各區分別展開行動，將目測疑似患有輕流感的人帶到附近醫院檢測，醫院也闢出了幾區特別收容這些病患。但現在，已經是所有人全都要接受檢測，軍隊會強制將人帶去檢疫站。今天已經送了兩大批人離開了，再過一小時便會有下一批運送車隊，我們要趕上那一批。這之前有什麼要收的趕快整理一下，我們恐怕有好一段時間都不會回來。」

「我知道了，但一定要趕著跟下一批運送車隊離開嗎？」

「我這麼說還有一個很重要的原因。」倫納德眼神變得相當犀利，「我這幾天去超市和藥局找補給品時，一直感覺到有惡意的視線在看著我。現在這種情況，我怕印法埃的人會趁亂下手，到了隔離營至少會安全些。」

蕭璟點點頭，「好，我收拾一下磁碟。」

史密斯冷冷說道：「你們慢慢準備，我去確認其他東西。」說完便離開房間。

倫納德幫蕭璟把桌面上散落的藥物收起來。

雖然說是要他們整理，但其實這裡根本沒有什麼需要收拾的東西，史密斯只是留時間給他們獨處。蕭璟走到倫納德身旁，她想起史密斯剛才進來的表情，小心翼翼的開口問道：「那個……詹納斯的狀況怎麼樣？」

「不太好。」倫納德搖了搖頭說道。

蕭璟沉默了下來，她這幾日每天幫詹納斯治療，但他燒得十分厲害，病情不斷惡化，不管服用什麼藥都無法遏止住，昨天早上甚至吐了一大口血。蕭璟感到很內疚，她想起自己在幫詹納斯治療時，一旁的幹員眼神怨恨的看著自己，彷彿在說：「都是妳的錯。」而蕭璟也這樣認為。若不是自己身陷印法埃監獄中，他們就不用冒著生命危險進入印法埃，現在就不會這樣束手無策的被困在西安，詹納斯恐怕也不會生病。

「妳盡力了，那不是妳的錯。」倫納德似乎知道蕭璟在想什麼，他溫言說：「這場疫情是全球性的，我們不論在哪裡都逃不過，這是印法埃的錯，他們此需要為此付出代價。」

「謝謝你，倫尼，」蕭璟勉強起出一抹微笑，然後嘆了一口氣，「這段時間我真的一點用處也沒有，念了那麼久的醫學，連個病人都醫不好，反而研發了致命了病毒。要是我當初沒有自作主張……」

「璟，不要再自責了，妳當時根本不曉得印法埃要拿病毒做什麼。而且算起來還是我把黑死病毒的基因組傳給妳的，不管怎麼說都不會是妳的錯。」

「怎麼會不是我的錯？」蕭璟激動地說：「如果不是我為了爭取研究經費而不經思考就把病毒基因組上傳，現在會有這場疫情？如果不是我自以為是的搜尋天啟憲章，江少白說不定就不會知道蓋亞聯盟要對他們出手的消息了，而且詹納斯也不會被困在這裡無法治療！」蕭璟很訝異，她一向是很自負驕傲的人，結果現在她居然這樣失控的怒罵自己。

「妳扛太多責任在身上了，」倫納德將蕭璟輕輕安置在床緣上，然後坐在她身旁，「以印法埃的實力，難道他們真的沒辦法得知盟軍的計畫嗎？難道我們可以確定英國的情況比這裡好？況且，妳的搜尋也不是一無所獲，那個基因組或許就是未來開發解藥的關鍵因素？不要內疚了，而且在妳從歸向者的酷刑中回來後……我真的受不了看到妳再這樣折磨自己。」倫納德說到最後一句話時聲音顫抖了一下。

蕭璟還是無法對自己所做一切釋懷，她低頭假裝認真的將那些根本不重要的東西反覆收拾，兩人陷入這樣尷尬的沉默中。

運輸車引擎的聲音，士兵及人群的呼喝聲從外面傳來。蕭璟向外一瞥，「運輸部隊來了。我們得準備走了。」

「他們還要做些檢查，應該沒那麼緊急。」倫納德深情地看著她，「這代表我們還有一點時間，之後可能也沒有機會了。」

蕭璟困惑地看著他，「還有時間怎樣？」

倫納德抓住她的手，將她拉到自己身邊，低頭親吻她。蕭璟被倫納德這樣突如其來的舉動給嚇了一跳，但她很快就感覺到從倫納德身上傳來的暖意，將自己心中剛才冰冷又悲觀的情感迅速地融化，她感覺自己全身肌肉逐漸放鬆，

他們兩人都沒有注意周邊的環境，直到崔史坦打開門，對著這景象清了清喉嚨，「兩位，抱歉，運輸軍隊已經來了。你們確定要在這的時間點開房間嗎？」

「不是我！我根本沒有……」蕭璟滿臉通紅的推開倫納德，眼神憤憤地瞪著他，但他只是一副事不關己的微笑，害蕭璟氣得想拿石頭砸到他臉上。她注意到崔史坦在忍住笑。

「對了，我幫你們拿了這個，以便你們變裝。」他舉起手中的鴨舌帽以及口罩。

「謝了。」蕭璟趕忙接過來戴上，倫納德笑了笑也戴上口罩。

「妳看起來好多了。」蕭璟戴上帽子後倫納德說道。

蕭璟瞪了他一眼，胸口還能感覺到心臟激烈的跳動。她曉得倫納德是刻意這樣轉移自己的注意，但對於被整還是感到很不高興，「下次一定要換我整你。」

「我拭目以待。」倫納德微笑著聳了聳肩戴上口罩。

窗外又傳來一陣叫喊聲。崔史坦清了清喉嚨，「我們走吧，他們兩個已經在門口了。」

蕭璟吐了口氣，如果說剛才和倫納德抱怨的這段時間她有什麼收穫，那就是她暫時忘卻了自己萌生自殺念頭的痛苦，「走吧。」

41

美國　世界衛生組織研究中心

約書亞揉了揉疲倦的雙眼，專注的盯著電腦。

這個病毒一定有什麼問題，約書亞心想。他在這方面擁有極為深厚的經驗，但這種規模之大、病情如此嚴重、基因組和種種機制彼此間如此複雜的病毒他卻從來沒有見過。他已經連續三天沒有睡覺了，但仍完全沒有絲毫頭緒。

他瀏覽世界各地所提出的研究樣本報告和病例診斷，卻沒有任何一份資料有共識，每份報告提出的診斷和推測都大不相同。約書亞吐了一口氣倒在椅子上，這讓他很洩氣，到目前為止他們完全是在盲人摸象。

他想找妻子雙木討論，但隨即想起她昨天到日內瓦的世界衛生組織總部參加研究會議。

打起精神，約書亞心想。他坐起身子，繼續瀏覽其餘的研究文獻以及對於印法埃企業過去的一些相關資訊，企圖從當中找到些什麼。

也許……也許一開始方向就錯了。約書亞心想。大多數情報皆顯示印法埃要創造生物瓶頸，造成人口大幅下降，因此所有的研究都是針對受染的病患，以及要要如何圍堵、抑制病毒的擴散。

當然，研究和治療症狀是一定要做的，但試想印法埃有什麼理由這樣做？他們在全球的勢力無可匹敵，何必要費這麼大的力，做這種結果難料，又不見得對自己有利的事？如果他們真正的目的不是消滅掉大量的人，而是「留存」下來的人呢？

約書亞一把抓起電話，趕忙聯繫世界衛生組織總部。

門打了開來，一名研究員神色惶恐地走了進來。約書亞不自覺放下電話，「怎麼了嗎？」他目光望出門外，赫然發現所有人都一臉恐懼的望著自己。

「您還沒聽說嗎？」研究員說：「盟軍垮了，瘟疫全面爆發了。」

42

中國　西安市

「我剛才查探過，外面情況很亂，」史密斯警告說：「尤其是你們還被通緝了，千萬要小心不要讓人注意到。」

「當然。」倫納德點點頭，把帽子拉得更低。

「還有妳。」史密斯眼神不友善的盯著蕭璟說：「妳不會想害我們又被抓一次吧？」

「抱歉。」蕭璟眼神垂了下來。她把口罩拉起來，然後戴上墨鏡。

「夠了，不要說了。」倫納德不悅地說，他伸出左手攬住蕭璟的肩膀，「走吧。」

崔史坦點點頭，然後推開了門。

他們一走去，倫納德立刻被眼前的景象震驚到無法動彈。

數萬人彼此推擠著，所有的人都戴著口罩，周圍有幾千名士兵荷槍實彈在一旁大聲命令，要眾人有秩序的前進。眾人推擠著往運兵車和貨櫃車的方向走去，偶爾爆發些零星衝突，士兵立刻對空鳴槍並將人群分開，眾人立刻又恢復了秩序。

在另一頭，士兵和公安將醫院裡成千上萬的病人推出，躺在病床上的人有些已經是全身染滿鮮血，或是肌膚發黑。倫納德感到心頭一緊，那些就是病發的人。周圍的群眾顯然也知道病毒的可怕，在病人通過時眾人皆往旁邊讓開，深恐觸碰到那些垂死的身軀。

整幅景象簡直就像是戰火中的難民大遷移。倫納德腦中忽然掠過一段回憶，他望向蕭璟，發現她也正看著自己。

「西安的難民遷移。」蕭璟說。

「沒錯，」倫納德點點頭，「我被你爸丟到車上，然後被關進牢中。」

「誰叫你要欺負他女兒，」蕭璟說：「我也沒好到哪裡去，我被兩位特勤注射麻醉藥昏了過去。」

崔史坦清清喉嚨，「我們走吧？」

「喔，當然。」倫納德轉頭對幹員門側了側頭，一同步入人潮當中。

他們隨著人潮緩慢的向運輸車移動。幹員機警的掃視著周圍，一手放到外套口袋中，隨時準備出手。倫納德和蕭璟彼此緊靠著，免得被人群擠散，倫納德同時運用心智力量感應周圍是否有潛在的危險。

「你這混帳！別碰我！」

「誰要碰你了？」

「去你媽的！」

前方兩個人莫名其妙的吵了起來，在人群中引起一陣騷動。五人小心翼翼的繞了過去，士兵在同時衝了過去，將騷動的人群隔開。

倫納德瞥向道路兩旁的士兵，發現一名士兵面露懷疑的望著他們這個方向。倫納德心頭一緊，趕忙將頭低下來。

「我們得散開來走。」倫納德轉頭低聲說，「我們這樣在人群中恐怕很引人注目。」

「沒問題。」史密斯點點頭，扶著一臉慘白的詹納斯說道：「詹納斯狀況不好，我和他一起走。崔史坦去那邊。你和……」

「我和璟一起。」倫納德點頭，「走吧。」

崔史坦率先往一旁的人群走去，很快消失在人潮當中。蕭璟一臉憂慮的看向詹納斯，他額頭上滿是汗水，她靠過去拍拍史密斯的手臂說道：「嘿，史密斯，我……」

「妳離我遠一點。」史密斯神色憤怒，粗暴的甩開蕭璟的手，蕭璟將手縮了回來。

「對不起。」蕭璟低下頭。

「沒關係的，」詹納斯勉強擠出一抹微笑，「別在意，我沒事。」

「但是……」

蕭璟話還沒說完，兩人也消失在人潮當中。倫納德攬住她的肩膀，「別在意，史密斯和詹納斯兩人曾經是戰友，所以他反應才會激烈一點，別放在心上。」

蕭璟點了點頭。因戴著墨鏡和口罩倫納德看不出她的表情，但他能感受出蕭璟此時情緒起伏十分劇烈，不過他也不曉得該說些什麼。兩人跟隨著人潮走向最靠近的一輛運輸車。

「保持秩序，不要推擠！」一名守在車旁的士兵大喊，倫納德低下頭，小心翼翼的跟著人群步入那輛軍用貨櫃車。

「等等！」那名士兵忽然頓住，眼神直盯著倫納德和蕭璟，「你們……」

倫納德立刻麻痺士兵的思緒，那名士兵眨眨眼，似乎忘了自己原本要做什麼。然後他繼續對人群呼喝命令，兩人趁機坐上車輛。隨著最後一人進來，車門旋即關了起來，內部陷入一片黑暗。過了大約五分鐘，車外傳來一陣吼叫聲，車身一陣晃動，接著便出發了。

車輛空間不大，裡面卻擠了將近八十人，因此十分悶熱擁擠。倫納德仔細傾聽周遭環境，黑暗中傳來不少人啜泣哀嚎的聲音，有的小孩哭著喊著媽媽，也有父母低聲唸著自己孩子的名字。這些微弱的聲音在黑暗密閉的空間中，顯得格外放大吵雜。

四周傳來一陣咳嗽和乾嘔聲。倫納德搖了搖頭，他曉得這是感染瘟疫的人的症狀，而政府完全不加以區分的將眾人趕上車隊，無疑是在助長病毒的擴散。

車子忽然一陣傾斜，眾人在黑暗中陡然向側邊倒下。身旁一個咳嗽的男人隨著車身傾斜，倒到蕭璟身上，蕭璟則重重往倫納德身上撞。倫納德皺起眉頭，這麼擁擠不是辦法。他在車身恢復平衡後立刻伸出手攬住蕭璟的腰，將她抱到自己大腿上坐著。

「你在做什麼？」蕭璟掙扎了一下，低聲說道：「這裡這麼多人。」

「妳說話不必刻意壓低嗓子，」倫納德在她耳邊笑著說，「而且也沒人在看。」

蕭璟捶了他胸口一拳。

車子又行徑了一段時間，倫納德不確定過了多久，人群也不再像當初一樣吵雜，周圍只剩下沈重的呼吸聲和間斷的咳嗽。倫納德腦中掠過一個影像，他笑著說道：「璟，妳知道這裡讓我想起哪裡嗎？」

「哪裡？」

「那架外星戰艦，」倫納德說：「你和那位美國大兵史基瑪還有劉秀澤跳下車後，我獨自一人被吸到那架戰艦上，當時上面的景況就和這裡差不多，周圍光線微弱，悶熱無聲。」車子一陣晃動，蕭璟彈起來撞倒倫納德胸口，「而且晃還個不停。」

「是啊，」蕭璟握著倫納德的手：「不過這次我們在一起。」

倫納德將蕭璟的手握得更緊。

二人在這個黑暗擁擠的濕熱車廂中聊了起來，有那麼一瞬間倫納德甚至覺得在這裡和蕭璟擁抱著聊天，便勝過去任何旅遊景點遊玩，也不必擔心印法埃即將消滅世界的陰謀。

「璟，妳說太多了，趕緊睡一下吧，」倫納德注意到蕭璟說話有些吃力，加上體溫逐漸升高，似乎太耗費體力，趕忙說道。

「你根本是在嫌我很聒噪。」蕭璟咕噥道，下一秒她便靠著倫納德的肩膀睡著了。

倫納德搖了搖頭，雙手緊抱著蕭璟。蕭璟在他胸口的溫暖，漸漸沁入他的體內，他感覺眼皮愈來愈重，終於也闔上了眼，沈沈睡去。

43

倫納德醒來時發現自己在夢中，他便知道出問題了。

「這是哪裡？」倫納德疑惑著看著周圍，他似乎在一座海島上。島上火山如屏障林立，坑洞深不可測，黑影憧憧。他從來沒有見過這個地方，在海島的周圍，還瀰漫著一股白色的煙霧。

「這到底是怎麼回事？」倫納德喃喃說著。

「你認得出這裡嗎？」一個男聲從陰影之中傳來，倫納德全身一陣顫慄，不知道為什麼，他認得那個聲音的主人。

「江少白？」倫納德緊盯著陰影處。

「是的。」江少白從黑暗中走了出來，他對倫納德微微一笑，他長得便和資料上見過得一模一樣，但卻更加帶有力量。看到江少白的面孔，一股奇異的感受流過他的全身，有種莫名熟悉的感覺，好像這張面孔勾起他什麼回憶。

「你怎麼會在這裡？」

「嚴格來說，我不是真的在這裡，當然，你也一樣。這只是透過始皇基因的量子糾纏效應所導致的現象而已。」

「量子糾纏？」倫納德心頭一緊，他想到當年傑生解釋過「始皇基因」是一種量子基因。彼此間具有次原子尺度的連結，有時可以透過它和對方進行某種程度上的連結。然而先決條件是，這兩個人必需要有近似的基因或血緣。

「這……這怎麼可能？」倫納德有些震驚的說：「你是江良夕的後代？」

「不錯，」江少白冷笑道：「江曲昌很幸運的逃到英國，但那混蛋並沒有放過我們……我的表弟。倫納德・馬修斯。」

倫納德想起他的父親說的，祖父江曲昌的兄弟江良夕在中日戰爭時身受重傷，下落不明。此刻他終於知道祖父弟弟的下落，不過他不明白他所謂「沒放過他們」是什麼意思。他實在很難相信眼前這個折磨蕭璟、殺害無數生命的人，居然是自己的遠親。

「你到底想說什麼？」倫納德勉強從口中擠出這句話。

江少白沒有理會他。他漫步到一個石塊推起的平台上，微笑道：「身為歷史專家，你知道這個海島的故事嗎？」

倫納德環顧四周，他認不出這座島在哪裡，他看向江少白等著答案。

「這裡是拔摩島，」江少白說。倫納德吃了一驚，目光迅速掃過島上景觀，沒錯，這裡和文獻中的記載完全相仿，但他不明白江少白為什麼要帶他來這裡。

「傳言這是使徒約翰被羅馬將軍流放的地方，神在此顯示了末世的警訊，並曉諭他世界的奧秘。而他也在此寫出了《啟示錄》。」

倫納德點點頭，他明白這個故事，至今仍有教徒會來此朝聖。但他不明白江少白將他帶到此處的用意何在，他斜眼看著江少白，冷冷的說道：「你的目的是為了告訴我你有信教？真看不出來。」

「老實說，不論何種宗教，你們這些自詡信奉神的教徒，其實都是最大的褻瀆。你們口口聲聲說為神而活、為神而戰，其實都是為自己而活、為自己而戰。你們口中說的天堂和教義，不過是自己幻想的童話，我不屑和那些人同流合污。」江少白輕柔地說：「然而，那並不是我選擇此處的目的。你應該聽說過『古龍』吧？」

「什麼？」倫納德說：「那跟這有什麼關係？」

「啟示錄中提到，將會有龍崛起，牠將會拖拉著天上三分之一的星辰，並迷惑眾生，和米迦勒爭戰。在其他部分也有提到『馬軍兩萬萬自東方崛起』或是類似的啟示，由於這種種的預言和現代的國際情勢，過去不少學者和信徒推論這個『古龍』指得便是政治和經濟崛起的中國，」江少白輕輕一笑道：「這些人雖然愚蠢，但的確猜對了一部分。他們猜對了對象，可惜卻猜錯了時間。」

倫納德愈聽愈困惑，從小便常去教會的他，明白江少白說的那些故事，然而他卻完全不了解江少白到底在說些什麼。但可怕的感覺卻逐漸從他心底升起，難道……

「China，是中國的英文，」江少白說：「古龍指的確實是『China』沒錯，但指的卻是它最原始的意義，而非眾人以為的現代化中國……你應該明白我的意思吧。」

倫納德恍然大悟，他剛才怎麼沒有想到？江少白說得沒錯，這的確是合理的詮釋方法。

「China，秦朝的意思。聖經中預表的古龍，指的便是『秦』所留下的後代，就是最古老的血脈，是乙太的子孫。」

「古今中外不乏自命不凡的瘋子企圖解釋啟示錄的內容，他們會很樂意有你加入他們的行列。」倫納德冷冷的說，然而他內心情緒卻是無比的激動。江少白對他微微一笑，倫納德曉得江少白感應到了自己真實的情緒。他將頭轉向一邊。

兩人沉默了一會兒，江少白忽然開口：「蕭璟，她怎麼樣了？」

倫納德全身肌肉瞬間緊繃，強烈的怒火湧上胸口，「她很好，用不著你擔心。」

「不，她一點都不好，」江少白搖搖頭，「你應該知道，蕭璟她不具備創世疫苗免疫力。她只要染上病毒，就會愈來愈虛弱，最後死去，就和所有染病的患者一樣。」

倫納德緊握雙拳，但他只是怒目瞪視著江少白。

「然而，真實情況卻遠比那更複雜，」江少白往倫納德走來，「事實上，蕭璟在監獄中受到歸向者的酷刑後，那樣的折磨使她的——我們用簡單一點的術語——心靈，裂開一個無法修復的傷痕，而這個傷痕將會不斷侵蝕她的生命力，這也是她現在病況的主因，而不是病毒。」倫納德聽了心頭一緊，這樣的話蕭璟她……

「但如果她同時感染了創世疫苗——以現在情勢這一定會發生——情況會變的更加複雜。這兩者都會對人體造成極大的損傷，但基於創世疫苗的原理，它會活化人體免疫系統，但以她現在的狀況，反而會延長它的壽命。不過這樣會很慘，因為創世疫苗染病最終階段，會活化人腦神經離子通道的退相干功能。一般人不會怎樣——大多是因為他們早就死了——不過蕭璟遭受過酷刑，腦中這裂痕會使她在創世疫苗影響下更加劇烈，也就是說她會比常人痛苦更長、更久才死去。」江少白走到倫納德的面前，他停下腳步，直視倫納德的雙眼，倫納德第一次真的看見他右眼閃爍著紅光，「告訴我，你想知道怎麼才能讓她活下去嗎？」

倫納德緊咬雙下唇，從牙縫中擠出一個字：「想。」

「我們在開發病毒的對應劑，」江少白說：「只要你自願來投降，我保證我們會有方法治療她體內的創傷。」

「而我還要相信你會留璟一條命，」倫納德說：「不可能。」

「我對她沒有敵意，你知道的，」江少白說：「主要的是你。憑我們的實力，你們遲早會落入我們的手中，現在唯一的問題是……你要獨自墜落嗎？」

「我的答案是不，」倫納德盯著江少白，來到這裡後，他第一次感覺自己甩開了迷惘，「蕭璟不會希望我為了她而放棄這個世界，你想利用璟讓我屈服是不可能的。我向你保證，我一定會粉碎你和你主的計畫，到時你會為自己的罪行付出代價。」

「我早猜到你會這樣，」江少白輕輕嘆了口氣，他的身影開始模糊，「為了下次再見面，我給你一個忠告：讓蕭璟和染病者待在一起，這可以延長她壽命，否則她會在染病前就因為歸向者的酷刑死亡；另外，你最好遠離她，現在你雖然對她的傷有幫助，但在染病又有受刑創傷的同時，你太過強大的精神力場會刺激她的傷。」倫納德聽了心口不禁一顫。

「我要離開了，」江少白的身影已經幾乎看不見了，「我的提議依然有效，你仔細考慮吧。否則當那天來臨時，你甚至會希望親手殺了你的女朋友。」

江少白消失在雲霧中，倫納德睜開雙眼。

周圍仍和他睡著前一樣，車身正向後傾斜，似乎正開在上坡路段。黑暗中，倫納德感覺到蕭璟仍躺在自己身上，她身體微弱的顫抖著，體溫升高，顯然身體很不舒服。倫納德雙手緊緊環抱住蕭璟，腦中浮現江少白剛才和他短暫會面的景象。

「璟，對不起。」

44

中國　浙江省　印法埃指揮基地

「你應該知道我找你們的用意。」江少白面對特種部隊及歸向者李柏文說道。

「是的，長官。」

「現在全國一片混亂，正是逮到他們兩人的最佳時機。特殊科技部門會提供你們所需的裝置，等會兒會和你們解說。」江少白說：「這個行動，攸關主親自下達的指令，絕不可以出任何差錯。一定要活捉倫納德，還有蕭璟，兩個人都不可以受傷。」

江少白對身旁的歸向者李柏文說道：「由於在印法埃西安分公司的那段時間，蕭璟是由你負責的，你最瞭解她的心智結構，即便很遠的距離也能辨識出她。因此這項任務，由你負責帶領。」

「是的，總司令。」李柏文歸向者和其餘特種部隊隊員同時說道。

「很好，」江少白對一名官員招招手，「你們可以先離開了。把新進的蓋亞聯盟的受印者找來，我要……」門忽然打了開來，一個男人走了進來，眾人隨即陷入沉默，江少白面露不悅，吐出兩個字：「混沌。」

「是的，」混沌眼中閃爍光芒，「我有事需要和總司令談一談，請你們迴避。」

「我們先告退了。」眾人對江少白敬禮，然後紛紛走出房間。

「你又有什麼事了。」江少白面露無奈的看著混沌。

「我只是關心一下現在的進展。」混沌走到江少白身前說道，「搜捕倫納德的行動進行得如何？」

江少白別開混沌的視線，「我們大致掌握了他的位置，剛才出去的歸向者便是負責執行這項任務的負責人。」

「那疫苗散播後，具有始皇基因免疫者的情況如何？」

「我們已經透過這場瘟疫找到不少具有潛力的人員，之後或許有機會加入我們的生力軍，為我方效力。不過世衛似乎開始注意到部分免疫者產生的異狀，我們得在蓋亞聯盟發覺真相前，盡可能網羅到我們的手下。」

江少白斜眼瞪視著混沌，「怎麼了？母星又有什麼新消息要你傳遞嗎？」

「沒有，目前進展的很好。」混沌點點頭，然後像是隨意的開口詢問，「對了，我問你，蕭璟是怎麼破解委員會權限的，這問題解決了沒有？」

江少白搖搖頭，「當時根本無暇顧及這問題，我本來打算在行動開始後把她帶回總部好好盤問，並順便逮到倫納德。但愚蠢的人為疏失打亂我的時程表，資安人員也在檢驗我們的系統設定。」

「是嗎？」混沌斜眼看著他，眼中閃爍著光芒，「那我再問你一個問題，當天在你西安的辦公室裡，蕭璟是怎麼破除你的控制，這問題你想過沒有？」

「她長期待在倫納德身邊，對精神力場有一定的防禦力，正是這點才讓我們發現她和倫納德之間的關係。」江少白說，「怎麼了嗎？」

「原來如此，」混沌點了點頭，似乎若有所思，「我瞭解了。」

「你到底想說什麼？」江少白有些不悅地看著他。

「不……沒事，」混沌對江少白點了點頭，「相信你還有很多事要處理，我先離開了，告辭。」

江少白困惑的看著混沌離開的背影，他不曉得混沌剛才的問題究竟是什麼意思。他還來不及細想，便被如潮水一般湧來的各區戰爭訊息給淹沒了。

混沌獨自一人在走廊上走著，他眼中閃爍著怒意，但也帶著不安。現在是關鍵時刻，如果江少白繼續保持現在的狀況，什麼都不知道的話，那就沒什麼關係。但一旦他的意志出現裂痕……那將會毀了這一切。

混沌知道江少白所不明白的事。江少白作為歷任委員中能力最強的使徒，他的心靈遠比大腦的理性更為靈敏，也比他的理性更早認出自己那既致命卻親密的存在。他現在的內心被責任和仇恨所填滿，因此他無法重新面對過去的真相，下意識地迴避這個問題。但這就如同一顆未爆彈，自己必須要趁江少白發覺前先解決這個問題。這不只是為了江少白好，更是為了讓乙太偉大的計劃得以完成。

「李柏文，」混沌攔住剛接受任務的歸向者，「等等。」

「是的？」李柏文恭敬的隊混沌行了個軍禮。

「雖然江少白總司令命令你要活捉倫納德和蕭璟，但我必須告訴你，總司令在這件事上的判斷有誤，他無法客觀的下達指令。」

「所以您的意思是……」

「等你找到他們後，殺了那個女人蕭璟。」混沌直視歸向者的雙眼，「她會影響江少白的判斷力，一切的責任由我來擔。至於在你要動手之前……我並不介意你是怎麼殺了她的……你明白我的意思嗎？」

李柏文露出一抹陰冷的微笑，「我明白。」

45

中國　西安　黑死病毒隔離區

「到達目的地了，所有人下車！」士兵打開了車門，大聲命令道。

刺眼的光芒突然射入，眾人紛紛發出哀嚎抱怨聲，倫納德舉起手遮住陽光。在經歷了長時間的黑暗，普通的陽光也幾乎讓他眼盲。他眨眨眼稍微適應了亮光，他試著猜想這段時間到底過了多久，一路上車子顛簸搖晃，又時常莫名其妙的在路旁停下，到現在應該已經過了好幾個小時，他猜想這會是在哪裡。

倫納德低頭查看蕭璟的情況，頓時嚇了一跳。蕭璟臉色慘白，眼睛緊閉，衣服全被汗水浸透，呼吸十分急促困難，顯然身體很不舒服。他伸手摸了摸她的額頭，發現溫度相較於上車隊前又升高了不少。

倫納德趕忙搖了搖蕭璟的肩膀，「璟，醒醒。」

「嗯。」蕭璟發出咕噥聲，翻了個身不理會他，倫納德拍拍她的背部，「起來了。」

「怎……倫尼……我們到了？」蕭璟睡眼惺忪地說。

「沒錯。」

「這是哪裡？」

倫納德搖了搖頭，「我不知道。」

「我想也是，」蕭璟嘆了口氣，把掉在一旁的墨鏡撿起來戴上。她一坐起來便發出一聲呻吟，然後又滑了下去。

「我的頭……不舒服。」蕭璟右手按在頭上，咬牙切齒地說。

倫納德心頭一緊，江少白的話再度出現在他腦海中：「當那一天來臨，你甚至會希望親手殺了你女朋友。」

閉嘴。倫納德心想，他伸出手扶著蕭璟，「慢慢來，我扶著你。妳還可以嗎？」

「我沒事。只是有點頭暈而已。」蕭璟說。倫納德感受到她的精神明明就十分痛苦，只是強忍著不說而已。這讓他感到心慌，江少白的話再度出現在他耳邊。「你要獨自墜落嗎？」

他們隨眾人走出運輸車，眼前人山人海看不到盡頭，少說也有十萬人以上。周圍有千名士兵拿著槍枝對著人群，四周的高牆上還架設了數挺機槍，讓人有種來到二戰時期納粹集中營的感覺。倫納德看到牆上的一個牌子，上面寫著「西安隔離站」。

倫納德知道，七年前外星星艦消滅蕭安國帶領的軍隊時，曾在地上炸出一個巨大的坑洞，中國政府後來將那個坑洞改建成一座軍事用途的堡壘及避難所。當時在國際上算是個赫赫有名的大型工程，這裡有著非常龐大的軍事設備，並儲備了許多糧食飲水，更有著完整的藥品、點滴、血庫等醫療資源，兼之又遠離印法埃勢力。這些條件使得這裡可以領先全國展開隔離檢疫的行動，能被送到這地方其實算是很幸運。

「史密斯和另外兩個ＳＡＳ幹員呢？」蕭璟東張西望了一會兒問道。

倫納德咒罵了一聲，他居然完全忘記他們三個了！他目光掃過重重疊疊的人群，幾乎所有人都戴著口罩，並且要在上萬名的群眾和一千多位士兵之中找出他們，根本是大海撈針。要是他們被送到其他據點……

「所有人不要喧譁，在地上的白色區域內站好，一個一個排隊，依士兵指示進入前方檢測站！」一名身穿少校軍服的人站在高台上拿著擴音器大聲喊道，「我知道大家都很疲倦，但請遵守秩序，盡量縮短檢疫過程，只要沒有感染跡象，就可以回到自己的居所了！」

「太誇張了！」一個男人大吼：「我們從蘭州被強押上車到這裡，已經過了二十四小時！現在居然還要排隊檢疫？我要離開這裡！」他的話引起了一陣騷動，不少人大聲附和他。兩名士兵立刻衝過去將他打倒在地，有些群眾想要上前幫忙，其餘士兵立刻對空鳴槍，眾人便安靜了下來。

「現在，請排好隊，依照士兵指示一個個到前面來進行檢疫，我們會將各位進行分類。」所有人按照指示，選擇不同的通道站好。

倫納德和蕭璟一同移動到三號通道。眾人靜靜的站在圓圈內，從第一位開始，一個個走到前方通道。倫納德仔細觀察了這裡的格局，在前方大約有四十個通道，每個通道都有數名士兵車看守，通道的末端是厚重的鐵門。門上有兩個燈號，當綠燈亮起時，士兵會讓一個人進去，人一進去鐵門旋即關上，並亮起紅燈，過了幾秒的時間，綠燈就會重新亮起並開門，士兵會讓下一個人進去。倫納德猜想不同通道會被分到不同的區域，所幸自己和蕭璟均是站在三號門前，應該仍可以繼續見面。

檢查進行得很快，倫納德暗自思忖是如何檢疫可以如此迅速。所有的人進去鐵門後都不知去向，讓在外頭等候的人愈來愈焦躁。有部分群眾不願配合進入鐵門檢疫，被士兵強行帶走。倫納德焦急的張望看有無幹員的蹤影。

「下一位準備。」一名士兵大喊，然後一名在八號通道的男人步履艱難的走了過去，那是詹納斯。他看起來狀況不大好，不曉得進去檢疫後會遇到什麼問題，但至少確定他們有跟上。倫納德不禁鬆了一口氣。

「下一位準備。」三號通道的士兵對倫納德說道。

倫納德捏了捏蕭環的手，「進去再見。」

「好好保重。」蕭璟微笑點頭。倫納德放開她的手走往前方的通道。

亮起綠燈後，他走入敞開的鐵門內。裡面是個狹小的空間，前方只有兩道門和一台掃描儀。儀器對他射出一道光芒，接著左側的門便滑了開來，是一條長長的通道，門內的士兵立刻要他進入通道。倫納德感到不大對勁，但知道沒有猶豫的時間，只能快步走入。

他一進去後方的們便關起來，他感到相當不安，打算繼續在這等待蕭璟，但在士兵催促下只能往前走。他走到裡頭時發現只有不到二十人坐在等候區，等候分配床位。他趕忙向一名士兵問道：「為什麼這裡的人那麼少？其他人呢。」

「這裡是未受感染者的『藍區』。另一邊的紅區……真的沒有人想被調到那裡，你應該感到幸運。」士兵說完也沒朝倫納德多看一眼就離開了。

倫納德聽到這個消息，感到十分恐懼，他緊盯著來時的通道，心中不斷地祈禱著，等候著蕭璟的身影出現。蕭璟只在他後面幾號，應該過不久就會出現了……他不斷在心中反覆這樣告訴自己。但過了五分鐘仍沒有其他人通過通道。

終於有下一個人進到等候區，倫納德心急如焚的上前詢問：「你後面還有多少人？」

「幾十個吧，我不清楚，剛才士兵又帶了新的一批人過來。」那個人警戒的看著倫納德，默默退到一邊。但倫納德完全沒有注意到眼前這個人，他跌坐在椅子上，這一刻他才發覺自己錯得多麼離譜。他無助的看向來時的黑暗通道盡頭，挫折與恐懼如同流沙般將他困住。

他和蕭璟被隔開了。

蕭璟一進入鐵門後，就知道自己和倫納德的想法完全錯了。當右側的鐵門滑開時，她只能歉疚的最後瞥向左側緊閉的鐵門一眼，就被士兵帶往隔離區。一路上她思緒都十分混亂，雖然她剛才和倫納德保證自己會沒事，但實際上她並沒有什麼把握能夠遵守自己的承諾。

然而當蕭璟穿越踏入所謂的感染區，她頓時被眼前的景象驚得倒抽一口氣，心臟幾乎停止跳動。她感覺自己彷彿穿越了但丁《神曲》中《地獄篇》維吉爾所見的地獄之門，「進入這扇大門者，棄絕一切希望吧。」原來疫情並不是像政府所說的那麼普通，真正的情況，遠遠超過她的想像。

巨大的隔離區內，難以計數的人群躺在政府搭建起來的臨時鋪位上。感染者滿臉慘白痛苦的倒在位置上呻吟哀嚎，更有的全身鮮血淋漓，彷彿病毒從裡到外侵蝕著他們。人們不安地來回穿梭，醫療人員則忙著用殘破的擔架、推車，甚至直接用雙手抬著發病者送到另一個標示「黑區」的地方。蕭璟震驚的看著眼前的景象，這彷彿是她過去在醫院實習時所見的景象，只是病患多上一千倍以上。

蕭璟腦中浮現出西安大地震時的影像，當時缺手斷腳的傷患，還有他們絕望的眼神。

病毒不只是摧毀人的免疫力，更把人體變成支離破碎的殘軀。

此情此景，讓蕭璟聯想到法國作家卡繆在他的書《瘟疫》中所描述黑死病的面孔：

「……一座腐臭沖天的藏骨之所、連飛鳥都放棄了它……普羅旺斯築起長牆來阻擋狂暴的疫風……君士坦丁堡的痲瘋病院深陷朽爛小床的患者，被人從床上拖去……在倫敦鬼魅橫行的黑暗裡，整車整車的屍體從街道上運過；日日夜夜，無處不充滿人類痛苦永恆的哭喊……雅典人在海邊燃起瘟疫之火……」

蓋亞聯盟為了對抗病毒築起了堡壘高牆，將所有痛苦、哀鳴封鎖在不見天日的地獄之中，任由染病者深陷泥淖，在其中吶喊哀嚎。而這裡是所有人的終點，於黑區內，是在這深淵中燃起的「瘟疫之火」。在這裡，將永遠置身於地獄裡迷失的人群中……

她臉色慘白，覺得自己快要吐了出來。這場瘟疫，就是自己研發出的那個創世疫苗？她全身抖的很厲害，幾乎站立不住。自己幹了什麼好事？

這裡有近千名的醫護人員，但在面對一波接著一波湧入病發的群眾卻完全應接不暇。在蕭環前方不遠處，一名中年婦人口中嘔出鮮血，倒在地上抽蓄，士兵上前抓著她的肩膀，求救似的對周遭大喊：「快點！哪裡有人手？誰來幫忙一下！」

一股熱血湧上蕭環的胸口，這是她造成的，她必須負起責任。「我是醫生。」

46

中國　南京　印法埃東亞戰區前進指揮基地

江少白連同數名印法埃官員，以及投降的中國東部戰區軍官，站在中共位於此戰區中最高的聯合作戰戰情中心。

他們掌握了中國軍方的陣地和資源，現在所處的指揮中心擁有更為先進且完備的通訊指揮設備。最重要的是，他們突襲佔領中國東部戰區指揮所後，迅速接管了所有來不及銷毀的機密情報。此時，印法埃已經完全掌控了中國內部所有的軍事防衛佈署、各區駐守人力、資源分配樞紐、各區的負責官員等。江少白組成一支團隊負責解析這些龐大的資訊。

「看來是有好消息了？」江少白看見一名軍官面露欣喜地踏進指揮所詢問道。

「是的，正如當初的預期。」軍官笑道：「我們擊敗中國和美國為首的蓋亞聯盟盟軍後，當初那些尚在猶豫的官員，現在全都表示願意和我們合作。其中甚至包含某些國家的高階領導人，以及一些抵抗能力較強的國家。除了這些預定名單上的人員之外，有些區域的首長及軍官，也透露出倒戈意願。或是和我們維持互不侵犯的約定，免得受到池魚之殃，這些地區像是日本、俄國……」

「詳細的名單就不必在這裡說了，」江少白打斷他：「你先離開吧。」

「是的長官。」軍官行了個軍禮後退出戰情中心。

「總司令，這波人員的倒戈帶給各國的打擊，恐怕還尤勝於擊潰盟國的軍隊。」鍾紹鈞少將說道：「即便之前打了一場勝仗，但那畢竟只是區域性的，其他地區仍握有數倍於我們的軍事資源。但是這些人的倒戈將會從內部鬆動聯盟的基礎，並產生骨牌效應。整個聯盟的崩解，指日可待。」

「如此一來其他地區的負責人壓力也會減輕些，讓他們掌握好這些倒戈的官員和其他潛在的對象，並做出一份優先順序的名單，交給主導行動的委員及歸向者。尤其是北亞俄國戰區的伊果委員、北美的布蘭達委員，及歐洲的梁佑任副主席，這幾個我們據點和勢力較弱的地區就讓他們多費點心思。」

「是的，總司令，我會代為轉達。」一旁的歸向者李柏文說道。

「報告總司令，中國境內所建立的隔離區和軍事據點及配置已經全數分析完成了。」一名分析中國軍方情報的人員說道。

「立刻連上來。」

螢幕上立刻出現中國各大戰區和行政單位的地圖，地圖上標示著各個據點和相關解說。

「這些綠點標示的是中國政府掌控的區域範圍內，四百三十七個中型隔離營，」解說的是一名投降的解放軍將領，「每個隔離營人口最多不超過十萬人，駐軍不會多於一千，能夠作戰的人員可能連三成都及不上。那些是昨天上傳的數據，到了今天，實際的情況必然遠比上面的數字更慘。此外還有數以萬計的小型隔離營，那些就更不用說了。」

「我們現在控制著中國南方大多數的省份，可以輕易對任何一處發動攻擊，」另一名將軍提議，「我們掌控的區域都享有能源和糧食，政府為了避免有更多人加入我們，極力封鎖和我們相關的消息。我們應該迅速攻下這些中小型隔離營，那這些釋出的大量難民將會成為我們的人馬。」

「不，」江少白他右手一揮，螢幕上大量的綠點轉變為少數幾個紅點，「我們的目的並非是要以軍事力量控制所有地區，只要攻佔幾個重點區域以利之後憲章的推行即可。除了少部分被我們以軍事力量控制的區域外，其他區域以破壞一切主力目標、暗殺各級長官為主，盡力瓦解他們的體系，扶植投靠我們的人馬上位。」

「至於中國境內真正有作戰能力的大型集中堡壘，就是這幾個，這才是我們接下來軍事行動目標。我們要直取要害，癱瘓對方的所有機動能力，澈底摧毀擋在我們前方的阻礙。」

眾人看著螢幕上標示的位置，點了點頭。

北京、濟南、西安、成都、重慶、瀋陽、青島、開封、蘭州。

47

【BBC世界新聞】

黑死瘟疫第二十一天，世界持續陷入無政府狀態

自從四月十七日各國發生能源短缺並進入戒嚴狀態，隨後爆發席捲全球的瘟疫，今日已經進入了第二十一天。

迄今為止，根據世界衛生組織提供的數據，世界上已經有大約二十五億人感染病毒，而因瘟疫死亡的人口目前正自三億向上快速攀升，目前已有四國元首因此喪命。在能源短缺的情況下，疫情散播速度更在世界各地迅速擴散。除了疫情造成的死亡再加上其他種種因素，根據聯合國統計，目前全世界死亡人口保守估計已達七億人以上。

由於此瘟疫的散播速度、發病的狀況以及極高的致死率，在民間已經有人將此次瘟疫取名為：「黑死絕症」，或稱「黑死病毒」。

世界衛生組織對此次疫情向各國提出嚴正警告，並要求聯合國和國際組織蓋亞聯盟啟用各地的軍事、醫

療、公用設施來展開隔離措施。具ＢＢＣ所得知的消息，目前全球一共有七十三個國家已啟用，並收容尤其他國家湧來的難民。此舉對於瘟疫是否有遏止作用，似乎仍未見到效果；世界衛生組織表示目前正在研製病毒解藥，也尚未有成功跡象。然而除了瘟疫之外，各國政府還面對另一項挑戰：印法埃國際集團的崛起。

在瘟疫爆發後，部分東南亞和非洲、南美洲等國便陷入無政府狀態，國際集團印法埃立刻接管了這些國家的軍政權力，更在四月二十二日和中美聯軍的戰爭中獲得全面勝利。根據蓋亞聯盟官方資料顯示：目前印法埃集團的軍隊正以第三世界為根據地，在世界各地展開作戰行動。最新消息表示中國北京已遭到全面封鎖，韓國首都首爾也於同日受到印法埃控制。對此蓋亞聯盟理事會（ＬＧＣ）主席泰勒發表聲明：

「印法埃集團無疑是個恐怖組織，他們趁著世界遭受病毒侵襲的時候挑起國際軍事衝突。他們對世界各國侵略的行為無遺展現了這點。他們打著自由改革的旗號，然而真正的意圖就是消滅過去一百多年來我們所努力的一切，重返獨裁政權。目前他們在各國的侵略行動，很顯然是在測試各國政府的抵抗能力，若是我們退縮，他們就會更進一步，並使人民開始因為恐懼而壯大他們的勢力。因此ＬＧＣ在此呼籲各國政府及人民，起身對抗這破壞世界秩序的亂源。切莫因為恐懼而踏上錯誤的道路，這是我們生存下去唯一的方法。」

對於ＬＧＣ的聲明，印法埃集團總司令江少白作出回應：「印法埃從來沒有侵佔世界的念頭，我們一直以來所追尋的目標，就是一個更加美好的世界。而這世界應該由人民共享，而非在少數政治權貴手中。當瘟疫爆發時，各國政府最先做的居然不是抑制疫情，反倒是壓制消息，並企圖打壓印法埃國際的興起，不願放開權力、罔顧人民生死的自私行為昭然若見。ＬＧＣ把自己和人民生存唯一的選項畫上等號，這完全是錯誤且極度自私的。對於那些遭受政府遺棄，只能蜷曲在黑暗的隔離營中，等待那永遠不會出現的解藥的人民，我在此發出邀請。加入我們的行列，推翻過去不公不義的貪腐政府，共同打造只屬於人民的新世界。」

而在兩方發表聲明之後，雙方又於新德里、墨西哥、重慶等城市發生大規模衝突。

欲瞭解更多詳情，請繼續鎖定ＢＢＣ新聞。

中國　西安　隔離營堡壘　紅區

蕭璟拿著針筒，神色專注的幫眼前一名淋巴發炎腫大的中年男子病患注射鏈黴素。

兩週前，她和倫納德分開被送到這裡時，一名女性嘔血倒地抽蓄。由於周遭正好缺乏人手，她當時不暇思索的從人群中衝出去治療她，剛好旁邊一名負責此區的中校經過。在蕭璟控制住病患的症狀後，他便上前詢問她是誰，讓她十分驚恐，以為自己的身分被發現了。原來他是希望蕭璟能和其他醫官一同治療病患，蕭璟這才知道，在隔離區的所有醫療相關人員幾乎都是被徵召來以彌補人力缺口。

依蕭璟這幾天的觀察，單就她所在的紅區來說，病人會依照病況程度，粗略地分成四級。基本上和急診室的分類有點類似——不過由於人數眾多，分類其實並不嚴謹，比較像是暫時庇護所。蕭璟自己是被分在第二級——在各級中又分成許多個區，區下面還分有域。這裡空間非常大，是足以容納約百萬人的規模。若非是作為軍事用途，恐怕也不可能有這麼完備又巨大的設施。但缺乏足夠的實驗室，讓醫生對病毒和患者檢體的化驗有很大的困難。

隔離營裡不同區的人都有個共同的行程表，但由於她加入醫官的行列，因此和其他受染者有著不同的行程。這一週來，她每天從早到晚忙著醫治病患。但因為她仍屬於受染者，飲食仍是依照其他人的配給額度執行，晚上也是在和眾人一樣在髒亂的集中臥鋪上睡覺。她比所有人早起，但更晚領取糧食配給，工作量也比大多數在此處任職的人員多上許多。

然而她卻十分享受這份辛勞，她感覺自己彷彿回到七年前西安大地震時，和志工們在災區為傷者災民診斷療傷的日子，雖然疲憊，卻十分充實。她找回了當初立志從醫的熱情——幫助更多需要的人，而非在大企業上班，然後製造出奪去上億條人命的病毒。

這段期間，當她在為感染者診療時，仔細地研究了瘟疫發作時的症狀。她發現雖然每個人的症狀略有不同，但大致上病程都差不多。感染者會先發高燒，智力也會受到嚴重損害，隨後全身器官出現衰竭現象，指甲和皮下微血管開始滲血，接著肌膚轉黑，甚至不住的嘔血。到這個階段，病患基本上已經完全失去意識屬於癱瘓狀態，只有少部分人會陷入癲狂的怪異行為。在那之後……蕭璟也不得而知，因為這些人就會被士兵送往另一區進行隔離。

蕭璟拔出針頭，將酒精棉球按壓在那病人手上，「這樣差不多了，只要之後……」她話還沒說完，那人突然一把抓住蕭璟的手臂。她被這突如其來的舉動嚇了一跳，但她很快就發覺那人沒有絲毫的惡意，手只是不住地顫抖著。

「醫生，我什麼時候才能離開這裡？」那名病人語氣異常焦急的問道。

「這個……」蕭璟對這問題感到相當猶豫，「我不確定，現在還無法做判斷，這還需要再觀察一陣子才能確定……」

「狗屁！」那個人失聲大吼，附近的人朝這裡看了過來，一名士兵抽出腰間棍棒的盯著他看，「觀察一陣子能確定什麼？確定什麼時候被送到黑區嗎？妳以為我是為了自己才想離開的嗎？我……」那人忽然雙手緊抱著頭部，話聲轉為哭音。

「我不能留在這……我和太太一起出門，結果就被帶來檢疫站，然後就再也沒見到她了……家中還有一個八歲大的女兒……要是我太太也被隔離該怎麼辦？要是我不能……」那人說到這，就再也說不下去。他眼眶中蓄滿淚水，折射出無限的哀傷與痛苦。

蕭璟對他所吐露的一切感到無比地傷心與痛楚，她輕輕推開病人抓著自己的手，然後緊握著他的雙手。

「我明白……我也有個很重要的人被隔離在外頭，我也很思念他……」蕭璟想到倫納德，胸口也是一陣揪心，

「因此我們都不要放棄，為了我們愛的人，一定要堅持下去，好嗎？」

病人不曉得有沒有聽進去，但他的情緒似乎稍稍平復了一些，然後他輕聲說了謝謝，便轉頭躺下。

蕭璟確認他沒事後，也起身離開，但她的心還依舊懸在那。

這段期間不時就會看到有人哀求著要離開這裡，他們大多數並非是想逃離這地獄，而是渴望和分離的親朋重逢。在檢疫站時，更是有人寧可染病也要和家人一起進入紅區。當有人已經確定無力回天，要被送入黑區等死時，更是見到有家屬拿著簡陋的器械和士兵和醫生拚命。

她以前在醫院接觸那些得絕症瀕死的病患時，就知道不可以對他們抱著過度的同理心，否則只會造成醫病雙方都不得安寧。當時的她只覺得這麼做雖然困難，但多接觸幾次必然就可以掌握到其中的平衡。但如今面對一整群因著自己而面臨絕症的病患……每接觸一個人都會讓她心中的罪惡感和痛楚更加強烈。這讓她聯想到在希臘神話中，所有罪犯的靈魂都會在死後抵達冥界的哀嘆之河，並將在那裡，永遠聆聽著生前被自己所害之人的哀鳴聲。

作為戕害這些無辜人民的兇手，她認為有義務去感受他們每一個人所遭遇的痛苦……即便這可能最終會讓她心智崩潰。蕭璟在心底這麼想著。

她拿下手上的手套，將自己的思緒轉移到一件困擾她很久的事。她想著那些染病者的症狀，雖然每人發病時間不同，但過幾天一定會出現部分症狀，但她自己……

她很確定自己一定也染病了，但是從她染病到現在已經超過一週了。每早起床都以為自己會發作，她雖然仍有發燒，且時常會感到無力和全身不自主的顫抖。不過至今她的病情都跟剛進入隔離區時差不多，沒有進一步的惡化。

她摸了摸口袋的硬碟，它還在那。她嘆了口氣，真希望能讓倫尼知道自己沒事，她可以想見倫尼每天該有多擔心。而她也同樣思念著他，不知道倫尼那邊的情況如何？他是免疫者，應該已經被送出營區了吧？然而有個念頭在困擾著她，她和倫納德相處的那幾天，病情不斷惡化，但被隔離的這段日子，她身體反而沒有什麼事。難道是倫納德讓她的病情惡化的？蕭璟不願意相信。他應該不是有意的，但是……

「周璟！」一個聲音在蕭璟身後叫道。

蕭璟低著頭繼續玩弄手上的手套。

「嘿。」一個男人把手搭上蕭璟的肩上，蕭璟嚇了一跳，轉了過去，「妳怎麼了？我叫妳都沒有回應。」

蕭璟愣了一下。她這才想起，當中校問自己叫什麼名字時，當時腦中一片空白，脫口就說出了這個名字，後來所有的人都這樣稱呼她。世上恐怕已經沒有幾個人記得這個名字了，當然，除了他之外……

「呃，對，是我，當然。」蕭璟勉強擠出笑容，她暗自提醒自己要多熟記這個名字，「什麼事？張宇澤？」

「沒什麼，我們只是看妳在這忙了半天了，要不要來和我們一起吃午飯？妳幾乎都沒有休息。」那名叫張宇澤的醫生說道。

「我不是這裡的工作人員，我有自己配給的糧食。」

「我知道，但我們有人員被……調走了，所以他的那份留給你。畢竟你這幾天出得力不比我們少。」

蕭璟點了點頭，和這裡的醫護人員一起工作的這些天，她了解所謂「被調走」就是發病的意思。這不管對誰都不是件愉快的事，大家都盡量避而不談，「謝謝。」

張宇澤帶著蕭璟往另一頭走去。「妳看起來對這一切很熟悉，」張宇澤指指周圍難以計數的傷患說：「妳以前有在類似的地方工作過嗎？比如無國界醫師？」

「沒有，」蕭璟搖搖頭，「但七年前的西安大地震時，我有加入醫療志工，當時我還是醫學生。」

「喔，那可是場大災難……之後好像政府封鎖西安，然後掀起世界大戰，和現在的情況倒是滿類似的。」

張宇澤搔了搔頭，「我今天早上看了看政府的公告，他們表示將正式對散播病毒的人發出通緝。」

蕭璟感覺心臟緊緊壓在自己的肋骨上，政府也通緝他們了？但她裝出熱切的樣子，「是喔……那個人長什麼樣子？」

「天知道，發個通緝令居然連照片都沒附，真是笑話。只說是兩個名叫蕭璟和倫納德的人，而且公告上說他們有可能已經進入這座隔離營。」

「是喔，如果有人用這個名字我一定會記得的，」蕭璟乾笑了幾聲。好在這時他們已經走到其他醫護人員聚集的地方，其他人揮揮手讓他們坐下。

「這給妳。」一個男人遞給蕭璟一塊麵包和一碗熱湯，「比你們配給的食物好吧？」

「當然，謝了。」蕭璟接了過來，並小心翼翼地和其他人保持一些距離，她此刻並不希望別人注意到她。她脫下防護口罩，小口啜飲著熱湯。這可以說是她這幾天以來吃過最好吃的東西，倫納德做的湯和粥其實根本像災難。但她沒有心思好好品嚐，她已經被通緝了，這裡的人每天都會和她見上好幾次面，就算底層人員辨認不出她，但若是被高層人士見到絕對能認出她來。她不擔心倫納德，她知道他有能力照顧自己，必要時可以用精神力場癱瘓士兵的思緒。她搖了搖頭，她真討厭那什麼「量子基因」那一套，這幾天她得小心一點，絕對不要見到任何中校或是將軍。

「話說，今天有什麼發現嗎？」張宇澤坐下後問道。

幾乎所有人都搖了搖頭，「頭幾天依照上頭的標準作業流程，施打營養劑點滴和第四代頭孢子素、巨環黴素，這的確是有效的抑制細菌擴散和部分發炎，但是……」一名醫生表情皺成一團的說：「很奇怪，打了免疫球蛋白和類固醇的病患……居然比預計更快出現多重器官衰竭的現象。」

「我這邊也觀察到類似的現象，」另一人說道：「有幾個一開始狀況不佳的病患，過一陣子居然病情有稍微好轉的現象，雖然後來又惡化了。還有，別區實驗室的醫生試著削減患者體內微核糖核酸－17，希望能恢復Treg調節功能，但似乎沒什麼效果。我猜想……這病毒有沒有可能是透過激活人體免疫相關因子，並癱瘓平衡機制，進而導致病患器官衰竭？」

「巒有可能的……如果是這樣，那麼施打免疫球蛋白不就是個大錯誤嗎？」開始提出這問題的那名醫生說道：「有和上級實驗室回報嗎？」

「有，但是就算西安的這座隔離營停止使用，其他地點也要過一段時間才能修正。畢竟現在的資訊流通實在是太緩慢了，要同時面對戰爭、瘟疫和這麼多人，指揮系統的效率基本上是很緩慢的。」

「但真正讓人好奇的是這病毒的本質究竟是什麼？」張宇澤皺著眉說，「什麼樣的病毒或是病原體，可以在這麼短時間爆發，卻幾乎沒有人能掌握對抗的方法？」他轉頭問蕭璟，「周璟，妳有什麼看法？」

「我認為應該是某種逆轉錄病毒，」蕭璟說道：「藉由操縱人體的基因組，針對其中某一段埋藏在所有人體特殊基因進行控制及活化，進而導致破壞免疫系統，這也可以說明為什麼傳播速度會那麼快。這埋藏的病毒因子，很可能是某種機制啟動了它，像是輻射或是電磁效應之類的廣域影響因素。而這個特殊基因因子一旦被啟動，便會快速的連鎖活化其餘人體內的免疫系統。而那些免疫者，則是因為具備調節被病毒控制那段基因的能力，因此……因此……我想不下去了。」蕭璟忽然結巴了起來，她發現大家一臉訝異地看著自己。

「妳是從哪裡聽來的？」張宇澤一臉懷疑的說，其他人也以同樣的表情望著她。

蕭璟咒罵自己一句，自己剛才講的太高興，完全沒有注意到自己說的太詳細，完全不像「周璟」。「沒有啦，」蕭璟勉強擠出微笑說道：「我亂猜的，沒有什麼根據。」

「我想也是，不過就算如此，這座營區中缺少足夠的實驗設備也很難做出驗證。」一名醫生說道，蕭璟暗暗喘了口氣。

其他人很快又朝別的方向討論下去，蕭璟這次學乖了，幾乎沒有發言。她聽著這些人積極的討論著對付這種病毒的各種揣測，心中不禁感到一陣感慨。她相信這群醫療人員一定和所有病患一樣懷著恐懼，但他們還是盡自己所能的對抗這場瘟疫。她摸了摸自己胸前的口袋，連他們都這樣，自己又怎麼可以輕言放棄？

「所有醫療人員注意，下一批受檢的人即將到來，已有大量患者出現明顯症狀，請儘速到檢疫站做好準備。」頭頂得喇叭發出廣播聲。

「好了，同志們，做好準備，」張宇澤放下手上的碗，所有人也做出一樣的動作，「準備上工吧。」

49

中國　重慶　印法挨戰情指揮室

江少白看著大螢幕上的影像，三十五架攻擊直升機和數千名地面攻擊部隊在坦克裝甲車的掩護下向西安市的軍事堡壘進攻。

「五秒進入交戰區。」

畫面上西安隔離營對著直升機發射飛彈，直升機散開閃躲，卻在密集的高射砲和刺針飛彈攻擊下被擊落墜毀。堡壘邊防的駐軍對印法埃地面攻擊部隊用強大的機槍火力攻擊，印法埃部隊被三公里外的火網封鎖住，無法攻破。

螢幕上四架殲-31起飛，朝餘下二十架直升機迅速靠近。

「要軍隊撤退。」江少白說道，技師下了指令，直升機在地面部隊的掩護下，退出了交戰區，四架戰機追擊了一會兒便折返回去。接著畫面上顯示軍隊準備退回營地。

所有技師拿下耳機。

「又失敗了。」一名軍官說道。

江少白皺著眉，螢幕上現出西安基地的空照影像。「西安市的堡壘擁有強大的防空武力，」鍾紹鈞將軍說：「在地面上，他們甚至有著五公里的緩衝區域，這是其他區域的堡壘所沒有的極大優勢。我們的地面攻擊部隊難以靠近，這距離也超越了歸向者的施展範圍。而且在通道上，他們還搭建了一個長五百公尺的隧道，必時甚至可以封死通道。」

「我們必須拿下這裡。」一名將軍說，「這裡是中國區域最後擁有強大軍武的地方，也是往西進軍的必經之路。從印度或巴基斯坦都效率不彰。」

「我們的內應呢？」

「雖然有，但一來缺乏聯絡方式，二來他們皆身居閒職。左右不了這裡的局勢。」

江少白看著螢幕上的影像，「這裡是少數還在收容難民的區域，對吧？」

「是的。這是中國第二大的隔離營，如果說到外緣隔離效能，那就是第一了。」

「那我們就必須混進去，」江少白看向其餘眾人，「看來這有必要動用到生力軍。把最近區域的歸向者找來，並幫我們弄來一輛中國的運兵車。」

50

中國　西安市　隔離營堡壘　藍區

倫納德和其他人一起坐在診療間，接受每天例行的身體檢查。

和生活在紅區的人相比，藍區健康者的生活要輕省很多。只是所有人都有義務要接受精密的檢查，以便做為研製抗體的檢測對象。除此之外，是可以在指定區域內自由活動，只要每三小時回到床位接受點名即可。

在醫生檢查倫納德的同時，他抬頭看了看四周。診療間的規模相當大，一次可以對二十餘人進行檢查，可能原本是戰時醫院的醫護室。感染維護做得相當完備，醫療人員皆穿著全套防護衣，器械也都消毒乾淨。除此之外，醫療設備相當齊全，不論是藥品、檢驗儀器等，都應有盡有，而且存量充足。倫納德對籌備規劃這一切的人感到萬分的佩服。

「史提夫先生，你的檢測沒問題。」醫生把診療單遞給倫納德，「已經快一個月了，都是安全狀態，你可以向你那區的長官申請離開。」

「當然，我一定會那樣做的。謝謝。」倫納德接過自己的單子。事實上，為了節省空間，只要在這裡待三到五天確定沒感染跡象，就可以回到原本的居所，只需限制出入即可。藍區只是作為二次檢驗的緩衝地帶。以倫納德的狀況，他早就可以離開這裡，但他運用自己的精神力量，在每天士兵要求送出確診無感染者時，都會讓他們產生疏忽而繼續留在這裡。因為他知道只要離開這裡，要再進入這固若金湯的堡壘可說是難如登天，到時他就再也沒有機會看到蕭環了。

在走出診療間後，倫納德並沒有像大多數人一樣回到床位休息，而是在門口等待著。

「這位先生，不好意思。」倫納德看到他在等的那名男人也走出了診療間，單看外觀他是個沒有任何特色的人，只是一個皮膚稍微黝黑了點的青年人，但倫納德一見到便連忙快步走上前去，「我有些事想請教您。」

「怎樣？」那個男人立刻露出警戒和厭惡的神情。這實在不怪他，這段期間，幾乎所有人都失去了對他人的信任，人人都以冷漠來偽裝自己，彷彿這樣可以讓他們感到一切都還是很正常。對於家人在紅區或其他隔離營中的人更是如此，沒有感染病毒甚至在某種程度上會讓他們心中對愛人充滿了罪惡感，而更加排斥和其他人接觸。

但倫納德並非是為了安慰他而接近，而是為了更為重要的理由，「我知道這很唐突，但可以請你告知我你的名字和所在的床位嗎？」倫納德一面說一面用精神力量安撫他。

「你問這做什麼？」對方眼神仍舊懷疑，但語氣卻放鬆了不少。

「我在對未感染者做些研究，拜託您了。」倫納德試著輕輕推動他的心智。

那個人懷疑的點點頭，「好吧。我叫許勳酉，是在B域37號床位的。」

「非常謝謝您。」倫納德說道，許勳酉頭也不回的轉身離去。

等他離開，倫納德才悄悄地從口袋中掏出幾張紙，他在紙張上已經記滿的名字下，增加了許勳酉的名字與床位，「好，這樣又有一個了。」倫納德喃喃說。

進入藍區的這段時間，倫納德並非整天無所事事的在其中閒晃睡覺，只要可以離開床位的時間，倫納德幾乎無時無刻都將自己置身於人群最多的地方，將自己的精神感知力場延伸出去，對每個人進行感應——長時間這麼做其實很疲累，況且還要感受這麼多人沈重的壓力和痛苦更是讓人難熬，但他卻覺得非常的值得。

他這麼做是因為在進入藍區三天後，倫納德在和眾人聚集吃午餐的時間，無意間發現坐在自己身旁的人都出現了微弱的精神力場。他心中感到疑惑便將自己的感知力量推展出去，結果發覺具有這樣微弱跡象的人其實遠比想像的多。而這讓他領悟到：政府把未受感染者全部劃分到藍區，讓倫納德可以在一群已經通過篩選的人中，去找尋具有始皇基因的同類。

他檢視著自己整理的名單，雖然至今仍沒有遇到有特別突出的精神力量者，但是具有始皇基因且具備初步發展能力的，倫納德已經整理出四十三個人。他相信如果要找出對抗病毒的方法，絕對需要具備始皇基因的人他們的基因組。因此每當醫生檢查到這些人的時候，倫納德都會影響醫生讓他們多做些檢驗，並選擇他們作為檢測檢體，希望能增快解藥研發速度。除了這樣之外，他還在心中盤算能否組織起對抗印法埃的保衛部隊。

在見識過印法埃橫掃各國的實力後，倫納德堅信當中有精神力量在其中運作，印法埃也相當巧妙的隱瞞自己的底牌，如果政府不知道這件事的話，絕對無法和躲在暗處影響戰局的印法埃抗衡。因此倫納德一直希望找個時間將這份名單交給值得信任的高層，但卻一直沒有碰到這種機會。

「請B域的人們回到床位上，即將進行點名。」頭上傳來廣播，倫納德搖搖頭擺脫這種想法，然後回到自己的鋪位。

這裡和紅區的格局相同，都是上下鋪軍床，鋪位之間是一條狹窄的走道。唯一特別的是走道盡頭的一面防彈玻璃窗戶。

除此之外，就是房間天花板上吊著幾盞日光燈，不時在頭頂上閃爍著微弱的光芒。

倫納德在等待士兵的檢查時，手上的筆記仍握在手中，看著這份筆記，他不禁嘆了口氣，比起印法埃、隔離營，他唯一最在乎的就是蕭璟的安危。這幾日他每天睡著的時候便夢見蕭璟，每次的夢境基本上都一樣：自己無助的被擋在一面無形的牆壁後，眼睜睜的看著蕭璟全身肌膚發黑，口中嘔出鮮血的倒在地上，一雙眼睛佈滿血絲的望著自己，聲音嘶啞的求救，而自己只能在尖叫中看著她躺在自己的血泊中死去。

來到隔離營的這一個月以來，他每天一有機會便打聽蕭璟的下落，但都沒有得到任何消息。他簡直快要急瘋了，他不曉得蕭璟的病情究竟有沒有如同江少白說得好轉，或是她的身分有沒有曝光。

即便是現在神智清醒、四周明亮的情況下，但他只要一眨眼，那些片段就會……

倫納德被自己的的思緒給嚇得手顫抖了一下，手上的紙片也因此掉落到地上，他撿起紙張時，卻不經意瞥到畫在紙張背面的圖案：

這圖案讓他心中浮現疑問。這是他在芬蘭挖掘到的石板上所雕刻的符號，當時他透過波賽頓的三叉戟發現了與之相關的伊斯米亞神廟下埋藏的可能是傑生的星艦。然而第二個符號究竟代表了什麼意思？

他盯著這個符號陷入沈思，這段時間他已經對這符號進行了很多次的拆解，但都看不出到底代表著什麼。他那麼在意，是因為它是刻在黑死病發生時期的石板上，兩者之間必然有著某種程度的關聯。

他思考著中古世紀席捲歐亞大陸的黑死病毒，和它相關的歷史脈絡，他相信創世疫苗既然是由黑死病毒演變進化而來的，那要解決它的方法也必然藏在過去的歷史當中。即便過去一週他每天都在思考這個問題，但他相信一定有什麼遺漏的部分是他沒有注意到的。

他看著自己在名單背面以潦草的筆跡寫著黑死病發展的脈絡：十四世紀初，從中國河北區域率先爆發瘟疫，致命的病毒奪走了當地百分之九十的人命。之後瘟疫隨著蒙古的西征開始向西蔓延，襲擊了印度、敘利亞、美索布達米亞，和其餘各大文明古國。直到一三四六年時，在蒙古大軍攻擊克里米亞半島上的卡法城鎮，蒙古軍隊將感染瘟疫的屍體以投石器扔入卡法城內，瘟疫也正式傳入了歐洲，旋即全面席捲歐洲大陸，並在一三五〇年以前，一黑死病摧毀了拜占庭的王都君士坦丁堡，蔓延至東歐、南歐、中歐，甚至跨越英吉利海峽襲擊英國。甚至連北歐寒冷的斯堪地那維亞半島、格陵蘭，還有莫斯科都難逃瘟疫魔掌。歐亞大陸完全籠罩在黑死病的烏雲之下。

在十四世紀中期，歐洲大陸發生長達五年的黑死病恐慌期，造成了七千五百萬人死亡。這是人類史上最嚴重的一場疫情，甚至改變了整個歷史的發展走向。

然而恐慌期過後，黑死病並沒有重此沈寂消失。一六二九年爆發義大利瘟疫、一六六五年倫敦大瘟疫、一六七九年維也納大瘟疫，還有一七二〇年馬賽大瘟疫等，這些皆是同樣型態的疫情，前後三百年的時間，造成全世界三億人口死亡。最後，在十八世紀，疫情的致命型態終於消失在世界上。

而這一切的起源，是蒙古軍隊挖掘秦始皇的陵寢時放出來的外星病毒——或著根本是印法埃設計讓他們去挖的。

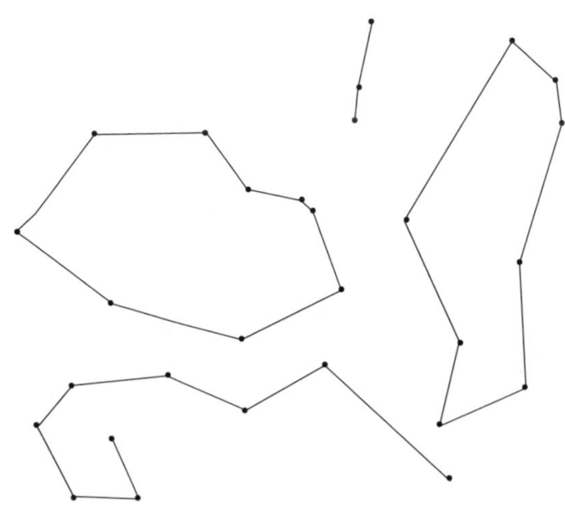

倫納德仔細思考病毒前進的路徑和順序。如果說當年的黑死病是印法埃所引發的，而後續疫情的變化，是另一個派系和其鬥爭的結果，那麼當初到底是怎麼終結瘟疫的？

納德盯著圖案，他確信裡面必定有某種程度的提示，否則雕刻這石板的人沒必要在臨死前做這種事情。他已經推論出上面三叉戟是暗示傑生星艦的位置，那下面這個符號的意義究竟是什麼？難道說是因為他們遺漏了石板上關於這個符號的其他部分，以至於無法解讀出它背後的意義嗎？

「這到底和傑生有什麼關係……等等，傑生？」倫納德腦中忽然閃過一個想法，「該不會……」他仔細研究了一下那些圓點的相對距離，看似沒有規律的散佈點……要是這根本不是符號，而是圖形呢？

他從口袋中掏出一隻原子筆盡量整齊的將記憶中模糊的圖形樣貌將著紙上的點連結起來，當他連完最後一條線的時候，他陡然瞪大眼睛。

在希臘神話中，傑生乘坐著阿爾戈號去尋找金羊毛，而這艘船隻，在古希臘時代被化做了南半球的巨大的星座「南船座（Argonauts）」，它同時也曾經一度是夜空中最大的星座，但在十八世紀的時候，則被拆解成了現代眾人所熟知的四個星座：船帆座、船底座、船尾座、羅盤座。

阿爾戈在傳說中是艘巨大的船艦，並以魔法樹木「多多納」作為船首，具備語言溝通的能力。在傑生任務完成且船首掉落之後，他將自己的阿爾戈號船艦在死前獻給了波賽頓，並流入了科林斯地狹……

「原來如此。」倫納德在喉間輕聲說，這根本不是符號，是阿爾戈號的圖形！這是象徵阿爾戈的南船座星座圖！這是在暗示阿爾戈和黑死病之間的關聯！

但兩者之間到底有什麼關聯？倫納德想到，傑生曾經說過，他的名字和希臘神話的「金羊毛」有很大的關係。

他霍然睜大雙眼，猛然從床上坐起。沒錯，就是那樣！他終於明白了，擊敗病毒的方法就是這樣！傑生七年前就告訴過他！

周圍的人被他嚇了一跳，都往他的方向瞪了過來，但他完全沒注意到。他在心中思忖，如果自己的想法是對的，那他們就不能繼續待在這裡了，而是需要馬上離開。而且他必須聯繫到世衛或是其他單位，同時把蕭璟從隔離營裡給帶出來……在這短暫的一刻，他已經想出了一套計畫。

腳步聲傳了過來，幾名士兵走了進來，「所有人起立，準備清點人數。」

倫納德用力一咬下唇，往帶頭的那名士兵走去。不論如何，他得試著操縱那名士兵的心智，這是他唯一的機會。

「你要做什麼……倫納德？」那名士兵忽然睜大眼睛，「我的天，我在電視上看過你！你是傳聞中七年前那個炸掉星艦的人，對吧？哇，我一直想見到你本人！」

命運真是奇妙，在那個滿是傷患的隔離營中，倫納德居然遇見一位他的粉絲。他愣了一下，看了看士兵的名牌，對他微笑說道：「黃峰中士，看到你真高興，我有些重要的事想見見你們這座堡壘的指揮官，不知道能帶我去見他嗎？」他同時將一些熱情的情緒植入那名士兵的心中。

士兵皺了皺眉頭，「但是……我聽上級說過，現在有你的通緝令。我應該優先通報……」

倫納德感到心頭一驚，政府也跟印法埃一樣通緝他們？他小心一瞥後方其他人，所有人都看著自己和黃峰，其餘的士兵尤其如此，他再這樣下去會讓所有人發現到他的真實身分。

「那個，是印法埃發出的消息，」倫納德面帶微笑的說，雖然他心中此時萬分緊繃，「他們想要借政府的手逮到我，因為他們知道我要阻止他們。」

「我就知道，太好了！」士兵立刻咧開嘴笑，好像一切都在他預料之中，倫納德鬆了一口氣，若非遇到這麼單純的士兵，恐怕也很難操控對方來遵循自己的指令，「我們走吧，這裡由先讓其他人負責。」

倫納德跟著黃峰走的這路上，有不少官員和士兵疑惑的看著他們。但黃峰完全沒有注意到，只是興高采烈的和倫納德聊天。倫納德則是隨便敷衍幾下，並一直用精神力量警戒周邊的環境。根據他這幾天的觀察，隔離營的人員管制相當嚴格，沒有上級書面資料幾乎無法通行，各個區域間更是設下許多檢查關卡。

兩人走到了倫納德過去這陣子所住B域的邊界，在門口有四名士兵在警衛亭和門旁防守，其中一人看向倫納德，「這是誰？」

「這位是上級正在找的，倫納德・馬修斯。」黃峰低聲說道，「他有要事，是關於印法埃和瘟疫的，希望會見柯以昕將軍。我知道上級命令是逮捕他，但麻煩先通報上頭一聲。」

「什麼？」他們一臉震驚的看著倫納德，又確認了一下電腦。這段期間人員的頻繁進出已經麻痺了他們的思考，突然真的遇到反而不知所措。

「好吧，我和少校請示一下。」倫納德用精神力量說服那名士兵遵照黃峰的話，但看著士兵一臉緊張的和上層通話，倫納德的心也懸在那裡。畢竟他的力量是無法透過通訊設備施展，要是長官要求即刻逮捕，那他就陷入大麻煩了。

士兵講了很久的電話，中途也不時在安靜等待，過了大約五分鐘，他才終於掛下電話，並拿給了黃峰一個通行證明。「少校稟報指揮官了，他同意見倫納德一面。你帶他直接去柯將軍的辦公室就好。」

倫納德喘了一口氣，他這才注意到自己全身肌肉緊繃到幾乎無法動彈。黃峰拿了通行證，帶倫納德通過B域大門。

走出B域之後，倫納德才發現這裡遠比想像中大多了，有的道路大到足以讓軍車通行，周圍厚重的混凝土牆面則給人巨大的壓迫感。一路上，士兵、軍官和醫療人員在其中往來穿梭，通過各個檢查站時，大家看到倫納德都露出驚訝的表情，並不時對上級請示那通行證的權限程度。過程雖耽擱了不少時間，但好在都有驚無險的通過。

走了幾十分鐘後，黃峰帶倫納德走上一道很長的階梯，並到達一處檢查站，外裡頭的士兵攔住他們，「什麼事？」

「將軍要的人，倫納德。」黃峰把通行證交給士兵說。

「噢……」士兵看到倫納德的臉後，立刻查看了一下螢幕，然後伸手按住耳機，過了一下便抬起頭，「將軍正在等你，你們快請進。」檢查站的門打了開來。

倫納德鬆了一口氣踏步走了進去，打開將軍辦公室的門。

一名男人背對著他們，正看著窗外的景色。倫納德注意他的肩章，三星上將，他應該是這裡的領導人沒錯。上將聽到開門聲便回過頭來。

「倫納德・馬修斯。」上將表情驚訝地說，「你不是被通緝？怎麼會在這裡？」他看向黃峰，「你在哪發現他的？」

「報告柯將軍。在藍區，B域。」

「您好，柯將軍，很高興認識你，但我時間不多，」倫納德上前一步，「我們得好好談談。」

中國　西安　隔離營堡壘　紅區

又一個可憐的孩子。蕭璟看著前方的女孩，在心中暗暗的嘆息。

這女孩名叫陳子玲，只有八歲，父母都被送去不同的隔離營。這幾天蕭璟對她特別的關注，只要有時間就會抽空來陪陪她。這個女孩非常的勇敢，沒有父母的陪伴，獨自一人在陌生的環境中對抗黑死瘟疫，成熟穩重到讓人心疼。她總是細心遵照每一步指示，從沒提過任何放棄的念頭。蕭璟看著她每天不放棄地和死神搏鬥，心中也大受激勵。

然而現在……陳子玲躺在病床上，處於昏迷狀態，她的四肢肌膚暗沈發黑，身上的汗水散發出混雜了滲出的血液和藥品的臭味。她表情極度痛苦，全身都在劇烈地顫抖著，彷彿被地獄的陰風不斷地吹拂。蕭璟難過地望著她，感覺這女孩就像自己在監獄中遭遇酷刑時一般。她實在很難想像，這麼巨大的痛苦居然盤踞在一副這麼嬌小的身軀上。

依照隔離營原則，蕭璟應該要將這女孩送往黑區，然而她卻不忍離開，還替女孩施打上級看了會大罵她「浪費資源」的嗎啡，希望多少能減輕她的痛苦。蕭璟一直陪在女孩的身邊，直到士兵把她帶離。在這段時間裡，沒有任何人對呻吟的女孩看上一眼。

「K-437號床病患走了，趕快清理乾淨，很快會有新的人來用這位置。」兩名士兵立刻上前清理陳子玲接觸過的東西。

「我會記得妳。」蕭璟離開前對著床位在胸口畫了個十架輕聲說道。

蕭璟換了手套，走過病床間雜亂骯髒的走道，兩旁的病患都面如死灰的盯著自己看。她在心中暗自嘆息，進入隔離營已經二十七天了，這期間營區發生了相當大的轉變。其中最明顯的，莫過於原本充滿各種吵雜聲音的空間，如今是一片死寂。在過去，眾人一有機會便對周邊的人滔滔不絕說著自身的故事有多悲慘。但如今隨著時間過去，人愈來愈多，反而漸漸安靜下來，沒有人想去聆聽並同情他人的遭遇。人群間的隔閡就如同瘟疫一般在營區內迅速的擴散，甚至比黑死絕症的速度更快。

「簡醫師！」蕭璟看到這區的指揮醫官簡淵緒，趕忙跑上前，「請問您，之前我上交給少校的報告，不知道收到回應了沒？」

簡淵緒看向蕭璟，眼神似乎相當的不耐，「妳看看這裡的景況，妳覺得我有時間去滿足妳那沒用的好奇心嗎？」

「對不起，再問一個問題就好，」蕭璟放低姿態的說，她知道簡淵緒不想聽她說話，但她真的很想知道結果，「通常這種情況，上級要多久才會給出回應？」

簡淵緒眼神變得相當冰冷，「通常是不會有任何回應。」他說完便轉身離開。

蕭璟沮喪的搖了搖頭。四天前，張宇澤醫師也無預警的病倒了。這段時間醫療人員的變化也和病患差不多巨大，過去他們還會積極的討論適用療法，然而現在已經沒有人在試驗新作法，一切皆依照最低標準的治療原則，公式般的執行職務。

或許是因為死者愈來愈多、治療成功的希望愈來愈小，醫生面對病患時，開始有了想盡快擺脫他們的態度。畢竟看著那些正在受苦邁向死亡的身軀，就會陷入或許自己有朝一日也會落入同樣處境的恐懼當中。

在前些時間，儘管情況看來一片絕望，蕭璟負責的兩名病患，卻在輸血後奇蹟似的產生好轉的現象。她對此感到相當的疑惑，便對他們兩人做了詳細檢查。後來發現並非是他們的體質有什麼特殊之處，而是他們輸的血液，可能剛好是帶有始皇基因的人所捐。

為了證實自己的推測，她找出當時血袋的編碼，但要找到血袋的原始捐贈者，必須要有上級的許可才能查詢資料庫。為此她還冒了極大的風險去找管理血庫的少校，請他協助追查捐贈者。她等了很久，現在卻是這種結果，讓她感到很洩氣，時間已經很緊迫了……

她突然彎下腰來，重重的咳了好幾下，咳到快要喘不過氣，斗大的汗珠從額頭上滑落。現在就連她自己的身體也開始惡化了，她不確定自己還有多少時間。她拍了拍口袋中的硬碟，要是沒有辦法在死前見到倫尼，把基因序列交給世衛，那這段時間的努力算是全白費了。但她又想不出其他接觸世衛的辦法。

她強迫自己擺脫這種找不到出路的負面思維迷宮，把注意力投入到工作上。

然而觸目所及盡是充滿絕望的人，她的心情也隨著他們愈加沈重。

她此刻正治療一名中年女病患，她制式化地為患者測量體溫、更換點滴、施打藥物，記錄完數據後正準備離開，那女人卻在她身後冷冷的開口：「就這樣？你們醫生就只會做這些，然後放任病人去死？」

「現階段還沒有其他的方法。」蕭璟一臉疲憊，她並不打算浪費時間在這人身上。

「我有看到妳，」那女人嘴角扭曲，聲音變得急促，「士兵把那孩子抬去黑區的時候，妳只是站在一旁，什麼都不做。」

這句話戳到蕭璟的痛處，她瞪回病患，「那是無可奈何的，而且在那之前……」

「啊！還在狡辯！妳這殺人兇手！妳沒有心肝！」那女人忽然用力的打了蕭璟一記耳光。

蕭璟和這裡的許多醫療人員多少都有被病患暴力相待的經驗，這點程度其實算不上什麼。然而這一巴掌卻像是觸發她體內的病毒因子，她眼前一片猩紅，感覺自己的頭被重重擊打了一下。她嘔出一大口血噴在口罩內，向前俯倒趴在地上。那個女人嚇得縮回床上，周邊的人則一臉漠然。

蕭璟感到一陣天旋地轉，她知道結束了，她終於病發了，她很快就會被送到待死的黑區去。她希望能摸到胸口的藥丸，但她雙手無力的癱在一旁。

在意識模糊中，蕭璟看見士兵穿著的皮靴朝她的方向走來，她垂下眼神，等待著死刑宣判。

一雙有力的手把蕭璟從地上拉起來，「終於找到妳了。」那士兵像是鬆了口氣的說。

「他在說什麼？」蕭璟心中感到困惑，她眨了眨眼，想看清楚眼前的人。士兵的胸前名牌寫著「黃峰」。完蛋了。她心想，他們發現了。

那名士兵咧嘴而笑，像是中了樂透一樣，「妳是蕭璟，對吧？今天一次見到兩個，太好了！將軍要妳去見他。」

52

中國　西安　隔離營堡壘　指揮官辦公室

倫納德緊張地坐在辦公室的沙發上，雙手不斷地搓揉著，不時望著門口。

一旁的柯將軍面無表情地坐在辦公椅上，雙眼望向窗外，但倫納德注意到他頸側的肌肉十分緊繃。也許是在思索剛才通話的內容。

倫納德緊咬下唇，他看了看牆上的時鐘，已經過了一個半小時。他和田將軍達成協議後，柯將軍命人去找蕭璟，但到現在還沒有找到。他感到十分驚慌，要是他們根本找不到她呢？萬一蕭璟已經死了呢？他想像蕭璟衰弱發黑的身體，被穿著隔離衣的士兵扔到和其他幾十萬個一樣的屍體當中……不，他不敢再想下去。

門推了開來，倫納德和柯將軍立刻站起身來。黃峰將頭探了進來。

「找到人了嗎？」倫納德搶在柯將軍前問道。

「嗯……是的，」黃峰搔搔頭，「應該是找到了，但她死都不肯承認。她一直堅持自己的名字叫做周璟。」他轉過頭對外面喊道：「進來。」

一個憤怒的女聲從門外傳來，「我早就和你說了，你認錯人了！到底要我說幾遍，你這個愚蠢的士兵！我的名字叫……」

「蕭璟？」倫納德一看到她，立刻激動的說道。

蕭璟一臉震驚的看著倫納德，「倫尼？怎麼會是你？」

倫納德感到一陣激動，他已經將近一個月沒有看到她了，此時看到蕭璟安然無恙，他心中的大石終於放下。他打量著蕭璟全身上下，忽然心頭一緊，她上衣怎麼了？上面染著點點血跡？他注意到蕭璟唇邊仍掛著一條血絲，而且……他過了一會兒才注意到，那件衣服是隔離衣，她從哪裡變出來的？

「妳還好吧？」倫納德上前抓著蕭璟的肩膀，審視著她全身，「妳這段時間沒事吧？」

「我沒事，放心。」蕭璟露出一抹微笑。

「妳的名字……周璟？是怎麼回事？」

「呃，這說來話長，有空再說。」蕭璟眼中閃爍著光芒，「你不知道這段時間我有多想你。」

倫納德距離蕭璟不到十公分的距離，他看著蕭璟那黑曜岩一般的雙眼深深的望著自己，倫納德心中一熱，忽然伸出手攬住蕭璟的腰，將她拉到自己身邊，並低頭親吻她，熱情而激烈。他感受到蕭璟的心跳，而她呼出的氣息，如暖風般撫過他的臉龐。

他知道自己非這麼做不可，不然他恐怕會被自己的強烈的情緒逼到窒息。

柯將軍清了清喉嚨，他們才忽然注意到旁邊還有人，而且他們還有正事要談。蕭璟趕忙推開倫納德，她滿臉通紅，尷尬的看著倫納德和柯將軍，吞吞吐吐地開口：「所以……你找我來是有什麼事？」

「我和柯將軍達成了一個協議，」倫納德指著柯將軍，「就是他。」

「你好。」蕭璟對他點了個頭。

「我也很高興見到妳，」柯將軍微笑說：「妳就是蕭璟對吧？」

「嗯，是的。」

「我早就說了。」一旁的黃峰得意的說道，「我一看到她就……」
「閉嘴。」倫納德說。
「抱歉。」
「滾出去。」柯將軍說。
「好的。長官。」黃峰對兩人眨眨眼，然後關上了門。
「事情是這樣的，」黃峰走後倫納德說道：「我剛才和蓋亞聯盟聯繫過，並和他們講了我們的現況，他們過陣子就會派一支小隊來這裡帶我們離開。」
「他們同意庇護我們？」蕭璟問道。
「嗯，沒錯，柯將軍剛剛幫我們和政府確認了時間，」倫納德看著蕭璟說道：「條件是……璟，妳的硬碟還帶在身上吧？」
「當然，」蕭璟拍拍身側，「我每天都有檢查。」
「那就沒問題了。這是交換條件，我們會把病毒基因組交給世界衛生組織和疾管局，這正是他們現在所缺乏的，另外，我還提供了一份我待在藍區時整理出的『特別』名單，對解藥研發相信會有很大的助益。」
「那些人部分已經離開隔離營，」柯將軍說：「但我實在不明白你說那些人……」
窗外忽然傳來一陣叫喊聲，遠方有數架直升機對地面掃射，接著發出了飛彈的爆炸聲。
蕭璟看著窗外皺起眉頭，「那是？」
「別擔心。」柯將軍揮揮手，「這段時間他們一直試著攻擊我們，早已經習慣了。」
「印法埃打到這了？」倫納德喃喃說著。
「不用擔心，這裡有強大的空中武力和堅固的堡壘，我們還有七挺性能最優良的磁軌砲，估計他們空軍中隊也不敢對這裡出動。」柯將軍看了看手錶，「我還有些事，要離開一下，你們先坐一下。」他對兩人點了點頭，然後走出了辦公室。

柯將軍走後，辦公室只剩下他們二人，倫納德看向蕭璟，發現蕭璟也正看著他。

「所以……」倫納德指著蕭璟的衣服問道，「妳這身衣服是從哪裡變出來的？」

「什麼？喔，這個啊，」蕭璟厭惡的抹了抹沾了血跡的地方，「這是他們給我的，我這段時間在這裡當他們的醫療人員。」

「什麼？」倫納德詫異的說。

「怎樣？不然你以為我這段時間就整天和病患擠在一起，發呆睡覺嗎？」

「老實說，那的確是我剛才想的，畢竟那是這裡所有人的日常作息。」倫納德坦承，「那麼妳的身體怎麼樣了？病情有沒有惡化？胸口還有嘴邊的血是……」

「我沒事，真的，」蕭璟看倫納德似乎不大相信，便趕忙說道，「這兩週我身體已沒有進一步惡化，老實說，比起來這裡前還好上一些。至於這個血……真的是很偶然的事件。」

聽到蕭璟沒有大礙，倫納德應該要感到高興，但卻有種不適的感覺卡在胸中。蕭璟這兩週沒有和他相處，結果病情反而好轉？他還記得蕭璟和自己在一起時，總是虛弱不已。他不禁想起江少白說蕭璟體內的心靈裂痕正在和病毒彼此抗衡，而這會延長她的壽命，但對人體卻有莫大的傷害。

「你不要亂想，我沒事，這才重要。」蕭璟似乎知道倫納德在想什麼，趕忙說道。

倫納德微笑，他有時候很懷疑蕭璟是不是也具有始皇基因，因為她似乎總有洞察自己心思的能力。然後他想起江少白在夢中說的話：「到那一刻來臨時……你甚至會希望親手殺了你的女朋友。」

「江少白那個心狠手辣的混蛋，」倫納德緊握雙拳，語氣憤恨地說，「他不僅冷血無情，更攻於心計，他很清楚怎麼玩弄和操控別人的情緒。他利用歸向者離間各國的同盟，他又這樣折磨妳，將妳作為箝制我的手段……對他而言所有人都只是為了達成自己目的的棋子。」

「不是那樣的，他不會……」蕭璟低聲說。

「什麼？」倫納德困惑的看著蕭璟，只見她表情有些茫然的看著地面，他心中頓時升起疑問，「妳說『不是』是什麼意思？」

「我只是……嗯，沒事，」蕭璟搖了搖頭，「所以……你和政府達成的協議內容是怎麼樣？要送我們去哪？英國？還是美國？又或著是澳大利亞？」

倫納德皺著眉頭看著蕭璟，她感覺很不對勁，似乎有什麼事瞞著自己，倫納德不禁猜想蕭璟這幾天到底經歷了些什麼，「我們不是去那些地方，」倫納德回答說，他打算先把剛才的疑問擱置到一邊，「當然，我們會先去英國，接著就到希臘去。」

「希臘？」蕭璟困惑的說，「我們為什麼要去希臘？」

「一切的答案就在那裡，」倫納德說道：「妳知道嗎，這幾天我一直在想中歐世紀黑死病的歷史。我猜想，如果說嬴政的後代是從中國興起再往外發展，那麼黑死病傳入歐洲便可說是他們的勢力第一次大規模進入歐洲。若是說之後每一次黑死病的突變，都像是內部兩支派系鬥爭的結果，而在那之前兩者已於中國亞洲內部對抗一千多年，並在人群中有過無數的交手，那便能解釋為什麼後來歐洲的瘟疫死傷遠大於東亞地區。」

「也就是說……」

「我同時也想了一下傑生告訴過我的話，傑生說過，他的名稱由來，很大一部分是和希臘的神話『金羊毛』有關，妳知道金羊毛在希臘神話中代表什麼嗎？」

「那是一個象徵富裕，可以帶來和平繁榮的羊毛，並且具有治癒大地和疾病的能力。」蕭璟睜大眼睛，「你的意思是……」

「沒錯，金羊毛就是解藥的關鍵！」倫納德說：「而對比我在芬蘭所找到的石板座標，正好位於希臘的古科林斯，那個地方，就是相傳傑生和他的魔法船『阿爾戈』的家鄉。雖然我不曉得當年反對印法埃那一派的人是怎麼終結瘟疫的，但他們在黑死病時代刻下這個圖案，想必是有其意義。」

「所以你認為傑生也有自己的一批後代，而那是和嬴政對抗的對手。是嗎？」

「不，我認為不是，不然創世疫苗就應該會針對兩種基因。但根據你的實驗，他只是針對始皇基因而已。也許是嬴政的後代有了分歧，傑生只是抓住了這個機會。」倫納德搖搖頭，「不管怎麼樣，這一切都要等我們到了希臘並挖掘出那個結構體才會知道。而在那之前，我們必須要先找出對應病毒基因組的解藥，否則一切都是空談。因此等我們到了英國蓋亞聯盟的總部後，我就要把病毒基因組交給世衛和疾管局的人，他們會想辦法找出解藥，妳也能好好養病。而且在那裡妳也會比較安全，然後我再去希臘確認。」

蕭璟皺起眉頭，似乎不大高興倫納德這樣說，她張口似乎想說些什麼。門在這時被推了開來，柯將軍走了進來，「一切都確定好了，」柯將軍說：「蓋亞聯盟會在後天中午派遣一支接應小隊來這裡，在那之前會先和你們確認硬碟的安全。」

「謝謝。」倫納德對將軍說道。

「沒什麼，我真希望你們趕快找出解藥，我的工作也輕鬆一些，」柯將軍說：「這段時間我會安排你們在這邊的住所休息，後天中午再送你們離開。」

「不行。」蕭璟忽然說道。

「什麼？」柯將軍皺著眉說。

「我很感謝，真的，」蕭璟說：「但我這兩週在隔離區中看到了許多病患和感染者，而這裡的醫療人員十分不足，我希望這段時間能夠繼續待在那裡。」

「璟，別這樣子，」倫納德看著蕭璟說：「妳的身體狀況不好，需要好好休息，最後這兩天妳有權放鬆一下。」

「我知道，但我非這樣做不可，」蕭璟看向倫納德的雙眼，「難道你不明白嗎？」

倫納德嘆了口氣，他知道蕭璟對於自己製造了創世疫苗這樣的瘟疫依舊難以釋懷，幫受感染者治療多少能夠填補一點自己的罪惡感，或許這便是她這段時間病情些微好轉的原因。如果自己強迫她留下來，反而會讓她心情更加鬱悶而無法原諒自己。

「好吧，」倫納德低頭親吻了她一下，「我明白，我不會阻止妳的。」他在她耳邊輕聲說。他微微一笑，然後轉向柯將軍，「那就幫我和蕭璟一起安排到紅區，直到後天一早再來通知我們。」

柯將軍來來回回的看著他們，無奈的點點頭，「好吧。」他按了桌上的一個按鈕，門外的柳風走了進來。

「帶他們兩人到紅區N域的地方，找兩個位置給他們入住，我會知會金中校一聲。」

53

中國　西安

「最近工作量暴增，真的快要受不了了。」負責駕駛運兵車載送民眾的副駕駛說道。

「病毒感染的人到底有多少？再這樣下去遲早會輪到我們。」駕駛厭惡的看了後方一眼。

「再忍忍吧，」副駕駛說道：「聽說隔離營的區位快要滿了，這兩天就要停止接收人員了。」

「也許吧……操！」車子忽然一頓，駕駛用力撞上方向盤。

「怎麼回事？」副駕駛揉著頭問。

駕駛指著前面，只見好幾個人倒在路中央，神色痛苦的顫抖著。

兩人互看了一眼，立刻拿著槍跳下去。

「沒事吧？您還好嗎？」駕駛搖了搖一名臉色發白的男人。

「還有空位，讓他們上車吧，長官說要將所有遇到的民眾送往隔離營。」副駕駛說。

「你還好嗎？需要幫忙嗎？你聽得到我嗎？」駕駛搖搖頭，「把他們抬起來，」他把手伸到那個男人的腋下，準備施力將他抬起。

男人忽然從外套中抽出兩把槍，迅速的挺直身子，對著副駕駛胸膛開槍，副駕駛頹然倒地。駕駛臉色蒼白的看著指著他額頭的槍口。

「謝謝你，」男人微笑，「我們需要一輛車。」

54

中國　西安市　隔離營堡壘　指揮官辦公室

「接應小隊很快就會來了，」柯將軍說，「在那之前，他們想和你確認一下硬碟的安全。」他將電話拿給倫納德。

倫納德接過電話，「對，我是……沒錯。硬碟還在我這裡，沒有問題……好，一碰面我就會交給你們，沒問題。」他將話筒還給柯將軍，將軍說了些話，然後掛掉了電話。

「一切都確認完畢，」柯將軍說：「四個小時後，會有一架AW-101直升機在機場降落，上面會有四名空降特勤團的特種部隊。我會在三小時後派人送你們過去。」

「謝謝。」倫納德真心的說道。他看向蕭璟，眼旁憂慮的線條更加明顯，這兩天蕭璟的狀況時好時壞，似乎又有些病狀出現，他必須趕緊帶她離開這個混亂環境。到了英國她就可以好好休養。

蕭璟注意到倫納德的表情，微笑道：「我沒事，不用擔心。」

倫納德點點頭，然後蕭璟忽然對柯將軍說道，「對了，柯將軍。和我們一起來到這裡的還有三名ＳＡＳ幹員，他們應該還在營區內，我們能否帶他們一起離開？」

「噢，應該沒有問題。」柯將軍搔了搔下巴，「不過這裡人很多，恐怕有點困難……好吧，我會叫幾名士兵陪妳一起去。」

「謝謝。」倫納德對蕭璟微笑，然後對柯將軍點點頭，「那我們就先過去了。」

「好，我還有事，你們先離開吧，會有士兵在樓下等你們，」柯將軍對蕭璟微笑說道：「希望你們趕緊找出解藥。還有，祝妳早日康復，我很感激你們七年前做的一切。」

「謝謝，我盡量。」蕭璟微微一笑。

「那我們不打擾了，」倫納德攬住蕭璟的肩膀，「走吧。」

兩人走出辦公室後，蕭璟嘆了口氣說：「我已經在這裡工作了幾十天了，現在要離開真的感覺很不捨，我很久沒有做這麼有意義的事情了。」

「到了英國還有機會，」倫納德捏捏蕭璟的手說：「璟，妳可以和世衛的人合作，一起找出解藥，比困在這裡面對永無止盡的人潮有用多了。」

「但我還是比較喜歡和人群接觸的工作，」蕭璟搖了搖頭，「真不曉得為什麼我當初會選擇做研究。我應該去醫院上班才對。」

「那家醫院恐怕會因此人滿為患……」倫納德忽然停止說話，表情變得極為機警，眼神迅速掃視過周圍。怎麼回事?倫納德心想，他剛才感受到一股……極為不一樣的感覺，然後他將目光停在窗外隔離營正在行進的車隊上。

「怎麼了嗎?」蕭璟順著倫納德的目光看去，「你看到什麼了嗎?」

「沒有，但是……」倫納德皺著眉，他目光緊盯著正在從車隊上下來準備進行檢傷的人群，士兵在一旁維持秩序。是錯覺嗎?倫納德心想，剛才的感覺稍縱即逝，好像從來沒有發生過一樣，但他很確定剛才確實感受到心靈一陣波動……

「倫尼？怎麼了？」

倫納德將頭轉向蕭璟，她正一臉困惑的看著自己，倫納德微微張開嘴巴，似乎想說些什麼，但最後他搖了搖頭，「沒事。可能是我看錯了。」

五名士兵朝他們走了過來，倫納德猜測那就是柯將軍找來的人。

他對蕭璟笑了笑，然後牽起她的手，「我們走吧，去找崔史坦他們。」

55

倫納德離開後，柯將軍坐在辦公椅上，低頭處理著隔離營各區軍官傳上來的資料。

「柯將軍，今天最後一批民眾安置完了。」中校進來說道。

「很好，」柯將軍頭也不抬，「你可走了。」

「還不行，」中校說：「有一個人說要見您。」

「現在不行，我還有很多東西要處理。」

「很抱歉，您非見不可。」

柯將軍忽然一陣警覺，他猛然抬起頭，看到那名「中校」面帶嘲諷的看著自己，「你是誰？」他伸手要按桌上的按鈕。中校立刻拔槍對著桌面開了兩槍，然後將槍口轉向柯將軍，柯將軍面色慘白的看著他。

「很抱歉，將軍，這個人你非見不可。」他拉開辦公室的門，一名青年走了進來，他對著柯將軍微微一笑，頃刻間，一個強烈至極的情感衝擊他的大腦。

然後他頹然倒下。

「確定是在這裡嗎？」蕭璟問道。

蕭璟和倫納德在三名士兵的陪同下在無數的感染者中間來回巡視，企圖找到三位ＳＡＳ幹員，但他們已經找了一個多小時，找了七八個域，仍沒有看到三人的蹤影。

「一個月前來到隔離營的人都集中在這幾個區。」士兵說：「看來沒有那麼容易找到，我們再去其他地方找找，或著他們……嗯。」士兵沒有說下去，但他們都明白他要說些什麼，蕭璟緊咬下唇，這也是她一直擔心的。要是他們根本就不在這裡……

「璟，別擔心，會找到的，」倫納德推推蕭璟的肩膀，「還有兩個多小時不是嗎？我們還有好幾個區沒有看過，他們一定在那裡的。」

「但願如此，」蕭璟說，「但如果到了要出發的時候仍沒有找到呢？」

「所以，我們非找到不可。」

蕭璟搖搖頭，她真希望自己能夠和倫納德一樣樂觀，但她知道自己辦不到。這幾週下來她每天在無數患者當中來回奔波，她很明白這場瘟疫究竟有多麼可怕。這段時間她最常想到的，就是史密斯充滿怨恨的看著自己的那個眼神，那眼神彷彿在說「兇手，這一切都是妳造成的。」她看向周圍的人群，似乎在每個人身上都看到那同樣的眼神……

蕭璟打了個寒顫，用力地搖了搖頭。夠了，不要想了。

「妳怎麼了？」倫納德好奇地問道。

「沒事。」蕭璟說：「如果這區找完了，我們應該要……」她停下腳步，眼神緊盯著前方。一個穿著骯髒襯衫的男人躺在鋪位上，他的頭髮雜亂骯髒，但依稀看得出有些微的金色光芒，而且那個人的側臉……那個人懶洋洋的轉過頭來，然後睜大了雙眼看著蕭璟。蕭璟全身一陣發顫，卻也帶著點興奮，那個眼神和她剛才腦海中的一模一樣——是史密斯。

「史密斯。」倫納德快步上前，蕭璟有些猶豫的跟在後面。

「你還好嗎？」倫納德問道，「崔史坦和詹納斯呢？」蕭璟在一旁急切的等著答案。

「倫納德？」史密斯顯然很困惑，他看了看蕭璟和他們身後的士兵，「崔史坦在那裡，」史密斯指著不遠處的一個位置，「你們怎麼……」

倫納德對崔史坦揮揮手，崔史坦一臉震驚的看著他們，然後快步走來。

「倫納德？蕭璟？」他看著他們，然後又看向史密斯，「怎麼回事？」

「我和蓋亞聯盟談好條件，再過三個小時會有一支接應小組來戴我們離開。」倫納德看著史密斯，「你還好嗎？」

「我也有些生病了，」史密斯喘著氣說：「但沒有大礙，我還撐的住。謝謝你來找我們。」

「那就好。」倫納德有些憂慮的說。

「詹納斯在哪裡？」蕭璟在一旁焦急的等著，卻始終沒有聽到他們提到詹納斯，終於忍不住問道。

史密斯將目光轉到蕭璟身上，剛才友善的神色立刻一掃而空，蕭璟感到一陣顫慄，他冰冷的說道：「他死了。」

嗡嗡聲在蕭璟耳邊作響，她感到全身一陣麻木，死了？她腦中浮現自己剛被救出監獄時，詹納斯幫忙照顧自己的景象，還有在分開前他最後對自己微笑說道：「我沒事。」

「什……什麼時候的事？」蕭璟顫抖著開口。

「七天前。」史密斯瞪視著蕭璟說道。

蕭璟沒有回嘴，她只是低下頭。她感覺自己手腳冰涼，史密斯責怪的目光彷彿將她燒穿。「我很……我很抱歉。」她迴避史密斯的眼神低聲說。

「抱歉？看看妳做的好事。」

「夠了，」倫納德在一旁說，他緊握蕭璟的手，「這不是她的錯。妳只是個研究員，是璟向柯將軍要求希望能帶你們一起走的。」

史密斯沒有再說些什麼，只是不悅地將目光轉開。崔史坦在一旁趕忙說道：「好了，別吵了，這不是任何人的錯，是印法埃造成的，你也別再為難蕭璟了。」他對蕭璟微笑：「謝謝妳還回來找我們。」

「我們要趕快離開這裡，」倫納德說：「兩個小時後將軍會派人送我們去和接應小組見面。」

後方人群們發出一陣吵雜聲，蕭璟回過頭，看到一隊士兵走了進來。他們一共七個人，神色嚴肅的掃視著整個區域，她瞥了倫納德一眼，他們似乎還沒注意到。

忽然有一股強烈至極的疼痛襲向蕭璟的胸口，她呻吟了一聲按著胸口彎下腰，倫納德趕忙扶住她。「怎麼了嗎？」

「我有種奇怪的感覺……」蕭璟緊咬下唇說道。

那群士兵走到他們一行人身後，其中一人對隨行兩人的士兵說了些話。然後過來將手搭上倫納德的肩膀。「你們是倫納德和蕭璟嗎？」

「是的。」倫納德轉向他們說：「我們有柯將軍的命令，在執行任務。」

為首的士兵點了點頭，「我們收到了新的命令。」他伸手從腰間拔出槍枝，將槍口指向蕭璟。蕭璟還沒有反應過來，倫納德迅速一按蕭璟的肩膀將她身體壓低，同時右腳朝士兵的手腕踢去。

一聲槍響，蕭璟感覺一顆子彈劃過自己髮絲。四周的人發出驚叫聲，她迅速轉頭一看，只見子彈正中崔史坦的胸口，他慘叫一聲後倒地。

人們看到槍擊，全都嚇得往外散去。蕭璟還沒搞清楚是什麼狀況，但她立刻伸手抓住士兵手上的槍枝，用力一扳他的手腕撞擊他的鼻樑，在他哀嚎退後時立刻奪過槍來。

同一時間倫納德和史密斯也展開動作。史密斯馬上從士兵腰間搶過槍枝開火，倫納德也迅速用精神力量麻痺士兵的行動，同時自崔史坦身上拿出手槍，三個人緊靠在一起。

「那就是你說的『接應小組』嗎？」史密斯喊道。

外面不斷傳來尖叫聲、槍炮聲，遠方甚至還有直升機的旋翼轉動聲。眾人驚恐的東張西望，不曉得發生什麼事了。

「是歸向者！一定是！」倫納德破口大罵，「我剛才的感覺……原來就是這個，我應該警覺到的！」

「我們要怎麼辦？還要去機場嗎？」蕭璟問道。

「什麼是歸向者？」史密斯在吵雜中大聲問道。

「之後再說，」倫納德說：「但我們恐怕是沒辦法去機場了，先想辦法離開這裡，我這兩天剛好研究過這裡的地圖，準備好了嗎？」

「沒問題。」史密斯點點頭。

「但是崔史坦……」蕭璟頓住，他們二人也神色複雜的站著。

「他死了，」倫納德堅決的說，雖然他眼匡泛淚，「我們得拋下他。」

史密斯單膝跪在崔史坦身旁，將手放在他額頭上，低聲說道：「他們會付出代價的。」然後口中喃喃唸著什麼，似乎在幫他禱告，然後他站了起來，收拾好哀傷說：「快走吧。」

三人隨著人潮向外擠去，到了外面發現情況已經完全失控，士兵們漫無目的地來回奔波，似乎不曉得該怎麼辦。這時窗外傳來劇烈的爆炸聲，所有的人尖叫蹲低。蕭璟往爆炸的方向看去，感覺肚子一陣絞痛。是隔離營正門口的位置。

「往那裡去！」倫納德大喊，他指著一條通道，「我們要從南門出去，那條路是送雜物的通道，防禦最弱。」

三人朝著通道擠去，一路上被尖叫逃跑的人群推擠著，三人緊緊握住對方的手免得走散。通道上開始湧出黑煙，蕭璟嗆著用手摀住口鼻，他們經過了一名士兵，但那名士兵似乎並沒有阻擋他們的意願，他只是茫然的跑過他們身旁。

他們跑到通道底端，是一個鐵門，史密斯一按門把，「上鎖了！」

「讓開！」倫納德低吼，他拔槍對著鎖頭開了三槍，「走！南門就快到了！」

他們經過了長長的通道，偶爾遇到士兵但在倫納德精神力量的施展下沒有人阻止他們。幾道門鎖也用柯將軍之前給的通行權限開啟，在開啟最後一扇鐵門後，一陣清爽的空氣迎面襲來，他們終於跑出來了。

駐守在南門口約有五十名士兵和數輛裝甲車及機槍座，只見那些士兵似乎還不明白發生了什麼事。士兵們將目光轉向三人，懷疑的看著他們。他們直接朝著門口跑去，士兵立刻拿槍指向他們並上前阻攔，「你們是誰？不准離開建築物！」

「我們要離開這裡！」倫納德說。

「要有指揮官的書面資料才能離開，這是規定。」士兵將步槍槍口指向三人說道。他們沒有露出什麼特別的表情，似乎是這幾天已經有不少人提出相同的要求，他們早就習慣了。

「去你的規定！」倫納德怒吼：「你知道裡面發生了什麼事嗎？印法埃的軍隊已經打進來了！你還在和我說那他媽的規定！」

「那只是小動亂而已，這種事常發生。」士兵說，但似乎他自己也不很清楚。

「等等！」另一名守在門口的士兵忽然說道，他拿著手中平板對旁邊的人說了些什麼，他們來來回回的將目光從平板轉到倫納德和蕭璟身上，神色愈來愈嚴肅。

蕭璟感到一陣緊張，她看向倫納德，倫納德緊咬下唇，頸側的肌肉緊繃。蕭璟倒抽一氣，倫納德準備要對士兵出手了。

「你……」

一個巨大的爆炸聲從附近傳來，黑煙直衝上天，許多人被震倒在地。兩架繪有印法埃國際龍頭徽章的武裝直升機朝眾人飛來。

「快找掩護！」士兵大喊，倫納德拉著蕭璟的手和史密斯一同閃到牆後。

蕭璟轉頭望向直升機，當她抬起頭的那一刻，忽然一陣撕心裂肺的痛楚傳遍她全身。劇烈的疼痛在她腦中炸開，她眼前只剩一片白光——那是她被歸向者折磨時所感受到的痛苦。她雙手緊抱著自己的頭，頭暈目眩、臉色慘白的頹然倒下。

「璟！妳怎麼了？」倫納德趕忙扶住她的腰。

蕭璟努力要聚焦視線，「沒……」

「開槍！」一名士兵大吼。所有士兵舉起步槍並操作機槍座對著直升機開火。兩架直升機閃過一排子彈，然後對著底下所有的目標回擊。

機槍掃過地面，十幾名士兵當場中彈死亡，其他人尖叫閃躲到建築物後。一聲慘叫傳來，史密斯被流彈擊中，摔倒在地。

蕭璟感到一陣驚慌。不行，她不能再讓更多人死去。即便全身劇痛，她仍拚命地要往史密斯的方向衝去，卻被倫納德一手攔住拉回來。

「妳發瘋了嗎？」倫納德在喧囂聲中吼道。

「我們不能拋下他！」蕭璟奮力的要掙開倫納德的雙手。她看向史密斯的方向，卻看到他對著自己微微搖頭，然後露出微笑，她愣了一下，接著一波子彈又朝著地面發射，史密斯全身一陣經攣，就不再動了。

「我們得趕快離開這裡！再和接應小組搭上線！」倫納德在蕭璟耳邊大吼。

蕭璟不會笨到在這種時候和倫納德爭論，她看了史密斯的屍身一眼，眨掉眼中的淚水，然後迅速往門口跑去。

倫納德衝進控制室，推開倒在桌面上士兵的屍體。他迅速的在面板上敲打著，蕭璟同時往後一看，直升機上正投下一些黑色的物體……她感到一陣恐懼，那是傘兵。

鐵門往旁邊滑開了一公尺，倫納德抓起蕭璟的手，「快走。」

兩人趁著一片混亂沿著牆壁往門口跑去，跑到門口時，忽然一名士兵拿著步槍指著他們，一臉恐懼的說：「站住！」

倫納德咆哮一聲，迅速抓住士兵的槍口，將步槍甩到一邊，他發現士兵抓住步槍的手完全軟弱無力。倫納德用手槍抵住他的喉嚨，士兵一臉恐懼的看著他，他在喧囂聲中大聲怒吼：「我不是你的敵人！聽清楚了嗎？我不是你的敵人！」他把手槍移開，將槍塞到士兵手中，「敵人在上頭，而且他們非常強大！現在不是自相殘殺的時候！」

士兵瞪大雙眼看著倫納德和蕭璟，點了點頭，手中的槍口垂了下來。

突然數聲槍響，士兵胸腹接連中彈，悶哼一聲倒下。倫納德抓著蕭璟的手腕喊道：「走！」兩人朝門外跑去，士兵們全部躲在掩體後和印法埃的軍隊交火，沒人有餘力去阻止他們。

儘管蕭璟已經全身乏力，但她仍咬著牙跟在倫納德身後全力奔跑，她每跑一步就感覺胸口被用力的撞擊了一下，暈眩感正逐漸侵蝕她的意志力，她強逼著自己撐下去。

不曉得過了多久，只覺得後方隔離營的槍砲聲已經逐漸遠去，倫納德拉著她的手，閃到一處殘破建築的屋簷下休息。她的意志力瞬間崩潰，雙膝一軟坐倒在地上。她臉色慘白，劇烈的喘著氣，全身上下的衣物都被汗水浸濕了。

「現在該怎麼辦？」蕭璟吃力的問道。

「我得和蓋亞聯盟談一下，再和接應小組重新約定地點，」倫納德喘著氣說，然後他單膝跪在蕭璟面前，摸了摸她發燙的額頭，神色憂慮的打量著她，「但我們必須先找個地方休息一下。躲避印法埃的追擊。」

儘管在模糊之中，蕭璟想起她在隔離營時從其他人對話中聽到了一些內容，「我可能知道一些地方，」蕭璟說：「可以讓我們暫時躲一下。」

57

中國　西安　隔離營堡壘

江少白隨同眾多隨扈走入五個小時前才奪下的西安基地，他的臉上露出得意的笑容，已經駐守在堡壘內的印法埃成員們都熱烈的鼓掌歡迎他。

「恭喜總司令，又是一場偉大的勝利。」一名軍官笑著說，「此後，中國政府在這裡的主要軍事力量基本上都肅清了。」

「都是各位的功勞，」江少白笑著說，然後他將目光轉向一名站在人群末端的青年男子，他微微一笑，走到他面前，拍了拍他的肩膀，「李柏文，幹得好。」

「我只是奉行主的理念。」李柏文欠身說道。

「這次勝利，你是最大功臣，若非你從裡到外突破西安的防線，我們現在還在外面和他們一寸一寸的搶攻。」江少白說：「之後你將會獲得獎賞，其餘隨行潛入的人也一樣會獲得升職。」

「謝謝總司令。」

「好了，」江少白看了看手錶，「現在我得去和其他幹部開會，等會兒要和隔離營內的民眾演講，我先離開了。李柏文，這裡由你負責。」

眾人一同向江少白敬禮。

江少白離開後，一名高階軍官走到李柏文身旁，「歸向者，」軍官低聲說：「我有些東西要給您看。」

「是什麼？」

軍官把一面平板拿給他，上面顯示的是一條波動的曲線，「探測器偵測到異常強烈的腦波電磁振諧。即便是歸向者或甚至是委員也很難有這麼強烈的指數，老實說，是從來沒有看過，所以……」

「是倫納德？」李柏文瞇起眼睛，他想起自己剛進入隔離營時，曾一度感受到一股強大的精神力場。

「是的，我們調閱了隔離營四個大門的監視影像，這是攻擊直升機錄下的，您請看。」軍官在平板上點了點，螢幕上出現直升機在南門的攻擊中，倫納德拉著一個女人在槍林彈雨中從南門逃出去。鄧明國對於那張面孔再熟悉不過，那是他在印法埃西安分部監獄中每天看到的人。

「是他們沒錯。」李柏文點了點頭，一股興奮感從他心底升起。他這幾天花了無數心思在搜尋倫納德，現在終於找到了。

「我應該和江少白總司令報告嗎？」軍官問道。

李柏文本來想說要，但他隨即想起混沌在行動前和他私下下達的指令。他將平板從軍官手中拿來，「不用了，這件事我會處理。還有，不准和任何人提起這件事，知道嗎？」

「了解。」軍官回答的有些猶豫，但他看了李柏文的表情後，便決定直接轉身離開。

李柏文看著平板上倫納德和蕭璟倉皇逃出隔離營的影像，他把畫面定格，緩緩的將大拇指擦過蕭璟的面孔，嘴邊浮現一抹陰沈的微笑，「我終於找到妳了。」

中國　西安淪陷區

倫納德小心翼翼的探出頭去，迅速瞥了外面的街道一眼，然後又將頭縮了回來。

「真令人訝異。」倫納德喃喃說道。

蕭璟虛弱的點點頭。她在隔離營時曾聽說，有幾處在七年前的戰爭後就一直疏於重建的地區，目前是由當地黑幫和人民自主治理，政府也無暇顧及。這次疫情爆發後，他們不願配合軍方的安排進入隔離營，政府也任由他們留在原地，自生自滅。不過她沒料到會有這麼多人在街區中遊蕩。

那是在街區外的一條小巷子，外頭擠滿了像是遊民一樣的人們。他們大多是瘟疫爆發後沒配合政府前往隔離營的群眾，或是散落各地，卻因為缺乏資源而群聚到這裡的難民。

「也許我們可以待在這裡，」倫納德一面說一面伸手摸摸蕭璟滾燙的額頭，臉上露出擔憂的表情，「妳身體現在這種狀況，再撐下去會垮掉的。」

「不行，」蕭璟費力地說，儘管她感覺自己確實虛弱到快支撐不住，但還是盡力維持理性思考，「印法埃已經佔領了隔離營，處理完後很快就會掃蕩周邊地區，繼續待在這裡和回去隔離營沒有兩樣，而且隔離營還有床位呢。」

「好吧，聽妳的。但至少要先暫時讓妳休息一下，然後我們再想辦法離開這裡。」

蕭璟點點頭，她感覺自己的身體快撐不住了，她靠著牆面緩緩癱坐下來，剛才積累的疲憊一時全都湧上來，腦袋也熱得發燙，她痛苦地發出呻吟，倫納德在一旁看見不禁皺起眉頭。

「老實說，我覺得和當初前往隔離營時相比，我身體的狀況還稍有好轉。」蕭璟勉強擠出微笑說。

聽到這，倫納德想到江少白當時在夢境中和自己對話的經過，他小心翼翼的開口，「璟，其實這個病毒和妳的病情……」

「我知道，我在隔離營待那麼久一定也染病了，」蕭璟搖搖頭，「不過我活的時間似乎有點過長，症狀也不大相同，我已經沒什麼好抱怨了。」

「我不是那個意思，」倫納德說：「妳的狀況比那更複雜。」

「什麼意思？」

「創世疫苗針對的，是使人免疫活化並在最後激活大腦量子尺度，」倫納德回憶江少白的話：「藉由操控基因組染病。然而妳在……印法埃的監獄中，曾經遭受過歸向者的酷刑，那段酷刑讓你在腦部量子尺度下的機制——也就是心靈——出現傷痕，並重創了妳身體的健康，而這兩者正好和創世疫苗影響的機制相反。因此這兩種傷害都會在妳體內擴大，因這兩者對立所以你的病況和他人不同，也因此拖延了瘟疫的發病。」

「這樣……會有什麼負面影響？」

「這樣會把妳身體搞成一個戰場，後果相信妳應該會比我更了解。」

蕭璟露出了若有所悟的表情，似乎這個解說說明了她過去的一些想法。但她隨即面露困惑的說：「不過你是怎麼知道的？」

「這個啊。」倫納德有點不知如何啟齒，「其實在進到隔離營之前，我做了一個夢。」他把自己在夢中和江少白的對話告訴蕭璟，當蕭璟聽到倫納德說他和江少白兩人是遠親關係，她驚訝的打斷他。

「江少白是你叔公的孫子……是你的表哥？」

「沒錯，其實我之前聽我父親說過，我爺爺有個弟弟。但我沒想道他還活著，更沒想到他和我還有關係。聽他的口吻似乎他經歷過什麼事情，而且可能還和我有些關聯。」

「那是什麼關係？」蕭璟問道，她的口吻熱切到讓倫納德感到有些不自然，但他還是據實以告。

「我還不清楚，但顯然不會是什麼好事，我之後一定要向我父親問個清楚。」

「我的天啊，」蕭璟搖搖頭，口中咕噥道，「你們家到底和我有什麼孽緣啊。」

「什麼意思？」倫納德皺著眉說。

「沒什麼，」蕭璟像是忽然想起什麼說道：「你和政府重新聯繫上了沒？」

倫納德嚴肅的點點頭，他掏出胸口口袋的衛星電話，小心翼翼地瞥了周圍一眼。然後輸入了號碼，螢幕上顯示「Se4al37保密線路」。蕭璟一臉關切的看著他，他對她微微一笑。

「代號？」電話那一頭傳來聲音。

「harp-seal2140，」倫納德說。

「倫納德，」對方呼了一口氣，「你在哪？接應小組在五個小時前得到西安堡壘陷落的消息。硬碟還安全嗎？」

「我們在西安的撤退中遭到印法埃襲擊，現正在一個難民群聚的街區躲藏，硬碟目前仍然安全。請問現在應該要轉移到哪裡和接應小組接頭？」

對方沉默了一下，「由於印法埃控制了此處的制空權和主要通道，經過討論，接應小組將在兩天後的上午十點，於西寧的新寧廣場和你們碰面。」

「西寧？」倫納德差點岔了氣，「我們現在被困在這裡，怎麼可能突破的了印法埃的封鎖過去？」

「真的很抱歉，但這是不得已的，現在進入西安真的太危險了。」

「好的，我會盡量想辦法，」倫納德無奈的搖了搖頭，「謝謝，再見。」

「祝你平安無事。」說完對方便掛斷了。

「怎麼樣？」倫納德一放下電話蕭璟便問道。

「他們要我們兩天後到西寧去和接應小組碰頭。」

「什麼？」蕭璟詫異的說，她呼吸變得急促，顯然十分吃力，「那怎麼可能？」

「我真的不知道，只能試試看了，」倫納德搖搖頭，然後蹲在蕭璟面前，伸手緊握著她冰涼的手，一臉憂心地看著她，一句話藏在他眼中沒有說出來：為了妳。

「你擔心的樣子真可愛，」蕭璟低聲說：「你的嘴唇會抿成一直線，眉毛全都糾結在一起。」

「妳要趁這段時間趕緊休息，」倫納德摸了摸蕭璟的額頭，她的頭好燙，彷彿會灼傷了他的手。「如果之後我們要前往西寧，那一定要走很長的路，我再想辦法。」

「已經沒有時間了，」蕭璟吃力地說道，企圖站起身子，「印法埃很快就會佔領整個西安，我們必須要立刻出發。更何況兩天……」蕭璟胸腹一陣緊縮，她側過身子，將手摀在嘴上重重的咳嗽，倫納德在一旁拍著她的背，眼神顯得更加擔憂。當她移開手掌後，倫納德心中一緊——是血。

「我知道你想說什麼，但現在不是時候，」蕭璟把手上的血在衣服上抹掉，彷彿剛才什麼事都沒發生，「我們必須盡快和接應人員碰面，每拖一天，疫情就會愈來愈嚴重。」

倫納德很想要強迫蕭璟休息，他實在不敢想像，如果蕭璟繼續這樣逼迫自己，身體會有什麼變化。但他知道蕭璟說得沒錯，現在的確不是爭辯的時候。「好吧，那如果我們要離開這，至少要先找到交通工具，不然就算用跑的恐怕一週也到不了。」

「聽說這裡有一些黑幫組織和政府達成了一些協議，他們手上可能握有一些資源。我們可以找他們試試。」

「好，就這麼辦。」倫納德扶起蕭璟，然後警告的說道：「現在外面非常混亂，等下要儘量靠在我身邊，小心注意周遭就好，不要和別人有眼神接觸。」

「遵命，長官。」蕭璟故作正經的回應。

倫納德對蕭璟露出微笑，然後走出巷子。

街道兩旁聚集了許多人，這些人的身上不是有刀傷，就是瘀青，顯然在這裡生活不易，為了爭奪資源經常要大打出手。當中也混雜了不少看起來已經染病的人，他們就和隔離營紅區的人一樣，身上浮現脹紅的微血管，肌膚出現隱隱的暗沉。

街道上處處可聽見人們說話的聲音，但不是眾人群聚歡騰的那種，最常聽到的是咒罵和爭吵聲。有些人像是老鼠般躲在暗處，彼此低聲耳語。也有些人是靜靜的坐在一旁，冷眼旁觀的看著一切。這裡的人們眼神充滿了恐懼，但表現出來的卻是為了保護自己而刻意裝出的兇狠，因此他們對外來的訪客充滿了懷疑和不信任。每當倫納德和蕭璟經過，原本的吵雜聲就會立刻安靜下來，眾人把目光投向這兩名外來者身上。

倫納德和蕭璟裝成隨意走過的樣子，他相信這陣子一定有很多像他們一樣的外來者出現，只要不隨意踏入他人的領域或像是有什麼目的似的，別人便不會主動上前找麻煩。他同時在自己和蕭璟周圍散發出一波波無形的精神力場，讓周遭的人潛意識會覺得他們是無害的。

走了一段路，令倫納德意外的是，儘管這裡看起來龍蛇混雜、雜亂無章。但細細觀察人群的分佈，會發現其實這裡亂中有序，哪些同質性高的人聚在一起也大致能看得出來，不同地域的人也不會互相侵犯，和強硬的把所有人集中在一起的隔離營相比，這裡反而更有秩序和章法。這讓倫納德感到佩服，但也同時有些不安，能做到這種程度的人是……

「你不覺得這裡有些過度……不自然了嗎？」蕭璟對倫納德疑慮的說道。

「妳也這麼覺得？」倫納德不禁佩服蕭璟，在這樣的身體狀況下還可以冷靜的觀察出這些現象。卻也因此讓他感到更加戒慎，代表這一切不是自己的錯覺，「難道妳覺得是……」

這實在太可怕，讓倫納德不敢繼續想下去，即便印法埃無法全面掌控許多區域，但以他們的實力要將勢力滲透到各個據點並不是什麼難事。難道政府容許這些人待在隔離營外，也是因為這個原因嗎？如果這裡真的是印法埃的控制範圍……

「先別管那些，只要保持警戒就好。」倫納德說道，「繼續想這些根本無濟於事。」

他們繼續往前走，雖然人們仍然對他們表露出敵意，但並沒有進一步的舉動。有一段路上，有十幾個人裸著上半身彼此叫囂互毆，不過周圍的群眾並沒有打算阻止他們的意思，倫納德和蕭璟便從別條巷子繞過去。對於自己一開始的猜想，倫納德也漸漸放心下來，看來的確是自己多想。

「倫尼你看，那裡。」蕭璟指著前面一棟建築。

倫納德順著蕭璟的手望過去，那棟建築看起來的確比之前所見過的都還要來的整潔，外面聚集了一小撮的人在聊天，但他們看起來比較壯碩、眼神也更為明亮，他們身上還帶著槍械和刀子。而在那建築下方的庫房……

「找到了，」倫納德點點頭。建築下方的庫房中，停著幾輛看起來應該還能使用的車輛。

「要如何拿到那台車？」倫納德打量著那些武裝的黑幫份子喃喃說道。

「我知道怎麼偷一般的車輛，如果沒什麼特別防盜措施，」蕭璟說，倫納德有些意外地看著她，「只要把他們引開，一分鐘左右應該就可以了吧。」

「妳是怎麼……」

「小時候和我那個繼父學的，算是他少數教給我的東西吧，當時我天真地想偷一台車好逃離以前的那個家。」

「想不到……嗯，好的，那轉移他們注意力就交給我。」

「你打算怎麼做？」

「我正在想。」倫納德看了看周圍。那些看守的人並沒有把注意力擺在他們這裡，他趕忙拉起蕭璟的手往反方向走開。

他們兩人躲到一根柱子旁裝出若無其事的樣子，倫納德看了看周圍的人群，拿出在軍營中帶出的震撼手榴彈，拔開插銷後在心中默數兩秒，然後扔到一處堆滿木箱和廢棄物的間隙中。

所有的箱子頓時被炸飛到四面八方，眾人發出尖叫聲，持槍的人忙著找尋聲響來源。群眾被這突如其來的聲響嚇得四散逃竄，看守的人趕忙阻止他們。倫納德同時也運用自己的精神力量，在加強群眾恐慌的情緒。

倫納德對蕭璟使了個眼色，兩人趁亂跑到停放車輛的車棚。

「時間不多，就交給妳了。」倫納德站在一旁警戒的看著周圍。

「我盡量，」蕭璟打開車輛的引擎蓋，隨手從地上抄起了一塊磁磚碎片，找到電瓶線和防盜器並將它挑斷。她用手肘擊碎車窗，伸手進去打開車門。

「快上車，」蕭璟命令道，她拉出駕駛座下控制台的兩條電線，將之短路。倫納德在一旁看得十分驚奇，也十分振奮，或許他們真的就這樣順利地離開……

「你們在做什麼？」一名男人拿著刀子用力敲了一下車門，那人瞇著眼睛看了看他們兩人一陣子，露出一抹微笑，「原來如此，剛才的爆炸聲就是你們製造的是嗎？」

蕭璟擔憂的看了倫納德一眼，他往窗外看，該死，剛才那群人都回來了，而且手上還拿著武器，神色兇狠地瞪著他們。

倫納德想到七年前他和蕭璟在西安也是遭遇一群可怕的士兵圍攻，當時是外星戰艦忽然出現救了他們，現在能有誰來救他們呢？

「抱歉，我們是從隔離營逃出來的人，不知道你們曉不曉得印法埃已經打到這裡了。我們有很重要的資訊要交給蓋亞聯盟，不知道能否跟你們借一下這台車？」倫納德決定和他們說實話，至少先拖延一下時間再想對策，但老實說他根本什麼想法都沒有，話一出口他就覺得自己蠢斃了，其他人的表情也很快印證他的想法。

「胡扯！這是我聽過最爛的藉口。」眾人露出嘲諷的表情，拿刀的那個男人傾身對倫納德說道，「告訴你，印法埃打來和我們一點關係都沒有，不管誰當政我們都沒差，況且聽說被他們治理的區域還比較好。我也不在乎你們有什麼扯淡的資訊要給盟軍，但既然來這裡，就要遵守我們的規範。」他揚揚手上的刀子。

「不知道這裡的領導人是誰？或許我可以和他談談？」倫納德帶著點希望問道，他在說這句話時同時稍稍運用了自己精神力量去影響對方。

「想都別想，」令倫納德相當吃驚，他剛才去接觸對方的心智卻發現失去了應該有的彈性，他曾聽蕭璟說過江少白這樣描述她的狀況，但這是他第一次真的感受這樣著狀況，這樣的話……

那個男人看了看坐在駕駛座的蕭璟，臉上露出淫穢的笑容，「要不然這樣，把你旁邊這位美女交出來，然後我們或許可以討論下一步。」

倫納德露出憤怒的表情，但他還沒開口，卻有一個人靠近窗口，打斷他們。

「你先等一下，那個女人好像是之前說過的……」一個人從後方伸手搭著拿刀的男人，他臉色嚴肅地盯著蕭璟，「也許我們要通報……」

倫納德再也忍不住——一來是因為對方說的那句話，二來是他開始懷疑這群人的真實身分——他用力踢開副駕駛座的門，重重的撞在那男人的胸口，在他踉蹌退後的同時，將他的手腕扭轉迫使他放掉自己的刀子，接著將他的頭用力撞上自己膝蓋。從頭到尾動作宛如行雲流水，對方還來不及反應就昏了過去。

眾人沒想到倫納德的動作會這麼快，愣了一下後，紛紛喊叫著衝上前。

倫納德過去對武術打鬥不在行，但他現在學會運用自己的精神力量，透過感受周圍人們的情緒波動，他能精確的預測出他人下一步的動作，在眾人拿著刀子棍棒揮舞的空隙中來回閃避，速度之快，讓眾人以為他是武術高手。

在打鬥的過程中，倫納德不時企圖接觸對方的心智，但和第一個他試圖影響的男人一樣，他們大多數人的心靈都有著某種程度的僵硬感。當然如果他強迫操控對方的心智還是做得到，但這樣難免會給對方留下傷害，在看到蕭璟被折磨後的樣子，他不願意隨便這樣攻擊他人。

其中幾人見打不到倫納德，便往車子方向跑去，打算先對付蕭璟再說，倫納德被一群人纏住來不及趕過去。蕭璟見狀立刻抓起剛才切斷電瓶線的磁磚碎片，在對方手伸過來時迅速在他手腕上一割，那人痛的收回手，並趁他後退之際一拳打中窗外另一個人的臉。然而蕭璟也因為剛才的舉動讓本來就狀況差的身體產生劇烈的疼痛，痛得她彎下腰重重的咳起嗽來。一人趁此機會立刻拉開車門要抓住她的腳，她只能勉力縮起身子往車內躲去。

倫納德看到這個情況，憤怒頓時湧上心頭，他實在受夠這群該死的傢伙，他露出極度嚴峻的表情，深吸一口氣，打算一舉重創這裡所有人的心智。

「住手！」一個宏亮的聲音從眾人後方傳來，所有人立刻停手。倫納德收起本來要攻擊眾人的力量，趕忙跑去蕭璟身旁確認她的狀況，蕭璟除了呼吸有些急促外似乎沒有受傷。他和蕭璟困惑的望著說話的人。

「發生什麼事，可以吵成這樣，嫌這裡還不夠亂嗎？」那個人語露厭煩地說，倫納德覺得這聲音有些耳熟。

「大哥，是這兩個人打算偷您的車，我們打算把他們逮住，結果……」

「是嗎？是誰居然敢……」那人看到倫納德和蕭璟頓時睜大眼睛，倫納德也同樣震驚的望著眼前的人。自己上次見到他已經是七年前了，「蕭璟、倫納德？是你們嗎？」

「沒錯，」倫納德露出微笑，同時也鬆了口氣，想不到他們每次見面都是在這種危急的場合，「真的很久不見了，劉秀澤。」

59

英國　倫敦　蓋亞聯盟總部

外勤通訊主任不久前才結束和倫納德的通話，他剛才已經聯繫了亞太特種軍團。他暗自想著，現在各國政府被瘟疫搞得一團亂，一定要成功接到倫納德。

他搖了搖頭，點開了電腦螢幕。他掃視著眾多的訊息，一如過往，沒什麼特別的消息，淨是些死傷人數和淪陷地區的新聞，看得他心煩意亂。

忽然一則訊息吸引了他的目光，是歐洲地質協會傳來有關於希臘的調查報告，委託寄件人是倫納德・馬修斯。這已是三週前的訊息，基於被列為低優先級別，他現在才看到。他點了開來，忽然瞪大了眼睛。「我的天啊……」他喃喃說道。

下一秒，他一把抓起電話聯繫ＬＧＣ。

60

中國　西安淪陷區

「真沒想到會在這裡再見到你們。」劉秀澤、倫納德和蕭璟三人此時坐在二樓的房間。這房間看起來像是以前用來辦公的地方，兩旁放了幾台破舊的電腦，還有些設備凌亂的散落在牆邊，不過和外面混亂的景象相比這裡已十分乾淨。劉秀澤請他們兩人坐在會議長桌一邊，並倒給他們兩杯水，三人坐在椅子上彼此交談。

「我也是，」倫納德隊劉秀澤露出感激的笑容，「這應該是你第三次救我們的命吧？」

「每次見面都是這種情況，也是挺特別的。」劉秀澤聳聳肩，「況且你們也在西安救過我，我想這應該就是所謂的禮尚往來吧。」

倫納德點點頭，然而在這邊這麼巧的遇見劉秀澤，他實在感到有些懷疑，「不過你怎麼會待在這個地方？畢竟七年前分開時你還……非常潦倒啊。」

「是嗎？」劉秀澤笑著搖搖頭，然後嘆了口氣，「其實也是機緣巧合，當年戰爭結束後，也不曉得要做些什麼。嘗試了一些工作，卻也沒什麼進展，雖然餓不死，但也活得不好，後來意外回到這個地方。至於當年和我不和的那些人，戰爭後不是散了，就死了，所以我又回頭來做我最熟悉的行業。

「這場詭異的疫情爆發後，當時政府本來也想將所有人遷移到隔離區，不過一來沒有足夠的空間收容四面八方湧來的民眾，二來也沒有足夠的能力顧及到每一個地方，所以他們之後便和一些區域的民間組織——講好聽點是這樣——達成協議。由這些組織幫忙管理一些政府無力掌控的區域，軍方只會偶而來關照一下。但隨著時間過去，可能是軍方人手不足吧，也愈來愈少人來看我們。我們也是其中一個和軍方達成協議的，相信你們應該看得出來，我們管理的雖然不敢說是完美，但應該比妳待過的隔離營來得有秩序吧？」

「這樣聽起來，印法埃開始佔據西安隔離堡壘的事情，你應該也知道了？」

「沒錯，在我見到你們前，剛收到來自隔離區的消息，也有聽到開火交戰的聲音。但直到親眼看到你們，我才確定這個消息，你們一定是最早逃出來的一批人。實在很難相信這麼快印法埃就佔據了西安堡壘，畢竟這裡的軍事陣地幾乎可以說是固若金湯。」劉秀澤嚴肅地看著他們，「你們在裡面經歷了什麼?為什麼要這麼急的逃過來？」

「說來話長，」倫納德無奈的說道，「我們被印法埃追捕，璟還曾在印法埃的監獄中被囚禁刑求。」

「什麼？」劉秀澤震驚的說，他看向蕭璟，「妳現在沒事吧？」

「我目前勉強還撐得住，」蕭璟微微點頭，「謝謝關心。」

「不過，他們為什麼要追捕你們？到底發生什麼事了？」

「這我之後再告訴你，」倫納德感到很憂心，現在已經過了好一段時間，天曉得印法挨什麼時候會澈底掃蕩完西安的軍方，「我們時間很趕。」

「是啊，我也很好奇，你們為什麼要偷車子呢？」

倫納德看了蕭璟一眼，蕭璟對他點點頭。他傾身靠近劉秀澤，以警慎小心的口吻說：「我有一個提案，希望你可以考慮一下。目前我和蓋亞聯盟有個約定，他們說如果我們兩天內可以到西寧去和接應小組會面，他們就會帶我們離開這。事實上，我們本來是約定今天在西安碰頭，不過卻遇到印法埃的襲擊，這計畫也只能推遲。但我們現在被困在這根本出不去，如果你可以幫助我們，到時候你們這些人可能也可以和我們一起離開這個的地方，更有甚者，染病者還有機會接受治療。」

劉秀澤皺起眉頭打量著倫納德，似乎在思考。倫納德心臟砰砰地跳，他們能不能成功離開這裡完全要看劉秀澤願不願意出手幫忙。雖然他們有著不錯的關係，但現在這個世道人人自危，親友都有可能一夕間可以為了糧食而反目成仇，要冒險做這個決定並非是單純有交情就可以辦到，他並不打算用自己的力量去控制對方。但畢竟這攸關許多人的生死，如果對方不願意出手幫助，只要願意提供車輛也就夠了。倫納德偷偷看了蕭璟一眼，注意到她緊咬雙唇，雙手不斷交握。

「雖然我很想幫助你們，但現在印法埃已經佔領了西安軍事要地，我們這樣冒險對抗他們又有什麼好處？」劉秀澤沉默一會而開口，「我聽說過他們是怎麼對付敵人的，蓋亞聯盟也幾乎要解散了。而且被他們控制的區域似乎也比較富裕，資源更加充足。」

「還不只如此，」倫納德以緩慢的口吻的說，希望能夠吸引劉秀澤到他的提案中，「我們和蓋亞聯盟之所以會達成協議，是因為璟的手中握有造成這次疫情的病毒基因組。如果你可以幫助我們離開這裡和蓋亞聯盟會合，除了可以遷移到資源更為豐富、更為安全的地方外，你染病的朋友也有機會因此獲救。」

劉秀澤表情微微一動，倫納德確定這句話有說到他的心底，劉秀澤身為這裡的領袖，必然有很多朋友染上這個致命絕症。

「但照你這樣說，世界衛生組織也不一定可以解決這個疫情吧？」劉秀澤想了想開口，「我聽說印法埃也宣稱自己有辦法解決疫情。」

「雖然沒有明說，但我想你一定也知道這個疫情是印法埃散播的吧？不管他們嘴上怎麼說，印法埃在病毒一爆發就對世界宣戰，這場瘟疫和他們的關聯早已是公開的祕密，大家對此容忍也只是希望他們真的能解決問題。但你試想，他們是散播病毒、害死上億人的組織，有可能提供給你們解藥嗎？」倫納德沈下嗓音，眼神銳利的說道：「而且我也一定要解決這個問題，我有必須要成功的理由。我很感激你剛才的協助，但即便你不肯幫忙，我也會另外想辦法。」

劉秀澤看著蕭璟的病容，然後點了點頭，「我明白了，」劉秀澤說，「在這場瘟疫中，我也失去了許多朋友，他們死後都被強迫焚毀屍體，從此不見蹤影。而我們剩下的這些人……也多少知道染病或病發也只是時間問題。我了解你想要對抗這疫情的心情，我也一樣。」

倫納德眨眨眼，「你是說……」

「怎麼說呢？只能說當初在西安救了你們一命實在是我這輩子做過最正確的投資。」劉秀澤咧嘴一笑，「我一定會幫你們的。」

倫納德鬆了口氣，蕭璟也露出放鬆的笑容。「真是太感謝了。」他們二人一同說道。

「但是現在全城都被封鎖，你們有什麼辦法嗎？」蕭璟問道。

劉秀澤露出自信的微笑，「放心吧，我們有他們所不知道的資訊，也有比你們想像更多的資源。這樣說吧，你們剛才打算偷的車只是一堆廢鐵而已，那不過是平時無聊用來巡視用的。上次你們把我從西安救出去，這次就讓我來帶你們離開這吧。」

61

中國　西安　道路

看著車輛終於駛出西安，倫納德不禁鬆了一口氣。

他們一路上所行駛的道路，都位處在偏僻的山間小路，大多是碎石和草叢，似乎很久沒有人經過了。倫納德在西安待了那麼久，從來沒有走過裡。

當初聽劉秀澤說他們有著比倫納德所見更多的資源時，他還半信半疑的，不過現在倒是完全相信了。他們此時搭乘的是一台越野悍馬車，車窗是防彈玻璃，有100匹馬力，油已經完全加滿了，車上也擺放著許多飲水和糧食。車子由劉秀澤駕駛，倫納德坐在副駕駛座，蕭璟由於一整天下來過度操勞，累得躺在後座休息。同行的還有兩輛同型號的車輛，每輛都載著五人，老實說這讓倫納德有些擔憂，不曉得接應小組有沒有辦法將所有人全部帶走，但又實在無法要劉秀澤放棄更多人，心想也只能等和接應小組見到面再想辦法了。

「這條路是做什麼用的？」倫納德看著窗外偏僻的景象問道。

「以前運送木材的道路，後來漸漸荒廢掉，成為走私毒品或是私貨的路段。現在我們把這條路用來運送一些外來的物資。」

「照你這樣說，政府應該也知道這條路吧？」

「那是當然，」劉秀澤聳聳肩，「不過這條路並不會和印法埃的勢力範圍相連，而且既窄小又偏僻，軍方應該不認為會構成威脅，所以也不大注意。算是和我們之間的默契吧，就由我們來控管這條道路。只是想不到現在會發生功用。」

「你認為印法埃找到並透過這條路追捕我們的機率有多大？」

「他們就算現在不知道這條路，以後應該也會發現，但他們現在一定忙於穩固西安的情勢，無暇顧及此處，等他們發現後我們早就走遠了。況且他們要怎麼確定我們一定是由這條路離開？」劉秀澤自信的說，但倫納德可沒有他那麼有把握，尤其自己和蕭璟又是印法埃頭號通緝目標，對於印法埃的實力，他可是絲毫不敢有所輕忽。

「看來你很有信心。」倫納德說道。

「當然，這條路我已經走過好幾次了，就算是印法埃或軍方都不會比我更熟悉。」

「不過，其他留在西安的人你是怎麼和他們說的？」倫納德遲疑地問道，「畢竟……我知道他們也有不少是你的好友。」

劉秀澤沉默了好一會兒，眼神直直地望著前方的道路。倫納德有些擔心，怕戳到他的痛處，然後他開口：

「我想，這也是沒辦法的事。」

「什麼……」

「我和他們說我們要去外地拿一批重要的物資，這對於物資短缺的我們來說其實蠻常見的。」劉秀澤語氣中充滿了罪惡感，

「但你也不可能讓所有人都離開，就像你說的：這是沒辦法的事。」

「是啊……」劉秀澤吐了一口氣，「而且我也知道就算勉強帶了，接應小組也不可能帶走那麼多人，老實說帶了這十個人我都很擔心，因為無法保證他們一定願意接收我們。」

「我保證一定會說服他們，不會讓你們白跑一趟。」

「如果可以當然最好，」劉秀澤對倫納德微笑道，「但也不必因此感到太困擾，畢竟真正要拯救其他人的方法就是找到解藥，不然不管去或是留也都是死路一條。所以放心吧，不管怎麼樣一定會送你們到接應小組那裡的。」

倫納德嘆了一口氣，他感覺的到即便劉秀澤嘴上這樣說，但心中仍然十分痛苦。他相當明白劉秀澤的感受，他自己也因為這場疫情失去了許多朋友，但為了更長遠的目標，有時必須要放下。這道理他在七年前的戰爭中就明白了，但到了現在仍然無法對失去親友感到習以為常。他實在無法想像如果沒有劉秀澤的幫助會怎麼樣，念及此處他心頭不禁浮現一些疑問。

「其實我一直想問，你在這之前究竟是怎麼生活的？之前在西安時你說過蕭安國部長曾救過你，但感覺並

不只如此。」

劉秀澤皺起眉頭，倫納德本來以為他是因為自己的問題而感到不悅，但細細感覺下，卻發現他是對倫納德所問的問題感到困惑，「過去的事很多我已經沒什麼印象了，」劉秀澤坦言。

「你的父母和其他家人呢？」

「從我有記憶以來對他們就沒什麼印象，」劉秀澤聳肩說，「我在好幾個寄養家庭待過，還有少年觀護所。至於生活，也沒啥特別的，後來的事之前也說過了。是蕭部長協助我入伍的，後來遇到你們，然後……就現在這樣了。」他轉頭對倫納德說：「別一直談我了，你呢？感覺你們在七年前戰爭結束後，經歷了很多事。現在又怎麼會出現在這？」

倫納德對劉秀澤所說的話感到有點不對勁，他總感覺事情應該不只如此，但是在自己精神力量的感受下，他相當確定劉秀澤說的都是實話，並沒有刻意隱瞞或說謊，既然這樣他覺得自己即便問再多也問不出什麼來。而劉秀澤的問題，他也如實的回答。

他詳細的說了在戰後，政府是如何變造他們身分，讓他們以普通平民的身分繼續過生活。這段期間他們一同進修學業，後來在各自的領域發展，自己除了自身的研究外也參與了一些國際計畫。因著自己七年前在戰爭中的貢獻，常常得以參加政府有關外星科技或考古的會議，蕭璟也成為國際印法埃企業優秀的研究員。倫納德發現自己完全沈浸在自己所述說的過去中，也不禁懷念起過去那些美好的時光。

劉秀澤想必也注意到倫納德的情緒，他靜靜地聽著，幾乎沒有說什麼話。當倫納德說到蕭璟在印法埃擔任研究員並研究創世疫苗時，他不禁出聲詢問：「這個創世疫苗，就是你所說的那個疫情？」

「沒錯，」倫納德偷偷往後一瞥在後座休息的蕭璟，只見她閉著眼睛靠在窗邊，似乎睡得很沉，沒有注意這裡說了些什麼。他繼續說道：「本來印法埃宣稱這個疫苗是醫學上的突破，可使人類的免疫能力提升，增強人們的健康，但實際上卻是一種會對人類群體進行毀滅性攻擊的病毒。」

「蕭璟真的是開發這殺死幾億人病毒的研究員？」

倫納德感受到劉秀澤語氣中隱含著訝異和些許憤怒，他趕忙說道：「這說來話長，但這並非是蕭璟的錯。印法埃對這個病毒早就研究了好幾年，投入好幾十億美金，本來就預計這段時間會完成。」

「當然，我也並不是想指責她什麼，我相信她絕對不會故意做這種事。」劉秀澤往後看了蕭璟一眼，然後問道：「但蕭璟為什麼會變成現在這個樣子？你之前說她被印法挨監禁起來，後來發生了什麼事？她怎麼被放出來的？」

「我之前提過，我參與了在芬蘭的挖掘黑死病的考古計畫，竟意外的發現印法埃所研究的創世疫苗和黑死病病毒株基因組相似度極高。蕭璟知道後為了查出這個疫苗的真實用途，因此在印法埃企業中私下調查，不幸被他們發現。她被關在監獄中刑求，那讓她身體受到很大的傷害，後來好不容易讓她逃出來，卻又被強迫遷移到那如地獄般的隔離營。她之後又不斷勉強自己……」倫納德講到這不禁想起蕭璟在監獄裡的慘叫聲，那聲音直到現在都仍會在自己耳邊不時的響起，「我本來有很多次機會可以阻止她的，但因為我的疏忽……」倫納德搖搖頭，眼神憐惜的看著面色蒼白躺在後座睡覺的蕭璟。

「我很抱歉剛才那樣質疑蕭璟，」劉秀澤帶著歉意的說道：「我不知道……」

「不……沒關係，你會這樣想也情有可原。」倫納德說。比起其他人對蕭璟的責難，他最擔心的還是蕭璟一直不肯原諒自己的罪惡感，長久下來恐怕會讓她心理崩潰。

「要是印法埃也能夠為他們的所作所為感到愧疚就好了。」

「七年前的外星艦隊入侵都沒有現在的情況那麼糟糕。」

「這就是所謂的人比惡魔還可怕吧，」劉秀澤說：「不過你剛才說印法埃開發的病毒和你在芬蘭挖掘出的黑死病病毒基因極度相似，那到底是怎麼一回事？現在大家都在討論，印法埃明明是市值和前景都無比優秀的企業，他們不惜和全世界宣戰究竟是為了什麼？」

倫納德有點猶豫，他不確定應該對劉秀澤這個局外人透露多少，尤其是印法埃企業和乙太還有外星人之間的關係，但劉秀澤冒著自己的危險幫自己忙，如果連這樣的大恩人都隱瞞，實在有點說不過去。

「你剛才不是說他們比七年前外星艦隊入侵還要可怕嗎？」倫納德說道：「其實現在的這個行動和當初的外星艦隊入侵也有關聯。」

「你說什麼？」劉秀澤驚訝的說道。

「根據我們的研究，七百年前致命的黑死病，是由當時的蒙古大軍，從外星艦隊所在的地點將之帶出，並透過遠征軍散播到世界各地。現在流行的的黑死絕症，正是印法埃研究過去黑死病毒而得出來的結果。」

「這病毒居然和當時的外星人有關？」劉秀澤不可置信的說，「也就是說這家企業在更早之前就存在了，並且握有這些資訊？」

「或許吧，聽說他們曾持有東印度公司的資產。」

「我真該好好研究一下世界歷史，」劉秀澤搖搖頭，「不過他們為什麼要這樣做？」

「詳細情況我也不知道，」倫納德說，他決定把和秦始皇及印法埃之間的關聯省去，「但根據一些情報……，印法埃這個組織似乎是對外星人有著瘋狂的崇拜和信仰，期望讓他們再度降臨這個世界。」

「真是一群瘋子。」

「是啊。」倫納德點點頭，但他的注意力卻沉回自己的思緒。他回想著之前在夢境中看到景象，一個身穿銀衣的人自信的說「創始之體將會覆蓋整個世界。」

莫非這就是印法埃行動背後的真正原因？如果是這樣，顯然基於某種未知的因素，讓印法埃有某種可以從乙太獲得資訊的管道，並且根據乙太的指令辦事。若真是這樣，那實在令人感到恐懼，如果印法埃目前這樣浩大的行動也僅是為了乙太龐大的計畫鋪路，那等到他們真正的計畫開始施行後，這波及的範圍將會是多麼巨大？他還記得當初透過星艦上的蟲洞影像，曾看到另一頭那難以計數的龐大艦隊，和嬴政帶來的星艦相比實在是完全不可相提並論，到時又有誰能和這樣的力量抗衡？

倫納德對自己所能看到的這些景象感到疑問，他想到當年和傑生的對話中，傑生提到自己在意外接觸到外星電波後所見到的影像，並非是由那道電波賦予給他的，而是激發了他原來就知道的事。這究竟是什麼意思？這部分他連蕭璟都未曾透露過，因為這實在是太詭異了，連他自己都難以理解其中的意涵。但他懷疑這事件背後一定具有某種意義，可能和這場戰爭有關，甚至如傑生所說，跟他至今仍無法理解的「創始之體」有所關連。

還有許多事情需要釐清，但現在時間緊迫、身邊又沒有什麼人可以提供援助，讓他感到很洩氣，憑著這麼多缺漏的資訊就想要解決所有的問題，實在是不可能的事。劉秀澤似乎也有什麼話沒告訴他，就連蕭璟，倫納德也覺得她隱瞞了一些她在印法埃中發現的事。

「我們還有很長一段路要走。」劉秀澤開口打破沉默，「你先睡一下，幾小時後換你開車。」

「好。」倫納德轉了轉僵硬的脖子，自己馬不停歇的奔波了一整天也真的累了。他爬到後座，躺在蕭璟旁的坐椅上。他看著蕭璟睡著的面孔，不禁握住她的手，卻意外的感覺蕭璟捏了捏自己的手，她半閉的眼睛中閃爍著微弱光芒。

「妳還沒睡著？」

「算是半夢半醒吧。」蕭璟以近乎耳語的聲音說道，聲音小到倫納德要把耳朵貼過去才聽得清楚，「這段時間一直是這樣。」

「我們很快就要和接應小組會面，妳把握時間再多休息一下。」

「我剛才聽到你和劉秀澤的對話。」蕭璟輕聲說。

倫納德沉默一下，他斜眼看向劉秀澤。只見他拿起耳機戴上，專注的看著前方道路，露出一副沒有注意的表情。

「你會不會想起史密斯、崔史坦、詹納斯，還有那些……」

倫納德臉上的線條變得柔和了些，他低聲說：「會。但是璟，那不是妳現在……」

「他們三個會死都是因為我，」蕭璟顫抖著說，「他們三個是因為我才會被帶到隔離營的。史密斯看我的那的眼神……那不是單純的憤怒，我看得出來，那是憎恨。他最後還為了保護我們而死……他到死都沒有原諒我，我甚至不敢想像那群人是怎麼處理他們屍身的。還有劉秀澤，他失去了那麼多朋友還願意幫助我，但我卻……」

倫納德嘆了口氣，他知道這是蕭璟心中最大的障礙，但他完全無能為力。他很想告訴蕭璟不必在意，世界局勢如此錯綜複雜並非她一人可以左右的，但連他自己也無法放下。因為不原諒自己也是他最大的天賦之一。他確實不斷想到三位幹員，他們隨著自己到中國來營救蕭璟，結果卻沒有一個回得了家。「璟，他們並不恨妳，真的。」

倫納德靠過去親吻她，「也許妳不相信，但我的確有感受到。至於那些病患，你這段時間對他們的付出，還有妳對這一切的責任心和內疚。你經歷和承擔的那些，都遠超過你應該承受的，這都是妳無私的表現，也是我愛你的許多原因之一，但並不代表你應該把這些事全部攔在自己身上。沒有人應該承擔那麼大的壓力。」

蕭璟眼眶泛出淚光，她伸手緊握著倫納德的手，「謝謝你，倫尼。」蕭璟輕聲說，但話語中的情緒卻十分強烈。

倫納德輕輕將手放在她頭上，柔聲說：「快休息吧，讓我來幫助你。」

蕭璟雙眼一闔，便沈沈睡去。

倫納德眼神柔和的看著蕭璟的臉龐。他雖然剛才和蕭璟說不用擔心，但他自己卻完全不知道該怎麼面對這一切。他緊握蕭璟的手，自己也閉上眼睛，在心中默默祈禱。他懇求神給他們更多的時間、醫治蕭璟的身體、賜給自己面對這一切的智慧與勇氣……他禱告的如此懇切，在自己也沒注意到的情況下，在心中吟詠的禱文中漸漸進入夢鄉。

62

中國　西安　印法埃分區軍事指揮中心（前中國政府隔離區）

「歸向者。」情報搜索科的人員走到李柏文面前敬禮。

「如何？」

「詢問了隔離區的官員和民眾後，我們掌握了他們二人的行蹤。他們和蓋亞聯盟達成了一個協議，本來預計在今天中午前往蓋亞聯盟總部。」

「很好。看來今天早上的奇襲打亂的他們的時間表，要是再晚一點就糟了。」李柏文微笑道：「那他們現在人呢？」

「他們逃出隔離區後，到了周邊一個由當地黑幫份子自行控管的地區，我們已經掃蕩了那裡，雖然遭遇了一些反抗，但並沒有大礙。我們也詢問了那裡的人，他們已經和一位叫做劉秀澤的當地老大一同離開了，目的地是西寧，說是去取什麼重要資源。」

「看來是他們重新約定會面地點了？」李柏文點點頭，「我明白了，那現在去追還來得及嗎？」

「他們已經出發將近半天了，而且據我所知他們駕駛的是高性能的悍馬車，現在恐怕很難追得上他們。」

「沒關係，」李柏文自信地笑道：「聯絡我們在西寧的人馬，拖住他們的腳步。我和隨行的特種部隊一同搭乘直升機，明天一早出發，一定可以趕在他們之前到達。」

「了解，」情報員有些欲言又止的站在那裡。

「怎麼了？」

「我只是想問一下，真的不需要通知江少白總司令嗎？他說過很重視這行動……」他看了李柏文的表情害怕的說不出話。

「我就是這行動的負責人，所有的事情都由我來決定，不要去麻煩總司令，他還有很多事情要處理，不需要把注意力放在這種瑣碎的事情。」

「是的，我很抱歉。」情報員懼怕的鞠了一個躬。

「還有什麼事嗎？」李柏文最後問道。

「那些接受調查的人，要怎麼處理他們？」

李柏文隨意的瞥了他一眼，彷彿覺得這個問題無聊不已，「全部處理掉。」

63

中國　西寧

「璟，我們快到了，起來吧。」倫納德搖了搖蕭璟說道。

蕭璟意識朦朧的睜開眼睛，只覺得眼前的光芒刺的她又把眼睛眯起來。

「終於要到了嗎？」蕭璟用力眨了眨眼睛趕走睡意。這兩天劉秀澤和倫納德二人輪流駕駛，他們除了中途偶爾上個廁所外，幾乎都一直待在車上，十分疲憊。

蕭璟坐起身來，覺得頭部一陣疼痛，不禁緊咬下唇。她這幾天身體狀況真的愈來愈差了，她很懷疑自己能不能撐到解藥成功研發的那天。

「妳還好吧？」倫納德注意到蕭璟的表情，不禁擔憂的問道。

「就是有些頭痛，還挺得住。」蕭璟也不刻意隱瞞，她知道說自己沒事只會讓倫納德更擔心，她伸展了一下脖子然後看向窗外。他們此時經過一個巨大的廣場，有著平坦暗沈的磁磚鋪在地面上，廣場的中央由玻璃做成的圍籬圈起，外圍則是由許多行道樹環繞著。但一旁的道路上停放了許多拋錨的車輛，搭配背景環繞的高樓，景象呈現鮮明的對比，「我們現在的位置在哪？」

「我們現在在中城區，是西寧的精華地段。」劉秀澤回應道，「我們旁邊的那個廣場，是這裡的中心，在過去算是很著名的觀光景點。」

蕭璟聽了不禁感到一陣感慨，這個過去熱鬧的巨大廣場，此時卻冷清不已。廣場上佈滿了落葉和雜草，樹上和地面有許多鳥類群聚，顯然已經許久未曾有人踏足。蕭璟打開車窗，窗外的涼風吹拂過她的臉龐，這個昔日繁華的城市如今見不到幾個人，整座城市宛若一個鬼城。

蕭璟記得曾經看過車諾比核子反應爐發生意外後的相關報導，在那些照片中，整座車諾比城市完全人煙罕至。但卻長滿了各種植物，甚至還有野生的麋鹿、兔子和熊在城市當中出沒，彷彿大自然從來沒有受到核子汙染的影響，僅僅數十年便恢復了生機盎然。此刻眼前的城鎮正如當初的車諾比，她不禁猜想西寧的民眾都被遷移到哪兒去了？她抬頭看向周圍的高樓，似乎隱約看到一些人影在兩旁飛逝而過的窗戶邊看著他們一行車隊。可能是錯覺，但蕭璟似乎在驚鴻一瞥中看到那些人的眼神直直對著自己，她打了的哆嗦，趕緊把頭縮了回來。

車隊又行徑了大約一個小時左右，周遭景色也從城市轉變為山林田野，顯然已經離開了都會區。一路上倫納德和劉秀澤一直在討論那地點的情況，以及和接應小組會面時可能發生的事情。

「等會兒會有一個人和我們碰面，」劉秀澤說：「不必緊張，他也是我們的人，算是在西寧和我們合作的對象吧。」

「你是說這裡還有人？」蕭璟問道。

「當然，只是你看不到，這裡的人大多被遷移到湟源縣的軍事陣地，或是周邊其他城鎮的隔離區。剩餘的一些人則聚在大樓中，有點像是西安的狀況。剛才經過中城區時，你可能有看到大樓上有一些人。」

「是啊。」蕭璟喃喃說。不知道為什麼，她感到有點不安，來到這裡後她一直有種被監視的感覺，彷彿有什麼危險在靠近。但連倫納德都沒有說什麼，那應該沒有問題。她在心中暗暗猜測劉秀澤所說會幫助他們的人究竟會是誰。

「這裡差不多了吧？」劉秀澤停下車，後面兩輛悍馬車也停了下來。

「應該在這附近。」倫納德看了看周圍標示說道，「蓋亞聯盟那邊的人員是告訴我，接應人員會在大通回族土族自治區的……附近會面。」

「喔，看來那是我們的人。」劉秀澤跳下車，蕭璟靠向窗戶邊，只看到一個身型瘦長的人影向他們的車輛走來。

「好久不見，」劉秀澤說，和對方擁抱了一下，「來這裡前曾用無線電和你聯繫過，你知道我們要去的地方在哪嗎？」

「當然，我一直在等你們。」那人看了看車子的方向，「上面的人是？」

劉秀澤轉過身對他們招招手，蕭璟和倫納德也打開車門走了下來。倫納德率先對他伸手，「你好，我是倫納德。」

「倫納德？你是外國人？」

「沒錯，我國籍是英國，幾年前在西安認識劉秀澤的。」

「我是蕭璟。」蕭璟也和他握了握手。

「你們好，我叫做廖金盞，是劉秀澤的朋友，」廖金盞目光掃過自己一行人，最後把目光停在蕭璟身上，露出一抹微笑。「原來……妳就是蕭璟啊，你氣色似乎不大好？」

「現在這世道誰還能有好氣色。怎麼，你知道我？」蕭璟有些防衛的說，不知道為什麼，她對廖金盞看自己的眼神感到很不舒服。

「算是吧，我有看過……應該說，印法埃有發佈過關於妳的消息，」他轉向劉秀澤，「她就是那個被通緝的蕭璟？」

「說來話長，真相和印法埃說的不一樣……但沒錯，這的確是她。」

「看來這背後有很精彩的故事。」

「那當然了，但現在沒有多餘的時間說故事了，」劉秀澤說道，「現在應該趕快出發，帶路吧。」

「當然，」廖金盞說道：「你們要去佑寧寺附近對吧？走吧。」

蕭璟和倫納德跟在廖金盞和劉秀澤之後，其他悍馬車上的人也跟在後頭，一行人都沒說什麼話，蕭璟一直面露陰鬱的走著，眼神不安地盯著他們的背後。

「妳覺得怎麼樣？」倫納德在蕭璟耳邊低聲問道：「感覺妳很不信任他，怎麼了嗎？」

蕭璟搖搖頭。來到這裡的之後她一直感覺心中有些疙瘩，剛才廖金盞和自己說話的樣子，分明像是早預期到自己會出現。蕭璟確認了一下身旁諸人的狀況，低聲對倫納德說道，「我也說不上來，到這裡之後我一直有種被監視的感覺，那個廖金盞盯著我看的樣子也很奇怪……你有察覺到什麼嗎？有什麼不對勁的地方嗎？」

「廖金盞此刻心情很混亂，混雜緊張、高興、憂心和其他一堆有的沒的情緒，我也不知道怎麼描述，他的心思感覺很深沈。但這倒是還好，如果他心懷不軌必要時我們都可以對付他，我感到比較困惑的反而是劉秀澤。」

「為什麼？」蕭璟感到相當詫異，要是連他都是敵人的話，那這趟旅程可真得從頭到尾都是一場悲劇。

「不，不是你想的那樣。劉秀澤在表面上沒有感覺到什麼異樣，他對我們問題的回應都很坦白，不過……」倫納德瞥了劉秀澤一眼，然後說道：「他給我的感覺很奇怪，他似乎有所隱瞞，有些重要的事沒有告訴我們，但他自己的理性可能不知道這件事。」

「什麼意思？」

「就是他自己不知道自己在撒謊。」

「這怎麼可能？」蕭璟瞪大眼睛，自己不知道自己所說的不是實話，但潛意識卻明白？這是什麼道理？

「所以你覺得這有可能是印法埃的陰謀？」

「我不確定，如果是的話他們大可以在西安就拖著我們。」倫納德搖搖頭，「誰知道呢？世界從來都不只有兩股勢力在影響歷史走向，在這混亂的情況下其他力量的人想必也會開始浮現。」

「不管怎樣，要回頭都太晚了。」蕭璟最後嘆了口氣說道，「現在就只能多注意周圍的環境，保持警覺心了。」

「你放心，我一直都有在注意。目前沒有什麼問題。」倫納德對蕭璟保證。

儘管有倫納德的保證，蕭璟還是有種芒刺在背的恐懼，一開始那種有惡意在監視自己的感覺仍然存在，即便連具有精神力量的倫納德都沒有感到異樣。正如同古老的英文諺語所說：「有人走在我的墳墓上(Someone is walking over my grave)」莫名的恐懼爬上自己心頭，讓自己身上的痛楚變得更加厲害，自己上次有這種感覺，應該是在印法埃的監獄中……

蕭璟打了個寒顫，決定不要再想起那個如煉獄般的地方。

他們一行了走過了幾個轉角，路上非常冷清，廖金鑫帶他們走到一個噴泉前，他轉向蕭璟，「你們要去的是這個地方嗎？」

蕭璟看向倫納德，「應該是的。」倫納德說，「直升機應該會停在平坦寬廣的地方，但又要隱密不被他人發現，在這周圍看看吧。」

結果並沒有他們想像的難找，一行人走到彌勒殿，便看到四名穿著軍服的人員站在一個蓋著黑布的物體前，他們看到劉秀澤帶領的一行人，露出機警的表情，緊握手上的槍枝。

「是他們吧？」蕭璟問道。

「現在還有誰會出現在這種地方？」倫納德說，「過去問問看。」

看到倫納德走了過來，其中一名士兵先上前問道，「你是倫納德？」

「是的，我和蓋亞聯盟通訊所使用的代號為harp-seal2140。你們是蓋亞聯盟的接應小組嗎？」

「沒錯，我們四名為接應的ＳＡＳ隊員，後面黑布下蓋的就是直升機，」士兵說完看向蕭璟，「妳就是蕭璟對嗎？」

「沒錯。」

「講好的硬碟還在嗎？」

「在我這裡，完好無缺。」蕭璟從口袋中拿出碟狀的硬碟，接應組員們看了點了點頭。

「我們可以離開了嗎？」倫納德說道。

「那些人是什麼人？」靠在直升機旁的一名隊員忽然開口質問，他一臉不悅的瞪視著倫納德他們身後的那一群人，「有人要解釋一下嗎？」

全場氣氛一陣緊張，尾隨在後的群眾部分面露憤怒、部分表現憂慮，有些人雖然聽不懂，但看氣氛和士兵的手示也猜得出是怎麼一回事。蕭璟緊張的看向倫納德，他也一樣露出有些擔憂的神情，「聽我說，」蕭璟把硬碟收了起來，說道：「印法埃佔據整個西安，那可是連你們都進不去的地方，如果沒有他們協助我們穿越西安，我們根本沒有辦法到這裡。」

「那不是我們的問題，不是隨隨便便的人都可以搭便車。」對方怒目瞪視著他們，絲毫不客氣說，「我們收到的指令，是以帶回病毒基因組為第一優先，其次才為接應。現在時局混亂，並沒有餘力照顧他們。如果你堅持要和他們待在一起，當然也可以選擇留下來陪他們。」

「你說什麼？」

「放心吧，交給我。」倫納德對蕭璟露出一個自信的微笑，向接應士兵走去。

蕭璟正當覺得鬆了一口氣，卻看見廖金盞在大家目光聚焦在倫納德和士兵的對話時，鬼鬼祟祟地從口袋中拿出什麼，她對他咆哮道，「你在做什麼？」

廖金盞被他突如其來的喝問嚇了一跳，一時手忙腳亂，一旁的兩名ＳＡＳ隊員立刻衝上前去將他制伏，其中一名隊員將他口袋中的東西搶了過來，拿在手中研究了一下。

「好小子，這是一個發報器。」他將它拿給身旁的其餘隊員，「上面具有磁吸功能，是要拿來追蹤直升機的吧？」

「你是印法埃的人？」劉秀澤憤怒的上前揍了廖金盞的臉一拳，廖金盞被打的痛地彎下腰，ＳＡＳ隊員趕忙抓住他，「你這叛徒，」劉秀澤對著他咆哮，「他們給了你什麼條件？」

「我……我的家人們染上病毒，」廖金盞表情懇求的掃視著眾人，「他們說會給予治療，所以我才……我不是……」

「這些問題現在一點都不重要。」倫納德走到廖金盞面前，眼神恫嚇的盯著他看——在這種情況他也不需要刻意假裝——嚇得他身子不住向後縮躲，「印法埃知道我們在這嗎？」

廖金盞沉默的盯著倫納德，似乎明白了哀求也沒用，「知道，他們應該在來的路上。」

「我們完了。」一人哀號道。

「如果他說的是真的，那印法埃隨時都會出現，我們必須要馬上離開，」倫納德轉向ＳＡＳ隊員，「你是要安全的帶著成果盡快離開，還是繼續在這裡和我們爭論究竟多少人可以上直升機？」

「好吧，我們走。」那名隊員露出妥協的表情。

毫無預警的，好幾顆金屬球從一旁的建築中拋到眾人的腳邊，蕭璟低頭一看瞪大眼睛——那是煙霧彈。其他人大聲喊叫尋找遮蔽，四名ＳＡＳ隊員壓低身子對周圍襲擊的火力回擊。但煙霧很快就擴散開來，一時間根本什麼都看不清楚，只聽見槍聲和尖叫聲在四周迴響，接著似乎是有人擊中直升機的油箱，直升機發生爆炸，把所有人震倒在地。

蕭璟摀著口鼻咳嗽不止，她撐起身子企圖看清四周的景象，卻什麼都看不見。剛才的爆炸聲讓她耳朵產生一陣耳鳴，只在依稀中聽見周圍有一群人踏步衝來，而身邊的人卻一個接一個發出慘叫聲摔倒在地。她在混亂中隱約聽到倫納德在叫自己名字，步履不穩的往那個方向走幾步，卻忽然被一個人拉住自己的手腕向後跌倒，她伸手要推開那個人，卻被抓的更緊，她掙扎著被往後拖去。

當煙霧開始漸漸散去，蕭璟終於看清楚，抓著自己的是穿著黑色印法埃軍裝的隊員。詭異的是他們都帶著一個像是太空人的頭盔，看起來像是恐怖的生化部隊，在他們前方的地面上倒了許多具佈滿彈孔的屍體，倫納德和劉秀澤則是一臉焦急著在另一邊看著她，蕭璟看得出倫納德費力打算擊倒周圍的人，卻不知道為什麼沒有發揮作用。

「別白費力氣掙扎了。」一個聲音從蕭璟背後發出，蕭璟瞪大眼睛，陷入深深的恐懼當中，那是她熟悉的聲音。

64

中國　西安　印法埃指揮所（前蓋亞聯盟隔離營）

江少白仰靠在辦公室的皮椅上，神色疲憊的閉緊雙眼。

他好幾天下來處理了印法埃在各地面臨的軍事挑戰和全球佈局變動，早已身心俱疲。儘管有十名委員和眾多人員協助處理各地事宜，但面對這樣史上前所未有的全球性行動，他作為總司令還是被繁雜的事務給壓的喘不過氣。現今好不容易結束了一場會議，他得好好的休息一下。

透過多年的經驗，他已經知道如何放鬆自己的心靈並加以修煉，他感覺自己全身沉入深水中，身上所有的肌肉都隨著意識而一同放鬆舒展。在這樣的情況下，他的精神可以得到最大化的休息和復原，許多被壓抑的情緒也隨著心智的舒展而浮現。

許許多多的畫面在他眼前流逝，很多無意義的片段和色塊在眼前閃過，他感到自己的心靈釋放了長久以來的壓力，他的心智從原點向外無限蔓延到世界各地乃至於過去和未來。在眼前閃過的一個片段中，天啟憲章執行前在西安總裁辦公室中，那時他和蕭璟兩人環抱在一起，纏綿的親吻對方。為了操控蕭璟的情感，他的心智進一步的纏繞、控制住蕭璟的精神，然而在觸碰到她心靈的那一刻，一陣無比熟悉且強烈的感覺在自己心靈中迅速竄過，幾乎不留下半分痕跡，卻讓自己的心靈為之戰慄，他操控蕭璟心靈的力量也同時鬆了開來。江少白感覺不解，那個感覺是……

江少白豁然驚醒。他一直以來都把注意力放在倫納德身上，反而忽略了他周遭的人，在計劃展開後他更忙到完全沒有時間注意其他事情，尤其是那些早已過去的回憶。他趕忙調出資料庫，仔細檢閱蕭璟的資料，大部分都被刪除了，想來是混沌的傑作，但這不重要，他絕不會錯認剛才那個心靈的悸動。他泛著淚光，口中喃喃說著，「妳還活著……真的是妳……」

然後他忽然想起什麼，猛然坐直身子，按下通知扭，大聲喊道：「我要聯繫李柏文歸向者……現在馬上！」

65

中國　西寧　佑寧寺

接應小組遭到印法埃倫襲的整個過程中，倫納德簡直不可置信的觀看它的發生。

當煙霧彈掉到他們腳邊的時候，倫納德便大為震驚，不是被突如其來的行動嚇到，而是他不敢相信自己居然在這麼近的距離還無法察覺到對方的存在。後來他企圖用自己的力量攻擊襲擊的隊伍，卻意外的發現在對面有某種東西抵消掉他的能力。

此刻，他看到蕭璟被印法埃的人粗暴的抓住，周圍的地面上倒著十幾名跟著自己一起來到這的夥伴們，他心中又愧又怒。雖然他覺得人來的應該不少，但卻沒想到會有這麼多人。最讓他困惑的，是他們每個人頭上都帶著一頂詭異的頭盔，除了在臉部的地方是透明外，其餘部分都是黑色的。他猜測應該是那頭盔阻礙了自己的識別能力。

他這邊只剩下自己和劉秀澤兩人並肩站在印法埃隊伍的前方，劉秀澤瞪著他倒在地上的朋友們，身體氣得顫抖不止，他右手緊握槍枝，卻看起來不曉得該瞄準誰。

倫納德盯著抓著蕭璟的那幾名警衛，施展自己的力量，企圖讓他們放開手，然而他感覺對方身上有什麼東西干涉了自己的精神力量。倫納德咬了咬牙，原來那東西不只阻礙識別能力，還有干涉精神力場的能力。

「璟，妳沒事吧？」倫納德對著蕭璟喊道，但這句話在這段時間已經被他說到自己都覺得廉價到沒有任何意義。

「倫納德，立刻投降，否則我們會先殺了你旁邊那還活著的流氓，再幹掉你女朋友。」說話的那人用力拽了一下蕭璟的手臂，威脅道：「看看地上的屍體，連來接應的隊員都被你害死了，別再讓你的雙手沾上自己女朋友的鮮血了。」

儘管蕭璟看起來很害怕，但嘴上並未因此對印法埃的士兵讓步，她用力踩了她身後的士兵一腳，痛得他哀嚎一聲卻不能移動，「你們這幫廢物，費了那麼多人力和時間才發現我們，到底要用這種勒索別人的老套招數到什麼時候？」

「妳給我閉嘴。」蕭璟背後的人可能是用槍打了她的背後一下，痛的她表情一陣扭曲，「下一次射進去就會是子彈了。」

倫納德焦急地在心中尋找辦法，然而他們此刻已經是彈盡援絕，唯一支援的接應小組也已經全數陣亡。他瞪視著那群士兵，再一次更專注的用精神力量企圖擊倒他們。

「別白費力氣了。」一個聲音忽然從印法埃士兵身後傳來。士兵們向一旁退開，微微敬禮。蕭璟原來兇狠憤怒的眼神在聽到聲音後忽然渙散開來，身體甚至因為恐懼顫抖起來。倫納德看向說話的人，他也戴著和眾人同型的頭盔，當他走到蕭璟身邊時，蕭璟已經抖到連頭髮都在晃動，倫納德大為驚訝，他從來沒看過有人可以讓蕭璟一瞬間嚇成這個樣子。

倫納德只覺得剛才聽他的聲音有某種莫名的熟悉感，一時想不大起來是誰。那個人走到蕭璟身旁，然後開口說道：「這東西麻煩死了。」

他把頭上的頭盔摘了下來，那一瞬間倫納德立刻感受到一股強大的力量襲來。歸向者，倫納德心想，他聽蕭璟說過幾次，卻從來沒有親眼看到另一個和自己具有一樣能力的人。

「這頭盔可以隱蔽我們這種人的能力，卻也會限制我們的力量。相信你已經發覺了。」那個人和倫納德對看了好一會兒，他看到倫納德不解的表情，歪了歪頭，露出一抹微笑，「怎麼了？看你這表情是還沒有認出我來？就連你女朋友都認出我了，是吧？」他拍了拍蕭璟的背，蕭璟沒有回話，只是恐懼的垂著眼神。

倫納德瞇起眼睛仔細地盯著那個人看，他很確定自己絕對沒有見過對方。對方嘆了一口氣，將手指輕輕搭在蕭璟的咽喉上，她卻忽然發出像是被用力掐住的聲音，彷彿快要窒息一般。倫納德瞪大眼睛。

「你是當時監獄中的歸向者！」

「沒錯，總算是猜到了。」李柏文露出讚許的表情，收回抓著蕭璟的手。

「就是他？他就是你說折磨蕭璟的人？」劉秀澤在一旁驚訝的問道。

「原來你聽過我？看來你就是劉秀澤了？真是幸會，」李柏文對劉秀澤微笑，「我能找到這也是拜你那幫留在西安的朋友們所賜，他們實在是非常的配合。但很遺憾，他們都死了。」

劉秀澤發出憤怒的吼叫聲，拿起槍衝向前，卻倫納德伸手攔住。「你想怎樣？」倫納德對李柏文問道。

「有句話說過，人會在恐懼時透露出自己最真實的一面，也就是說在某種程度上，我比你更了解你的女朋友。」李柏文說，「在監獄那段時間我仔細觀察過，她的心智非常纖細，完全沒有一絲被斧鑿過的痕跡，意味著你從來沒有介入過她的心靈。這實在非常可惜，代表你從來沒有探究過她表象下更真實的相貌。趁現在這個機會，你有興趣知道嗎？」李柏文一面說一面用手指輕輕刮過蕭璟的臉龐，蕭璟顫抖著緊閉雙眼。

「你給我住手。」倫納德語氣平穩卻蘊藏極深怒火，他再次企圖攻擊李柏文，但仍然和先前一樣沒有任何成效。

「你儘管嘗試，這對我是沒用的。」李柏文說道，所有人中只有劉秀澤看起來很困惑，不曉得他們在說些什麼。

「拜託，你真的不要再管我了。」蕭璟看起來仍然很害怕，但她勉強擠出聲音說：「印法埃真正要抓的人是你，我反而比較不會有事。」

「有先前的經驗，你確定你比較不有事？」李柏文挑起眉毛說道。

「你要我怎麼做？」倫納德強迫自己保持冷靜的說道，現在這個節骨眼他不能做任何衝動的舉動。

「聰明的決定。」李柏文把手上的頭盔交給身邊的一名隊員，他對倫納德揚了揚頭，「把這頭盔戴上，然後叫你身邊那個流氓丟下槍，乖乖跪下投降。」

印法埃隊員拿著頭盔走到倫納德身前。倫納德瞪著那頂頭盔，心裡非常猶豫，他很明白一旦戴上那頂頭盔他們就真的完全任人宰割，再也沒有反抗的能力，況且也難保他們不會在自己投降後就殺了蕭璟和劉秀澤。

「如果我不照做呢？」倫納德看向李柏文問道。

李柏文聳聳肩，「那就很遺憾了。」他忽然從身旁隊員腰間抽出一把手槍，對著蕭璟的右側大腿開了一槍。

李柏文的舉動實在是太突然，以至於倫納德他們完全來不及反應，蕭璟慘叫一聲摔倒在地上，她膝蓋本來就在獄中受了傷，這下更牽動舊傷，痛得她眼睛流出淚水。倫納德驚怒交集，和劉秀澤向前衝了幾步，卻被一整排的印法埃部隊用槍制止。

「你幹什麼？」倫納德大聲咆哮，已經失去一開始的冷靜。

「你不用那麼緊張，這和在監獄時比起來已經輕鬆很多了。」李柏文冷笑道，他輕藐的看著趴在地上地蕭環，把膝蓋跪在蕭環血流如注的傷口上，她表情猙獰的把頭埋在地上，咬著牙強迫自己不發出聲音，「拜託，這樣就撐不住了？也不想想你開發病毒害死了多少人，多少家庭被你害的支離破碎？」

「夠了。」倫納德咬牙切齒的說，「住手，我會配合你。」

「這取決於你的態度，」李柏文把槍口對著蕭環，「現在你在這我或許沒辦法用精神力量對她做什麼，但你要知道讓人生不如死的方法永遠都有。」

倫納德咬緊牙關，他知道李柏文所言不虛，現在硬和李柏文對著幹只會讓蕭環平白受更多痛苦，在想不到對策的時候只能暫時順從。他對劉秀澤點點頭，劉秀澤憤恨地瞪著李柏文，然後把手上的槍枝扔到地上。

「這樣才對。」李柏文露出滿意的笑容，「現在，把掩影頭盔戴上。」

倫納德緩慢地接過印法埃士兵手中的頭盔，心中非常掙扎。戴上這個頭盔就是放棄他們一切的反抗的機會。少了精神力量，他完全沒有和印法埃部隊抗衡的籌碼，蕭環可能也會立刻被處死，甚至更慘，永遠陷在印法埃酷刑的折磨中，但現在不接受又只會讓蕭環受更多傷。他緊閉雙眼，到底應該怎麼做……

「我警告你，不要以為一直拖下去我就不敢動手。」歸向者威脅說，膝蓋更用力壓在蕭環傷口上，「江少白總司令已經下達指令，如果你這麼不在意自己，那只要你不服從，就由你女朋友代替你受罰。當然，除非她先熬不住。」

「你說謊。」蕭環在痛苦中忽然嘶啞的發出聲音，「他絕對不會下這種命令。」

在蕭環說了這句話，李柏文忽然閃過極度驚訝、甚至恐懼的情緒，雖然他很快就隱藏起來，但倫納德並沒有放過這一絲情緒，他瞇起眼睛，與其讓自己和蕭環陷入絕路，不如來賭一把。

「那我們就打開天窗說亮話吧。」倫納德朗聲說，把頭盔放到一邊，「你們的掩影裝置並不完美，它無法完全干擾我，我的力量也在你之上，如果我使出全力，你不見有辦法承受得住。」

李柏文露出擔心的神情，但他很快用冷笑掩飾過去，「你在虛張聲勢，就算你所言不虛，你也沒辦法同時對付我和掩影頭盔的干擾，你只有一個人。」

「你儘管嘗試。」倫納德警告，「我可是曾經在星艦和你們的崇拜的贏政對抗過並擊敗他，就連你們總司令恐怕都沒有這樣的能耐。」

李柏文瞪著倫納德看了好一會兒，倫納德沒有移開視線，他現在絕不能露出一點恐懼或懷疑的情緒。「我數到三！」李柏文沉默了一下開口說道，他把槍抵著蕭璟的後腦勺，「你再不戴上頭盔投降，就看著你女朋友因你而死吧。」

倫納德深吸一口氣，現在沒有退後的餘地，如果聽李柏文的命令他們全部都會完蛋，他對蕭璟使了個眼神，用手指敲了敲太陽穴，蕭璟雖然很恐懼，但還是表示明白的點點頭，然後緊閉雙眼把頭埋在地上。

「一！」

倫納德輕聲對劉秀澤說：「做好準備。」劉秀澤雖然從剛剛就很困惑他們的對話，但也猜得到倫納德可能要做什麼出乎意料的攻擊，他點點頭。

「二！」

倫納德閉上眼睛，感受自己的心智延展到最大的範圍，雖然他休息時常會這樣做，但他從來沒有這麼用力、認真的做過，這次的攻擊絕對不能失敗。他感覺自己回到七年前的星艦上，和贏政對峙時，他心靈的力量漲到前所未有的高點。

「三！」

「住手！」一個聲音突然大聲喝道。所有印法埃部隊驚訝的面面相覷，就連李柏文也是，他愣愣的低頭看著別在胸口的通訊器，結巴的說：「江……江少白總司令？」

倫納德同時低吼一聲，他感覺體內忽然有一顆玻璃球碎掉，一股力量湧遍他的全身，他對前方所有人發出他從來沒有經歷過的強力攻擊，他感覺一陣強烈的精神波動襲向印法埃眾人，所有人發出慘叫摔倒在地，李柏文更是吐出一大口血向後仰倒。

剛才的攻擊就客觀時間來說只花了不到一秒，但倫納德卻彷彿用全力衝刺了一小時一樣，他差點暈了過去。剛剛施展的力量遠超過他自己預期的，甚至有種他人協助增強自己力量的感覺，但他沒有餘裕去想這問題，他對蕭璟伸出手，「璟！快過來！」

蕭璟推開倒在她身後的李柏文，奮力拖著自己幾乎已經無力的右腿向倫納德跑來，倫納德也趕忙張開手臂向她跑去。

就在他正要碰到蕭璟的時候，他忽然驚鴻一瞥看見倒在地上的李柏文虛弱地撐起身子，搖晃的拿起手上的槍枝指著自己的方向——

一聲火藥聲響起，倫納德連驚呼的時間都沒有。只見一道銀色的光芒，伴隨著殷紅的血光，自蕭璟腹部劃出閃亮的彎虹——那條彷彿連結了他們生命的細線。

蕭璟向前俯倒。

「不要！」倫納德發出撕心裂肺的慘叫，他在蕭璟倒地前伸手抱住她，她腹部湧出的鮮血如同泉水一樣不可遏止，立刻染滿了她全身的衣服和倫納德的上衣，倫納德迅速探了一下蕭璟的鼻孔，好在還有氣息，但非常微弱。

至於李柏文，劉秀澤沒給他進一步攻擊的機會。在李柏文動手的那刻，劉秀澤便抄起槍枝對他的額頭開了兩槍，他當場腦漿迸裂而死。

「你沒……」劉秀澤趕忙跑到他們身邊，看到倫納德抱著蕭璟的樣子，臉色立刻轉為慘白，「喔，天啊……天啊……這……」

「去拿急救箱！」倫納德轉向劉秀澤吼道，「車輛上有準備，快去！」

「沒問題。」劉秀澤立刻轉身跑走。

「拜託、拜託、拜託、拜託……」倫納德口中喃喃說著，他摸了摸蕭璟的臉，只見她雙眼緊閉，呼吸愈來愈微弱，他伸手壓住蕭璟血流如注的傷口，但鮮血很快就滲過他顫抖的手指，完全止不住。

「急救原則……」倫納德閉上眼睛，拚命在極度混亂的思緒下回想蕭璟曾經和他說過，在沒有醫院的情況下受到槍傷等創傷的緊急處理原則，「防止呼吸障礙、讓心臟低於出血處、消毒、包紮止血……然後……還有……」

他一面喃喃說道一面手忙腳亂的讓蕭璟身子平躺下來，他掀開蕭璟的上衣露出傷口，趕忙撕下自己衣服的一塊布，按在蕭璟傷口上。他眼中全是淚水，幾乎看不清楚眼前的景象，「拜託……拜託不要……璟……」

「我拿來了！」劉秀澤提著畫有紅十字記號的急救包跑了過來，「情況如何？」

「給我紗布和繃帶！」倫納德大聲命令道。

「在這裡。」劉秀澤翻找了一下急救包立刻遞給他。

「幫我把她扶起來。」倫納德說。劉秀澤小心地扶起蕭璟的上半身，倫納德一手拿著紗布按壓著蕭璟的傷口，一手拿繃帶纏繞住蕭璟的腹部，暫且減緩血液的外流。纏繞的過程中倫納德口中不斷地唸著祈禱文，手指更是一直顫抖，劉秀澤沒辦法只能接手幫他按著紗布。

「暫時緩住了。」倫納德喘著氣說，但情況還是非常危及，蕭璟必須立刻送醫輸血，不然可能會有休克的危險，「我們必須趕去有醫生的地方。你說過最近的隔離區在哪？是湟源縣嗎？」

「沒錯，」劉秀澤點點頭，「我們趕快離開……」

「去那裡看看！歸向者最後的訊號從那裡傳來。」周圍忽然傳來人員靠近的聲響，倫納德和劉秀澤恐懼的看了對方一眼，如果現在再撞到有掩影頭盔的印法埃成員的話，倫納德知道他絕對沒辦法再和上次一樣擊倒他們，況且現在還要考量到蕭璟的身體狀況，她絕對經不起再一次的打鬥。

「快跑！」倫納德對劉秀澤喊道。

倫納德橫抱起蕭璟的身子，避免她傷口進一步的撕裂。倫納德猶豫地看著周圍，沈吟著這種情況要躲在哪，卻聽到後方士兵腳步已經愈來愈近，「躲到樹林中。」劉秀澤指著圍欄外的樹林。

他們才翻過圍欄，就聽到印法埃的士兵跑來的聲音，他們見到倒在地上的印法埃部隊和歸向者，發出驚訝的叫聲。

「這裡發生什麼事了？歸向者被殺了？」

「這邊的地上有一灘血。」一名士兵說，「而且還有移動的血跡，一直延伸到那，快過去看看。」

倫納德和劉秀澤在那士兵話還沒說完前就拔腿逃跑，他們跑得離車子愈來愈遠，倫納德非常焦急，再這樣拖下去恐怕就沒辦法趕去隔離區，而且蕭璟還在持續失血。但印法埃的士兵就追在後頭，現在根本沒有辦法回頭。

他們穿過周邊的樹林，但倫納德仍然不時聽到後方傳來印法埃士兵的聲音，而且還是往他們的方向而來。

當然，倫納德心想，儘管纏著繃帶，但蕭璟的傷口仍一直滲出血滴到地上，就連他的衣服前半部也已經染滿鮮血。他們沒有辦法，只能一直朝樹林茂密處跑去，周圍的景物愈來愈難以辨識，到後來倫納德已經不知道自己的方向在哪，也不知道回頭的路怎麼走。但他並不在意，他此刻唯一的念頭就是讓蕭璟盡可能地遠離危險。

劉秀澤跟在倫納德身後奔跑。

他從遇到印法埃部隊後就一直處在詭異的困惑當中，尤其是當倫納德和那個被稱作「歸向者」的人對峙的時候更是如此。他感覺有莫名的力量在體內流動，即便後來他們兩人一直說著他聽不懂的話，他並不感覺驚奇，只是以旁觀者的心態在看著眼前的事情發生。

當倫納德要對印法埃部隊攻擊時，他在戒備的同時，忽然感覺到自己的胸口湧起從未有過的感受，在李柏文數到「一」時，他感覺從倫納德身邊迸發出一股強大的無形壓力，而自己也同時有某種力量，夾帶著自己的憤怒對李柏文射去。但那感覺稍縱即逝，快到他覺得是自己的錯覺。

他看了看周圍的樹林，他從沒來過這裡，卻又有種親切的熟悉感，好像曾經來過。他不禁停下腳步，深深地吸了一口氣，他好久沒吸到這麼清爽的空氣。在和倫納德聊過自己的過去後，他也開始回憶起一些過去遺忘的片段，而他現在在這裡……

他看到倫納德已經向前跑了一段距離，他搖了搖頭，把剛才的思緒拋到腦後，趕忙追了過去。

倫納德不知道自己跑了多遠，不過他現在已經聽不見印法埃士兵的聲音了。正自倫納德這麼想的時候，他聽到蕭璟在自己懷中發出微弱的聲音，他趕忙停下腳步。

「璟，妳醒了？還好嗎？」倫納德問道，劉秀澤也跑到他們身旁。

「放……放我下來。」蕭璟臉色慘白，氣若游絲的說，倫納德趕忙找了塊空地把蕭璟身體躺下。

「妳現在感覺怎麼樣？」倫納德檢視著蕭璟腹部包紮的傷口，因為剛才的奔跑，她傷口似乎又流了更多的血，他不禁眉頭深鎖。

「很痛……但又好像沒什麼感覺。」她輕聲說。

「再撐一下，我一定找人幫妳治療。」倫納德一面說一面向劉秀澤拿塊紗布壓住蕭璟傷口，她臉部肌肉抽動了一下。

「這讓我想到七年前你中彈時我幫你治療的情景，」蕭璟虛弱的說，「當時你痛的一直抱怨。」

倫納德露出苦笑，七年前在西安從軍事指揮總部逃出來的時候自己肩膀中了一彈，蕭璟幫自己處理傷口，還責備他一直抱怨，自己當時痛得還說下次換蕭璟中彈就知道了。現在他恨不得自己從沒說過那樣的話。

「妳別再說話了，我們等下就去找人幫忙。」

蕭璟搖了搖頭，「我沒……沒辦法了。幫我從我上衣的口袋拿出那顆東西……」

倫納德趕緊把她口袋打開，發現是一顆藥丸，他困惑的皺起眉頭。

「這是七百毫克的氰化鉀。」蕭璟說道，倫納德震驚的瞪大眼睛，「只要幾秒，我不會有痛苦……」

「不行，不行，一定還有別的辦法。」倫納德緊握那顆藥丸，眼眶中蓄滿淚水，他知道這顆藥一定是她在去隔離營前就已經準備好了。

「拜託，其實我很早就想這樣做了，只是當時還放不下，而且還要把手上的基因組送給世衛組織。」蕭璟懇求的抓著倫納德的手臂，「我能撐這麼久，已經很幸運了，記得李柏文他說的話嗎？」

「不要管他說過什麼話，那根本不是妳的錯。」倫納德憤怒的說，聲音不住顫抖，「就是他把妳害成現在這個樣子的。」

「他雖然可惡，但說得沒錯。」蕭璟眼眶也泛出淚光，「想想我害死了多少人，多少家庭因為我而破碎？我在隔離區時，親眼看到無數母子、愛侶、朋友因為我的緣故而支離破碎……我害死的人比歷史上任何一個暴君或獨裁者都還多。我應該要被萬夫所指，唾罵千古……」她說到這不禁啜泣起來，淚水自眼角流淌下來。

「拜託，妳不要再這樣想了。」倫納德痛心的說，他緊握蕭璟的手，感覺她手愈來愈冰涼，「我們好不容易才走到這裡，千萬不要放棄好嗎？我們好不容易才走到今天……」

蕭璟搖搖頭，倫納德心頭立刻涼了一大半，「對不起，我真的太累了。倫尼……我很……很感激你這段時間對我做的一切，是你一直以來的關愛讓我可以撐下去……你容忍我古怪的脾氣那麼久，我甚至從來沒有在你懷中撒過一次嬌，溫柔過一次……」

「那些全部都不重要，」倫納德吼道，他感覺自己已經快崩潰了，「以後有的是時間，只要撐過現在就好了，已經有太多人離開了……我這次絕對不會放開你。」

「雖然我從來不相信世界上有神，但如果真的有，希望祂能原諒我的過錯……」蕭璟說到這，頭向後一仰昏死了過去。

「璟！」倫納德大聲吼道，但蕭璟臉頰冰涼，已經沒有回應。

「她已經不行了，」劉秀澤把手搭到倫納德肩上，眼眶泛淚說道，「沒辦法了。」

「胡說。」倫納德說，他現在已經恐慌到極點，反而開始冷靜下來，「她還有脈搏，還有機會……」

「她失血到這個地步，已經……已經……」劉秀澤說不下去。

倫納德一咬牙，他腦中萌生出一個點子，這點子很瘋狂，但人往往就是在危急時才想得到了不起的點子，「我要把血輸給蕭璟，她必須要有鮮血才能有足夠凝血因子。」

劉秀澤瞪大眼睛，「怎麼做……」

「你接手繼續按著蕭璟的傷口。」倫納德跑去翻找急救包，他拿出兩條塑膠管還有一個最大型號五十毫升的針筒。他曾經看過戰爭時期發明的二人直接輸血儀，他用一個針頭把針筒兩側給戳出洞口，並把塑膠管塞進針筒中然後用膠帶封住洞口，並封住針筒的開口，再把兩個針頭各自接到塑膠管另一端。令他相當意外的是，這麼冒險的操作過程他的雙手竟異常沈穩、俐落，完全沒有任何顫抖或猶豫。他完成後仔細檢視了自己臨時想出來的發明，外觀簡直是個災難，但實用性才是最重要的。

「她好像要休克了！」劉秀澤摸著蕭璟的頸側叫道。

「來，你把蕭璟的手臂扶起來。」倫納德說，他這時異常穩重，情緒沒有什麼波動。

劉秀澤看了倫納德手上的傑作立刻目瞪口呆，「那是什麼？」

「創意臨時雙向輸血儀。」他一面說一面把一邊針頭刺進蕭璟的右手靜脈。

「你瘋了嗎？以蕭璟失的血量你要幫她補回來的話，可能會要了你的命。而且你們血型有配對過嗎……」

「她是A型陽性，和我沒有問題。如果會要我的命，那就儘管來吧，我早就死裡逃生好幾次了。」倫納德冷靜的說，他把另一端針頭接在自己手臂上，並且抬高，「你捏著蕭璟那端的軟管。」

倫納德緊握手臂，拉起針筒活塞桿，他看到自己血液被抽出，流到針筒中，等到針筒一滿，他立刻捏著自己這端的軟管，並要劉秀澤鬆手，再按下活塞桿，把血液輸入蕭璟血管內，過程比他想像的順利。他精神一振，「再來。」

他一直反覆操作，完全不曉得自己輸了多少的血過去，他只是一直盯著蕭璟的臉孔，並注意她腹部的出血量。他感覺自己開始頭暈目眩，但他強忍住，繼續輸血給蕭璟。

倫納德只覺得眼前的景物愈來愈亮，他感覺耳朵出現耳鳴，身體開始不住的顫抖。但他咬著牙，在腦中默默地向神祈求，在他模糊中聽到劉秀澤歡呼說道蕭璟脈搏增強、出血減少後，他終於體力不支的摔倒在蕭璟身側，他在心中默默禱告。「若我在醒來前死去，求祢帶我靈魂同行。」

然後一切陷入黑暗。

67

中國　西安　印法埃軍事指揮部

江少白坐在螢幕前，一動也不動的盯著上面顯示的影像。

他還處在震驚當中。在他趕來戰情室時，正好看到李柏文拿著槍抵著蕭璟的頭，他情急下立刻命令李柏文住手，透過印法埃隊員制服上的攝影機，他看到倫納德在那刻用了自己的精神力量，把所有士兵全部擊殺，而之後蕭璟中了李柏文一槍，便頹然倒地，最後被倫納德抱走不見蹤影。

「報告總司令，搜查完了，並沒有發現他們的行蹤。」一個聲音從喇叭傳來，「但根據我們看到地上的失血量，可能有兩公升以上，絕對沒有生存可能。」

江少白顫抖著關掉聲音，多年前那人倒在血泊中的畫面再次浮現在他的腦海，「不可能……怎麼會……」

「終於結束了，是嗎？」

江少白霍地轉頭，看到混沌面帶笑容的看著螢幕上滿地鮮血的影像，愉快的走了進來。

「你個混蛋！」江少白大吼一聲撲上前，把混沌用力壓在牆上，他雙眼憤怒的快要噴出火來，「是你，一定是你命令李柏文殺掉她的，你明明知道……知道……」

「成大事者不能被這種小事絆住，尤其是你肩負著沈重的使命。」混沌面無表情的看著江少白，「你的愚昧會讓組織配合母星的偉大計畫受到重挫。」

「蕭璟是無辜的，她和這件事沒有關係！」江少白吼叫的說道，他勒住混沌的脖子，「你知道我已經獨自一個人走了多遠了嗎？所有人——前主席、委員會、情報單位、還有你——全告訴我他們都死了……好不容易出現一絲曙光，你竟然……」

「你為了走到今天這個地步，殺害的無數人中，又有哪些不是無辜的？」混沌冷笑道：「當她影響到你的判斷時，她就罪該萬死。」

「你說什麼？」江少白咆哮，用力收緊勒住混沌脖子的手，「我告訴你，我現在就宣布解除你在印法埃的一切權限還有職責！現在，馬上給我滾出這裡！」

「你失去理智了！」混沌掙脫開江少白的壓制，用力把他推開，他踉蹌後退，撞倒在桌上。江少白表情憤怒，眼神卻無比痛苦的看著混沌，「不要把心思放在沒有用懊悔上，這是你得以走到現在的基本原則。現在蕭璟已經死了，而且她還是被你親手逼死的，你自己也清楚這一點。快點把心思轉回乙太的大業上吧。」

「不……我做不到。」江少白搖了搖頭，他罕見的用哽咽的聲音說道，「他們已經消失了這麼多年，現在她好不容易又出現在我生命中……」

混沌嘆了一口氣，他伸手把江少白拉起來，他眼神稍微柔和的看著江少白。「我做了這麼多就是希望能在你發覺前，剷除掉會動搖你的心智的威脅。雖然最後被你察覺，但至少威脅已經除去，現在只剩下你自己心中的檻要跨過去而已。」他直視江少白的低垂雙眼，沈著嗓子的說：「也許你應該好好休息幾天，回去一開始的地方吧，然後就澈底放下所有牽掛，從此專心奉獻在真主的計畫中。」

江少白緩緩的點了點頭，像是壓在身上好幾年的重擔忽然全數被移除一般，身體頓時垮了下來。過了好一陣子，他才輕輕嘆了口氣，「好吧。這段時間，就請你們幫忙掌理了。」

68

美國　華盛頓特區　五角大廈　淨評估室

「這就是目前的情況。」一名少校對法蘭克總統說道。

一千軍官站在五角大廈的淨評估室，螢幕上顯示著日益擴大的疫情感染區，以及印法埃不斷增長的勢力範圍。此時近半個東亞、非洲和南美洲均呈現淪陷或無政府狀態，歐洲和北美洲因為接受方舟發電廠的比例並不高，因此仍保有實力和控制地區，但疫情卻是遍佈整個世界地圖。

在美軍位處西太平洋的艦隊遭到全滅後，美國立刻召回世界各地軍事基地的人員，所有艦隊更是停在美國領海內嚴禁出航。對外的航班交通也中斷了，同時派遣重軍封鎖和加拿大以及墨西哥的邊境，不讓任何人進入。美國實質上退出了各個軍事同盟組織，包括蓋亞聯盟以及北大西洋公約組織，但依然提供技術上的資源。

在這場瘟疫爆發後，世界上有十一國的元首因此喪命，再加上受到印法埃軟禁控制的，實際數字還遠遠超過這些。美國前任總統便是其中之一，而此時的總統是七年前遭遇外星入侵戰爭時，時任美國國防部長的法蘭克，在他領導下，成功把美國僅存的實力保存下來，並且穩定了國內混亂的情勢。但儘管如此，卻仍然無法遏止愈演愈烈的疫情。

「倫納德和蕭璟，蓋亞聯盟成功接到他們了嗎？」法蘭克總統向身旁的人員詢問。

「他們在接應時遭到印法埃的突襲，根據最新的資訊……沒有一人生還。病毒基因組也沒有拿到。」世衛研究團隊的領導人約書亞沮喪的說，所有人都知道他多渴望取得病毒基因組，但結果卻令人失望不已。

「他們可是當年成功從外星星艦逃離的人，想不到連他們也……」法蘭克喃喃自語的說道，然後嘆了口氣，「這最後解決病毒的希望也丟了……現在還有什麼辦法阻止他們？」

「總統先生，我們當務之急應該要嚴格掃蕩國內任何印法埃所有的據點，以及清查任何有感染跡象的人民。只要確定國內情勢安全無虞，軍事實力也保存住，印法埃就絕對無法入侵我國。」國安局長說道。

「離岸平衡手，這是過去我國採用的策略。如今把我們陷入孤立的情況，能向外投射的海軍也被迫困在領海內，簡直是二次世界大戰時的日本帝國。」法蘭克發出自嘲的苦笑，卻一針見血地點出現在局勢的危急。

「總統先生，康斯坦絲少將說有要事向您和金恩博士報告。」一名官員到總統耳邊小聲

「現在情況緊迫，等討論結束再說。」法蘭克總統不耐煩地回答。

「還有，她說自己是『七眼計畫』的負責執行長。」

法蘭克總統給這句話愣地說不出話，他看向前方一干面露好奇的人們，「各位先繼續。我和約書亞博士先離席一下。」然後低聲對官員說道：「帶我們見她。」

他們二人走出淨評估室，只見身穿藍色軍服的康斯坦絲少將提著一個手提箱，她一看到總統便微微的點了個頭，「總統先生。」

「妳是什麼意思？」法蘭克劈頭就問，「七眼計畫早在我那時候就廢除了，技術上完全不可行。如果現在

還在的話，我怎麼可能不知道？」

「計劃在七年前外星入侵戰爭結束後重新啟動，在半年前接近完成。這是軍方極機密計劃，您剛接任總統不知道也情有可原。」康斯坦絲伸手往後指，「跟我來就知道了。」

法蘭克將信將疑的跟在後面。七眼計畫是十五年前美國國防高等研究計畫局（DARPA）提出的特殊戰略計劃，並和海軍研究實驗室（NRL）、太空總署（NASA）及約翰霍普金斯大學物理實驗室（APL）協力合作開發。這計畫的意義正如同它的名字：《聖經》中提到的「聖靈七眼」，是個全知、全智、全能的象徵，它得以遍察看透世上萬物。而這個計畫的目的是創建一個全球情報監控系統，可以駭入各個網路取得資料，並且對所有加密資訊進行破解。但此計畫需要極為龐大的運算能力和建立全球駭客系統，因幾乎不可能達成，便遭到廢止。

康斯坦絲帶著總統走到地下室底層，最後來到一扇鋼製大門前，她輸入一連串密碼並將虹膜貼到識別器上，上頭的光芒閃爍了一下，大門接著滑開。「總統先生，請。」

法蘭克走了進去，馬上被前方的景象震懾。

整個空間都是白色的，法蘭克環顧四周，過去這裡放著許多雜亂無用的電子設備，現在變得十分整潔且更具有科技感。而最吸引他目光的，毫無疑問就是前方的電腦設備。好幾個螢幕正迅速跑著成串的代碼，而在螢幕一側，是一個被透明且厚重的玻璃罩起的電腦處理器——至少法蘭克是這樣猜測——這台處理器不同於一般的電腦CPU，意外的沒有什麼複雜的線路在其之上，只有少數幾條極其細微的銀色亮光指向面板上一個小小的晶片，法蘭克和約書亞靠近觀察，只見那個晶片外觀非常的薄，上面也不見什麼刻蝕痕跡，只有在框著晶片的面板上看到刻著「1024」的字樣。

「這晶片是什麼？」法蘭克開口問道，「我從來沒有見過這種樣式的。」

「您沒看過很正常，因為這不是傳統的電子晶片，而是量子處理晶片，旁邊的數字表示它的位元數量。」

法蘭克驚訝的瞪大眼睛，約書亞卻先開口。

「你們成功連結了一千零二十四的量子位元！」約書亞驚嘆的說。

「沒錯，如今這台量子電腦的運算程度遠遠超過過去世上所有電腦的總和。」

法蘭克難以置信的搖搖頭。量子電腦的運算模式和一般的傳統電腦有著很大的差異，量子電腦基礎奠基於量子的不確定性。當量子處於『疊加態』時，可以同時具有兩個指向，例如上方和下方，而這兩種指向轉換為資訊用語便是1和0。當愈多量子處在疊加態時，便能同時代表更多數值。假若有兩個量子，每個量子各有兩個數值，則可以產生四組數值：11、10、01、00，後續每增加一個量子，運算速度便會以指數型態上升，因此只需少數量子即可處理龐大的運算。然而，這原理雖然簡單，卻有許多實際上技術層面上需要克服的難題。

「但是量子極易受到外界干擾性、還有不可複製原理和超大容量處理器，這些問題是怎麼克服的？」法蘭克問道。

「這都要拜七年前的外星入侵戰爭所賜，」康斯坦絲對露出困惑表情的二人露出微笑，「從外星人那獲得技術的，可不只有印法挨而已。」她表情愛憐的撫摸那台用強化玻璃罩住的量子電腦主機，彷彿那是她的孩子，「這台量子電腦處理器的晶片，是運用地鼠身上發現的超金屬所研發。這種金屬可以在任何溫度下任意調控內部電阻、電子流向、內在磁場指向和原子震動程度，它甚至可以在外界六千克氏溫標的情況維持超導現象，並隔絕一切干擾維持內部絕對零度。因此透過它的幫助，便可輕易解決超導電路和外界干擾的問題，而在固定量子穩定態上，先以雷射冷卻技術將量子冷卻，再透過準粒子將多體量子凝態。由於該金屬的電磁指向能力非常高，可以較長時間困住量子在指定相態不發生退相干現象。」

法蘭克和約書亞都是這方面的專才，不需康斯坦絲過多的解釋便能明白，他們用一種近似崇拜的眼神看著眼前的儀器。

「至於解決量子不可複製和容量過小問題的外緣處理器，請您看看這個。」康斯坦絲指著一個用玻璃罩著，外觀毫不起眼微小球狀金屬塊，它透過基部的線路，連結到量子電腦主機和另一頭的螢幕顯示器。

法蘭克眨眨眼，「這個是……」

「這台連結量子電腦外部的處理器，是運用同樣的超金屬所研發，透過在每個原子間設計迴路，讓每個原子可以儲存大量資訊。由於原子間是立體維度，它不同於傳統二維資料處理器，可以在垂直維度上更海量的儲存資訊，目前每一克的金屬約可以儲存十六兆ＴＢ的容量。另外透過現在量子位元處理器的成功，安裝於電腦上的人工智慧也有了更革命性的發展，對於資料的過濾、處理和判斷，能以近似人類的直覺性多線運算，大幅提升作業效率。」

「原來地鼠的外殼還有這種作用……」法蘭克總統讚歎道，他執掌國防部時一直把這種金屬用在軍事研發上，想不到現在這一小塊金屬就可以超越人類史上所有的電腦發明。

「要不是我們現階段技術還無法量產這種金屬，我們在各方面的運用一定可以有更大突破。聽說印法埃的奈米機器人運用這項原理，可以連結斷掉的神經線路，不曉的是不是真的。」康斯坦絲說，「扯遠了。不過在『七眼計畫』中佔有重要角色的，還有在五年前研發，現在已經散播在世界電子儀器的新型蠕蟲病毒。它可以自我伸縮並感染接觸到的電腦、伺服器，再加以監控，因此即便是內網獨立系統，只要被接觸到便可以進而駭入其中。它和量子電腦配合，幾乎可以破解世上所有電子類的密碼和訊息。」

他們兩人同時領悟到這背後具有的極重要涵義，猛地轉過頭。約書亞盯著康斯坦絲，不可置信的說：「妳的意思是……」

「是的，」康斯坦絲對總統和約書亞博士露出微笑，然後指著一旁的顯示器螢幕，上面顯示一大串排列的符號，「我們已經成功破解印法埃的病毒基因組了。」

69

中國　青藏高原某處

倫納德緩緩睜開了眼睛，看著白色的天花板。

「璟……」他口中喃喃唸著腦中第一個閃過的字，他用力撐起自己的身體。

倫納德感到無比的暈眩，意識相當模糊，不大確定發生了什麼事。他努力回想發生了什麼事。他原本和蕭璟還有劉秀澤要跟蓋亞聯盟的人員接頭，然後……然後遭到印法埃的襲擊，他們好像還帶著奇怪的頭盔，之後自己似乎放出了某股超過自己極限的力量……再來倒在地上的歸向者開了一槍，殷紅的血色劃過眼前，然後蕭璟……

他猛然瞪大眼睛，激動的奮力坐起身來，轉頭尋找蕭璟的身影。他猛烈的動作帶給頭部一陣劇烈的痛楚，但他此刻毫無心思在意自己的身體，他想起自己緊急輸血給蕭璟，直到撐不住昏死過去。在那之後蕭璟怎麼了？

好在他很快就看見了。蕭璟躺在不遠處的另一張床上，身上蓋著乾淨的棉被，手臂上還接著點滴。倫納德趕忙翻身下床，靠近蕭璟身邊。只見她表情相當平和，輕輕閉著雙眼顯然在熟睡狀態。她臉色雖略顯蒼白，但比起先前有氣色許多，身上的衣服及髒污也都清理乾淨。倫納德小心翼翼的揭開棉被，輕輕掀起蕭璟身上的衣服，發現她腹部的傷口已被妥善的包紮處理，腿上的槍傷也只剩下疤痕。倫納德不禁鬆了口氣，把棉被重新蓋上。

確認完蕭璟安然無恙後，倫納德才開始觀察周圍並真正注意到自己身在何處。

他們所在的房間顯然是間病房，除了他和蕭璟躺的床位外，還有三張空床，整個空間相當整潔。每張病床間都有張桌子，上面放了花瓶，顯然時常有人來打理。

倫納德走到窗戶旁觀看外面的景色，卻大感意外，他原先預想自己應該是在某個隔離區的醫療房內，然而窗外竟然是大自然景觀，不見多少建築。他打開窗戶，卻被迎面而來的冷空氣凍得打了個哆嗦。他關上窗戶，喃喃說著：「這是什麼情況？」他在西寧昏倒後，究竟被誰帶到這？還有劉秀澤，他人又在哪？

「你終於清醒了。」一個人聲從一旁傳來。

倫納德轉頭一看，只見一名年約五十歲的男人走了進來，他頭髮略微稀疏且有些灰白，眼睛顏色很淺，近似透明的琥珀，卻在其中閃爍光芒，似乎藏了些深不可測的東西。然而真正讓倫納德注意到的，是他踏進病房時傳來和歸向者一般的強烈感受，只是更為強大。

「你怎麼……你是什麼人？」倫納德謹慎的說道，同時緩步走到蕭璟的病床邊。

「別緊張，我知道你一定有感覺到我和你的相似之處。但我不是你的敵人，這說來話長。總之，你和蕭璟在西寧的樹林中是被我們的人救起來，你們現在在我們青藏高原的基地中。」那人微笑說道，「先和你自我介紹一下，我叫游弘宇，是這裡的領導人。」

「您好……游先生？」倫納德說，他腦中還有很多疑問，眼前的景象又讓他非常困惑，一時間不曉得要從哪裡發問。「我昏睡了多久？還有蕭璟的狀況如何？」

「從救了你們到現在，已經過了三天了。」游弘宇回答：「你除了失血過多外，還有過度使用自己精神力場，有些類似機械過熱的概念。至於蕭璟……她受了很嚴重的致命傷，幸好有你替她輸血撐過最危急的時刻，現在這些傷已經不會威脅到她的生命，腿傷休養一陣子也可以再次行走。」

倫納德聞言鬆了口氣，覺得壓在胸口的大石總算落地，他握住蕭璟的手，「謝謝……」

「但是……」游弘宇說出的詞立刻截斷了倫納德的話。倫納德抬頭看著游弘宇，他猶豫地瞥了蕭璟一眼，然後看向倫納德，輕輕嘆了口氣，「我想你也知道。她除了槍傷外，身上還有其他的麻煩。」

「……是病毒嗎？」倫納德感覺自己呼吸漸漸急促起來。

「不，那個問題已經解決了。她受傷後，你緊急輸血給她，血液中具有你體內基因的抗體，反而因禍得福的遏止了她的症狀。再加上我們這邊對這病毒有深入的了解和應對療法，現在她已經從黑死絕症中康復了。」

倫納德不禁一驚，想不到這麼簡單的方法就可以醫好蕭璟感染的病情，但倫納德仍靜靜聽著游弘宇接下來的話。

「她在印法埃監獄時，受到了很嚴厲的折磨，並留下永久性的傷害。表面上看起來是精神層面的傷害，但其實在更微觀的尺度下，和物質層面有著有很密切連結。這傷痕會漸漸擴大，並侵蝕她的生命。那是完全未知的領域，以目前的技術，並沒有治療的方法。依據目前情況，她可能只剩下三個月的壽命。但如果好好休養，半年甚至更長的時間都有可能。」

游弘宇一口氣說完在倫納德聽來像是晴天霹靂的結論。倫納德低頭看著蕭璟，緊緊握住她的手。一年甚至幾個月而已。他和蕭璟相處了七年，只覺得這七年轉眼就過去，現在聽到他們只剩下三個月的時間，不禁有種失去重力，飄浮在半空中的茫然感。雖然他曾在蕭璟生命垂危時祈求讓她多活一天就好，但現在聽到如此明確的死亡宣判，還是讓他感覺整個人空蕩蕩的。這麼多年來，蕭璟不單單是他的女朋友，更是他生命的一部分，他完全無法想像失去蕭璟後該如何生活下去。

「我很抱歉，沒能做的更多。」游弘宇看倫納德的表情說道。

「不……你們已經為她做了很多，我很感激。」倫納德搖搖頭，把蕭璟的手輕輕放回她的身上。儘管這個事實是如此的震撼人心，但眼下還有更為緊迫的問題要煩惱。倫納德看向游弘宇，「當初在樹林中你們是怎麼找到我的？」

「關於這點，我想讓你見個熟人。」游弘宇看起來很樂於轉移話題，他對著門外叫了一聲。

劉秀澤打開門走了進來，倫納德瞪大眼睛看著他，他面露有些難為的笑容，「是你？」

「嗯……是的。」劉秀澤回答，看向游弘宇。

「劉秀澤其實是我們優秀的成員，之前被派去保護你的安全。」游弘宇代為解說：「為了避免印法埃的人發現他，我們連他自身的力量和記憶也進行壓抑及修改，只在潛意識中下達必要時護衛你和蕭璟的指令。」

「是的，我不久前才回憶起許多事。特別是和你一起對付歸向者的時候，喚起我很多記憶。」

倫納德難以置信的點點頭，不過這確實可以說明過去幾年來發生的許多事情。他實在無法想像如果沒有劉秀澤的幫助，自己如今會是什麼景況。他對劉秀澤深深地鞠了個躬，「我和蕭璟，對你好幾次救命之恩，獻上最大的感激。」

「不，這是我的任務，同時也是為了拯救世界。」劉秀澤看起來十分不好意思，趕忙對倫納德說道，但儘管他這麼說，倫納德還是知道他為自己所付出的，是難以用『職責』二字涵蓋。

「讓我和倫納德獨處一下，」游弘宇對劉秀澤說，「我等會兒再找你。」

劉秀澤對兩人點點頭，然後走出病房。

「好了，」游弘宇轉向倫納德，「我想你有很多問題想問吧？」

「那麼……可以和我解釋一下現在的情況嗎？你的真實身分是什麼？」

「先坐下吧。」他和倫納德各自坐在一張病床上。「你既然和印法埃交手這麼多次，應該大致瞭解他們了吧？這樣應該可以先猜猜看了。」

「其實也沒有什麼了解……」倫納德喃喃說。眼前這個人明顯處在和印法埃反對的勢力，他回想起在芬蘭時夢到的景象。「你們是始皇後代的其中一個支派，反對印法埃的……救贖派？」

「這是很久以前的名字，你居然聽過，真叫人意外。」游弘宇表情驚訝的說。

「其實那是我在夢中看到的。」倫納德有些不好意思的說，並大略向游弘宇描述夢中的景象。游弘宇沒有露出嘲笑的神情，只是專注地聽著，倫納德說完後他點了點頭。

「難怪，你的狀況雖然不常見，但也不是沒有。你夢中的那些景象確實有一大部分是我們始皇後代過去在歷史上的爭鬥，你的猜想也沒錯，我們的確是當初的救贖派。這兩千年來我們一直肩負著和其他始皇後代，也就是印法埃對抗的使命。不過到了近代，我們人數已經銳減了許多。」

倫納德聽游弘宇的話，頓時解開了許多深藏在心中的疑惑，就像在黑暗中忽然亮起好幾盞燈，一時感到有些刺眼。但他決定要把握這個機會，好好去了解贏政後代的發展。「你能大致和我說一下你們……我是說贏政後人，或是印法埃的歷史嗎？」

「這說來話長，要從何說起呢？」游弘宇想了一下說道：「你有聽過印法埃的最高領導階級，『十二使徒』這個制度嗎？」

倫納德搖搖頭，有些困惑，「十二使徒……不是基督教世界的東西嗎？」

「你說得對，但兩者之間的意義並不相同。」游弘宇點了點頭，「要了解印法埃的過去，你必須知道這個制度。秦始皇在歷史上一共有十二個兒子，十二使徒最原始的意義，便是以這十二名直接承襲始皇使命的人組成最原始的地下組織『印法埃』。而後印法埃皆會有十二名象徵不同子孫的代表，作為領導印法埃的最高單位，也就是現在印法埃企業的委員會。在贏政休眠後，他們自命肩負著讓乙太和贏政重新降臨的使命，可是後代使徒的挑選，也不再是依照十二人的血脈，而是不同使徒各自挑選符合他們心意的人作為傳人，以維持各支派的意念純正。」

「但是歷史這麼悠久複雜，各使徒是如何確保支派的正確傳承？」

「這的確是的問題。所以只要是榮獲使徒一席的人，便會擁有一個從秦始皇便傳下來的信物，這是確認身分的重要至寶，類似古代君王的玉璽一般。」游弘宇說道：「這十二枚戒指，全數由『地鼠』身上的超金屬鑄造成相同的指環，以區別各支派的。上頭的寶石，分別為：碧玉、藍寶石、綠瑪瑙、綠寶石、紅瑪瑙、紅寶石、黃碧璽、水蒼玉、紅碧璽、翡翠、紫瑪瑙和紫晶。每一顆寶石都象徵了贏政不同的後人，在漫長的歷史中，他們有時會遺失，但由於它們獨一無二的特徵，最終一定會重出江湖。」

倫納德皺起眉頭，他想起了一個相當古怪的事實，「等等……這十二顆寶石，不正是《啟示錄》中建造天國的十二道根基嗎？」

「你很敏銳，這麼快就發現了。」游弘宇讚歎道：「沒錯，這之間的聯繫連我都不得而知。不過正如你所說，使徒手上的十二枚戒指，確實象徵了他們未來要破碎這個世界，重新建造與乙太相連的新天新地。」

「真是群瘋子，」倫納德厭惡的搖了搖頭，「那麼江少白，正是現在這十二名印法埃委員會中的領導人，是嗎？」

「大致上沒錯，不過我要更正，是十一名。」游弘宇對困惑的倫納德舉起自己的右手，倫納德看見他手上配戴的水蒼玉戒指不禁瞪大雙眼，「誠如你所見，第十二枚戒指正在我這裡。事情大致上是這樣，當時以胡亥為首的支派，受到一名和嬴政同樣來自乙太的外星人影響，他看清了嬴政的真面目並開始反對他的理念。這支派在嬴政休眠後便脫離印法埃，和其他支派反目成仇，並先下手為強屠殺他的兄弟，企圖一舉終結嬴政的計畫。這導致整個組織內部的第一次大分裂，不同派系間彼此殘殺，印法埃的實力因此一落千丈，過了幾百年才重新振作。這段歷史今日被印法埃稱之為『大浩劫』，也因為這段歷史，使得十二名委員中至今仍有一名缺席。」

「等等，你是說在對抗印法埃的過程中，胡亥居然是正義的一方？」

「很令人意外，對吧？現實往往和人們所想的不同。這也就是為什麼印法埃至今仍不斷努力地尋找第十二使徒，以求到達完整。相信你知道，秦始皇當年統一天下，創建了十二座銅像，象徵了『統一』和『完整』。對印法埃而言，這是一個具有相當重要意義的象徵。」

倫納德一次接收了那麼多資訊，不禁頭腦有些發脹。但這番說明確實解釋了他過去的許多疑問。「那名影響胡亥的外星人，是不是有一個名字叫傑生或是黃石公？」

「沒錯，看來這是你七年前進入星艦中知道的？」

倫納德沒有回答，然後他忽然想起什麼，開口問道：「這麼說，當年我們在西北大學，還有在芬蘭挖掘到的石板遺跡，都是出自你們的手筆？」

「你猜得很對。確實，那些遺跡應該是當初他們遇難時，將許多歷史和資料刻在上頭。但石板上頭到底刻了什麼我也不是很確定，畢竟都是千百年前的事了，到現在大多都失傳了。」游弘宇頓了頓，又繼續說下去。

「隨著後來歷史的演進，贏政後人逐漸從中國散播到世界各地。這和你所熟悉的歐亞歷史有著密切關聯，像是胡亥的後人便遷移到朝鮮、日本等東北亞地區，歐亞洲的貿易交流也促使一些人前往西方。始皇後代真正第一次大批前往歐洲，是因漢武帝將匈奴擊退，迫使他們遷移到東歐，這使得始皇後人的影響力開始在歐洲紮下根基。後來的蒙古西征則是再一次的遷移。

「要知道當時的交通和通訊能力遠遠不能和現在相比，因此印法埃並沒有像現今這般完整和統一，而是處於各自發展的階段。因此印法埃實力並非一直在東亞維持最強大的勢力，但其中最具代表性的就是在中世紀時期在歐洲出現的新興勢力『東印度公司』。你應該很熟悉，它創下世界史上第一次由公司的力量主導國際局勢發展，這也奠定了印法埃後續的發展模式，由檯面下完全轉為公開的企業組織。爾後百年，東印度公司對亞、非、美洲的侵略殖民，印法埃世界各地的勢力第一次連結在了一起。到了二次世界大戰，他們正式合併成為現下的企業。

「當然，在整個歷史進程中，印法埃和我們一直彼此對抗，但幾乎沒有一邊真正完全贏過另一邊。不過在二次世界大戰中，我們受到嚴重的摧殘，幾乎遭到全滅，現下的這個地點是我們最後的據點了。」

「發生了什麼事？」倫納德聽到二次世界大戰不禁問道。

「你其實應該知道部分的事情，畢竟，這和你家族有極為重要的關聯。」游弘宇臉色變得有些陰沉，「你的曾祖父江清良，曾是印法埃十一使徒之一。」

「我的曾祖父？也就是說……是我和江少白的直系祖先？」這消息帶給他的衝擊遠勝過游弘宇剛才所說的

一切。

「是的，你要知道，印法埃這個組織也不是鐵板一塊，而是有許多不同的派系勢力，在經過地理上和時代的分隔後更加劇這個現象。你們的曾祖父江清良曾是紅碧璽戒指的持有者，他在印法埃當中屬於溫和派，反對組織其他委員的理念。因此他曾經和我上一代的救贖派領導人有過接觸，希望聯手分化印法埃內部的勢力。結果東窗事發，江清良遭到當時身處東亞的另外三名委員聯手處決，和他接觸的救贖派也因此被順藤摸瓜的被揭發遭襲，導致了如今勢力大幅縮水的慘劇。」

「那枚傳承戒指，最後由誰接續下去？」

「你說呢？」

倫納德沉默了一會兒，他很快就想出了答案，「江少白。」

游弘宇點了點頭，「你猜的沒錯，江少白正是接手你們曾祖父使徒地位的委員。」

「但那是好幾年後的事了！這中間到底發生了什麼？而且為什麼我爺爺……」

「這是一個非常長的故事。」游弘宇打斷倫納德說：「而且這件事不僅限於你和江少白兩人，我打算等你女朋友蕭璟小姐醒來之後再告訴你們詳細的經過。」

倫納德沉默了下來，雖然他還有許多疑問，但他決定先好好消化游弘宇告訴他的這些資訊，再去細細思考這些訊息對於戰勝印法埃有什麼樣的幫助。在游弘宇詳細的說明中，他想到一個很重要的問題，「你說劉秀澤是派來保護我免於印法埃威脅的，但在七年前我還未發現到自己的力量時，他就已經在我和蕭璟身邊了。你們難道是單憑我爺爺的關聯就預測到我會具有精神力量嗎？還是你們掌握了什麼其他的資訊？」

「關於這點，我想要請你跟我過來。」游弘宇表情嚴肅的說道，他站起身來，「走，我帶你去個地方。」

倫納德滿心疑惑，不發一語的和游弘宇走出病房。游弘宇帶著他走出這棟建築，沿著一條蜿蜒的道路行走，道路兩旁有許多較為低矮的樹木，建築分佈也頗為稀疏。在路上有好些人從他們身旁經過，他們同游弘宇一樣具有強度不一的精神力場。但令他相當不解的是，當他們看到自己時都顯露出敬畏和訝異的表情。

「為什麼這裡的人看到我都一副看到外星人的表情？」

「你注意到了？」游弘宇有些神祕的說，「因為這裡的人大多都認識你。」

「認識我？」倫納德心中浮現一個恐怖的想法，該不會自己像是「楚門的世界」中那個長久一直被他人監視，被當作娛樂的男孩一樣？

「你知道嬴政是在一萬三千年前最後一次冰期時來到地球的。」游弘宇的應答和倫納德的問題似乎沒什麼相關，倫納德皺起眉頭聽著，「然而在他來到地球之前，就有一些關於外星文明的遺跡被發掘，這是一個至今未知的謎題，我相信對嬴政本人亦然。諸多遺跡當中，有被稱作是描繪未來的五幅畫作，描述著將來審判世界的災害，其中四幅分別是四名代表天之審判的騎士，分別為：刀劍、瘟疫、饑荒、野獸。」

「等等，這不是天啟四騎士嗎？」倫納德問道，游弘宇此刻帶他走到另一棟外觀頗為老舊的建築當中。

「你說得很對，而且這四幅畫作全是在不同地點、不同時間所找到的，更為他們的真面目加添神祕的色彩。但毫無疑問，這些畫作描述的內容和後來嬴政降臨及乙太有著密切關聯，那些甚至可說是預言了印法埃現今的行動，而那四幅畫作現在正被印法埃掌控著。」

「你說有五幅畫作。」倫納德指出，「那還有一幅呢？這又和劉秀澤保護我有何關聯？」

「關於這點，我想你看了就會明白。」游弘宇帶他穿越了一道長長的走廊，然後走到一面牆前，他按下照明開關，幾束光照在牆面上那由防彈玻璃覆蓋的畫作。倫納德一看到立刻瞪了眼睛說不出話，這幅畫以粗糙的筆法模糊的勾勒人物形貌及周圍景色，絕稱不上什麼優美的畫作，卻讓他心頭震懾不已。

「這……這是……」倫納德顫抖著轉向游弘宇。

「你看得沒錯，」游弘宇對倫納德深深的鞠了個躬，「這第五幅畫作上的那兩個人，毫無疑問便是你和蕭璟小姐。你們是打倒印法埃唯一的希望。」

美國　世界衛生組織研究所

約書亞比對著各個病毒對應劑的樣本分析資料，心中讚歎不已。

在得知「七眼計畫」並取得病毒基因組後，病毒研究團隊立刻如火如荼的展開研發。實驗室中也一改過去消沈的氛圍，此刻所有研究員都積極的對著各樣的器材、電腦處理各自負責的領域，並不時交頭接耳的討論彼此的見解。這景象讓約書亞精神為之一振，原本毫無方向的研究，終於露出一線曙光。

有了量子電腦的協助，他們除了掌握完整的病毒基因組，對於解藥配置、個體狀態模擬、分子結構建構，都有了不同以往的神速發展。過去要完全解析一種病毒各個基因、建構藥物結構，可能要花上好幾年的時間，但現在約書亞判斷大概一個月內就可以完成。

「你們繼續努力，我去看一下其餘受試者。」約書亞交代完後走了出去。

約書亞走到隔離染病者的隔間外，看到妻子雙木永萱正在外頭和幾個人拿著平板比劃著，她看到他過來便遣退了其他人。約書亞面帶笑意的走向她。

「請況如何啊？」

「成果斐然。」雙木說，她將手上的平板拿給約書亞看，上面顯示著一段標註成紅色的ＤＮＡ片段，「你看看，在解析完病毒和染病者之間的基因關連後，我發現個很有趣的東西。我們都知道，ＤＮＡ的密碼配對在分子尺度上是以量子力學原理，設定含氮鹼基的配對。在自然情況下，僅有十億分之一的機率，會讓基因排序出錯，但身體大多有修復機制。不過這卻是名符其實的量子基因，它不僅僅是在微觀尺度，甚至在巨觀尺度下都展現了量子性質，不受熱力學的紊流產生退相干。」雙木指著被標註的ＤＮＡ片段，「我們發現，染病者的基因接觸到黑死病毒後，這段基因內部的量子穿隧作用會被觸發，讓質子躍遷被計畫性的操控，使基因密碼重新排列。在重新建構基因組同時，僅有一種排列即分子結構是被認可並複製的，若排列有誤，則疊加態會立刻崩塌回量子態，直到正確唯一的基因序列被生成。而這重新排列的基因密碼，將會大幅活化人體的免疫系統和神經間離子通道，腦部系統尤其如此。」

「而這樣的過度活化，將會超越人體負荷極限，這就是黑死絕病的真面目。」約書亞搖搖頭，難掩讚賞的語氣，「我自認為是這領域的專家，結果印法埃居然已經做到透過電磁信號傳送引發生物基因重新排列的量子現象，並活用退相干特性確立病毒穩定性……真是人外有人。」

「還有更讓人驚訝的。」雙木接著說，「我們以同樣方式檢查了免疫者的狀況，結果發現當中有一部分的人，有第二段不存在於一般人身上的量子基因。而這段基因，是在第一段被病毒觸發的基因活化後，針對它進行調控，穩定它的狀態，使得感染者非但沒有因此死亡，反而變得比常人更加具有健康的抵抗力。」

「非常有意思，這就是印法埃真正的目的？」

「我想不是，而且遠遠不止如此。」雙木用神祕的語氣說道，她把畫面上的DNA片段改為兩張腦波電、磁圖。約書亞看了露出極為驚奇的表情。

「這是……」

「對於具有這第二段神祕基因的人，針對他們的腦波進行探測。發現他們腦內電磁場具有極高度統一性，強度遠遠超過正常數值。不但如此，我們還發現當中有極少數人具有對於常人精神波動進行感知，並甚至進行干涉的能力出現。」

約書亞嚴肅的點點頭，他臉上的震驚漸漸消退，取而代之的是恍然大悟的神情。

「盟軍投降、十餘個國家遭到滲透、情報部徹底透明化……」約書亞喃喃說著，「印法埃有操控人心的力量——他們的目的不是屠殺，是在篩選。」

中國　青藏高原　救贖派基地

蕭璟睜開眼，她以為自己已經死了。

她四周空無一人，身上的衣服淨白無瑕，身上的傷口也奇蹟似的幾乎復原了，走到建築外又被大自然所環繞，這一切完全改變了她對死後世界的觀點。一直到看見倫納德跑來並激動地抱住自己才解開這個誤會。

此刻她和倫納德一同在一個類似歷史文物館的建築中，有許多器物、文件、遺跡擺設在其中。這地方不同於它的外觀，雖然處處散發老舊的氣息，然而稍加注意卻可以看到許多高科技設備架設在其中。和他們在一起的還有劉秀澤，和自稱是此區領導人的游弘宇，他看起來只有五十幾歲，但實際上已經年近七十了。

倫納德鉅細靡遺地把她昏迷這五天來的事情全部告訴她，所有事情都讓她充滿了驚奇。像是這裡是反抗印法埃組織的基地，組成的人也都是贏政的後代（蕭璟聽到這時訝異的看向劉秀澤，他面帶微笑地對她點點頭。）她過去一直嘲笑倫納德是異類，結果現在反而變成她是這裡的異類，讓她感覺非常詭異。倫納德也指著館內的各種文物紀錄和她說明印法埃的發展歷史，游弘宇則在一旁適時給予補充。但她不像倫納德是個歷史迷，對這些並沒有太多興趣，最讓她感到無比震驚的，還是那幅聲稱描繪世界未來的畫作。

「這……這真的是我？你們真的確定？」蕭璟不可置信的盯緊懸掛在牆上的畫作。這幅畫背景以暗紅色為基調，正中央畫著一對男女在一個俯倒在地幼童身前，那男人單膝跪下，手握光芒將手伸向前方的孩子，那女人則站在一旁俯視著他，在畫作邊緣還有其他意義不明的圖像，但最常出現的人物仍是那對男女。這幅畫筆法相當粗糙，看起來也經歷過不少磨損，但是對人物那幾筆的勾勒，細看神韻確實非常像自己和倫納德。

「我剛看到也很驚訝，」蕭璟看向倫納德，他對自己苦笑著說。

「我們不曉得這幅畫代表的涵意，但毫無疑問，你們絕對會在未來扮演很關鍵角色。」游弘宇嚴肅的說：「因此就算付出高昂的代價也一定要保障你們的安全。」

「就算這樣說……」蕭環喃喃說著，她心中一瞬間轉過好幾種念頭，但沒有一個說得通，為什麼萬年前的畫作上，會畫著自己和倫尼的樣貌？而且倒在地上的那個孩子又是誰？

「這已經是延續千年的無解問題，我也不指望現在就能找出答案。」游弘宇看蕭環一臉迷惑的樣子說道：「現今世界正面臨迫在眉睫的危機，病毒散播的程度已經遠遠超過當年的黑死病，印法埃的勢力正急遽擴張，現在很需要你們的幫助。」

「當然。」蕭環把視線移開那幅畫作，但畫作上的所有細節此時已經深深烙印在她的心底，揮之不去。

「那請和我來。」游弘宇用手一指，帶著他們離開這房間。他們來到一間研究室門外，裡頭只有兩名人員正埋首頭處理著各樣研究裝置和數據，蕭環一看便知道他們是在做基因解析和藥物分子建構，但從他們疲倦的樣子和手忙腳亂的情形看來，顯然人手相當不足。除了兩名人員外，還有一名年齡較游弘宇略小的女人，看起來應該是這單位的領導，不時對其他人做出指示。

「那位是我的太太，陳珮瑄，我請她出來一下。」游弘宇對著裡面招招手，陳珮瑄看到立刻放下手邊的東西走了出來。

「你……喔，是你們。」陳珮瑄看到蕭環和倫納德立刻露出明白的表情，「終於見到本人，你們的名字在這裡可是很響亮的。」

「謝謝。」蕭環說，她看了看實驗室內，「你們在研發病毒的解藥嗎？」

「沒錯，但現在仍沒有太大進展。而且我們又十分缺乏人手，在其他地方雖然有一些朋友，但對於研發解藥這塊，沒有系統化的研究員和充足的資源，做起來真的很不容易。」

「這也是為什麼我找你們來的原因。」游弘宇對著蕭環說：「妳帶的儲存著黑死病毒基因組的硬碟，我們已經將它進行了解析，對於研發解藥有很大的幫助。」

「那我幫得上忙。」蕭璟趕忙接口，游弘宇和陳珮瑄都皺起眉頭，似乎對蕭璟急迫的情緒有些驚訝。「我設計這個病毒，對於它的整個研發過程很了解，我一定可以幫上忙的。」

「那是當然的，」游弘宇安撫她的說：「妳對於我們來說是研發解藥不可或缺的助力，我是打算明天一早就讓妳來研究室協助，不過現在有些資訊需要先和你們交代清楚，好嗎？」游弘宇對妻子笑著說，「讓我們借用一下妳的會報室沒問題吧？」

「你自便吧，我還有很多事情要處理。」陳珮瑄無奈的搖搖頭，她看向蕭璟，「對於這病毒，我之後還有很多事要和妳討論。」說完她便回到實驗室中。

游弘宇打開會報室的玻璃門。待他們都進入後，游弘宇將手按在門上，玻璃上顯示「靜音模式」。

「那個，很抱歉。但在開始前我想問一下，」蕭璟看到游弘宇坐下準備要開口，心中卻還有個問題一直懸而未解，趕忙舉手問道：「我感染病毒後的狀況如何？我現在感覺自己狀況超好。我沒有要抱怨，只是擔心如果之後要進入研究室幫忙，或是那麼靠近實驗室，有沒有可能會汙染實驗室的樣本。」

倫納德和游弘宇露出詭異的表情，彼此互看了一眼，好像在交換什麼只有他們這種「同類」才能了解的內容，讓蕭璟感覺很不是滋味。

「妳的病況已經沒有問題了。」游弘宇說，「在妳受槍傷昏倒後，倫納德幫妳輸的血含有對抗病毒的抗體，現在妳已經從黑死絕病中痊癒了。」

蕭璟皺起眉頭，覺得他說話的語調有些奇怪。她看向倫納德尋求確認，倫納德點點頭，但眼神深深看著她，像是說：「之後告訴你。」蕭璟知道這件事絕對沒有那麼單純，不過也暫且先不追問。

「我明白了，不好意思打斷。」

「沒關係，那我接著說。」游弘宇說道：「正如你們所知道的，現在黑死絕病擴散的規模已經愈來愈嚴重，單是因病毒死亡的統計人數便已經高達十四億人，戰爭造成流離失所的人數更是尤在這之上。剛才帶你們去我們的文史館，便是希望你們能夠了解印法埃的過去，明白他們的動機，才能在對付他們的時候有更多的了解。」

「十四億……」蕭璟聽了牙齒不禁打顫，這幾乎是全中國所有的人口。他們現在在這個安全的避難處，外頭卻還在經歷但丁《地獄》那般的景況。這種想法不禁加深了她的罪惡感，卻也增加自己對抗印法埃的鬥志。

「那有什麼是我們能做的？」倫納德對游弘宇問道。

「那個之後會告訴你們，在這場戰爭中，你們將各自扮演不同的角色，並且都是極為重要的關鍵。」游弘宇嚴肅的說，「但在那之前，還有一件非常重要的事要告訴你們。這必須要同時對你們二人說，所以我之前一直在等蕭璟好起來。」

「你之前提過和我爺爺有關。但關於這點，有什麼事是璟必須要知道的？」倫納德看著蕭璟，感覺有點困惑。但蕭璟卻不禁屏住呼吸，如果正如她的猜測，那這件事和她的關聯甚至會超過倫納德，而她還沒有告訴他……

「是關於印法埃現任總司令，江少白的事情。」游弘宇說，他把目光轉向蕭璟，蕭璟聞言眼神不禁低垂下來，但她知道對方一定感受到自己的情緒波動，「江少白並不是一開始就在印法埃服務並作為委員候選。他原本只是一個普通的青少年，當時名字叫做……」

「江一珉。」蕭璟接口，所有人把目光轉到她身上。她感覺有種欺騙大家的罪惡感，她面帶歉意的看著倫納德，「對不起，我應該要更早告訴你。但當時我又不敢確定，畢竟那又是那麼早之前的事情，而且我……」

「沒關係的，」倫納德握住蕭璟的手說，「其實我之前就隱約猜到你們或許有什麼關係……有時在討論江少白的時候，妳會莫名的為他辯護。你們早就認識了嗎？」

蕭璟無力的點點頭，「那是……很久以前的事了，當時我很小，而且我後來也在父母離婚後改回了姓氏……他是住在我家附近的一個鄰居，我們……嗯，當時算是很好的朋友吧。但是有一天突然聽說他們全家都離開了，之後再也沒看過他，後來又發生了很多事，我也逐漸淡忘這段回憶。」

「既然如此妳是怎麼認出他來的？」

「當我踏進他辦公室的時候我就有種莫名的熟悉感，尤其是當他對我……你知道的。」蕭璟語音含糊的帶過，倫納德也臉紅得低下頭，「後來我在破解印法埃委員會代碼時，他使用的密碼是一組對童年的我們而言都具有重要意義的數字，那時我才真正發現到原來江少白就是他……」

「你說的密碼是指什麼？」倫納德忍不住問道。

「DJ#99Mdsosu#96Moswoko」蕭璟在紙上寫下這串字元，「上頭的這串密碼，這是我和江少白的生日。」蕭璟對面露驚訝的對倫納德點點頭，「前方的J和是我和江少白名字的拼音首字，意思是『Double J』。而後方的字母和數字，分別是我和他的生日，我們將其轉為摩斯密碼，再轉換為英文。以我的生日為例，我是六月十四，便是將0614轉換為摩斯密碼『11111000001111100001』，然後以三個字元為一單位，變成……」

她在紙上寫下了「11(M)111(O)100(D)000(S)111(O)100(D)001(U)」。「至於江少白的生日是四月一號，同樣邏輯轉換過來就是Moswoko。」

「你們小時候是有毛病啊？」倫納德瞇著眼看這麼長串詭異的字母不禁喃喃說道。

「當時只是覺得有趣，而編寫這種密碼的真正意義，在於他打算記住對他而言最重要的人，他過去就是這樣重情重義。」蕭璟講到這不禁露出惆悵迷惘的表請，「但我真的不曉得他為什麼會變成現在這個樣子……」蕭璟搖搖頭，她實在不敢想像這樣人格的轉變，到底是經過什麼比夜更黑、比海更深的可怖折磨才會變成這樣。

「你說得沒錯，」游弘宇嘆了一口氣，「他會變成現在這樣確實不是偶然。那是因為他在消失後，被迫進去了『鏡子（The Mirror）』。」

「你說什麼？」蕭璟摀住嘴巴，眼神透露極度驚恐，只有倫納德表情透露著不解。

「The Mirror？」倫納德來回看向蕭璟和游弘宇，「那是什麼意思？」

「我在劍橋修博士時聽過。『鏡子』是一個將許多高智能少年綁架，進行的非常可怕的心理實驗。我以為那只是個傳言……」蕭璟喃喃說著，像是要趕走什麼噁心東西的用力搖了搖頭。

「那不是謠傳。這個實驗正是印法埃設計用來尋找精神力量的人。他們讓這些被綁架、曾有嚴重創傷的受試者彼此仇恨、猜疑，甚至虐待對方。『鏡子』除了象徵性的反映出這些心理實驗，也是實際將他們囚禁在四面鏡子的房間中，讓影像不斷重合、複製，在這種高壓環境中扭曲他們的心智。而江少白，正是被印法埃篩選的一員。」

「但是為什麼？印法埃怎麼挑中他的？」倫納德充滿了不解。

游弘宇看著他，「這就是我之前要和你說的。江少白之所以會落到今天這個地步，是由於你祖父江曲昌當年到中國的尋找弟弟之旅造成的後果。」

「你說什麼？」倫納德的表情驚訝到了極點，驚訝的語氣中參雜憤怒。蕭璟可以理解，她頭次聽到這消息也是又驚又駭。

「沒錯，在往後對抗印法埃的戰爭中，你們一定會面對江少白。因此如果要擊倒印法埃，你們必須要先了解他的過去。」

72

中國　西安　廢棄空地

江少白走到一塊空地前，停下腳步。

他已經好久沒有回來這裡了，這片空地上原本的石堆、台階、痕跡都早已不見了，周圍原來的房子也都被拆除殆盡，改建成高樓大廈。但不知什麼原因，夾雜在繁華現代的都市旁的這片空地，竟維持著原來的樣子，地上滿是碎石瓦礫，和周圍的高樓形成不協調的對照。聽聞是政府戰後開發更新案在這裡的產權出了些問題，一直懸而未解，這片空地也就這樣被擱置著，擱置到眾人都徹底忘了它的存在。

江少白走到空地的邊緣，單膝跪了下來，手掌撫摸著佈滿砂石塵土的地面。他閉上眼睛，感受他許久未曾感覺的回憶觸感，讓塵封的記憶漸漸浮現取代現實，讓深埋心底的記憶之泉將自己淹沒，逐漸取代他的意識。

江一珉今天和朋友約好了要去附近的籃球場，儘管幾名才十三歲的青少年都沒有什麼了不起的球技，卻仍滿腔熱血地去打球。在他正要跑出家門時，後方母親的聲音從客廳傳來：「一珉你要去哪？記得注意安全啊，還有你功課寫完了嗎……」

他在母親繼續嘮叨不休前趕忙關上大門，溜之大吉。

離開家門後，江一珉在外頭獨自一人閒晃了兩個多小時。在他跑到球場後等朋友等了半個多小時，才收到他們臨時有事不能來的訊息。這爽約訊息讓他氣得半死又不能說什麼，他想著要不要回家，卻又擔心母親會強迫他完成自己還沒寫的作業——雖然他知道不論如何自己都會被逼著完成它。這樣的想法讓他左右為難，最後便導致自己漫無目的的亂逛的情況。

他走到了他們家後面的一片空地。這裡是他偶爾無聊時會來的地方，除了住附近的人外，平時很少人會出現在這。

但今天他看到一個女孩坐在空地的台階上。

他從來看過這個女孩，忍不住靠近。那女孩看起來比自己小了三、四歲，肌膚白皙，長髮亂糟糟的披在背後。她認真的盯著地面，手上拿著樹枝畫著些圖畫。

江一珉悄悄地從她背後靠近，想瞧瞧她在畫些什麼。當他靠近到那女孩背後時，他忽然發現她頸側有被毆打過的瘀青不禁心頭一緊。他聽說附近有些鄰居會家暴自己的孩子，眼前的女孩顯然就是其中一個。他不禁心生同情地上前問道：「妳住在附近嗎？妳怎麼了？」

那女孩被他聲音嚇了一跳，跳起來看著他。他感到有些後悔，他很少這樣和陌生人搭話，尤其是和女生。女孩的一雙靈活的黑眼珠機警的在江一珉身上轉了轉，然後看到他目光看著自己的傷口，眼神立刻轉為憤怒又倔強。

「多管閒事。」即便話聲中帶著些稚氣，卻有某種威嚴讓江一珉退了一步。然後她用腳抹掉剛才地上畫的圖畫，氣憤的轉身跑開。

那是第一次見面。

後來江一珉向家人打探了一番，得知那個女孩是住在社區附近周家的孩子，父親已經過世，現在由母親和繼父撫養，名叫周璟。而在那之後江一珉愈來愈常去後面的那片空地，並在幾次後發現她時常會在晚上時出現在那空地。一開始他只是偶爾想起去看看，後來只要有空便會去那看她，兩人也開始形成默契，常不約而同地出現在那裡。他自己也不曉得為什麼會這麼執著的找周璟，就是覺得和她相處的時候，胸口有種莫名的溫暖，是他在朋友或是母親身上從未感受到的。

這天下午他和朋友打球到很晚，回到家吃完飯後隨便找個藉口，便快速跑到那片空地。果不其然，周璟今天依舊出現在那。此刻天上已出現些微星點，她正仰頭觀察著。江一珉知道她很喜歡星座的故事，常教他辨認那些星座，自己為了她甚至去仔細研讀了中國和希臘的星宿歷史。

江一珉坐到周璟身旁，她瞥了江一珉一眼，「你來了。」口吻和第一次見面相比和善許多。

「是啊，今天和同學打球到比較晚。」

「打球？為什麼男生總喜歡打球，以為打球很帥？明明技術都很不怎麼樣。」

「妳又沒看過我打球，結論也下太快了吧？」江一珉苦笑，「你有沒有興趣，我帶妳去練習投球？」

「我沒興趣，放過我好嗎？」周璟無奈的說，眼神卻直直地盯著夜空。

「妳在看什麼？」江一珉好奇的順著周璟的視線看向天空。

「那個，是天琴座。」周璟一談到自己有興趣的話題，就興奮的伸手指著一塊星空，「講述著古希臘一名音樂家奧非斯的故事。他的音樂能感動天地，在他妻子死後，他拿著七絃琴到冥界企圖感動黑帝斯放他妻子回到陽世，冥王雖然同意了，但要他證明愛情的力量勝過死亡，所以在回到地面前，他不許回過頭看他妻子。他一路上忍住欲望沒有回頭，但在抵達人間的最後一刻他意志力終於崩潰，回過的剎那，他妻子被拉入永恆的黑暗。奧非斯悲痛而死，死後他的頭顱和琴在河中漂流，永遠不停止訴說他的悲傷和哀怨。」

「我不喜歡這個故事，感覺太浮誇又太悲傷。」江一珉正如同大部分青少年男生一般，笑著吐槽這些古典故事，「何況，現實中怎麼可能有人能讓死去的情人因為愛而復活？」

「但你不覺得這樣很美嗎？」周璟話聲意外認真的說：「世人都覺得死亡是必然的定律，但奧非斯卻願意為愛奮力顛覆這樣的法則。儘管他最後失敗了，他所寫出最美麗的詩篇也是在這最悲痛欲絕時誕生的。一輩子能有個讓自己願意付出一切追尋的夢想，是如此……令人嚮往。」

江一珉對周璟說的話感到相當訝異，這不像是一個女孩口中該吐出的話，更像是一位歷經滄桑老者的話。他轉過頭看向周璟，打算說些話吐槽她，卻只見她一臉迷幻的望著夜空，微弱的星光灑在她的面龐。那一刻江一珉的思緒忽然中斷，他忘了自己原來想說些什麼，只知道是完全不重要的話。

「呵，至於旁邊那個則是……」

江一珉沒有聽見周璟說了些什麼，只是愣愣的望著她的側臉。和周璟相處了那麼久，他頭一次感覺自己被深深的吸引，夜空和周邊的聲響全都在不知不覺間褪去。他看著周璟的長髮在微風中飄動，黑眼珠散發明亮的光芒，為她全身增添虛幻的光芒。為什麼和周璟相處了這麼久，自己現在才發現她看起來是這樣？

江一珉感覺自己的臉龐燥熱，當時的他完全無法理解自己的反應是怎麼回事，但他在腦中暗自將眼前的這一刻深深烙印在自己心底，期望作為永不抹滅的美好回憶。

在那之後，和周璟見面是江一珉每天一定要做的事，他完全無法忍受周璟不在身邊。為此他不斷拒絕朋友們的邀約，惹得朋友有些反感，但他沒有辦法，自己只要一天沒有見到周璟，他就會感到坐立難安。他們有時會一起到附近去遊玩，感情融洽形同親兄妹一般。他們甚至編寫了一串相當複雜的密碼，作為他們兩人情誼的紀念。由於他們正在研究星空的故事，這是一串由希臘文和摩斯密碼轉化的詭異字串，不用說，這幾乎都是周璟的點子。

這天他回到家中，忽然看到玄關多了一雙沒見過的鞋子，是有客人嗎？江一珉心想。他踏進家中，便看到爸爸對著自己微笑，招了招手要他到客廳。他走了過去，只見一名年約八十的老人正坐在客廳的沙發上，和自己家人喝茶聊天，老人一看到自己便露出微笑。

「你已經長這麼大了？時間過得真快啊。」

江一珉一臉困惑，不曉得他是誰，但仍然對眼前這名陌生的長輩禮貌性的打聲招呼，不曉得為什麼，這人給他一種很熟悉的感覺。

「這位是你爺爺良夕的哥哥江曲昌，你要叫伯公！」媽媽小聲的對江一珉說道。

他聽到是自己伯公時，忍不住露出嫌惡的表情。他記得小時候爺爺曾對自己說過，當年戰爭的時候，他哥哥將他一個人拋在戰場中，讓他受盡日軍的折磨和酷刑。「你就是中日戰爭時把爺爺丟在後方戰場的人？」

「你說什麼話！」父親神色憤怒的怒斥他，「對伯公這麼沒有規矩？小孩子不懂就閉上嘴。」然後他轉向江曲昌，「大伯，不好意思，這孩子剛上國中，還沒大沒小的。」

「不，沒有關係，他說的其實也沒錯。」江曲昌虛弱的笑了笑，「那時候的歷史就是這麼慘烈，很多事現在回想起來真的不敢置信……」

江一泯看到伯公眼神黯淡下來，也不禁為自己口無遮攔感到抱歉，「對不起。」他說完忍不住好奇心的問道：「但伯公您是怎麼找到這的？爺爺他說從來沒和您聯絡過啊。」

「喔，我去了好幾個老兵的聚集所，從南京、杭州一路找，後來遇到以前一五九師的同伴，那刻真是感人……總之有人找到名冊，告訴我你爺爺的已經過世了，但有留下後人……我是先去過他墳墓才過來的。」江曲昌表情似乎有些惆悵，「看到他孩子們都長那麼大，還是很有收穫。」他看向江一珉，佈滿皺紋的雙眼因為笑容微微瞇起來，「你是良夕的孫子？你現在多大了啊？」

「我叫江一珉，今年十三歲。」江一珉禮貌地回答問題。

「十三歲，真好啊。」江曲昌嘆了口氣，「我在英國有一個比你小三歲的孫子，叫倫納德，我同他沒見過幾次面，但他和你一樣是個聰明的孩子。只可惜他父母……唉，好不容易見面，說這幹啥？你們這幾年如何？」

江曲昌和他們又說了許多話，江一泯大多時間都坐在一旁當聽眾，但也聽得很有興趣，當中有很多故事感覺周璟一定也會喜歡，江一泯也在心中默默記著。

江曲昌和父母聊了很久，在他又喝完一杯茶時，他忽然想起什麼似的，從背包中拿出一個老舊的木盒子，並遞給江一珉的父親。

「差點忘了，這是我此行原本要還給良夕的。現在把這個送給你們吧，打開看看。」

父親打開盒子眼睛微微睜大的看了裡面的物品，他看到江一珉一臉好奇的望著自己，便笑了笑把盒子遞給江一珉。他興奮地接過盒子，裡面裝著是一枚做工精美的紅碧璽戒指，他不明白的看向江曲昌，「伯公，這是……」

「這是當年我們父親留下的唯一遺物，」江曲昌解釋道：「這原本是要給良夕的，但當時以為他死了便從他手上取下來。現在既然他還有後人，那就理當還給你們。」

江一珉將戒指戴上食指，只覺得這指環有種奇特的觸感，冰涼卻有沁人肌骨的舒適感。他把戒指收回盒子中，小心翼翼地還給父親，「謝謝伯公，我們一定會好好保管它。」

江曲昌只是笑了笑。他又喝了杯茶便離開了，離開前他臉上仍掛著笑容，並說他還要去中國故土周邊旅行一陣子，之後會再回來看看他們。

江曲昌伯公離開後，江一珉又繼續他的生活。他和周環分享那枚戒指和伯公的故事，她對於江曲昌所說的歷史部分覺得很有趣，也想看看那枚傳家戒指。江一珉一直想將紅碧璽戒指拿給周環看看，但父親總是將戒指收的好好的，他一直找不到機會帶出來。

今天吃完晚餐後，江一珉一如過往的踏著愉快的步伐去空地找周環。

這段時間他和周環一起相處時，總是不斷調查她的興趣和喜歡的景色，這是因為她六月十四號的生日即將到來，甚至在一週前便寫了一封費盡苦心的卡片。他完全不記得自己有對任何人這樣用心過，後天就是周環的生日，他打算給周環一個驚喜。為了要確認後天的計畫沒有問題，他打算今天和周環好好再確認最後一次。

遠遠的，江一珉就聽見空地那傳來周環的聲音，他感到一陣興奮，趕忙快步跑到空地。

和江少白想得完全不同，周環一反常態的蹲坐在地上，她雙手抱著頭痛哭失聲，背影顫抖得非常厲害。她手臂上還可以看到遭人毆打瘀青的痕跡，她身影縮成一團，在夜色中顯得異常渺小脆弱，更讓人心生憐惜之意。

眼前的景象讓江一珉感到相當訝異，他看過周環被她的繼父毆打或是責罵，但周環總是露出堅強和不在意的樣子。如今這崩潰的樣子是他從未看過的。

江一珉小心翼翼的靠近周環，當他駐足到周環的背後時，她完全沒有注意到他，仍自顧自的哭泣。江一珉感到一陣心痛，忍不住伸出手觸碰她的肩膀。

周環身子陡然一縮，一臉驚恐的回過頭。看到江一珉的那刻她先是露出寬心的表情，隨即趕忙抹了抹臉上的淚水，「噢，是你啊。」

「妳還好嗎？發生什麼事了？」江一珉輕輕的坐到她身旁。

「沒什麼，就平常家中的事而已。」周璟臉上勉強擠出笑容，但她紅腫的雙眼仍違反她意願繼續流下淚來，「所以呢？今天你要做什麼？」

「璟，發生什麼事？和我說沒關係的。」江一珉關心的說：「我知道……」

「你又知道什麼？我就說了我沒事！」周璟忽然站起身來大聲吼道，嚇了江一珉一大跳，但她很快又蹲下來痛哭。江一珉輕輕碰了周璟的肩膀，她身體抖了一下，但沒有抵抗，江一珉伸出手環繞她的肩膀，周璟將頭靠在江一珉的肩膀上失聲痛哭。江一珉感到心中一陣溫暖，卻對周璟發生了什麼事感到更加的慌張和心痛，只能輕輕的拍著她的肩膀。

周璟在江一珉的懷中漸漸冷靜下來，過了一會兒才說：「我爸爸還活著。」

江一珉感到意外，他記得周璟的父親在她出生前就病逝了，「妳怎麼知道的？」

「我今天無意間偷聽到我媽媽在和繼父講話，他好像是一個政府官員，官階恐怕還不低，他是為了保住自己的飯碗才離開的。他怎麼可以這樣假裝什麼事都沒發生過，一走了之？任憑……任憑那個男人這樣虐待我們？」

他聽出周璟的語調顫抖，似乎極為憤怒。他嘆了口氣，這也難怪，他時常看到周璟身上不時會出現新的淤青傷痕，顯然她們母女常被所謂的繼父給毆打，而現在竟然得知生父還活著，還是刻意拋棄她們，無疑對她的打擊很大。「那……他是誰？」

「我不知道……」周璟搖搖頭，「我聽到真相時，真的氣得完全失控，對我媽媽和繼父大聲咆哮，怪媽媽把我們留給這個酒鬼虐待。我繼父當時直接拿起酒瓶毆打我，媽媽把他擋下來，我則跑到這裡……」

兩人陷入沉默中，江一珉算是生長在滿幸福的家庭中，從來不曾真的了解破碎家庭孩子的感受。看到周璟這樣靠著自己，江一珉只感到一陣手忙腳亂，焦急地想著要說些什麼讓她開心起來的話。

「啊，對了，妳記得我伯公的戒指嗎？我把它拿來了，要不要看看？」江一珉笨拙的從胸前口袋拿出裝著紅碧璽戒指的盒子遞給周璟看。

周璟瞪著盒子中閃亮精緻的紅碧璽戒指，眼中忽然閃過一陣怒意，她氣憤地抓起那個盒子丟到一旁，「誰在乎你這個蠢戒指！」

江一珉驚叫一聲，看著紅碧璽戒從盒中滾落到骯髒的地面上，他趕忙衝過去把戒指撿起來，用衣服擦拭乾淨，仔細檢查上方有無刮痕，所幸沒有任何痕跡留在上頭，他怒目看向周璟，「妳就算心情不好也沒必要這樣亂丟我東西吧？妳知道這戒指有多重要嗎？」

「我就說……」周璟正要反唇相譏，話聲忽然止住，她瞪大雙眼的看向遠方一處，眼神中的憤怒頓時消失無蹤，變成莫名的恐懼。江一珉順著她的目光看去，全身也一陣戰慄。只見不遠處有一名穿著黑色風衣的男人，全身絲毫不動的佇立在夜色中，若不注意看可能會誤認為是一座雕像。那人眼神直直的往他們的方向看過來。

「你是誰？」江一珉站到周璟面前厲聲質問。

那人沒有回答，只是開始緩步的靠近他們。在黑夜中，他的一雙眼睛顯得異常明亮，甚至有些近乎於瘋狂的光芒存在其中，讓人在夜風中不寒而慄。

「我警告你，再靠近我就要報警了！」

那人停下腳步，眼神從他手上的戒指轉移到江一珉身上，然後停留了很長一段時間。江一珉只覺得一波波恐懼湧過全身，雙腳不住的顫抖，幾乎站立不住。但在周璟面前，他仍強迫自己正視對方。

「……我知道了。」那個男人點點頭，最後有意無意的又看向江一珉緊握的戒指一眼，然後快步消失在寂寥靜默的街道之中。

江一珉一直維持神經緊繃的狀態，直到確定那人真的離開後，才鬆了一口氣。他轉頭看向周璟，發現她也是一臉恐懼的樣子。

江一珉低頭看著手中的戒指，他很確定剛才那個人是因為這枚戒指才被吸引過來的，但究竟是為什麼？一種不祥的感覺在心中如雲霧般盤旋不去。

兩人互相看了一會兒，然後嘆了口氣。經過剛剛詭異的經歷，原本的怒氣早就消失得無影無蹤，周璟清了清喉嚨，似乎對剛剛失態感到很尷尬，「所以……剛剛很對不起。」

「沒有關係，我那時候突然說這種話也的確很愚蠢……」江一珉自嘲的笑了一下，這才想起來自己今天原本的目的是什麼。「對了，後天是妳的生日吧？我可沒有忘記，我有準備驚喜要給你。」

「真的？」周璟露出好奇的神色，「真不像你，那是什麼？」

「到時候就知道了，妳就拭目以待吧。」

周璟臉上浮現一抹微笑，「那就一言為定了。」

江一泯對周璟報以微笑。但不曉得為什麼，那刻他忽然覺得這可能是自己這輩子最後一次看到周璟的笑容了。

這兩天為了要幫周璟慶生，他花很多心力待在家中準備要給周璟的驚喜。至於那枚戒指，經歷過那天晚上的事件後，他也敬而遠之的將它還給父親，再也不敢拿出來。

今天江一珉早早就回到家，打算收拾好東西就出發和周璟會合。

一打開家門，他就感到不對勁。玄關一團亂，櫃子和牆面都有被重擊毀損的樣貌，所有鞋子散落一地。他心中掠過一陣不祥的預感，趕忙衝進房中。

「爸爸！媽媽！你們……」江一珉忽然止住叫喊，他被眼前的景象給震驚得動彈不得。

客廳宛如被暴風襲擊過一般，所有的家具、電視、擺設，全都淩亂的倒在地上。抽屜全被翻了開來，地面上滿是散落的玻璃碎片和各樣紙本文件，而在這一切慘狀之中的是——

「你快跑！」父親沙啞著聲音嘶吼道。

「閉嘴！」壓制他的黑衣人用力打了他的一拳，他悶哼了一聲只能乖乖的安靜下來。

「你們是誰？」江一珉陡然看到這震驚的畫面，只能從喉間低聲發出這個問題，當一名黑衣人上前抓著他時，他甚至完全沒有抵抗。

四名穿著黑色軍衣的人抓著江一珉的家人，他的父母身上全是傷痕，臉上則盡是遭到毒打過後的血漬，父親的眼睛甚至腫到睜不開。

除了這四名穿著軍衣的人外，有一名穿著黯黑色西裝，並罩了件大衣的男人，他一看就知道是這四名黑衣人的領袖，不只是因為他的穿著，還有……江少白不曉得怎麼形容，但這個人身上散發出一股非常巨大的壓力，單是站在他對面就讓自己幾乎難以呼吸。

「你就是江一珉。」那名穿著西裝的男人朝江一珉走近，從胸口大衣中拿出一個破舊的木盒，他一看就知道這是裝著伯公送給他們戒指的木盒，那人把這個木盒遞到江一珉面前，這時候他注意到那個人手上有一枚和伯公給他相當類似的戒指，不過卻是紫水晶，「我就是在等你。前天特工看到紅碧璽戒指重出江湖，我立刻就趕來了。告訴我，你為什麼會持有使徒之戒？」

江一珉此時恐懼的望著那個木盒，他腦袋完全處於停滯狀態，完全無法理解這個人說的每一句話。紅碧璽戒指？使徒之戒？「你到底在說什麼？我完全不曉得……」

「我們說過了，那是大伯給我們的，說是祖先的遺物！」媽媽對那人聲嘶力竭的哀求，「我們真的不曉得它有什麼來歷，我們只是收下來，就這樣。拜託你們趕快拿去，我們真的什麼都不知道！」

「是這樣嗎？」那人將冰冷的目光轉向江一珉的父母，嘴邊漾起一抹陰沈的微笑，「那就很可惜了，你們失去作用了。」

抓住父母的黑衣人手臂忽然環繞過他們的脖子，並用力緊縮。他們奮力的掙扎，但在對方加強力道下只能漸漸失去抵抗，最終失去意識倒下。

「把他們吊起來吧。」那男人下令道。

剛才殺手勒死父母時，江一珉儘管奮力掙扎卻無法擺脫制伏。看到殺手用絞繩拖著父母那佈滿傷痕的身軀，他心底的怒氣頓時爆發。那刻他忽然感覺制伏自己的人有一陣恍惚，他用力咬了他的手一口。那人痛得大叫鬆手，江一珉奮力推開殺手，然後面對那名穿著西裝的領袖，企圖將他打倒。

那人絲毫不以為意的閃開江一珉的攻擊，江一珉憑著感覺隨便抓起身邊的東西朝他們扔去，心中所想只是打倒這個殘害他家人的凶手。他心中湧起仇恨和超常的觀察力，能預測對方的下一步行動，只是對方總是可以輕鬆閃開他的攻擊。那男人看起來很驚喜，喉間甚至不時發出了喜悅的笑聲，更激發江一珉的恨意。

「你具有超乎你自己想像的潛能。」那男人在笑聲中流利的閃避江一珉的每一個攻擊，「記住你現在感到的仇恨，繼續增強它，那將會開啟你的視界，讓你更上一層樓。」

他閃過江一珉的攻擊，伸手用力將他推倒在地。然後從腰間抽出手槍，朝著他父母頭顱的方向扣下扳機。

江一珉摔倒在地感到一陣疼痛，卻同時感受到臉龐被好幾滴溫熱的液體濺到，他趕忙回過頭去。

「不行……不……」江一珉心中一片混亂，但無力的喉嚨卻發出和胸中巨大嘶吼相比極為虛弱的聲音。

父母的雙眼之間出現一個被子彈擊穿的黑洞，那黑洞很快就湧出如注的鮮血，漫過他們的臉孔上空洞的雙眼和張大的嘴巴，搭配昏去前痛苦猙獰的面容，形成駭人可怖的惡夢景象。鮮血很快在地上匯聚成血泊，那溫熱的血液也漫過江一珉的身體，染得他半身被浸成紅色。他想移開視線，但恐懼卻緊緊攫獲住他，將他肌肉變得僵硬，只能持續著盯著父母失去光芒的雙眼轉變為和彈孔一樣深不見底的黑洞。難以名狀的痛楚流過全身，他甚至痛得無法留下眼淚。

「要殺了他嗎？」一名殺手對那男人請示道。

江一珉只是閉上眼睛，他此刻萬念俱灰，只想要盡快從這地獄解脫。

「放心吧，你不會死的。」那男人蹲在江一珉面前，眼神直直的盯著他看，「我對你有更偉大的計劃，你將在新的世界中重獲新生。」

他昏迷後被送到某個機構接受治療，但緊接而來的的不是救贖，而是他以為自己已經知曉的地獄深淵的更深之處。

在「鏡子」的實驗裡，所有人被關在四面鏡子的世界中。在那裡，他們每天被無所不用其極的折磨、凌虐，被迫他們遺忘過去的自己、顯露人性邪惡的面貌。訓練分成許多不同部分：個人、團體，肉體、精神，遭受折磨、凌虐他人……種種殘酷的過程，讓他們陷入黑暗的絕望之中，並且無時無刻在鏡像中看著自己逐漸腐化的影像。

江一珉在這世界中也被取了另一個名字作為代號——柏修斯（註希臘文：復仇者）。這代號漸漸取代了他的本質，他在四面黑暗之境，幾乎失去了過去所有的自我。所有過往的回憶如今憶起都是如此遙遠模糊，就連那殺了自己全家的兇手，對他的影像也在眼前逐漸消融，轉化為帶來這一切禍根的江曲昌的面孔。而在這消磨人記憶的實驗中，他唯一記得的，只有那串記載著過往美好回憶密碼的鑰匙，是未被玷污的純淨記憶。

「我……殺了我……殺……」在這階段的酷刑，江一珉歷經連續數日不眠的凌虐，再扔回個人的鏡像牢籠中。他痛苦的蜷曲在地上，眼中沒有悲傷哀憐，只有深深的絕望。

他就在那刻受到救贖。

身旁的一切都在那刻褪去，轉而由颶風和強光取代。一個身影從強光中緩緩出現，他抬起頭看著逐漸靠近自己的那個人漸漸浮現出的面孔——那既不是男也不是女，也沒有一定樣貌，而是一張具有所有人類臉部特徵的面孔。儘管自己從未見過，卻覺得那面孔特別熟悉，彷彿從出生以來就一直在他身旁低語守護著自己……不，是祂。心中有個聲音糾正自己。祂表情無比慈愛憐憫，單是仰望一眼便覺得心靈受到莫大的安慰。

祂伸手撫過江一珉的面頰，拭去他臉上的淚水。那刻他忽然覺得長久以來的重擔和苦難都落下，一切痛苦都被抹去，無比的和平與寧靜充滿著自己的心，他的意識清澈而澄淨。一陣祥和而充滿威嚴的聲音從上頭傳來：「你是我所揀選的使徒……讓我擴張你的眼界。」一根手指出現輕觸自己的左眼。

一個嶄新的意念取代他舊有的意識，他沈入深沈而祥和的睡眠中。

「他呈現出目前偵測過最強的指數，這少年該不會……」

「這一定是我們要找的人，他會是完成組織使命的希望……等等，他好像要醒了。」

他意識模糊中聽見身邊的人的對話。他勉強撐起身子，想理解到底發生什麼事了，但剛才夢境中的強光仍然讓他睜不開眼，戴著紫晶戒指的男人蹲在他面前。

「你聽得到嗎？我是印法埃委員會主席聶秦。你已經通過『鏡子』的試煉，從今以後你將會成為實踐真主偉大願景的忠貞使徒。」

江少白從回憶中睜開了眼睛，他心中本來洶湧的情緒已經平靜。紅寶石般的左眼珠重新閃爍著得著救贖後立志實踐使命的光芒。

73

英國　倫敦　LGGSC總部

沃克・馬修斯面如死灰坐在聯合情報部副局長辦公室中，為不久前得到前線的最新消息而深感絕望。

他從抽屜深處拿出一個相框，看著許多年前和妻子和剛出生的兒子在白金漢宮前的合照，深深的嘆了一口氣。

「當年已經失去了你，現在……」沃克痛苦的搖搖頭。眼前待閱的資料堆積如山，但他完全無心去看，反正當中盡是印法埃步步逼近的負面消息和討論那他懷疑根本就不存在的對抗方案。

「您有封電子郵件。」電腦發出提醒聲音。

沃克看見傳訊者是蓋亞聯盟外勤通訊主任拜登，據說兒子死前最後一次通訊對象就是他。他趕忙點開郵件確認，信件原文是倫納德委託一名歐洲地質協會的朋友安潔莉娜轉寄給情報部的信件。他一開始只是以懷念著死去兒子的心情看著，到後來神色漸漸沈重起來。

「居然和七年前的外星入侵戰爭有關是嗎？」沃克喃喃說著，他調出目前整理的印法埃勢力和黑死絕病感染範圍影像，盯著信件中指出位於希臘南端的地點沉思了一段時間，然後他拿起電話。

「我是沃克，代表總參部下達指令。從特里波里斯、雅典的基地中，調出區內所有可動用的人力資源，我們要在科林斯地狹挖掘一艘戰艦。」

74

中國　青藏高原　救贖派基地

蕭璟在研究室中熟練的把不同檢體從液態溶劑中取出，再經過噴射質譜儀，觀察這些檢體與疫苗樣本在混合的情況下，細胞蛋白粒子產生的變化。與之同時，她透過高通量測序儀檢驗檢體所有位點，配合電腦中上輸入的黑死病毒基因組，把檢體中海量的基因序列分定位出黑死病毒感染的部分。

儘管她連續工作好幾個小時，防護衣悶著滿身大汗，但眼神卻是充滿著熱情的光芒。她非常享受現在這種情況：心無旁騖、全心全意的投入研發，這不只是因為她終於擺脫了凡事只能依靠他人的衰弱狀態，這種生活型態彷彿讓她回到過去所熟悉的日子。

她用眼角餘光瞥向實驗室其他人，他們專業水準極高，完全可以和印法埃最專業研究團隊匹敵，甚至在其之上，她心中對他們所展現的能力和態度感到相當佩服。當初她很好奇這群人與世隔絕竟還有如此專業的知識及尖端技術，但後來和此處的領導人陳珮瑄聊過後，才知道他們都曾出國受過最專業的訓練，陳珮瑄更擁有約翰霍普金斯大學的轉譯醫學和哈佛基因工程的雙博士學位，曾經和現任ＷＨＯ主導對抗疫情的約書亞博士為同事。

蕭璟繼續專注眼前的疫苗樣本「ＤＢ４３７」上。

該疫苗針對黑死瘟疫感染並啟動量子基因後所引發的連鎖活化基因過程，以阻斷過程中的級聯傳訊，企圖達到遏止影響其餘基因的效果。在蕭璟戴著的特殊鏡片上，呈現了疫苗及病毒彼此交互作用的模擬影像：雖然某些部分的基因確實有遏止過度活化的現象，但是整體來看，卻沒有真正阻止瘟疫的感染，而且對於不同的人體樣本也會產生不同的結果。

到底要怎麼做……蕭璟陷入苦思。印法埃對於黑死病毒可以說是費盡了無數資源和時間才好不容易成功的，而如今他們卻只有為數不多時間，又要從零開始的去研發對抗解藥……她在心中暗自思忖：當時自己是憑著中世紀黑死病毒的原型才成功完成現在的黑死病基因組，那同理，是否有解藥的藍圖可供參考？

「ＤＢ４３７失敗了嗎？」陳珮瑄問道。

「它只對某些部分有效，但整體來看……」蕭璟失望的點點頭。

「我明白了，我們到隔壁的討論室中談談吧。」他們脫掉了身上的防護衣，蕭璟一拿掉頭罩便喘了一口氣。陳珮瑄帶著蕭璟到隔壁會報室中。

「對於解藥妳有什麼看法？」

「黑死病毒是如何觸發量子穿隧現象，以及系統性的重新排列人體基因現在暫且不明，恐怕需要很長的時間才能完全釐清。因此我想或許可以從阻斷級聯活化過程下手。」

「這想法本身沒有錯，但妳需要先知道一件事，」陳珮瑄說：「就是除了奈米機器傳播的染病者外，後續有許多被生物方法所傳染的人，而隨著病毒透過此種多次轉移，會有逐漸減弱並且變化的可能。」

「我們從來沒有針對病毒經過個體多次轉移之後的變化進行研究，」蕭環面露擔憂的神情，「如妳所說，那解決病毒不只有時間的壓力，還要擔心變質的可能，也就是說單單阻斷傳遞路徑是行不通的。」

「沒錯。幸運的是，印法埃為要講求染病效率和病毒精準性，散播了大量的奈米機器人，反而限制了病毒的變化程度，」陳珮瑄說，「但即便如此情況還是很危急。我們有必要完整理解病毒所操縱的基因原理，才能從根本去解決它。」

「時間有限，要配置出解藥恐怕需要量子電腦等級的運算速度協助才有辦法……除非我們有解藥的相對藍圖，如同黑死病一樣。」蕭環看向陳珮瑄，「如果無法直接針對病毒結構或作用進行破壞，或許可以換個角度，以具有調控黑死病毒所針對的量子基因，意即『始皇基因』進行研究。就像倫尼當初輸血給我治好了我的瘟疫，我們雖然不可能把所有這種人的血液當成解藥，但可以以這些人所具有調控病毒能力的基因作為藍本，找出遏止病毒引發指定基因過度活化，或甚至直接無效化病毒干涉基因序列的辦法。」

「雖然妳的情況比較特別，但是……」陳珮瑄低頭想了一下，然後點了點頭，露出認同的表情，「我們之前也有嘗試過這個方法，不過缺乏黑死病毒原形進行對照，也不曉得這病毒明確作用的基因段落。以現在具有的條件應該可行，況且這病毒很大部分是由妳設計的，一定對內部的作用機制更加了解。」

蕭環聞言左眼不禁抽動了兩下，但裝作不經意地低下頭。

「喔，我不是……我沒有那個意思……」陳珮瑄一定是發覺了蕭環的情緒變化，這才注意到自己說了什麼。

「沒關係，我不介意。」蕭環微笑道，而這也確實是她真心的想法。蕭環過去有很長一段時間一直陷入自我責怪的內疚中，後來經歷了差點中彈身亡的生死關頭，她這才發覺一直陷在罪惡感的漩渦中是既不負責任又愚蠢的作法，除了讓自己和身邊的人痛苦外沒有任何作用。雖然她現在仍會不時湧現罪惡感，但她學會將這些想法全部轉為行動的動力。

要自憐等問題解決了再說。

「那就好，」陳珮瑄看蕭璟的反應鬆了一口氣，「那我們整理一下目前得到的樣本資訊，再接著試試吧。」

倫納德在研究室外，看著蕭璟專注在眼前的研發中，雙眼散發光芒，完全恢復過往的神采，不禁感到一陣放心。比起他人的陪伴和安慰，自己實際找到生活上的目標才是真正重獲力量的方法。

「她看起來好了很多，」游弘宇在倫納德身旁說，「聽珮瑄說，在研發解藥方面蕭璟給了他們很大的幫助。但這意味著我們也不能輕鬆。」

「當然，」倫納德明白游弘宇這話的意思。游弘宇最近一直和他講述關於印法埃和江少白的各樣過去，他們也對傑生傳達給倫納德的訊息進行了諸多討論，「也就是說你已經確認了？」

「沒錯，我透過一些管道查證你當初所提供的座標和資料，確實如你所說。傑生的星艦確實應該是在古科林斯的邁息尼古城之下。」

「那能否確定傑生的星艦和中世紀時的黑死病瘟疫的解除有關連呢？」

「現階段仍然沒辦法，現在那些事件的資料都已經失傳了。我不大認為當年的人們會有辦法進入地底下的星艦，畢竟那是一百多年前才挖掘出的地點。」游弘宇說：「但你提到關於『金羊毛』的設想我覺得很有意思。」

「我之前也有和蕭璟討論過，金羊毛在希臘神話中具有治癒的能力，就意義上來說極有可能是用來治癒瘟疫的東西。但實際上要怎麼運用我卻怎麼也想不透。」

「我從這個角度出發，猜想是否因為星艦會散發某種輻射或能量場，以至於干擾甚至抵消病毒的效力。我為此研究了一些過去的資料，並沒找到相關證據。不過我比對了一下現在世界各地的病毒感染率，發現了一項有趣的事。」

「在傑生星艦所位處的地點，病毒感染率相較於其他地方明顯低了幾個數量級。」

「什麼？」這倒是出乎倫納德的意料之外，「為什麼？」

「我的推測是，傑生的登陸艦阿爾戈可能具有某種能量場屏蔽了印法埃的奈米機器人之間的訊號傳輸，讓該區成為了一個安全地帶。」

「喔……那這對我們現在面對病毒有什麼幫助？」倫納德看向研究室中的蕭璟，「這不可能是之前解決黑死病的方法吧？當時並不是使用奈米機器人。」

「事實上，當年黑死病的消失應該沒有人為的介入。我推斷，他們當時刻下這個記號，是因為我和你講解過的那幅畫作，預言了金羊毛終結瘟疫的事件，因此打算去實踐這個預言。」游弘宇眼神直視倫納德的雙眼，「但這代表著，那幅畫所指的年代並不是十四世紀，而是現在。如果說哪裡有可以產生覆蓋全球的能量場，以便直接上傳解藥。我想除了七年前贏政的星艦，絕對就是傑生的登陸艦。」

倫納德在心中計算了一下，「但傑生星艦所在的地點在地下一千多公尺處，就算有大批挖掘工具和人力，也需要一段時間，如果我們真的要利用它，恐怕得早點開始。」

「這點你不用擔心，據我所知ＬＧ已經開始著手挖掘了。」游弘宇看向倫納德，「是你父親沃克下的命令，你和他說過什麼嗎？」

倫納德聞言不禁沉默。之前聽到游弘宇講述江少白的悲慘經歷後，每次提到自己的父親或是爺爺就會讓他心情很複雜。他記得游弘宇所說，在印法埃主席聶秦離開後，爺爺再度拜訪江一泯一家人。但當他來到他家時，卻見到屋內宛若被颶風刮過的慘狀，而自己姪子一家則全部死相悽慘的倒在血泊中。他原本想要報警，卻被得知使徒之戒重出江湖而趕來的游弘宇給阻止。並和他講述了和印法埃相關的來龍去脈，然後保護他回到英國，斷絕了印法埃的追蹤。

他對爺爺的遭遇感到相當同情，也很清楚爺爺不可能是故意的，但確實是他的到訪導致了今天的慘劇，並使得江少白成為了一代魔王……然而與之同時，他心中也感到害怕，當時若非是游弘宇的介入，保護了爺爺江曲昌免於被印法埃追蹤，那麼今天被印法埃抓去洗腦的恐怕就是自己了。

「沒錯，去中國前我曾委託一名在歐洲研究地質的朋友，告訴他如果我離開後三週都沒有回覆消息的話，就把這封信件寄送給幾個我當初指定的單位。」倫納德回答了游弘宇的問題，並和他說明了信件中所傳達的資訊。

「原來如此，所以雖然他還不知道你的完整身分，但知道了印法埃和贏政之間的關連及精神力量的事情了。」

「畢竟在完全不曉得印法埃底細的情況下是不可能有辦法對抗他們的。至於我們的身分……我原本是想找機會當面說明的。」

游弘宇關切地看著倫納德。儘管很討厭，但他知道在游弘宇這種同類面前隱藏自己的情緒是沒有用的，「ＬＧ已經斷定你們死了，你打算讓你父親知道你活著的事嗎？」

倫納德搖了搖頭，「現在還不合適，若告訴他有可能會洩漏消息，既然印法埃不知道我們還活著，我就繼續保持這個狀態，至少等解藥完成再說吧。」

75

中國　西安　印法埃基地

混沌看著戰情室內標示著目前印法埃搭配病毒的擴張範圍，感到無比得意。

自從江少白聽了混沌的建議回到故居將過往的回憶一舉斬斷，混沌便得以重新回到行動總司令的崗位。他恢復過去雷厲風行的行事作風，甚至展現出更堅強的意志，他們已經和負責北亞的伊果•布拉格及東南亞、中亞諸國的委員形成聚合之勢，讓組織的勢力範圍推展了一大步。只要事情繼續照計劃發展下去，他們很快就可以實踐偉大的使命。

「報告長官，我們有……十分不安的發現。」印法埃的資訊技師走到混沌面前，眼神完全不敢對著他。這幾乎是印法埃內部所有人的共同反應，他們都十分懼怕這個外來者。

「怎麼說？」混沌不理會他的恐懼問道。

「您記得當初蕭璟從西安分公司的總伺服器，下載了關於病毒的完整相關資料嗎？」

混沌瞇起眼睛，他不想讓這個惹人厭的名字再次出現在印法埃內，「怎麼了。」

「是，那時系統同時在被下載的資料裡混入惡意程式，當檔案重新開啟就會發出警示信號並定位。那已經是四十幾天前的事情，我們早就忘了這件事。但就在大約十天前，系統接收到檔案重新開啟的警示信號。」

「你說什麼？」混沌感覺一股憤怒湧上心頭，那名技師害怕的退了一步，「為什麼現在才告訴我。」

「當時發出的警示信號在一瞬間就被屏蔽掉了，隨後又有一堆資訊忙著處理，所以就疏忽了。」技師緊張的說，「由於時間太短，系統來不及準確定位，但大致上的推斷，訊號來源是青海省，青藏高原一帶。我們推斷……蕭璟他們可能還活著。」

混沌咬緊牙關。自己費盡心力，甚至犧牲了一名優秀的歸向者，才讓江少白恢復到今天的狀態，如果他在這時得知這個消息……不敢想像這會對他的心智造成多大震撼。

「我明白了。雖然已過了那麼多天，我要你和所有技術人員儘最大的力量將範圍縮小，最晚後天中午前把確切位置給我。」

「遵命，長官。」

技師轉身離開。混沌瞪著門口，眼中閃爍著憤怒的光芒，但也隱含了恐懼。如果他沒猜錯，能在那個地點抹除掉倫納德及蕭璟的蹤跡的，只有那種人做得到……如果真是這樣，那這背後隱藏的威脅遠遠超過他原先的猜想。混沌在心中暗自思忖：這次絕不能再發生失誤，而且絕不能被江少白知道，現在必須要讓他專注在眼前的任務。

「倫納德、蕭璟、還有救贖派……這次一定要把你們給整鍋端了。」混沌在口中喃喃說著，離開戰情室。

76

美國　華盛頓特區　五角大廈

會議室瀰漫著沈重的氣氛。

在這間會議室中，只有法蘭克總統和極少數的軍政高層以及科學界人士，另外還有部分國家領袖用保密線路以視訊方式，和大家一同開會。

然而雖說是會議，但其實比較像是眾人在聽約書亞報告病毒的最新發現。

「這是真的嗎，博士？」英國首相難以置信的問道。

「是的，已經證實了。」約書亞說道：「這是我們在研發疫苗的過程中發覺的，也經過好幾次的驗證，另外情報部也給了可靠的消息來源，所以已經完全確定。這件事影響很大，必須盡快讓各位知道並擬定對策。」

「精神操縱和干涉能力……這已經不是尋常人類能應對的等級了。」法國總統震驚的說，「我們要如何應對這些超能力者？」

「印法埃難道自古以來就是由這些超人組織的嗎？」

「雖然我不了解他們的歷史，但非常有可能。」約書亞肯定的說：「我們推斷這場瘟疫的最終目的就是要將具有這種能力的潛在者的找尋出來，並排除其餘的……凡人。」

「難道所有具有那什麼第二段量子基因的人都具有這樣精神干涉的能力嗎？」

「就觀察結果是沒有，有那種能力者是極端少數，我們目前的樣本也僅有三件。雖然曾經收到西安隔離營給世衛疑似具備精神能力的四十份樣本名單，可是在派遣人員到達之前就被印法埃佔據……總之，大多數人頂多是思考變活躍、對周圍環境有更高感知能力而已，其機制我們也尚未釐清。不過確實，能具有那種能力的人必然是出自具有第二段量子基因者。」

「但這種東西的起源又是什麼？到底……到底是誰發現這東西？根據報告，印法埃這個組織已經存在了可能有千年之久，他們總不可能那時候就知道了。」

「這恐怕只有他們自己知道。但有些尚未證實的消息……根據ＬＧＧＳＣ情報部所給出的推斷，他們極可能和七年前被消滅的外星人有關，不論是知識或是基因層面。」

「也就是說這起事件，是那個外星人……嬴政策劃的？」眾人露出震驚的表情。嬴政在七年前的決戰前曾經向花蓮磐石基地的一干高官透露過自己的身分，但這消息被封鎖，只有少數高層知道，而在場的人都具有知道這等機密的權限。

「難道說那個嬴政還活著？」這番言論引起了與會人士一陣恐慌，嬴政沒死並捲土重來的想法實在太讓人恐懼了。

「現在追究這種事情毫無意義。」法蘭克總統打斷眾人，「今天召開這場祕密會議，並不是為了討論這件事，而是該如何解決印法埃這眼前的威脅。」

「他們具有精神操縱能力，那很多事情都解釋得通了……問題是要如何解決？這群人簡直是超人啊！他們躲在暗處左右局勢，我們卻只能坐以待斃？」

「當然不是，」約書亞說道：「現在最大的威脅，就是我們不曉得印法埃到底對聯盟的影響有多深，這些超能者很有可能隱藏在我們當中。趁著他們發覺前將這些人移除是當務之急。」

「要怎麼做？」

約書亞點了幾張圖片和一段影片投在前方螢幕上。

「接下來我要向各位演示我妻子雙木所進行的腦電磁波指向檢測。」

螢幕上出現了一名昏睡的女子，她被數名護衛所戒備著，醫療人員為她戴上一圈金屬環狀物體，並連結到顯示器上。

「這個檢測儀不同於過往的ＥＥＧ、ＭＥＧ、ＣＴ或是ＭＲＩ，這是建構在『七眼』之上的檢測儀，以遠端方式連線，能偵測輻射、切線走向電流，並對所有腦內斷面進行同步動態掃描，因此不同區域的神經活動均可被完整檢視。而透過『七眼』的運算能力，使得它能有極高的時間解析度。『七眼』針對腦內整體將每個波段的電磁波強度為組成特徵向量，整理出不同權重波段，得以建立起完整的立體動態模組。」約書亞說：「眼前的這個人，名為瑪莉亞，是其中一個異能者樣本。她現在處於昏迷狀態，但潛意識仍在運作，我們現在要對她進行分析。」

眾人沉默的看著。

「我們尚未下達指令，這是她無意識狀態下的腦內反應。」約書亞解釋道：「各位看到圖像中的形態，其基礎波幅遠高於正常人的百倍，高達七十毫伏。但這不是最驚人的，我們可以發現，她在潛意識狀態，腦中神經訊號發射就有極高的一致性。」

「現在，讓我們和正常的人來進行交互作用。」螢幕上出現了一名神智看似處於模糊的女子，一樣接著檢測儀。眼前的催眠師在引導她的思路。

「催眠師引導她想了些很簡單的事情，圖像中所呈現的是她此刻的腦內波形。現在，我們對瑪莉亞的潛意識進行暗示，讓她注意到身邊的這個女人。」

圖像中，瑪莉亞的波形突然和正常人的趨於一致，而沒多久，瑪莉亞的波形便恢復原狀，但另一人的形態卻有顯著的改變。眾人竊竊私語的討論這改變的意義。

「就在剛才，『七眼』顯示出瑪莉亞的神經以完全的一致性進行信號發射，強度也大幅增加。」約書亞對著愕然的眾人說道：「至於被她影響的人，腦中電磁場也被影響。也就是說，精神被干涉了。」

「那麼那個人的改變會是永久的嗎？」英國首相問出了所有人都擔憂的問題。

「以這種強度和時間來說，不會，過一陣子就會恢復。但是我們相信，如果暴露在更長時間、更強的力場當中，將會有您所說的永久性改變，這種改變通常也可以從分析中看出不自然的跡象。因為不只是思想、情感，提供人意識的自我參照電磁場也會被改變，甚至人格也會因此劇變。」約書亞說完螢幕上的影像也消失了，所有人都露出了極度擔心的表情。

「我們必須要盡快確認身邊沒有這樣的威脅。」

「這就是今天召開這場會議的主因。」法蘭克接口說：「我在此向各位正式建議。近期內，各國政府高層全都要統一接受檢測，檢測完畢後，各國的安全者再依各自體系進行各區塊的全員檢驗。」

這番言論引起了一陣喧譁。

「你是要全體官員做強迫性的思想檢查？」

「我不會用那麼強烈的字眼，但是以目前的局勢是有其必要性。」

「我感覺自己毫無問題。」德國總理梅布爾防禦性的說道。

「我不懷疑，總理閣下。」約書亞婉轉的說：「但是現況下，被控制者自己恐怕也不會察覺。那群異能者可能潛伏在我們當中，隨時準備將我們納入麾下，如果現在不趁對方尚未察覺時將他們排除，在場所有人都有可能重蹈許奕訢統領的中國軍隊的下場。」

「而且如果對方是擁有這樣異能的對手，那我們自己也必須要盡快組織屬於我們的人馬來對抗他們。」法蘭克說道。

這些話毫無疑問讓眾人閉上了嘴，英國首相開口問道：「那我們要以什麼名目來邀請各國高層進行統一檢測？」

「我已經致送了一份提案書給聯合國，要在三天後舉行一場緊急會議，正如同七年前的會議一樣。以現今各國的狀況，他們絕對會願意出席以便尋求協助來面對當前危機。只要各位同意，這份提案書便會生效。」

眾人看起來都很困擾，但還是一個接著一個的點頭。「同意。」

「感謝大家，」法蘭克總統對眾人鞠躬，「現在是危急存亡的一刻，我對諸位願意共體時艱，致上最高的敬意。」

77

【BBC世界新聞】

黑死瘟疫第58天，聯合國召開緊急會議商討

目前席捲全球的瘟疫已經進入第五十八天。

根據WHO最新提供的數據，瘟疫造成的死亡人數已攀升至十四億人，再加上戰爭、斷糧、缺電等因素，估計已有超過十八億死亡人口，其傷亡嚴重程度遠遠超過七年前外星入侵戰爭，全球人口數也正以史無前例的速度下滑。

與之同時，印法埃集團也以迅雷不及掩耳的速度擴張他們在世界各處的勢力版圖。根據最新的消息顯示，中國華北、東北以外的區域大多已被印法埃接管或是陷入無政府狀態，此一情形在世界各地亦然。在各國政府無力解決眼前危機的情況下，印法埃卻將自己所掌握的區域治理的更加有秩序，導致愈來愈多人民渴望投入印法埃所控管的城市，甚至有許多國家由地方主動提出希望讓印法埃來接管，政府控制力出現的空前危機。

面對當前瘟疫肆虐、糧食短缺、戰爭頻繁的景況，美國總統法蘭克公開呼籲大眾冷靜，並保證WHO和LG等相關單位已經掌握了對抗病毒和終結戰爭的關鍵情報，很快就會顯現出成果。就在聲明結束後，以美國政府為首，協同其他十餘國向聯合國提案召開緊急會議。參與這個緊急會議的與會國均為尚未遭到瘟疫澈底癱瘓或是被印法埃集團完全控制的LG會員國，一共五十三個國家。

這場會議明確的討論項目仍不得而知，官方只透露此會議將針對印法埃集團當前的勢力擴張以及黑死病毒的肆虐作出有效的應對方案。該會議的戒護也是史上空前，據可靠消息來源指出，連各國出席領導人的隨行護衛都不得進入。

這場會議也被拿來和七年前外星入侵戰爭時逆轉敗局的「星球安全高峰會」相比，但調查顯示民眾對於這場會議能否解決當前困局均抱持著高度不信任與懷疑。

欲知更多後續的詳細情形，請繼續鎖定BBC新聞。

78

南海某處　印法埃國際集團第一艦隊　審判號

距離上次江少白在審判號召開集會，已經過了兩個多月。此為戰後印法埃第一次要求世界各處的高層一同聚集，除了位於桌首的江少白總司令，實際出席的委員還包括梁佑任、羽田烈、伊果和布蘭達，未能親自出席的委員則使用保密線路連線參與。

相較於上次全體激昂的宣佈計劃開展，此次會場氣氛顯得無比冰冷，每個人的眼神都透露出焦急與不安，眾人緊繃的情緒為現場帶來了強烈的壓迫感，江少白神色嚴肅的轉動著食指上的指環。

「這次真的是防不勝防。」情報部主管發出重重的嘆息聲，「LG的行動實在是太突然，事前顯然做了滴水不漏的保密措施，讓我們完全無從準備。」

「我們損失了多少？」羽田烈委員急於聽取消息的傾身向前。

「單就具始皇基因的生力軍而言，共有兩百三十一人遭到逮捕，當中還包含四名是具有精神操控能力的歸向者。」

此言一出全場發出痛苦的哀鳴聲。歸向者是印法埃最重要的資源，相當於各國的戰略型核導彈，具有左右戰局的極重要地位。加上之前被倫納德殺死的李柏文，他們已經損失了三分之一的歸向者。

「不只如此。除了歸向者外，我們在ＬＧ各個層級當中所建立起的內應網路，也幾乎全數被滅除。中下層人員中當然還有我們的人馬，但中上層的重要人物就所剩無幾了。有三名我方好不容易控制的國家領袖，居然在參加完美國參加高峰會後直接遭到拘捕。」

「為了保存我們在各國政府僅存的勢力，目前已經下令要剩餘的所有人馬暫且避避風頭，不要和我們聯絡。各處的生力軍也已全數清點完畢，確認了他們的動向。」戰術中心負責人說道，並小心翼翼的看向江少白，「除了……目前在中國尚有十名生力軍和一名歸向者下落不明，總司令您可知道他們的動向？」

「他們是在總司令離開西安時，執行由我指派確認周邊安危的任務，很快就會回報。」混沌在江少白身旁接口說道。

「明白，謝謝長官。」

「情報部門到底在搞什麼鬼？」梁佑任副主席再也按耐不住怒氣的隔著螢幕痛批，「這麼大的行動，居然完全沒有注意到任何一點跡象？安插在政府各處的眼線怎麼可能完全沒聽到風聲？連會議時間公告後也不知道會議預備內容，導致我們現在遭受到如此嚴重的襲擊！」

「這是屬於北美洲大陸的情報，我們在那裡的影響力較小，兼之對方這次的行動極其保密，可能因此使該處負責人沒有察覺。」情報總監說完偷偷的瞥了布蘭達委員一眼。

「你現在是在把責任推到我身上？」負責北美洲行動的布蘭達瞇起眼睛，從她身上散發出冷冷的憤怒，情報部門的官員恐懼的顫抖。這實在無法責怪他，畢竟他可是被一群可以即刻燒掉他腦子的人給包圍。

「對不起，我沒有……我不是那的意思。」情報總監顫抖的回應，「我是想說，由於這次聯合國的行動如此隱密，又切中我們的核心，因此情報分析處推測，可能是美國政府成功完成一項他們好幾年前本已作廢的機密研究項目：全球監控系統『七眼』，因此得以滲透破解我們許多的關鍵情報，並應用在許多科技的相關領域。當然也有可能是有內鬼……」他低聲地說出自己的結論。

這番消息讓眾人面面相覷，只有混沌面露興趣的喃喃說道：「七眼……是取自地球的《聖經》中透視萬物的意義嗎？地球人真有趣，把這種具神聖意義的詞彙用在監視和竊取機密上。」

「如果他們擁用這種隱藏的技術，怕是除了我們內部系統的資料外，他們掌握我們資訊的數量恐怕也十分龐大……」一名軍官懼怕的說。

「同意。情資處必須立刻清查我們目前可能外洩的資訊，並提出因應方案。」江少白開口說道，他目光嚴肅地望著所有人，「不過現在，我們可能還有更巨大的危機。如果LG已經知道了精神操縱的力量，這表示他們必然也明白了病毒的完整運作原理。甚至更可怕的是，他們可能已經開始著手創立自己的生力軍部隊。」

這番言論讓眾人又是一陣驚慌。病毒和歸向者是印法埃整體計劃中的兩張王牌，要是都被敵軍破解並加以複製……這種想法無疑讓當前艱困的局勢雪上加霜。所有人都露出擔憂的神情，只有江少白和混沌並沒有太大的震驚，不知是刻意隱瞞或是早就針對這話題進行過討論。

「不過，即便像目前的處境，還是有些好消息，這也是今天召開這會議的另一個重要原因。」江少白這話讓所有人專注起來。江少白面露微笑，看向梁佑任副主席，「根據前些日子的消息，LG在希臘古科林斯邁錫尼古城區發現了另一艘乙太的登陸艦，沒錯吧？」

梁佑任點點頭，「這個行動是在聯合國召開高峰會議前由LGGSC的副局長沃克所下達的指令，他們已調集了周邊的防務和人力去挖掘該處。根據歐洲地質協會的報告，可以證實那是我主贏政當年的登陸艦。」

雖然江少白說這是好消息，但大多數人卻是困惑大於興奮。「請問總司令，這個星艦是我們組織花了許多時間在尋找的東西，連明白乙太底細的我們都難以發現，ＬＧ又是如何找到的？」

「下達這指令的既然是ＧＳＣ副局長沃克‧馬修斯……或許是倫納德將消息告訴他的吧。」

江少白這話讓幾名委員十分驚訝，「倫納德和蕭璟兩人不是已經在西寧的行動中被殺了嗎？」

「不……那場行動雖然葬送了一名歸向者，但似乎只有蕭璟死亡，倫納德或許還在逃亡中。」江少白說這話時看向混沌，他像是沒聽到江少白在說什麼似的低頭沈思。

「倫納德是從哪裡得知這個消息的？」

「目前最大的可能性就是，他在七年前登上西安星艦的時候和對方有所接觸，而他到底在那上面得到了什麼消息，他也是世界上唯一知道的人。」

「這麼說……先前聯合國的行動，有沒有可能就是源自於倫納德所給出的情報？」情報總監現在才知道倫納德沒死，他皺著眉頭看向江少白，彷彿覺得為什麼早就掌握這消息的總司令居然看不出這麼明顯的可能性。

「倫納德應該也不了解判斷始皇基因活化者的方法，不過他的確是潛在的威脅。」

「先不管那個倫納德，」一名軍官起身說道：「既然我們知道了這個情報，是否要趁他們尚未準備好防禦措施時，盡快發動奇襲奪下這個地點，免得又被政府捷足先登？」

「現階段最好不要打擾他們，我們在歐洲各處的勢力尚未鞏固，貿然出手如果失敗了便只會打草驚蛇。」梁佑任在江少白開口前先說道：「最好先讓ＬＧ幫我們挖掘出那艘星艦，我們再出手奪取。ＬＧ剛摧毀我們的情報網路又揭露了我們的身分，他們一定會認為我們會把大部分的心力用在對付他們的奇襲上。然而這段時間我們應該好好規劃新的戰略，把他們挖掘地區的周邊先行納入掌控，以便之後進行接管。」

「沒錯，聯合國這次的行動雖然措不及防，但我們千萬不可自亂陣腳，要穩當的實現真主賦予我們的使命。行動剛展開時我便說過：救贖之路並不是平坦無坡，未來必會面對愈來愈多的顛頗險阻。這次的失敗正好給我們警惕，未來要更加謹慎。」江少白改以莊嚴肅穆的口吻說道：「敬世界的主宰乙太，還有智慧給予者贏政。」眾人同樣以嚴肅的表情回應。

會議結束後，江少白留在艦隊上和少部分高階人員進行細節的討論。混沌則先行和大多數人一起離開，並搭上運輸機準備回到西安。

聯合國的行動措不及防……混沌在心中暗自冷笑。江少白的演技真是愈來愈好了。

混沌胸口忽然一陣震動，他從胸前拿出自己的終端機，快速的操作。這信件由極其複雜的密碼組成，甚至不適用印法埃內部加密法。這是他私人聯絡使用的，他解出訊息後滿意的點了點頭。

「無人機探測已經縮小到百分之十的範圍了啊。」他微笑說道，然後他拿起電話。

「我正在回去的途中，地圖已經發給你們了。將我準備好的十名生力軍各自分配一支特種部隊，準備好後立刻進山搜尋。」

79

中國　青藏高原某處　救贖派基地

倫納德緩緩的在草地上的圓石小徑上漫步。這附近分佈著些小池子，水面閃爍著美麗的藍綠色澤光芒。此時已經接近黃昏，夕陽在遠處的山壁巔緩緩下落，彷彿鑲在山壁上的璀璨鑽石。往四面八方散射出玫瑰金的光芒，將這座世外桃花源染上柔和的色澤，讓人感到格外平靜。

「誒，你居然也在這啊？」蕭璟的聲音從他背後傳來。

「妳才是啊，這段時間不是要一直待在實驗室嗎？怎麼出來了？」倫納德轉向蕭璟，她聳聳肩走到倫納德身旁。

「我這幾天幾乎都在不眠不休地工作，怎麼說……有點緊繃過頭了。」蕭璟說著用力伸展了一下四肢，「現在已經做出了幾個滿有希望的樣本，但還需要再進行測試。這測試需要一段時間，枯等也沒什麼用，陳珮瑄要我趁這時間好好休息一下，順便恢復腦力。」她斜眼瞪向倫納德，「怎麼了？你可以在這裡摸魚，我就不能休息一下？」

「妳把我的話也解讀得太超過了吧。」倫納德苦笑道。不過雖然嘴上這麼說，看到蕭璟這麼有精神的和自己互相挖苦吐槽，還是感到無比欣慰。「看來妳的狀況已經好了許多，真好啊。」

蕭璟聽了臉微微一紅，瞪了倫納德一眼，但眼神中卻帶著笑意。

「我們到那坐下來說吧。」倫納德指向附近池子邊的一棵樹下。

兩人在柔軟的草地上並肩躺下，蕭璟靠在倫納德的肩上，倫納德微微嘆了口氣。他們已經有超過半年甚至一年以上沒有這麼愜意的獨處，畢竟他們之前一直分隔兩地工作，後來則是不斷沒命的逃亡，即便到了這裡也是持續忙碌地準備各種對付印法埃的工作。

他放鬆地閉上雙眼感受著蕭璟傳過來的溫度，這休憩雖然短暫，卻能讓他心靈完全放鬆，澈底沈浸在祥和的溫暖中。唯一可以和這次相比的，就是七年前登上西安星艦的前夕，在花蓮磐石基地的那晚，那時他第一次真正看見了自己的內心。

不過念及此處，也不禁想到橫在眼前的種種挑戰，這個念頭像是一道淡淡的陰影籠罩在他的心上。

「這個地方真的好美，」蕭璟讚嘆地說：「到這裡後我幾乎一直關在實驗室，都沒能好好欣賞這附近。這地方與世隔絕，樸實又美好，簡直就像是陶淵明所寫的『桃花源』一般，你應該知道那是什麼吧？」她像是忽然想到什麼有趣的念頭，把臉轉向倫納德，「你覺得，桃花源那故事有沒有可能是在描寫這裡？」

蕭璟的氣息那麼靠近自己的臉孔，讓倫納德有些心神不寧，「妳為什麼這樣想？」

「故事中的漁夫無意間發現桃花源，但離開之後就再也找不到那地方。我聽陳珮瑄說過這裡有設下很強的隱蔽能場，另外這裡居民都擁有的精神力量，足以讓人即便想認真找也難以察覺。而且在那詩中也說了，桃花源的居民是為了『避秦時亂』，不正好很像這裡的處境嗎？」

倫納德笑著搖搖頭，蕭璟平時嚴肅又精明，突然提出這麼天真的想法實在讓人感到很不協調——不過也很可愛。「我想不是吧，那首詩是我很久以前看的，內容不大記得了。但陶淵明是南北朝時期的人，詩文中地點也不是在這。若要我說，我覺得這更有可能是二十世紀英國詹姆士・希爾頓的小說《消失的地平線》中所描寫的『香格里拉』。」

「我聽過香格里拉這個詞，很多旅遊景點都會用到，雲南也有一個地方以這為名。但我沒聽過《消失的地平線》這本書，那又怎麼像這裡了？」蕭璟好奇的說道。

「書中講述一群人在墜機後無意間到達了一個位在西藏的神祕谷地，那地方基本上就類似烏托邦，完全的和平靜謐。所有人都很長壽，皆是藏傳佛教的信奉者——有點當時對於東方文化神祕色彩的想像——而那裡雖然與世隔絕，卻有著許多現代化設備，那個地方就是香格里拉。香格里拉這個名詞的意義為『心中的日月』，有著讓人民在混亂的戰爭世界中得著精神上的和平與釋放的含義。」

蕭璟第一次聽到這故事，感到非常有興趣，「那你覺得香格里拉真的有可能是指這個地方嗎？」

「畢竟那只是故事，他們應該也不敢這麼招搖的將自己的故事暴露出去吧。但事實究竟如何，恐怕也只有他們自己知道。」

「這聽起來和桃花源記也頗為相似，感覺世人對於理想境地都有著類似的想像。」

「這些作品大多都是出自混亂的年代，人們建構出遠離戰爭的理想國度。現今這個據點的建立即便不是香格里拉或桃花源，也是在類似的大環境下設立的避難處。像是歷史上所有慘烈的戰爭時期常會出現輝煌的文學和建築，可能也是要掩蓋或逃離黑暗的現實。」

「不知道這場戰爭是否能為後代留下一些美好事物。」蕭璟輕聲說。

這話讓他們沉默下來，倫納德有些後悔剛才下的那個結語，打亂了兩人這美好的片刻。他們一同仰望那即將完全落下的夕陽餘暉，東方的空中已經浮現些微星光。

「看看這裡，和烏托邦一樣，仍維持大自然的定律，和最美好的景色。我們處在這只會出現在文學作品中的避難處，但在這之外……」蕭璟吐了口氣，「實驗室的牆上每天都在更新ＷＨＯ最新統計的瘟疫擴散資料，但那些數據無論多麼誇張，都冰冷的不像是真的，毫無現實感。相較之下，當初在西安隔離營實際接觸到的那些垂死掙扎、展現人情冷暖、情感強烈的人們……那才是瘟疫真正的樣貌。」

倫納德瞥向蕭璟，見她雖然語氣沈重，但眼神卻燃燒著熾熱的光芒。

「印法埃以為他們是在為真理而戰，但他們只是以正義之名，將他們澈底扭曲的價值觀施加到全人類身上。」倫納德說：「就像他們對江少白做的事。」

蕭璟沈重的點點頭，倫納德想這是他們在聽完游弘宇講述江少白過去的經歷後，第一次談論到江少白。

「你對於游弘宇所說關於你爺爺的事情，你有什麼印象嗎？」

倫納德點點頭，「雖然我跟爺爺相處次數真的很少，少到我幾乎忘了有這個人。但經過游弘宇的說明，解釋了很多事情，像是我的確在很小的時候看過爺爺把那枚戒指掛在他身上。他死前的沉默寡言，應該也是因為游弘宇和他講解了一切事情的來龍去脈後，為了保護我們才這樣做的。」

「是啊……但我更是相信，因為他知道真相後……對江一珉一家的遭遇自責到無以復加，這可能也是他回英國後沒多久就死去的原因。當然也怪我，如果我當時沒有把戒指顯露出來……」蕭璟眼神低垂，倫納德知道絕對沒有人比蕭璟更清楚那錐心的後悔究竟有多折磨人。

「雖然說他經歷過印法埃的洗腦和折磨，但我不認為他完全失去了自我。在西寧時他企圖阻止歸向者對我開槍而吼叫……那時的感覺是我印象中原來的他，那個會擔心害怕、想保護他人的人。」

「二戰時期納粹和日本帝國的那些士兵接受了戰爭的洗禮後，也完全變了個人，以至於他們可以冷血的犯下任何罪行。但在回到正常世界後，也難以想像過去自己的所作所為。許多人會選擇遺忘，甚至將那些記憶轉變為『知識』而非『經驗』，去合理化當時的所有行為。」倫納德說道：「他或許也是一樣，過去的回憶對他而言已經沒有真正實質的意義。」

蕭環出乎意料地搖了搖頭，「不……我雖不曉得當年的我如今對他還有什麼意義，但他居然會用我們以前共同設計的密碼做為自己最高機密的資料密碼……可見他對過去失去的歲月是在意的，或許比我想像的還要耿耿於懷。」

「這有可能嗎？在一個人經歷了那麼強烈的打擊後，遺忘或是忽視過去那麼多事，卻唯獨留著某一段記憶？」

「的確是有可能的，記憶不會真正的消失，他們會……被隱藏或轉變。也許在印法埃的教育中，雖不斷地扭曲他過去的記憶，卻因為疏忽或是他們自己也不明白的某個環節，讓他仍保有部分未經變質的記憶。而他已被抹除記憶的情感部分，也在下意識中被某種程度的投射到其中，使得這段回憶平時雖被埋藏起來，卻有更強烈的情感蘊含在其中……」蕭環講到這自嘲地一笑，「聽聽就好，這些想法只是臆測。」

「妳真的變了不少，甚至比妳原來更有……怎麼說，更有深度？更加成長？」倫納德看著蕭環說：「這些反省和深刻的話，在以前很少聽妳說過。」

「哎呦，你是在說我以前很膚淺是嗎？」蕭環佯作憤怒的說，然後自己笑了起來，「也是，我之前幾乎是把全部心力投注在研究上，忽略了周圍的人和事，現在想起來實在有些愚蠢。如今我好不容易才恢復，當然要好好去做些有意義的事。你說是嗎？」蕭環說這段話時緊盯著倫納德的雙眼。

倫納德緊張的避開蕭環的目光。「果然，」蕭環輕聲說，「你們有事瞞著我。當初游弘宇說我病情恢復時，你們的反應就不太對勁，我問陳珮瑄她也不正面回答。你們到底隱瞞了什麼？難道游弘宇騙我，我身上的病毒根本沒有痊癒？」

「不，他沒有說謊，妳身上的黑死瘟疫確實已經消失了。不過……」

「不過什麼？」蕭環坐起身來，「病患有被告知的權利，這可是基本原則。」

倫納德看蕭環窮追不捨的樣子不禁嘆了口氣，便坐了起來。他一五一十地把游弘宇告訴他的話全部轉述給蕭環聽，包括歸向者的酷刑是怎麼傷害著她的健康，以及她只能再活幾個月的事實。蕭環從頭至尾面無表情地聽著，沒有出聲打斷，直到倫納德說完才若有所思的點點頭。

「所以……我還有三個月的壽命，是嗎？」蕭環聽完平靜的說道。

「那是最少，」倫納德趕忙說道，「要是好好休養，半年以上也不是問題……」

蕭環忽然大笑起來，笑到彎起腰來、眼角甚至流出眼淚。倫納德擔心的看著她，想蕭環好不容易恢復到今天的狀況，難不成被這消息打擊到失去理智。

「你不要用那種眼神看我，我腦子正常的很。」蕭環抹掉眼淚，「只是……抱歉，我一直以為是什麼嚴重的事情，擔心了好久，原來只不過是這樣……一時太放鬆了。」

「妳……真的沒問題？」

「我在印法埃監獄的時候，一直以為會死在那。後來到隔離營並染上瘟疫，看著周圍的人一個接著一個的離開，我認為自己大概很快就會和他們一樣。更別說被歸向者李柏文抓住的時候……結果現在我還好好的。如今能多活一天我都已經很感激了，更別說還有三個多月。」蕭環說：「而且試想如果之後沒有成功解除印法埃的威脅，那不用多久我們全都會完蛋。」

倫納德一直瞞著蕭環不敢讓她知道，現在全部說出來後見她完全沒有自己所擔心的模樣，終於放下心中的一塊大石頭。他也為之前這份擔憂感到慚愧，自己一直說相信她，結果卻完全低估了她的堅強。

「妳說得對，我們就好好把握這幾個月吧，至於還剩多少時間就靜待天命了。」倫納德咧嘴一笑，心情比散步前輕快了許多，擔憂暫時消散，而此時天空已是點點繁星，「時候也不早了，陳珮瑄可能在實驗室等著妳，我們回去吧。」

兩人正要起身，後方就有聲音傳來，倫納德回頭一看，只見劉秀澤氣喘吁吁的跑過，「終於找到了，原來你們兩人在這，我一直在找你們。」

「抱歉，我們只是在這休息一下，也正準備要回去了。」倫納德注意到劉秀澤的樣子不對勁，不禁心頭一緊，「怎麼了？」

劉秀澤來來回回的看向他們，「出大事了，游先生要立刻見你們。」

80

「究竟發生了什麼事？」劉秀澤帶著兩人一進入房中，倫納德便向游弘宇問道。

「你們終於來了，」游弘宇站起身來，「快過來看看這個。」

他們走到游弘宇身旁，他伸手指向螢幕上一張山區的衛星空照圖。

「這是……」

「這是這座基地所處之地的空照圖。」游弘宇嚴肅的說：「不久前，基地外圍的探測儀偵測到強烈大腦波動的蹤跡。」

他們只花了一秒就明白游弘宇在說些什麼。蕭璟瞪大了眼睛，「是歸向者？」

「很有可能，」游弘宇嚴肅的說，「根據我們設置在各處的隱藏攝影機和探測儀，發現在方圓五十公里內有至少十組有精神感應能力的人員出沒。」

「這……他們是怎麼發現這裡的？不是在西寧市就甩掉他們了嗎？」倫納德詫異的問。

「很遺憾的，我們在解鎖蕭璟帶來存有黑死瘟疫病毒基因組的檔案時，發現檔案裡竟混有惡意程式，會放出警告信號。當時系統注意到並立刻將信號屏蔽掉並清除了惡意程式，但還是有那麼一瞬間讓信號傳了出去，他們很可能就是因此知道我們位置的。」

蕭璟和倫納德同時互看了對方一眼，他們想到七年前蕭璟解開中國政府的機密文件後，便吸引來了大批地鼠。「既然他們已經知道了我們的位置，為什麼還在周圍搜尋，而不直接突襲？」倫納德問道。

「當時訊號很短，又立刻被我們屏蔽，他們應該無法明確的定位出我們的位置，但他們可能鎖定了這片區域。」游弘宇說：「其實在十天前就有人注意到遠方的山區出現幾架無人機，但由於我們設有隱蔽裝置，當時注意到的人也沒有多想。可是現在出現了有精神感應能力的人……這就真的是個危機了。」

倫納德皺起眉頭，「我們需要遷移嗎？」

「現在貿然遷移便要暴露在外頭沒有防禦措施的環境。不，我們不能離開。」

「他們大概多久會找到這裡？」

「樂觀點的話……最長也就兩、三週吧。當然我們也有展開一些擾亂他們的行動，像是派遣一個小隊到遠處放出最大程度的精神力場，來誤導他們方向。」游弘宇說：「但這些都只能拖延時間，遲早還是會被發現。而且還不只這樣。」

「還能有什麼更糟糕的事？」

「這件事情是福是禍現在還很難說，」游弘宇說：「聯軍那出了些狀況。他們已經成功破解了病毒基因組並且正在著手研發解藥，同時還發現了具有始皇基因者擁有精神力量的祕密。他們前些日子對內部進行無預警的大整肅，據說還抓了好幾名印法埃的間諜。」

倫納德和蕭璟驚訝地對看一眼，「是我寄給父親的信引起的嗎？」

「應該不是……至少不是主要原因。他們的確是憑著自己搜集到的情報以及運用軍方的科技達成的。」

「這樣有什麼問題？」蕭璟皺著眉說。

「以印法埃的能力，他們會出這麼大的紕漏實在讓人不得不懷疑……而即便這真的不是印法埃的陰謀，我也擔心各國政府會為了應對現在的危機而挺而走險——網羅大批具有心智力量的人來對抗印法埃。印法埃可是在這上頭花費好幾年的時間，沒有人比他們更了解這力量的運作方式，蓋亞聯盟恐怕會無法駕馭這股他們根本不了解的力量。」

「企圖駕馭始皇後代的力量……這的確比玩火還危險。」倫納德語調緊繃的說。

「但他們在研發解藥這點上總沒有問題了吧？」蕭璟問道。

「但願如此……不過這些都還有待觀察，因此我們不可以停止研發。」游弘宇看向蕭璟，「我和珮瑄談過了，她說解藥研發已經有了一定的結果。雖然說欲速則不達，但印法埃即將發現這裡，希望你們可以在兩週內完成解藥的研發。」

「我會盡力。」蕭璟眼中燃起鬥志的回應。

「很好。」游弘宇點點頭，「這段時間我會開始做撤離的準備。而倫納德，恐怕要麻煩你和劉秀澤帶幾名人員一同到基地外頭，盡可能的去誤導印法埃的探測。」

「沒問題。」

「感激不盡。」游弘宇喘了口氣，應對這些變數極大的狀況讓他十分疲憊，「你們先離開吧，讓我靜一靜。」

「好的。」倫納德和蕭璟便一同離開房間。

「只有我在懷念剛才愜意的獨處嗎？」

「別想了，桃花源畢竟只存在幻想中。」蕭璟說：「趕快開始動工吧。」

美國　世界衛生組織研究所

「針對P437的第五十七號修正樣本，P437R57進行樣本測試。」約書亞下令道。

不同於救贖派的隱密基地，這裡是世界首屈一指的病毒研究中心。實驗室裡有數十個全球最頂尖的人才，操作著最尖端的設備，並有著世界最強大的電腦運算，在約書亞的指揮下正如火如荼地研發解藥。

「套入與量子基因交互作用的模型演算。」電腦跑出字幕。

「這應該是目前最具有潛力的樣本。」約書亞坐在自己位置上喃喃說道。自從找到黑死病毒的基因組，又發現精神操控能力者的基因秘辛，他們已經進行了快一個月的研發，如今只差臨門一腳就可以完成解藥了。

實驗室的門打了開來，約書亞回頭看去，他的妻子雙木穿著了防護衣步入研究室，他起身快步走向她。

「如何？」

「今天對於『普紐瑪』的檢驗算是暫時結束了。」雙木喘了一口氣，「面對這些異類，真的讓人身心俱疲。」

約書亞拍拍妻子的背。普紐瑪（Pneuma），源自希臘文，意即『精神』或是『靈魂』，也是研究員稱呼具有精神操控能力者的方式。自從明白了印法埃的祕密後，幾個國家開始聯手在世界各地搜羅具有活化量子基因者，並全數送往軍事防禦重地進行檢驗，測試是否具有強大的精神力。而雙木永萱作為這個計畫的負責人，只得從原本病毒解藥研發團隊調離。但面對這些具有未知能力的人，既要防範他們的力量，又要進行研究，還要對這群人進行思想『教育』。讓所有參與人員都精疲力竭。

「讓妳一個人處理這麼複雜問題，真是抱歉。」

「我才是，本來黑死病毒解藥研發就不宜半途中斷，不知道現在解藥研製的如何了？」

「放心吧。雖然妳不在，但有愈來愈多幫手加入，解藥的研發已經大有進展。我有預感，距離最終的解藥已經非常近了。」約書亞對雙木微笑道：「上次的P430和P2140，對於百分之七十二地黑死病毒樣本已經有抑制效果，成功只是遲早的事。」

「解藥完成後，還需要花多少時間試驗？」

「過去可能要幾週，但現在有『七眼』的幫助，大概五天內就可以完成了。」約書亞自信地笑道。

「那就好……」

一名研究員忽然發出一聲叫喊，吸引所有人轉頭望去。

「P437R57修正樣本的測試結果……一千筆的模型演算。結果全部都一樣……黑死病毒百分之百失去活性。」

這話讓整間研究室陷入澈底的寂靜。

「你說什麼？」約書亞快步向前，雙木也跟在他身後。他看了螢幕上的結果一眼，立刻瞪大了眼睛。他看向身旁的妻子，「這表示……」

「我們成功了……成功了！」研究室發出巨大的歡呼聲。所有的研究員自從黑死病毒爆發後一直緬緊神經，若不是身在安全戒護高的實驗室中，恐怕所有人都會拿起身旁的燒杯器具拋向上空。

「成功了……終於成功了……」約書亞激動的抱住妻子雙木，雙木也用力地抱著丈夫，眼眶中蓄滿了淚水，而在晶瑩的淚珠下折射出哀傷的光芒。

希臘　科林斯　星艦挖掘地以東15公里

江少白拿著望遠鏡，靜靜的觀察著在科林斯地狹的另一端，蓋亞聯盟的挖掘地點。

自從蓋亞聯盟無預警的肅清行動讓印法埃折損了大量歸向者後，印法埃的行動策略就有了相當大的變化。原本負責指揮領導的委員們也必須要親自肩負起歸向者原本的任務，但委員們雖然能力強大，但大多都已經年邁且身分遭到情資單位注意，無法在實戰中派上用場。目前較具有戰鬥能力的除了江少白總司令外，只剩下梁佑任、伊果和布蘭達三名委員，必須負責前線作戰的任務。江少白作為委員會中最年輕且唯一有實際作戰經驗的成員，自然是首要前往第一線的人選。

他此刻所在的地點，是印法埃設置在科林斯的一座偵查基地，位於山坡上的廢棄修車廠內。而為了避免被聯軍發現，這裡沒有軍事科技設備，只有五名人員負責防衛。

「總司令，您其實並不需要親自前來，這裡的環境不適合您。」駐守在此處的佛雷德少尉緊張的說——他在半小時前才得到消息說江少白總司令要親自前來，便趕忙把骯髒凌亂的基地和正在喝酒打牌的人員處理好，「這種小任務不用勞煩您親自視察，由我們這些人負責就好了。」

「這裡平時幾乎無法和總部聯繫，資料傳遞也很困難。而且這個行動至關重要，這麼重要的資料交給別人轉達，我無法安心。」

「但是您的身分這麼重要……」佛雷德擔憂的看向江少白帶來的兩名貼身護衛。

江少白舉起右手示意要佛雷德安靜，他恭敬的鞠個躬便退到一旁。

江少白仔細的觀察著這座由蓋亞聯盟正在挖掘，乙太外星人傑生星艦所在的地點——伊斯米亞神廟。

伊斯米亞神廟於西元前七世紀建立，雖然曾在西元前四百七十年時被焚毀，但不久就將之重建，並被建造為獻給波賽頓的神廟。這對於一個靠海的城市而言極為重要，對需要時常航海旅行的商人而言更是如此，考古學家也在周邊挖掘出許多城邦的獻祭品，證實了這項說法。除此之外，還有許多重要的公共建築環繞著這座神廟而建立，諸如羅馬浴場、古代劇院等。

這座城市所舉辦的「地狹運動會」，是古希臘最盛大的「泛希臘運動會」中的其中一場，被視為是當今奧運的雛形。當地人透過運動會來崇拜波賽頓，勝利者更可得到松枝頭冠作為榮譽象徵，是風行希臘的重要活動。直到公元後四世紀才因為基督教的盛行而結束。

讓伊斯米亞神廟在現代具備深刻考古意義的，是它不同於大多數早已遭到毀損的神廟。它的外觀相當完整，堅實的圓柱柱廊和平鋪磚瓦的屋頂仍然清晰可見，是古希臘「古風時期」的第一座代表神廟。在缺乏紀錄建築風格變化的年代，它是古希臘建築考據的重要遺跡。

江少白看著這座如今被軍隊團團包圍的古老遺址，不禁微微頷首，「原來如此……這樣全都說得通了。」傳說中，阿爾戈英雄傑生在晚年時，獨自一人將具有魔法的阿爾戈船艦駛至科林斯地狹旁，並將船停在該處獻給波賽頓。如今把所有情報拼湊在一起，一切都說得通了：阿爾戈便是傑生的登陸艦，上頭的魔法船桅「多多納」，恐怕就是艦艇的核心運算系統。

念及此處江少白也不禁有些惋惜。以印法埃掌握情報的能力，若不是因為過去並不知道那名乙太外星人有著希臘阿爾戈英雄『傑生』這樣一個身分，他們應該更早以前就可以掌握傑生星艦的位置，那麼如今在那裡挖掘星艦的就不會是蓋亞聯盟了。

他放下望遠鏡，回到其餘人員所在之處，桌上放置了一張描繪蓋亞聯盟軍方在科林斯部署的地圖——因為缺乏影像和分析設備，這裡的觀測和記錄大多由人員手工繪製——地圖上用各種顏色的符號和圖釘標示著蓋亞聯盟不同防禦措施和部隊的分布，以及挖掘大隊的所有人力資源分配。

「把地圖上所標示的據點和資料全部輸入帶來的情報終端中。」江少白對身旁的隨行人員命令道，然後把目光轉向地圖，「蓋亞聯盟挖掘的進度已經到哪裡了？」

「報告總司令，他們出動了極高效率的尖端挖掘工具和團隊，但因那裡地質的緣故，進度比預期的稍微緩慢了一些。不過也快了，我預計最多五天就會挖掘到星艦。」

「剛才觀察他們在周邊的部署，似乎比上次報告提到的要嚴密了不少？」

「是的。他們似乎也猜測到我們會對此地進行搶奪，在這兩週蓋亞聯盟加派了不少駐守人員，並且在圖上所標示的那幾個位置設置了防禦陣地。」佛雷德指著地圖解釋道：「那裡本就缺乏天然掩體，他們內圈的防禦部隊大多駐守在遺址的破碎石牆後，輔以裝甲車填補周圍缺口，並且在周邊部署了中程投射武力。但這不是真正的問題……」

「總司令，資料輸入完成了。」拿著情報終端的護衛說道。

「投影出來。」

護衛將儀器放置在桌上，便在桌面上方投射出伊斯米亞神廟方圓二十公里內的全相影像。周圍的人見狀都不自覺的靠近想看個清楚。

「真正的問題是……隔著兩邊的科林斯地狹吧。」江少白看著全相投影說道。

「是的，他們固守著地狹西側，有陸空軍支援，再憑藉中程投射防禦武力，這使得我們以西亞歐陸為主力的陸上軍隊位居劣勢。」佛雷德將影像比例尺轉換至更小，呈現出希臘南端的圖像，「我們所掌控的地區，位於地狹東側，而且還是極度零碎不完整的。北方雅典和中希臘區仍有蓋亞聯盟的軍事壓力存在，反觀他們卻在西側伯羅奔尼薩區有著後援。」

「如果是派遣歸向者和特種部隊施行突襲行動呢？」江少白的隨行護衛開口問道。佛雷德等人不明白「歸向者」是什麼，只是好奇的看向江少白。

「恐怕不行。一來現在進入這區的人員必須擁有蓋亞聯盟的核可，我們不能冒險讓現在僅存的內應，做這種可能曝露身分的事；二來歸向者的作用範圍和人數均有限制，面對警戒心這麼高的一群武裝部隊極有可能失敗而被捕。」江少白說，他專注的看著影像，「正如你們所說，這的確不適合大規模的戰鬥，必須是靈活、精確的小型戰爭。但儘管如此，正面衝突仍然不可避免，如何削弱蓋亞聯盟的防禦仍是我們要克服的。」

「您說的是，但這問題需要盡快解決，他們近來派遣了不少搬運設備，看來是打算一挖掘完成便運送回總部。當然如果要在運送途中突襲也不是不行。」

「為確保星艦上的相關資訊不讓他們接觸到，因此在挖掘完成前攻佔下來，仍然是我們首要作戰方針。」江少白在心中評估，若要奪下這個據點印法埃在陸上作戰是不可避免的，而要達成這個目標，就必須有空武和中遠程武器的支援，如此就需一定規模的作戰基地。現在只有土耳其的格爾居克和伊茲密爾具有這種條件，但從距離上來看皆派不上用場。且以目前印法埃在歐陸的行動判斷，是不可能趕在蓋亞聯盟挖掘完成前建立起這樣的作戰基地。

「如果不需要建立完整的包圍網和推進陣地，只是單純的切斷科林斯此處的後援以便斷絕蓋亞聯盟的空軍支援，那便可以考慮將印法埃目前在紅海的艦隊調至此處，作為陸上行動的掩護，同時可作為壓制對方火力的砲台。」

眾人嚴肅的盯著影像，佛雷德點點頭，「這樣應該可以，但艦隊需要有空軍護衛才有可能航入蓋亞聯盟的攻擊半徑範圍內。」

「如果是赤炎之子就辦得到。」眾人驚訝地瞪大眼睛，赤炎之子至今仍未在實際作戰中使用過，性能仍然是個未知數。江少白轉向身旁的護衛，「把這計畫回傳至司令部，我們一回去便研擬作戰細節。傳令要紅海艦隊準備好，一收到指令就通過蘇伊士運河和我們會合。」

門外忽然傳來一陣敲門聲。所有人緊張的拔出槍枝指向門口，護衛緊張的擋在江少白面前，江少白面色鎮定的說：「別擔心，是我們的人，開門吧。」

佛雷德沒問他是怎麼知道的，揮了揮手。門口的守衛將門打開來，一人面色緊繃的快步走入房間，走到江少白面前時他停下腳步，匆忙的行禮，「總司令。」

「怎麼了？」

「情報部傳來緊急的消息：世界衛生組織已經成功開發出黑死病毒的解藥，很快就要上傳給所有人。司令部萬分焦急，他們需要您立刻趕回去處理這個危機。」

所有人都露出擔憂的神色，江少白表情沒有太大的異樣，但眼神似乎微微跳動了幾下，「我知道了，我現在就趕回去。」他轉向佛雷德，「我留下可以直接和總部通訊的裝置，繼續監視，一有什麼消息便立刻告訴我。我還會增派人手協助你。」

「是的。」

「走吧。」

江少白在隨扈護衛下往基地外走去，在踏出門口的那刻，他以近乎耳語的聲音說道：「最後一位騎士終於要出動了。」

83

中國　西安　印法埃空軍基地

在印法埃全體正忙於指揮艦隊調度和應對世界衛生組織研發出病毒解藥的同時，混沌繼續留在西安的基地，緊鑼密鼓的進行著清掃救贖派的行動。

「已經確認對方位置和彙整週邊防務情況。」

「顯示出來。」

螢幕上出現先前搜尋時的衛星影像，但這次上頭卻以紅點標示著精確的座標。

「折騰了那麼久，總算是逮到你們了。」混沌露出滿意的微笑。過去三週，他派遣的探索隊在山區不斷地被干擾，甚至有小隊遭受攻擊。對方的手段相當高明，讓搜索隊好幾次被引導到相反方向或是走到死路。但憑著多組小隊同步偵查和無人機不斷更新的資訊，他們總算是定位出救贖派基地的確切位置。

儘管如此，混沌對於對方的實力仍然不敢輕忽，他嚴令所有的探索隊都不准接近救贖派陣地，一旦得知了救贖派所在地點便命令所有部隊立即返回基地待命。在生力軍搜尋救贖派的期間，混沌也忙著籌備所需要的武力資源——江少白總司令不在的情況下，混沌已經是印法埃在中國地區的實質領導人，所有軍事資源皆由他一人調度——他也在思考要如何在殲滅救贖派的同時活捉倫納德，現在他終於擬出了結果。

「我要求的部隊準備的如何？」

「報告長官，已經完成。針對敵方外緣防務進行遠程突襲所需要的的三架無人機已經在待命，每架皆配置了『地獄火』和最強力的掩影裝置。由十二架阿帕契直昇機組成的攻擊中隊，除了機上配備的攻擊武器，各自搭配的掩影部隊和生力軍也全數調整完成。目標處的對外通道已派人監視。請問何時展開行動？」

「立刻出擊，」混沌以堅定的語氣下令，「無人機馬上升空，展開第一波攻擊。對方已經知道我們在搜尋他們，時間拖愈久對我們愈不利。」

「明白。」

「無人機大約三小時後便會接近敵方陣地的外緣，在抵達敵方陣地外緣五十公里時，阿帕契中隊便要緊接著出擊，不要讓對方有喘息的空間。另外，我也會親自加入攻擊中隊。」

「是的。您準備何時和突襲部隊會合？」

「現在。」混沌起身朝門外走去。在他經過走廊旁落地窗時，外頭三架無人機正自跑道上高速起飛。

中國　青藏高原　救贖派基地

倫納德和蕭璟並肩和游弘宇及陳珮瑄面對面站著，空氣中瀰漫著緊繃的氛圍。

他們此時所在的地方，是救贖派基地的文史館門口。自從游弘宇帶他們來這說明救贖派完整歷史後，他們就再也沒有像這樣全體聚在這裡了。但不同於之前剛來到這裡的景況，他們皆身穿完整旅行服裝並攜帶著全套出行裝備、背包，其中最明顯的變化，是所有人面孔都蒙上不安的陰影。游弘宇嚴肅的對著倫納德和蕭璟二人說道：

「你們聽仔細著。直昇機帶你們離開這裡後，就會立刻前往拉薩機場，那裡目前並不屬於印法埃或是蓋亞聯盟的勢力範圍。在那裡，會有一架灣流G650ER噴射客機等著你們，只要向機師報上名字他就會帶你們離開。這架飛機會直接飛到希臘科林斯，蓋亞聯盟正在那裡挖掘星艦。據我所知該處的行動是由你的父親沃克所主導，通行上可能對你比較方便。你必須和你父親說明事情一切的細節，還有你之前沒交代給他的部分，讓他盡全力協助你。星艦一但挖掘完成你們就立刻照計畫進行，絕不能有任何耽誤。」

「我明白，但是……」倫納德皺緊眉頭的盯著游弘宇，語氣相當擔憂。「你們真的不需要我們的協助嗎？畢竟面對印法埃的部隊，絕對會需要具備精神作戰能力的人……」

游弘宇搖了搖頭，打斷倫納德的話。「你們已經幫我們很多忙了，要是沒有你，印法埃的探勘隊恐怕十天前甚至更早就發現我們了。而且珮瑄解釋過，黑死病毒每延遲一日便會有變化和擴散的風險。既然解藥已經完成了，那就必須馬上離開。」他說著這話並將眼神看向蕭璟。

蕭璟不安地動了動身子，露出緊張的神色。她除了身上的裝備外，手上還提著一個標示著生物性危害標示的密封病原體隔離箱，箱子內部是裝著黑死病毒解藥的密封試管。

「要是有更多時間可以做完整的確認就好了……解藥雖然勉強說是完成了，但時間實在是太趕了，導致解藥樣本的嚴謹度不足，總共只做了不到十次的確認，又沒有做足夠規模的人體試驗，我很擔心解藥會出什麼差錯。」蕭璟憂慮地說著，她眼眶周圍有著明顯的黑眼圈。

「璟，妳已經做得很好了，」倫納德鼓勵地搖搖她的肩膀，「妳雖然在生活上有些粗枝大葉，但面對這麼重要的事絕不會出錯。」

「這種事又不是說小心就不會出差錯！更何況這種規模的研究，不論過程多小心都可能會有缺失……」蕭璟緊咬下唇。她此刻的心思全在解藥的完成度上，甚至沒有注意到倫納德對自己的吐槽。

「放心吧，我對妳有極高的信心。」陳珮瑄對蕭璟微笑道：「妳在實驗室裡專注地簡直就像換了個人似的，所有研究細節和可能性全都不放過，洞察力及創造力比我過去認識的任何一名研究員都還要來的優秀，和妳合作甚至比跟大學的那些教授還要來的愉快。因此我絕對相信妳做出的成果。」蕭璟被陳珮瑄稱讚到害羞的低下頭，倫納德見狀不禁露出微笑，氣氛也因此緩和了些。

游弘宇清了清喉嚨說：「昨天下午，附近已經沒有任何歸向者的動靜，這表示他們已經推算出我們確切的位置。以我對印法埃的了解，他們絕對會立刻給我們迎頭痛擊，搞不好他們已經開始行動了。你們必須立馬上離開。」

「這我們當然知道，但你們……」倫納德想到印法埃強大的實力，仍無法放心。

「對抗印法埃並非只有面對面廝殺這一條，我們留在這也並非要送死。況且你們的戰場是在別的地方，你們所要面對的並不比我們輕鬆或安全。」

倫納德點了點頭，他很清楚游弘宇說得完全正確。

「因此，有鑒於之前的情況，我認為你們絕對會需要更多的協助。」游弘宇拍了拍站在他身旁劉秀澤的肩膀，他也身著全套的作戰服裝。「我和珮瑄討論過，就讓劉秀澤來當你們的伙伴吧。他的實力不論在這裡或是和印法埃相比都算是一流的，而且辦事也相當可靠。之前你們和印法埃歸向者對峙時，應該也有感覺到。不曉得你們意願如何？」

倫納德和蕭璟對看了一眼，到目前為止劉秀澤確實幫了他們許多的忙，甚至救了他們的命，很多難關如果沒有他的協助恐怕根本過不了。若是有他一起行動必然是一大助力，但是要求他繼續無條件的幫忙……

「我們當然很感激您的好意，但是之後會面對什麼樣的危險還是未知數。我並不希望劉秀澤是因為命令，而讓自己冒這麼大的危險。」

「放心吧，我是自願的。」劉秀澤開口解除倫納德的疑慮，「應該說，這是我自己向游先生提議的，他很贊同我的想法——單就你們的力量，並不足以對付印法埃。」

倫納德瞥向蕭璟，她微笑著聳聳肩。「那當然好，我們就繼續麻煩您了。」

「是我的榮幸。」劉秀澤聽了鬆了一口氣，並站到了倫納德身旁。

「還有我必須先警告你們，根據情報，印法埃原本位在紅海的艦隊已經祕密移往土耳其伊茲密爾基地，他們可能即將對蓋亞聯盟在科林斯的挖掘地點展開行動。而且江少白恐怕也正前往那裡。」

蕭璟身體突然微微一顫，倫納德同情地看著她。他知道蕭璟對江少白的變化仍然很擔心，何況江少白目前認定她已經死了，要是他們再見面，不知道他會有什麼反應。

「另外，世界衛生組織也宣稱完成了解藥，但我們並不確定結果如何。」陳珮瑄說道：「老實說，對於世衛的成果我不太信任，雖然他們資源齊全，可是那畢竟是一個非常大的國際組織，人員和物資的進出難以完全掌控。何況他們還要同時處理具有精神力量者，更難保會出什麼意外。如果可以的話，最好先和世衛的解藥進行一下比對。」

蕭璟點點頭，「我明白。」

「對了，差點忘了，我有一樣東西要交給你們。」游弘宇拿出一個金屬製密封圓筒交給倫納德，他眨了眨眼。

「這是……」

「這是你們那第五幅天啟畫作。」游弘宇說道，倫納德和蕭璟露出驚訝的神色。

「這不是你很重要的珍藏品嗎？」蕭璟訝異的問道。

游弘宇搖搖手，「這幅作品早就經過完整的掃描了，所有細節也都儲存在電腦中。而且比起我們，你們更有資格持有它，雖然不知道它對你們有沒有幫助。」

倫納德慎重的接過圓筒，他不曉得這東西對目前的情勢有什麼幫助，但未來或許可以從中得知些什麼信息。

「現在也差不多……」

游弘宇說到一半，忽然傳來警報聲。他頓時臉色一沉，抬起手錶看了一眼，「不得了，有人來了。」

「是印法埃？」

「不會有別人。」游弘宇迅速地檢視手錶上的資訊，「好可怕的隱身能力……若不是五天前加倍警戒，加裝了三組量子雷達陣列，這一定會被漏掉。」

「那麼……」

「沒有時間了，」他看向劉秀澤，「立刻帶他們去搭直昇機，不管發生什麼事絕對不要回頭。」

「遵命。」劉秀澤跳上駕駛座。

倫納德雖然擔心游弘宇等人的狀況，卻也知道現階段幫不上什麼忙。他打開車門讓蕭璟先上，兩人回頭看了車外一眼，「你們保重。」

在倫納德要關上車門時，游弘宇突然靠了過來，「記住，你們很快就會再度面對到江少白率領的印法埃部隊，一定要做好心理準備，蕭環妳尤其如此。我和你們所說關於江少白的過去，你們自己好好思考該如何運用。」他話聲一落便把車門用力關上。

「抓緊了！」劉秀澤喊道，他一腳用力踩下油門，後輪揚起一陣塵土，高速奔馳前往直升機場。

85

倫納德等人一走，游弘宇和陳珮瑄立刻趕回基地的監控中心。

此時基地所有的人都集中在這，每個人都忙著處裡各自的工作，沒有任何人露出慌張的神色或是緊張的交頭接耳。

在監控中心前方的數個螢幕上，顯示著基地周邊所有的影像和偵測數據。此時螢幕上的數據正不停地變換著，雖然沒有人開口，但他們都知道這代表的意涵——印法埃正在快速迫近。

「資料的部分處理得如何？」游弘宇一踏入監控中心便問道。

「資料已經全數備份完畢，刪除的完成度已經到達百分之七十，剩餘的百分之三十大多皆是低層級資料。」

游弘宇瞥向陳珮瑄，她點頭說道：「實驗室中的所有數據樣本在解藥完成後已經全數銷毀，沒有剩餘。」

游弘宇把目光轉向大螢幕上的數據——由於印法埃的戰機匿蹤效能極為優秀，關於他們所在的位置一直不斷浮動，距離遠近難以精確判斷。「根據敵方軍機速度推估，我們還有多少時間？」

「四十五鐘內必須要完成撤離。」一人快速的操作電腦的分析後回答道。

螢幕上出現倫納德和蕭環搭乘的直升機飛離地面的影像，直升機外觀閃爍了一下，便融入周邊的環境。

「可見光迴射面板已經啟動。」一人說道：「但根據電腦推斷印法埃已在周邊佈滿了部隊，他們可能仍會遭到攔阻。」

「以他們的能力應該沒有問題。」游弘宇輕聲說道：「祝你們好運。」

「目前看起來敵機仍有一段距離，尚未進入攻擊半徑，我們應該還有時間撤離……」

外頭傳來一陣巨大的爆炸聲響，監控中心天花板頓時劇烈的搖晃起來。監控中心的警報立刻鈴聲大作。

「我的天啊，他們的攻擊半徑比預計的遠太多了！」

螢幕上的畫面切換到了被飛彈轟擊的外緣防禦系統。被攻擊的地點燃燒著熊熊烈焰，並迅速擴散到周邊的樹叢。

「試試以剛才飛彈攻擊軌跡並合計敵機飛行速度推算出反擊路徑，立刻啟動ＡＲＨＭ反輻射導彈應對下一波襲擊。」

「雷達無法精確追蹤位置，另外敵機距離遙遠，恐怕很困難。」

「有辦法啟動防禦系統反擊嗎？」

電腦立刻估算出射擊軌跡，發射兩枚中程制空導彈向印法埃的無人機射去。

透過飛彈上的微型攝影裝置，螢幕上顯示出飛彈迅速靠近敵方無人機，並在最後以極接近的距離擦邊而過。

「再次修正軌跡參數，應該就可以命中對方。」操縱人員見狀自信的說道。

在電腦重新計算軌道時，螢幕上原本井然有序的數據編號忽然全數出現劇烈的浮動，雷達偵測系統浮現了數萬個紅點，整間監控中心立時警鈴大作。

監測系統的操縱員瞪大眼睛看著螢幕顯示的警告標示，「印法埃使用複數微型發射器黑盒子，癱瘓了偵測系統的所有頻道！我們失去敵機的蹤影了！」

眾人首次感到恐懼。印法埃此刻的作法是釋放大量偽信息掩蓋真實的信號源，如此他們便無法對印法埃的攻擊做出任何反擊，ＡＲＨＭ形同癱瘓，甚至無法判斷敵方軍機的距離遠近。與之同時，印法埃對基地的轟擊仍在持續進行，每一聲警鈴都伴隨著晃動及爆炸聲。

「目前他們只針對外部的對空防禦系統進行攻擊，下一波的攻勢便會攻打我們這裡。」游弘宇立刻轉向電腦下令道：「關閉基地內所有對空防禦系統，直到這一波攻勢結束後，再重新開啟。」他說完後瞥向電腦，目前顯示資料刪除的完成度百分比。

「所有人員立刻停下手上的工作，馬上準備進行撤離，等攻勢一暫緩就開始行動！」游弘宇以堅定而沈穩的語氣下令，並斷然放棄處理剩餘的資料。基地因為失去了防禦系統，螢幕上不斷顯示出附近被轟炸燃燒的慘烈景象，在伴隨著警示紅光閃爍下愈顯駭人。

眾人面色凝重，眼神瞟向周遭的夥伴，大約有一半的人起身離開監控中心。雖然她們沒有像普通百姓一樣慌張的尖叫，但游弘宇可以感受到他們的焦慮和哀傷的情緒。游弘宇垂著眼，他知道妻子珮瑄也一定感受到了。

「這是怎麼回事？」陳珮瑄困惑的說道：「我們所有的直升機頂多只夠載二十人離開，剩下一半的人……」她瞪大雙眼，不可置信得退了兩步，「該不會……」

「我很抱歉瞞著妳，」游弘宇抬起目光對著妻子，「我不曉得該怎麼跟妳說，在一週前我已經跟基地內部人員討論過並做出撤離人員名單。當時妳和蕭璟還在實驗室研製解藥，我不便打斷妳們的進度……現在妳也應該走了」

「絕不能這樣，」陳珮瑄上前抓住游弘宇的手，一向沈穩的她露出震驚和恐懼的眼神，「你怎麼能這樣？這些人和我們一起待在這裡這麼多年。還有我……」

「這是唯一的方法，」游弘宇搖了搖頭，「我相信倫納德和蕭璟，他們一定會成功化解印法埃造成的瘟疫危機，但是在那之後，將會是另一個巨大的挑戰。等瘟疫一結束，盟軍和印法埃會有不可避免的衝突，到時他們會需要這些人的力量。不過在那之前，不能讓印法埃察覺到我們的存在，為了這個目的，必須要有足夠的人員和高階精神力量者在場才辦得到。」

「從來就沒有什麼唯一的方法。」陳珮瑄堅持道，她此刻已經陷入憤怒的情緒之中，「那是你不負責任的高傲認知，盲目地帶著大家走這條自以為唯一的道路！」

「或許吧，」游弘宇輕聲說道，「畢竟我不是智者，無法確定這條通往未來的道路一定正確，但我已盡己所能。」他自嘲地一笑，臉上露出痛苦的神情。率領救贖派這麼多年來，他從未像今天一樣對自己的判斷感到迷惘。

「妳放心，我絕對不會讓印法埃的人下手，我會以自己的方式決定怎麼離開這。」游弘宇微微一笑，對妻子展現絕對的自信，這讓陳珮瑄表情大為動搖。「如果你聽到有人說我死了，一個字都不要相信。我只是換了一個地址，並過得更有活力（註：牧師葛理漢）。」

陳珮瑄嘆了一口氣，「我以為你不信這套的。」

「我一直很羨慕能懷著希望和信仰離去的那些人。」游弘宇眼神帶著放鬆的笑意說：「我覺得這是一件很幸福的事。」

陳珮瑄點了點頭，和游弘宇四目相接。他們不同於倫納德和蕭璟是單一始皇基因帶原者，他們兩人皆具有極高的精神感知能力。打從他們相識以來就無需過多的言語或是肢體動作來傳達彼此的情感，僅是一個眼神所蘊含的意義便遠勝常人的千言萬語。

陳珮瑄緊緊握住游弘宇的手，游弘宇輕輕拍了拍她的手背，「時間不多了，快走吧。」

她最後看了游弘宇和留下來的人們一眼，鬆開丈夫的手，轉身快步離去。

她走後，游弘宇轉向大螢幕。監控中心的人員此刻全都手持槍械的站在前方，他們臉上沒有任何的驚恐，所有人都意志堅定的望著游弘宇，準備實踐救贖派自成立以來的最後任務。

游弘宇深吸一口氣，鬆開剛才一直緊握著的雙手。他眼中的柔情已經消失殆盡，取而代之的是冷酷而強烈的光芒。

「開始行動吧。」

直升機起飛五分鐘後，後方就傳來了巨大的爆炸聲響。

「發生什麼事了？」蕭璟緊抓著生物危害隔離箱問道。

「我的天啊……基地正被飛彈攻擊！」

機上所有人都把頭轉向剛才離開的方向。只見距基地幾公里外的地方，因為飛彈襲擊爆出了巨大的火光。有兩枚飛彈朝攻擊處回擊，結果只過了二十秒便被接二連三的導彈連環轟炸。熾熱的火焰朝天際發散，藉著高地的強風不停地吹拂，烈焰迅速地往四面八方擴散出去，周邊美麗的樹木全被烈火吞沒——倫納德和蕭璟上次在基地外散步時途經的湖畔也被澈底毀滅。

「天啊……他們怎麼樣了？」蕭璟捂著嘴恐懼的說道。

「現在只能相信游弘宇他們了。」倫納德靠向蕭璟身邊，緊緊攬住她的肩膀，但他自己的手也因為憂心而顫抖不已。

「我們有被追蹤嗎？」劉秀澤趕忙對機師問道。

「沒有，但根據監測系統，前方地面似乎有熱源感應。」機師說道：「等下可能會很搖晃，趕快坐好！」

他們剛繫好安全帶，直升機右側就被一排子彈掃過。

「把掩影裝置和迴射面板開啟到最高功率。」機師在直升機的螺旋聲響中吼道：「現在他們的裝備應該無法以熱源和電磁追蹤，只能用人力瞄準，快速飛過這就能躲過攻擊。」

伴隨著外頭的機槍聲，直升機又是一陣大弧度的翻轉。倫納德不禁感到自己像是處在七年前被外星戰艦吸上空中的那輛車子裡，蕭璟則緊緊抱住隔離箱。

倫納德在搖晃中勉強朝下面看去，「這支部隊只有少數人有帶掩影頭盔！」他對劉秀澤大聲吼道：「我對付那幾個有頭盔的，你癱瘓其餘人的意識，只要一瞬間就好！」

「沒問題！」

倫納德將手指抵在太陽穴上——其實這個動作完全沒有必要，只是下意識的習慣行為而已——雖然對方距離很遠，但他在和李柏文對峙的時候學會了如何對付掩影頭盔，他感覺精神像是觸角一樣向那些士兵伸過去。

下一秒，對直升機的攻擊忽然都停了下來。

倫納德和劉秀澤互看了一眼，笑著點點頭。

「現在！」

機師把握住這空擋，高速將直升機駛離所在的空域，往拉薩飛去。

四個小時後，他們抵達了拉薩貢嘎機場。一抵達機場便找到了等待他們的噴射機，迅速地離開中國。

與之同時，游弘宇和留守的成員在和印法埃戰鬥部隊的激烈作戰中，全數殞命。

87

混沌在剛剛攻下的救贖派基地作戰中心緩步行走。

他踏出的每一個步都讓地上的血泊濺起血珠，周邊的士兵全都沉默的站在一旁，一臉警戒著看著混沌。他踏過無數具軀體，卻沒向他們看過一眼。唯獨走到一名倒在他前方座椅上的男人面前，他停下了腳步。混沌伸手緊緊按著他肩膀上被槍擊中的傷口，眼神熾熱的盯著他。

和救贖派成員的戰鬥重創了突襲中隊：十名生力軍中有五人在戰鬥中殞命，十二架阿帕契直昇機墜毀了三架，歸向者也在此戰中身亡。這不只是因為敵方實力堅強，更是由於他們全都如同死士般的和印法埃部隊拚命。不過最讓混沌在意的是這個男人……他的年紀和印法埃的委員差不多，但能力卻遠遠超過他的想像，幾乎足以和江少白匹敵。剛才和他對峙時，他甚至突破了自己的精神防禦，雖然在千鈞一髮之際閃過致命的槍擊，但仍在左肩留下傷口。

這個人絕對是這裡的領導人，混沌十分確信。他低頭看著這個無名的男人，如果可以，希望從他口中得到更多資訊，甚至網羅他成為印法埃的一員……但現在這一切恐怕永遠都會是無解的謎。他在混沌制服自己前，啟動了一個裝載在頭上的高功率電磁晶片，直接燒毀自己的大腦而當場死亡。同時他用力把頭撞向抓著他的歸向者，以自己的精神力量和高功率電波將之一並擊斃。此舉堪稱英勇……或是愚蠢。

混沌轉開目光，現在只能指望搜索人員能從剩餘的遺跡中發現些什麼。

「他們遺留的資料確認完了嗎？」

「報告長官，電腦上的資料幾乎都被刪除了，只剩下一些不重要的檔案……當然我們還是會盡力分析它們。文件和實物遺跡還在檢測中，附近有一棟建築裝了許多歷史文物，但許多已被炸毀，我們人員正在搜尋有沒有剩餘的東西。」

「確定沒有倫納德的身影？」搜索隊正好跑了回來，混沌立刻問道。

「是的。不過根據剛剛在基地外頭候命的部隊回報，有一架直昇機在我們襲擊的同時朝他們的方向突圍，他們對著直升機全力追擊，但最後仍讓他們逃跑了。」士兵遲疑了一會而說道：「另外也有情報說，追擊部隊的意識曾短暫受到干擾中斷。」

「所以倫納德和蕭璟已經跑了？」混沌身後的一名軍官嘆了一口氣，「就差那麼一點……現在要去哪裡找他們？」

「我們正在從這裡的資料中搜尋，希望能找出什麼線索。」情資人員點頭說。

「不……沒那個必要，我知道他們要去哪。」混沌嚴肅的說道，他眼神冰冷地射向窗外，「在這裡待了夠久了，該去和江少白總司令會合了。」

88

美國　世界衛生組織研究中心

在寂靜無聲的夜晚，約書亞快步的走過空無一人的長廊，腳步聲在被夜色籠罩的長廊迴盪。一路上他不安的來回張望，像是不斷在確認附近有沒有人。事實上，他也的確要感到緊張，明天就是世界衛生組織排定釋放解藥的日子，所有解藥研究員和信號工程師全都日以繼夜地反覆確認解藥基因組的活化功效和轉化程序，就連妻子雙木也從蓋亞聯盟的「普紐瑪計畫」暫時轉調回來協助他們。這段時間以來，全體實驗室成員和政府相關部門全都瀰漫著興奮和緊繃的情緒。

然而，他此刻並非是因為這個理由而感到緊張。

約書亞停下腳步，仰頭看著那標示著「非相關人員禁止進入」的超合金厚重金屬防暴門。這裡存放著即將釋放的黑死病解藥原型，為最高等級的淨室，對外完全隔離。除了總統和全球不到二十名的高層人員可以在特殊情況下進入外，解藥開發人員中就只有約書亞自己和妻子雙木永萱具有進入這扇門的權限。

約書亞拿出腰上的通行卡掃過感應器後，他將瞳孔和手掌分別對上虹膜及指紋識別機。門上的三個紅燈閃爍了幾下，便轉為綠光，大門也向一旁滑開，他進去後大門自動關上。

進入後，他還必須穿過兩道無菌防護閘門做全身消毒，並且換上防護衣。對於常在實驗室進出的他來說這應該是相當熟悉的程序，但此時他卻焦急不耐的想盡快穿越這層層麻煩的防護措施。一結束最後一道程序，他便立刻往存放解藥原型的密封隔離箱直奔而去。

在原型樣本旁連接了一台二十四小時監控的電腦，所有與解藥相關的調整、異動等都會被完整的紀錄。約書亞將自己的隨行平板連接上主控電腦，並在電腦中輸入了一連串的代碼，螢幕上出現了一個視窗：他當初在設計這套系統時所預留的一個後門程式，可以將電腦上的一切資訊全都備份到一個被加密的隱藏區塊，因此即便原始檔案被刪除或是修正，他全都可以透過這個程式查閱。這個程式除了他以外完全無人知曉，甚至是妻子雙木也不曉得。

他調閱了過去三天內所有關於解藥的調整和取出紀錄。他眼神快速著掃視螢幕上的紀錄，然後瞳孔陡然定住。

「果然。」約書亞低聲說道，他的擔憂是對的：政府高層中混著尚未被清除的印法埃內鬼。

「得趕快報告這件事。」但就在他正準備備份資料時，他忽然想起什麼，趕忙返回異動紀錄，再次檢閱異動授權者。在看到授權者的那刻，他頓時瞪大了雙眼，鍵盤上迅速飛舞的手指陡然停住，全身猶如被石化般僵住。

他此刻的注意力全都投注在自我的否定和掙扎中，甚至沒注意到背後大門傳來的開啟聲。

「如果你沒發現該有多好啊。」

約書亞立刻轉過身來，只見妻子雙木永萱手上拿著一把手槍指著自己。她眼神犀利而熾熱的盯著他，全身散發出無比強烈的壓力。約書亞瞠目結舌的看著妻子，彷彿第一次看清她的樣貌。

「雙木？」他結巴的開口。這並非呼喊，只是純粹的疑問。

「親愛的，我真的很遺憾。」雙木永萱說道，沒有請求原諒的話語，只有單純的嘆息。「你將為真主的遠大未來而犧牲。」

89

距地面兩萬五千英呎處高空

載著倫納德等人的噴射機平穩的在平流層底端飛行。

倫納德和蕭璟面對面地坐在靠窗的位置，他們一言不發地望著窗外，不同於窗外柔和的風光，機艙內兩人的心情十分沈重。倫納德眉頭深鎖的抿緊雙唇，眼神緊盯著游弘宇所贈與畫作的金屬圓筒，雙手下意識的反覆交握。蕭璟則緊抱著裝著解藥的隔離箱，指頭不自覺的敲擊著箱子的防彈外殼。

劉秀澤從機長室走了出來，「我和機師談過了，我們將在五個小時後到達雅典機場，隨後搭乘直升機前往科林斯。原本可以更快的，但現在為了要避開印法挨掌控的空域和蓋亞聯盟封閉的航道，所以要多花一些時間。」劉秀澤看向倫納德，「另外，機長說進入希臘南端需要有核可通行碼，他無法聯繫到。」

倫納德點了點頭，「別擔心，我已經和父親沃克聯繫過了，通行碼應該不久後就會傳來。到機場後，會有人來接我們前往挖掘基地。」

「你和你父親聯絡過了？」劉秀澤走到他們兩人身邊坐下，他看到倫納德和蕭璟的神色，不禁露出憂慮的表情，「發生什麼事了？他說了什麼？」

倫納德聳了聳肩，「他非常訝異，但也很高興，他以為我們早被印法埃殺了，不過……現在有的非常讓人擔憂的問題。」他一面說一面看著蕭璟。蕭璟眼神陰鬱的盯著隔離箱，手指繼續撥弄著箱子外殼。

劉秀澤來回看了蕭璟和倫納德的神情，「出了什麼事？」

蕭璟嘆了一口氣，「蓋亞聯盟和世界衛生組織恐怕不能信任了。」

「什麼？」劉秀澤相當訝異，「他們不是才剛肅清內部的印法埃勢力嗎？」

「現在連這肅清行動都很值得懷疑。」蕭璟說：「沃克剛才告訴我們，世界衛生組織的主導研發人員約書亞・鍾・金恩博士企圖竄改解藥並偷取樣本給印法埃，被人發現後遭到處決了。另外距離現在八個小時後，他們要向全球釋放解藥。」

劉秀澤注意到蕭璟說這話時的語氣變化，他瞇起眼睛，「這個解藥有問題？」

「我父親認為這是一場騙局，」倫納德說道：「現在主導解藥釋放的人，是蓋亞聯盟的精神操縱計畫『普紐瑪』的負責人，她同時也是約書亞博士的妻子，雙木永萱。在事件爆發後，和約書亞有關的人全數被捕入獄，她卻是唯一全身而退的。而現在她不但掌控著世界衛生組織，還是蓋亞聯盟合作計畫的主要負責人，這實在太啟人疑竇。」

「你們認為她是印法埃的人？」

「她是發起『普紐瑪』計畫的起草負責人，印法埃的檢測系統也是由她主導發明，若說有誰能躲過蓋亞聯盟的偵查，那絕對是她。」蕭璟說：「而且在基地時，陳珮瑄也警告過我那批解藥似乎有問題。現在看來，這解藥搞不好是為黑死病毒突變的第二階段。」

「那他有試著警告聯軍嗎？」

「當然有，但沒有得到重視。」倫納德說道：「各國政府已經想贏想瘋了，完全失去理智。他們現在因為握著解藥和精神操縱軍隊這兩張王牌，完全聽不進去任何反對和質疑的聲音。我父親為了自保，也不敢在盟軍待下去，轉而躲到遠離權力中心的科林斯去。」

「也就是說我們無法取得世衛和蓋亞聯盟的幫助，反而要提防他們。」劉秀澤結論道。

「正是如此，因此我們腳步一定要加快，必須趕在世衛之前釋放解藥。我父親說會盡全力加快挖掘進度。」倫納德說完似乎猶豫了一下，然後他繼續說道：「我也和他提了江少白和爺爺的事。」

「真的？」劉秀澤傾身向前，「他怎麼說？」

「難以接受吧，畢竟不論對他還是對我，我們一直以為爺爺前往中國的旅程是一無所獲的，想不到他居然這麼早就知道精神力量的事……搞不好就是他的保護，才讓我和父親免於被印法埃發現。」倫納德嘆了口氣，「因著爺爺的中國之旅，導致江少白被印法埃吸收並洗腦，甚至演變成現在的局面……這個一切實在太可怕了。」

「關於游弘宇說的，要我們想想如何運用江少白的過去，妳有什麼想法嗎？」劉秀澤對蕭璟問道。

「我完全沒有頭緒，」蕭璟搖了搖頭，「要說去理解或是影響他……可是印法埃已經把他的認知扭曲成極度變形的樣貌了。那是沒有親身經歷過的人難以理解的。」

「也許只是時候未到。」倫納德輕聲說，他凝視著窗外的雲朵，先前夢境中乙太的樣貌再次浮現出來。

「抱歉，你說什麼？」劉秀澤說道。

「沒什麼，」倫納德晃了晃蕭璟的肩膀，「今天會是漫長的一天，趁還有五個小時的時間，趕快先休息一會兒吧。」

90

土耳其　伊茲密爾　印法埃第三艦隊　啟示號

江少白站立在印法埃海軍第三艦隊的主艦艇「啟示號」的中央艦橋上，他俯瞰著原本屬於土耳其海軍愛琴海司令部的伊茲密爾港口，停泊在那裡的海軍艦隊。

土耳其和以色列並列為具有最強大軍事力量的國家，更是北約的軍事強國，同時也是少數仍以石化燃料為主要能源的國家，對印法埃而言則是前往歐洲、西亞不得不跨越的障礙。然而在黑死瘟疫爆發後，醫療水平不及歐美諸國的土耳其，在軍事力量上也遭受到的巨大的打擊，大為削弱對印法埃的防禦。在缺乏物資支援的情況下，和印法埃經過數週的對峙後，終於被逐步瓦解。儘管如此，土耳其強大的軍事資源並沒有因此而被破壞，而是成為印法埃在歐陸擴張最大的跳板。

印法埃海軍艦隊在通過蘇伊士運河後，便依照江少白的指令停泊在伊茲密爾港口，再加上這段時間整併的土耳其海軍，擴大了整體艦隊的規模和武力。

「終於到了這一天了……」江少白俯視著艦隊喃喃說道。

江少白此刻穿著不同於平日的西裝，而是整套暗黑色的海軍軍裝，制服上發亮的鈕扣和配戴的徽章彰顯出他崇高的地位和無比堅毅的氣息。在他身後的軍官，不論軍階高低也全數站立挺拔的等待總司令的指令。他們此刻展現出的專注力，遠勝過去的任何一場戰役——因為他們明白這次行動攸關整個計畫的成敗。

「赤炎之子的運送應該都已完成了吧。」江少白看著底下正忙碌著移動各種型號的戰機和攻擊直升機的人員問道。

「報告總司令，」一名軍官立刻立正回應道：「十五架的赤炎之子中隊都已經確認就緒，並配置到相應的戰艦上。海軍艦隊的部分，新接收的土耳其部隊也已完成整併作業。」

「好。」江少白又轉向其餘的人問道，「蓋亞聯盟的最新軍事動如何？」

「總司令，您請看。」另一名軍官按下艦橋內的投影畫面，窗外的光線自動暗了下來，蓋亞聯盟和印法埃的軍事配置圖立刻清晰地浮現出來。

「首先，是根據梁佑任副主席不久前提供的歐陸戰略進度，目前敵方在伯羅奔尼薩區域和科林斯地狹駐守部隊之間的聯繫已經成功斷絕。前幾日只有少數量的陸軍支援，但少了伯羅奔尼薩和北方雅典的空軍援助，就不會對我方部隊造成大太的影響。至於海外艦隊，由於疫情的擴散，只剩下一艘驅逐艦和巡防艦及少數輕型巡防艦艇，以我們艦隊的能力而言不是問題，但要在對方反應前就突破防禦，多少對艦隊還是會造成損傷……」

「如果重新分配好能源比例、敵方攻擊範圍，讓半數赤炎之子在安全範圍內提前升降起始點，以作為海上制空武力呢？」江少白問道。

軍官低頭想了想，「據情報處提供敵方的防禦資料，這樣的配置是沒有問題。剩下挖掘地駐區內的防空力量，剩餘的赤炎之子絕對可以壓制。」

「艦隊還需要多久才可以出發？」

「目前只是在做最後的微調準備，如果您現在下令的話，兩小時內便可以啟航出擊，三小時內第一波軍艦就可以抵達到科林斯地狹的攻擊半徑內。」

「傳令海軍艦隊和陸軍司令部，艦隊將於三小時後出航，赤炎之子駕駛員做好交戰準備，科林斯地狹東側陸戰人員配合海軍對蓋亞聯盟展開攻勢。另外，」江少白關上全相投影，外頭的陽光也照射了進來，「由於這場戰爭需要高階精神操縱力量者，我等下會親自前往陸上作戰部隊。」

軍官們臉上均掠過震驚的表情。

「總司令，這事情交給我們去辦就好。」一名歸向者克莉絲丁搶先說道。

「是啊，總司令，你應該要坐鎮指揮，不能輕易涉險。」

江少白搖了搖頭。李柏文的背叛，已經讓他不再信任把重要任務交給手下的歸向者或是任何人，「不……正是因為這次極度重要而且危險，其他人我都不放心。歸向者留守在艦隊上就好。」

眾人聽到江少白這樣說便不再多言。江少白忽然想件事，「對了，混沌現在人在哪？他在青海調動的生力軍和歸向者的狀況知道了嗎？」

「關於混沌的動向，目前仍沒有收到中國方面的報告。」

「好吧。」江少白臉上很快掠過一道陰影，除了歸向者外沒有人注意到。

「報告總司令，有世界衛生組織的最新消息！」一名軍官突然放下手中的無線電說道：「世衛原先的解藥開發人員約書亞博士以反叛罪遭到處決，目前由他妻子雙木永萱接手，並且預定在八小時後對全球釋放解藥。」

眾人聞言大多露出憂慮的神情，歸向者克莉絲丁看著江少白毫無震動的表情不禁有些困惑。「總司令，世衛的計畫是否會動搖這次的行動？」

江少白只是搖了搖頭，臉上浮現一抹極淡的微笑。他看著眼前的高階軍官和歸向者，雖然印法埃大多數高層都知曉展開《天啟憲章》的執行步驟，但幾乎沒什麼人知道最後一位騎士真正代表的意涵。這並非是由於它的機密性，而是因為它從來就不是真正的行動，而是一種最終的「狀態」。真正的野獸所指的，並不是變種生物或是生化武力，而是埋藏在人心底陰暗角落的本性——這是江少白自己少年時期親身經歷的深刻體悟。

當瘟疫和戰爭將人心偽善的外在消磨殆盡後，人的理智和良知就會被澈底抹除，會不惜透過瘋狂的手段來贏得勝利。而這就如同雪地的狼，用舌頭舔舐著沾滿鮮血的矛尖，最終因對血的渴望，讓自身舌裂失血而亡。世衛黑死病的假解藥只是開頭，人類後續產生的瘋狂行徑，將會把自己所居住的罪惡之都巴比倫焚毀。在大毀滅之後緊接而來的，將只有由真主選民所組成的嶄新世界。

「你們不必操心，他們的解藥將為真主子民進行第二次的篩選。」江少白不理會他們是否聽懂，逕自仰頭看向窗外。一束陽光正好穿過雲層照射入艦橋中，「終於要到最後了，出發吧。」

91

美國　華盛頓特區　五角大廈　聯合作戰指揮中心

法蘭克總統、美軍高層和ＬＧＣ其餘理事國代表此刻齊聚在五角大廈內的指揮中心。此處具備世界上最先進的數據管理系統和量子通訊設備，並且經過對外最高等級的絕緣防護，不受外部任何干擾，即便是受到印法埃的超高能電磁導彈直接攻擊都無法對內部產生任何影響。

眾人一同看著前方大螢幕上的倒數計時，等待著解藥最終的釋放。

「倒數八個小時。」雙木永萱在螢幕旁對眾人說道。

「不好意思，我想請教一下，」德國代表舉起手來，「據我所知，當初印法埃是利用數枚的高功率電磁彈頭在全球同步啟動奈米機器，如今我們也是用同樣的方法嗎？」

「不……雖然國防部也有研制出電磁彈頭，但印法埃所發明的卻是在引爆後具有預先指定序列的電磁訊號，我們的則只能呈現出高強度電磁輻射而無法呈現出預設序列。即便有，也會被其餘電磁波干擾覆蓋，因此我們排除了這樣的方式。」法蘭克總統回應道，「根據研究團隊對印法埃奈米機器人傳遞功率的研究，我們推算出了一個在各個據點啟動奈米機器人基因重組因子後，可以使得最多奈米機器人連鎖啟動的數學模型。我們將會在世界上一共兩千一百四十個事先計算過的據點，對周邊半徑一公里的範圍進行解藥上傳，預計第一時間內將有百分之九十五的人會接受到解藥。」

「我瞭解了。我在此代表德國人民對研發團隊致上最高的謝意。」德國代表起身敬禮，其餘官員也依樣對雙木永萱及法蘭克總統致敬。

「現在談感謝還言之過早，」雙木永萱說道：「等到解藥見到成效後，再來感謝也不遲，畢竟……」她說到這眼神忽然低垂下來，神情變得萬分黯淡。

官員均露出理解的神色，他們都知道不久前她的丈夫因為洩漏機密遭到處決的事。

「我知道這很艱難，」法蘭克總統拍了拍她的肩膀，「但妳做了正確的選擇。我可以代表全世界數十億人的人這麼說——世人將因妳英勇的作為而得到救贖與新生。」

92

希臘　科林斯地峽

機門打開的瞬間，一股熱氣迎面而來。

「哇，這裡和青海相比溫度也差太多了。」蕭璟舉起右手煽了煽風，「你說會來接我們的人什麼時候會到？」

「應該已經到了吧。」倫納德掃視著周圍，四周盡是穿著軍裝的士兵，還有幾輛軍車停在飛機旁。士兵們對於他們都投以好奇的目光，但沒有人上前質問，或許是因為能夠進入這的都一定經過核准的吧，倫納德這樣猜測。

蕭璟看了看周圍的士兵，「那知道是誰來接我們嗎？」

「父親說我見到就會認出來……」倫納德一樣感到困惑，但他沒有等太久，不遠處一台黑色廂型車便朝他們開過來，然後在他們面前停了下來。

「妳看，來了吧。」倫納德對蕭璟和劉秀澤招招手，他們一同走向車輛。

車門打了開來，一名身著白色風衣並戴著墨鏡的女人走下車來，倫納德一見到她便露出訝異的表情，她看到倫納德也一樣露出微笑。

「倫尼，好久不見了。」那女人走近很快的擁抱了他，並在他臉頰親了一下，「看到你還活著就好。」

「相當不容易。」倫納德聳肩說，「妳也好久不見了，莉娜。話說妳怎麼會在這？我父親呢？」

「沃克他……」

「看來你們認識很久了？」蕭璟的聲音冷冷的從倫納德背後傳來。

噢，慘了。倫納德在心中暗叫，因為他感覺到背後有一股陰冷的情緒飄來。他趕忙轉過頭，只見蕭璟交叉雙臂，挑起一邊眉毛的看著自己，「倫納德·馬修斯，不介紹一下你這位美麗的朋友給我們認識嗎？」

「當然，」倫納德抓起蕭璟的手把她拉到身邊，「璟，這位是安潔莉娜·賈桂琳·華森。她是地質專家，是我在劍橋認識的，算是工作上的夥伴吧。安潔莉娜，她是蕭璟，我曾和妳提過，另外這位是我們的同伴劉秀澤。」

「喔，原來妳就是倫尼說的那位天才女朋友，我一直很想見妳。」安潔莉娜拿下墨鏡並對蕭璟伸出手，

「哇，妳真漂亮。」她對蕭璟了笑著說。

「是喔，謝謝。」蕭璟敷衍的握了握安潔莉娜的手，她一臉戒備的上下打量著對方。安潔莉娜有著一頭金

褐色長捲髮，雙眼是如同蜂蜜般的琥珀色，肌膚是健康亮麗的古銅色，身材樣貌更足以登上時尚雜誌封面，看著她燦爛的笑容讓蕭璟不自覺的升起一股敵意。

「妳好。」劉秀澤也和安潔莉娜握了握手，同時對倫納德露出一抹詭異的微笑。

「不過……安潔莉娜，妳說妳是地質學家。妳是因此才來這裡的嗎？為了協助探勘挖掘地點的地質環境？」蕭璟開口問道。

「的確，」安潔莉娜點點頭，「倫尼在離開英國前寄給我一份加密檔案，他說如果過了三週後他還沒有回來，便將這份檔案轉寄給他的父親。後來沃克告訴我，我才知道是跟我先前偵測到的科林斯地下不明物體有關，也因此他邀請我作為挖掘計畫的顧問。」

「原來是這樣啊。」蕭璟眼神瞟向倫納德，他瞬間感到一陣比面對印法埃部隊時還要強的顫慄，「不過接下來印法埃極有可能會對這裡的進行攻擊。在已經確認挖掘方針和進度的情況下，妳繼續待在這不是很危險嗎？」她話語中的嘲諷連不具有精神感知力量的人也能清楚地感覺到。

「呃……璟，事實上……」

「沒關係。」安潔莉娜拉了拉風衣的腰帶，忽然一個箭步，上前反扣住蕭璟的手腕，並流暢的將她按壓在地上。旁邊的人被她的突然舉動給嚇了一跳。

「妳在做什麼？」蕭璟被按在地上憤怒的問道。

她聳了聳肩，並鬆開抓住蕭璟手腕的手，「我是英國特種部隊出身的。」

蕭璟搓揉著自己發紅的手腕，在對方鬆開手時，她忽然反手抓住對方的手臂，同時左腳迅速一掃，趁對方失去重心時拉倒在地，並用右手掌緣抵著她的左頸側。「我父親是中國前任國防部長兼中央軍委副主席。」

安潔莉娜露出有些疼痛的笑容，「我喜歡她。」

「拜託，妳們兩位成熟點好嗎？」倫納德看起來相當無奈，劉秀澤則是一副看好戲的表情。蕭璟鬆開手並將安潔莉娜拉起身來。

「你別低估女人幼稚起來的時候，這恐怕不會是最後一次。」安潔莉娜對倫納德笑著說，「上車吧。」

劉秀澤跟著安潔莉娜往車輛走去，倫納德靠近並牽起蕭璟的手，「妳不需要表現的那樣。我們沒什麼，就純粹是工作的夥伴而已。而且她個性很好，妳們相處後就會知道了。」

「那是你自己的看法。」

「如果她有什麼其他想法，我一定會感覺得到。」

「也許你的始皇基因的活化並沒有你以為的那麼成功。」蕭璟一說完也知道自己的話有多荒謬，她別過頭去，「誰知道？畢竟幾個月後可能就會有其他人取代我的位置了。」

倫納德聽到這話不禁皺起眉頭，「妳為什麼要在這種時候想這些事？妳自己也說過那些事情多思無益。妳平時應該不會這樣才對。」

「你忘了安潔莉娜剛才說的話嗎？這不會是最後一次。」蕭璟拍了拍倫納德的胸口，對他眨眨眼，腳步輕快的往車輛跑去。

倫納德看著她跑開的背影，不禁感慨自己即便擁有精神感知能力仍無法真正摸透另一個人的想法。

93

安潔莉娜駕著車穿越蓋亞聯盟的層層軍事防禦陣線，一路上經過的所有檢查站看到安潔莉娜出示的證明都直接給予通行。車輛途經的道路不時便可見到軍車裝甲部隊往來穿梭，所看到的士兵表情全都僵硬而嚴肅，到處都透露出緊繃的肅殺之氣。

「你們看看，右側那個被包圍起來的地方就是星艦的挖掘地點。」安潔莉娜說道：「那裡原本是伊斯米亞神廟，但在現在幾乎已經被摧毀殆盡，實在有些可惜……現在你們看到的那些巨大的物體，是蓋亞聯盟安裝的好幾台大型鑽地機。」

「我父親在那裡嗎？」倫納德問道。

「不，他正在外緣防禦陣地和軍官們檢視防禦陣線。」

「所以，安潔莉娜，妳為什麼會在這裡？」蕭璟問道：「我不是指妳地質專家的這個身分，而是為什麼在印法埃即將要進攻的這的時間妳還待在這？就只是因為妳身手了得嗎？」

「叫我莉娜就好，比較方便。」安潔莉娜眼神忽然變得比較陰暗，不同於剛才一貫的陽光，「我會想對抗印法埃，最大的原因是，我哥哥是被他們害死的。」

「發生什麼事了？」蕭璟的語氣變得不再挖苦，而是真心關心發生的事。

「我哥哥原本是在印法埃位於柏林的生物醫學部門擔任研究員。」安潔莉娜轉過頭看向蕭璟，「他和妳一樣，是一個非常優秀又有大好前途的科學家。但他在研究的過程中，無意間發現印法埃研發的某項基因代碼有問題——那似乎是之前不完整版的創世疫苗相關研發案——他進一步探究後發現這個基因有問題。當時他聯絡我，說他打算離開印法埃，他也搜集了一些證據，想要和我見面後呈交給有關當局。」

「然後呢？」蕭璟聽到安潔莉娜沉默了一會兒開口問道，雖然她已經大致猜到接下來的事情。

「只怪我當時輕忽我哥哥的警告和他處境的危險，想說處理完軍中的事情再去找他。結果兩天後便收到警方的通知，說他在家中上吊自殺。」安潔莉娜聲音變得相當緊繃，「警方查到他不久前欠下大筆債務並以自殺結案。我當然知道他不是自殺，這都是栽贓的，但警方完全不受理我的說法，便匆匆結案……現在想想如果當時我再堅持一些，搞不好也會被滅口。這事之後我便辭去軍中的職務，再回學校進修，之後便開始現在的工作。因此當我知道這事和印法埃有關後，我是自願加入。」

「我很遺憾。」蕭璟說，「我也因為印法埃，被奪走重要的人……妳哥哥叫什麼名字？」

「安德魯。」安潔莉娜眼神盯著前方，車內陷入一陣尷尬的沉默。此地沒有什麼建築，車子一路上經過不少軍用帳篷、裝甲車輛，過了大約兩分鐘她將車停在一棟被圍籬和士兵包圍的白牆紅瓦建築外，「我們到了。」

「這裡是……」

「這裡原本是一個名叫約翰教堂的小教會，因為戰時需求被作為此處的指揮所。」

四人跳下車，在安潔莉娜的帶領下，很快地穿過門外的安檢，在門口前便聽到裡面傳來沃克和他人討論的聲音。

「我們這區的防空能力必須要集中，印法埃的軍隊一定會試著從這裡突破。」

蕭璟和倫納德對看了一眼，便快步走入室內。

「爸，我們到了！」倫納德叫道。

沃克立刻轉過頭，安潔莉娜對沃克微微敬個禮，「長官，我把他們帶來了。」

沃克表情看起來相當激動，他和倫納德對看了一會兒便以平靜的語調對旁邊的人說道：「你們先離開，等下再進來。」

周圍的軍官對沃克行個軍禮，然後一一退出。其他人一離開沃克便上前用力擁抱倫納德，「我的天啊，你知道當我收到ＬＧＧＳＣ的報告時……」

倫納德用力的眨了眨眼，擠掉眼眶中的淚水，他同樣激動地抱著父親。

過了一會而沃克放開抱著倫納德的手臂，他走到蕭璟面前，出乎意料的，他對蕭璟深深的鞠了個躬，「謝謝妳，這一路上幫助我的兒子。」

蕭璟感到很不好意思，「事實上，他也幫了我不少……」沃克也擁抱了她。在蕭安國死後，沃克基本上像是她的父親一般。在四處奔波了那麼久，得到充滿父愛的擁抱，讓她心底感到一陣暖意。

「謝謝。」蕭璟輕聲說。

沃克放開蕭璟，然後看向劉秀澤。「你是……」

「您好，我是劉秀澤。」他對沃克伸出手，「七年前我和倫納德一起從西安回來。」

「我記得你。」他微笑著握了握劉秀澤的手。

「剛才在進來前，我聽到你和軍官們說到印法埃的軍隊，他們已經行動了嗎？」倫納德問道。

沃克點點頭，「三天前他們在紅海的海軍艦隊已經停泊在土耳其的伊茲密爾港口，而我們和希臘西側的伯羅奔尼薩區及北方雅典的聯繫，也在這幾天被印法埃陸面軍隊給切斷，我們不得已只好將地狹東側的防禦部隊撤回來。外海原本有英國和希臘的艦隊協防，但在美軍太平洋艦隊破滅、疫情加劇後，盟軍漸漸把艦隊移防到更具戰略價值的地點。現在只剩下一艘23型的諾森伯蘭巡防艦和一艘45型的鑽石號驅逐艦，還有些許輕型護衛艦……現在這些實在不足以面對印法埃的部隊，我們推測他們很快就會朝這裡進攻了，偏偏衛星照準系統在這個節骨眼又用不了……」

「所以你剛才是在重新佈建防禦的配置嗎？」

「沒錯，現在我把所有西側和地狹東側的部隊都調集回挖掘陣地周邊，只留下少數部隊在做重點佈防，和海軍的聯繫的穩定性也要加強。」

「那麼地下的星艦還要多久才能挖掘出來？」蕭璟趕忙問道。

「目前已經挖掘到了星艦所在的深度，正在進行周邊通道穩固，估計幾個小時後就可以派人下去確認……」

「不行！」蕭璟大聲說道。

沃克被蕭璟嚇了一跳，「什麼意思？」

「抱歉，我只是想說沒有那麼多時間了，」蕭璟說道，她拿起手上的隔離箱，「這個箱子裡裝的是解藥。

如果我們推測的沒錯，世衛的解藥極有可能是第二波突變的病毒。若是讓他們率先釋放的話，那就完蛋了。所以我們必須趕在世衛之前進入星艦中，透過星艦的電腦轉換病毒並使用高功率發射器，將解藥上傳，釋放到全世界。」

「你們真的確定那艘星艦有這些功能嗎？」沃克眼神有些懷疑的看著蕭璟。

「是的。」她說道，並在心裡小聲地補上一句：但願吧。

「好吧，」沃克看起來仍有些懷疑，但並沒有繼續追問下去，「但即便這樣，還要等到下降的通道安全確認完才可以，這不會花太多時間。」

「沒問題。」

「你們在飛機上對我說的事……我也仔細地想過了一下，」沃克有些難以啟齒的說，蕭璟和倫納德同時都明白他指的是什麼，「我父親的中國行，卻意外地造成江少白全家慘遭屠殺，以至於讓他現在的認知被扭曲，並對我們家族和這世界充滿了仇恨……這雖然難以置信，但確實解釋了過去很多讓我感到困惑的事情。不過有一點讓我比較在意，」他看向蕭璟，「妳和江少白小時候是青梅竹馬，對嗎？」

「呃……算是吧。」蕭璟在眾人的注視下感到很不好意思。

「妳別誤會，我只是想說，妳曾提過江少白當時阻止手下殺害妳。而事實上，這和印法埃的行事風格極度不同。」蕭璟感到一陣難為情，她知道沃克接下來想說什麼，「我想問，如果有某個對他而言具有重要意義的人或事物，是否有可能……」

沃克說到一半，室內的螢幕忽然亮起緊急的紅光。沃克一看立時瞪大眼睛，「海軍遭到攻擊了！」

「這麼快？」安潔莉娜震驚的說。

「我要掌握即時現況！」沃克大聲吼道，數名軍官立刻跑入室內，技術人員也立刻就定位敲打著鍵盤。

「一架UAV正在接近，影像很快就會上傳。」

螢幕上出現高解析影像，只見聯軍的軍艦正遭遇印法埃海空強大的武力夾擊，兩艘輕型巡防艦在印法埃強大的火力下毫無招架之力的被擊沉。驅逐艦也對印法埃艦隊發射導彈並以艦砲展開回擊，導彈全被攔截擊落，只有少數幾枚艦砲成功擊中印法埃部分船艦，卻沒有造成多大的損害，反而是己方一架護航作戰直升機被印法埃配備的四十五毫米速射砲給擊毀。

「陸基立刻派遣兩棲作戰直升機，支援軍艦對抗印法埃，所有士兵展開反登陸行動！」沃克下令道。

忽然，幾道強烈的光芒閃過，驅逐艦的船艙內部發生巨大的爆炸，過了幾秒後指揮所內的所有人也都聽到遠方傳來的巨大聲響。在技術員打算進一步操控影像釐清發生什麼事時，UAV的畫面就在一陣強光中失去了連線。

「剛剛……那是怎麼回事？」倫納德震驚的說。

「是有潛艇發射魚雷？」安潔莉娜的問道。

「根據UAV最後的影像判斷和前方報告，鑽石號是被高功率雷射擊穿船身命中油艙，因原子層裂的應力波導致機組爆炸。」一名人員快速分析畫面說道。

「怎麼可能？剛才敵艦並沒有使用雷射武器，而且還要有足夠的能量擊穿鋼板……？」沃克不可思議的說道。

「長官，在鑽石號失聯前，有接收到一則被干擾的訊息，內容約略提及印法埃有某種新式的戰術武器。」技術員一臉恐懼的看向眾人，沃克和一干軍官皆神色陰鬱且困惑，卻沒人答的上話。

蕭璟回想起之前在江少白辦公室看到「軍火科技部門」的新型武器報告，內容提到利用地鼠金屬作為蓄能裝置，作為戰術型雷射能量裝置，唯一配備那樣武器的武力裝置只有……

蕭璟瞪大雙眼，但她還來不及開口，地面就劇烈的搖晃起來，不少人被這突如其來的震動給摔倒在地，外頭也同時傳來巨大的爆炸聲。

「發生什麼事？」

「印法埃先遣艦隊和空軍已經達到砲擊半徑！」一名軍官狼狽的跑進指揮所，「他們的砲擊半徑比預期的還長了許多，已經達到作戰距離了！」

「立刻啟動中程追蹤導彈，並派出空軍反擊敵方艦隊！反登陸作戰立刻展開，岸邊駐防軍隊絕不能讓印法埃靠近！」沃克下令完便將頭轉回來，「你們馬上離開，這裡很快就會成為目標！」

眾人跟著沃克跑了出去。一到外頭只見許多防禦工事已經被砲火擊毀，所有士兵進入備戰狀態，在裝甲車和各種掩體後找尋掩護。好幾架直昇機升空往海上飛去，也發射了四枚裝置在挖掘基地周邊的中程導彈發射器。

「直接把他們的船炸了！」沃克咬牙切齒地說。

然而只過了五秒，四枚導彈皆在空中爆炸，爆炸的巨大火焰和熱氣將地面上的軍隊全數壓倒在地，即便是處在指揮所附近的沃克等人也幾乎被熱氣給灼傷。沃克勉強撐起身子，卻完全不明白這攻擊是從何而來。

在他困惑的同時，起飛到半空中的直升機也接二連三的被不明光線和飛彈擊中墜毀。其中一架掉落在導彈發射器旁，引發了巨大的爆炸，周圍的士兵直接被火焰吞噬。

蕭璟的眼睛幾乎被火光灼到無法睜開，透過空中煙霧的縫隙，她看到幾架銀白色的物體掠過空中，她震驚的摀住嘴巴。「赤炎之子？」

此刻盤旋在眾人上空的數架銀白色戰機，正是印法埃軍火科技部門和台灣軍方協力打造出的第六代半戰機「赤炎之子」。這些戰機的外觀沒有尾翼或機翼，而是近乎一體成型的流線狀，呈現出超現實的未來感。它們以極高的慣性制御系統，在空中展現出快速變換飛行向量的能力，並透過戰術型雷射和反輻射武器擊毀一架架的直升機和導彈。這景況讓所有人不禁聯想到七年前外星戰艦所展示出超越人類科技的武力。

「這就是透過外星戰艦開發出的赤炎之子？」沃克望著空中不可置信的說。

「長官，對方的速度和反制能力都太高，我們所有的防空武力全都無法打到它們！」在軍官焦急的說著的同時，基地中幾乎所有的中程防禦設施都被赤炎之子給擊毀。

「小心！」倫納德大喊，一架赤炎之子對著指揮所發射一枚飛彈。爆炸產生的火焰和衝擊波向四周炸開。蕭璟站在最靠近門口的位置，只來得及擋住頭部，一股力量瞬間將她推倒在地上。

蕭璟忍著滿身痛楚，費力的抬起頭來，看到莉娜趴在自己身上，臉上全是爆炸產生的塵土。「謝謝，我欠妳一次。」蕭璟對安潔莉娜擠出一個微笑。

「小事，希望不會再有下一次。」莉娜笑容猙獰的說。她們互相扶著對方站起來。

「妳們還好嗎？」倫納德跑了過來，看到她們兩人都沒事才鬆了一口氣。

「其他人呢？」

「好消息是，赤炎之子已經停止攻擊了。」倫納德面色猶豫的說：「至於壞消息……妳自己看。」

蕭璟順著倫納德指著濱海地路特奇九號公路看去，不禁瞪大眼睛，一支印法埃部隊趁著軍隊在應付赤炎之子和艦隊的砲擊時悄悄接近了。

「不只是這樣。」倫納德表情十分嚴峻，劉秀澤也露出同樣的神色。即便蕭璟沒有感知能力都可以清楚感覺到他們把自己的精神力量推展到最高的極限，「在那裡……有一個非常強大的壓力源。」

不須倫納德多做解釋，蕭璟腳步不穩的緊握著拳頭。「是江少白。」

94

江少白和他率領的陸上裝甲部隊，在海軍艦隊開始砲擊蓋亞聯盟陣地時，便朝著星艦的挖掘地點出發。

「總司令，赤炎之子出動了。」軍官在江少白身邊指著空中說道。

江少白抬起頭，在他的注視下，十五架赤炎之子組成的中隊在敵方陣營，如入無人之境。敵軍所有的制空武力，完全被赤炎之子的超高性能所壓制，毫無還擊之力。這是赤炎之子第一次的出擊，儘管之前已經做過了無數次的測試，不過在如此短的時間內把蓋亞聯盟的正規軍——恐怕還是其中最精銳的部隊——壓制到這個地步，也實在超乎他的預料，或許是因為疫情在軍中造成重大的心理打擊間接導致這個結果。若是印法埃的目的只是要將這裡完全消滅的話，那他們恐怕早已全軍覆沒了。

「敵軍的制空武力已經全數殲滅！」一旁的軍官興奮的叫道。

「要赤炎之子中隊立刻撤退，不要再進一步的攻擊。」江少白下令：「兩支裝甲旅即刻前進，掩護部隊直到大學路，然後……」江少白忽然停了下來，他瞇起眼睛，一旁的軍官一臉疑惑的看著他。

「倫納德也在這。」江少白輕聲說。

「什麼？他還活著？」

「而且還不止他，」江少白感到一股不同的精神特質。他猜測是在蕭璟中彈死去時，出現在畫面中那個開槍打死歸向者李柏文的神祕人物，「還真是……讓人煩心的傢伙。」江少白心底湧起一陣強烈的憤怒和興奮。命運真是奇特，在這種場合讓他們相見，這次一定要將你們一網打盡，江少白暗自說道。

「啟動全波段信號覆蓋裝置。」一名士兵快速地操作手中的裝置，然後點了下頭，「半徑三公里內的無線電全數同步，但沒辦法持續太久。」

「各位，我是印法埃軍隊最高作戰總司令江少白，」江少白透過手中的無線電進行喊話，「相信你們已經看到我們之間戰力的懸殊，而且一小時後我們的主艦隊將會靠近岸邊，你們沒有任何援軍，繼續抵抗下去是沒有勝算的。因此我向你們保證：無條件投降，並交出你們的指揮官沃克，和他兒子倫納德，我將放過所有人的性命，你們也將獲得有尊嚴的對待。」

「江少白，你要是以為這樣就可以動搖軍心那你就錯了。」倫納德的聲音從無線電中傳來，「我知道你經歷過什麼，我也知道你為了目標能什麼都做得出來，但你會發現我們的意志力絲毫不比你弱。」

「聽起來很像是怕死的人會說的話，讓一群人跟著你陪葬，很高尚，」江少白嘲諷的說道：「即便是你，面對這麼多人恐怕也是沒辦法。但畢竟這也不是你第一次犧牲別人來……」

「江少白，」無線電另一頭傳來另一個聲音，江少白一瞬間幾乎全身僵硬，他的思路頓時停止運作，怎麼可能？她怎麼可能還……

「你聽我說，我知道你還記得，拜託，這不是原來你。」蕭璟的聲音說道，「你不是這樣的人，還有機會……」她的聲音因為雜訊變得模糊不清。

「妳怎麼會……」江少白顫抖地說，他甚至忘了此刻印法埃全軍也正聽著他講話。

「長官，超出負荷的功率了。」部下有些遲疑地說，「怎麼辦？」

江少白杵在那五秒鐘沒有回話。蕭璟還活著，她並沒有死，還有機會……

他恍然回過神來，看見周圍的軍官疑惑的望著他。他立刻穩住自己的情緒，下令說道：「那還用說，繼續執行原來的計畫。還有……把沃克、倫納德還有蕭璟他們三人，全部給我活捉過來！」

95

蕭璟看著寂靜的無線電，心中異常激動。

在監獄分別後，這是她第一次和江少白對話。她聽得出江少白在聽到自己聲音後語氣的轉變，這讓她心中湧起一股複雜的情感。

「還你。」蕭璟低著頭，不好意思地把剛剛搶來的無線電還給倫納德，不過他還沒有說什麼，士兵便大聲喊叫：「印法埃的軍隊開始朝我們靠近！」

倫納德立刻轉向蕭環，「環，妳現在馬上離開，到伊斯米亞神廟那的星艦挖掘地，盡快上傳解藥。」他說完又看向安潔莉娜，「莉娜，這裡妳最熟悉。妳帶蕭環過去，保護她的安全。」

「沒問題。」安潔莉娜毫不猶豫的說道。

蕭環嚥了一口唾沫，她緊張的點點頭，「好，倫尼，你保重。」

「放心，這次還有劉秀澤當幫手，一切交給我們。」倫納德對蕭環露出了一個自信的微笑，「走吧。」

蕭環跑在安潔莉娜身後，一跳上車，安潔莉娜便發動引擎，「繫上安全帶！」她大吼一聲，儀表板上的數字立刻飆到最高，蕭環感到一陣強大的力量將她緊緊壓在椅背上。車輛引擎隨即發出怒吼，駛向星艦挖掘地。

蕭環牢牢抱著病毒解藥箱，車子後方開始傳來零星的槍枝聲響和士兵吼叫聲，但她眼神緊盯著前方，看著愈來愈靠近的挖掘基地。她此刻沒有分心的本錢，只能完全相信沃克率領的部隊和倫納德與劉秀澤兩人的精神力量能頂住印法埃的攻擊。

安潔莉娜將車開到挖掘地點，看守的士兵問也沒問便立刻將封鎖的大門拉向兩旁，讓她們直接開過去，車子最核心處停了下來。

「到了，快下來。」安潔莉娜身手俐落的跳下車，「等下升降機會載妳降到洞穴最底層，由於安全措施還沒有完全搭建好，自己要小心。」

「謝謝提醒。」蕭環喃喃說著。她和安潔莉娜跑到一座被鷹架包圍起來的區域前，門口看守的士兵一見到安潔莉娜便跑上前來。

「華森小姐！」士兵看起來相當困惑，「發生什麼事？沃克指揮官指示說，妳們會來這。」

「這個人，」安潔莉娜指著蕭環，「她要下到最底層，幫她穿戴好安全裝備並確認好升降機。」

「什麼？」士兵相當訝異，「那很危險，底層還沒有接受過固化。」

「我知道，但時間緊迫，印法埃的軍隊已經到了。」

「我明白了，」士兵看著蕭璟，忽然露出恍然大悟的表情，「噢，我知道了，妳是沃克指揮官的準媳婦，那個天才美女。」

蕭璟看了安潔莉娜一眼，她露出一抹詭異的微笑。

「妳們跟我來。」士兵打開了門，帶她們一路穿越通道，來到洞口旁。

抵達這裡，蕭璟才終於看到這座深坑的全貌。為了裝設挖掘機和預備未來將星艦吊起來，所以洞口的直徑相當大，周圍是被切割得平滑筆直的壁面，深度達一千五百公尺。下面光線微弱、深不見底，似乎不斷吐出陰涼的氣息。而在坑洞上，掛著一組滑輪組，下面懸掛著一個流籠。

「那就是……」

「沒錯，妳就是要坐那個下去。」安潔莉娜遞給蕭璟一個安全帽，「戴上它，然後坐到流籠上，注意一下，這東西會晃，但它很安全不用擔心。」

蕭璟小心翼翼的爬了上去，她感覺自己好像電影中看到的礦工一樣，準備搭著流籠前往地底深處，只希望不要出現電影裡被困在地下的情節。

「妳聽好了，這東西會直達星艦所在之處，屆時那裡有架好的鷹架，可以讓你走到星艦上。不過那裡還沒來得及架設燈光，所以妳要按下靠近上頭的這個藍色按鈕，它會啟動照明功能。當妳要上來的時候，再按下這個紅色按鈕，明白嗎？」安潔莉娜問道。

「明白。」蕭璟點點頭。

「準備下降，」安潔莉娜按了一下啟動滑輪組的按鈕，機械出現運轉聲，「還有，妳會以最高速度下降，會有點晃，別嚇著了。」

「我才不會。」蕭璟說，安潔莉娜露出微笑。

「我等著看，」她對蕭璟揮揮手，「等妳好消息。」

「保重。」蕭璟抓緊隔離箱說。
「開始下降。」

96

沃克在後方負責下達指令，倫納德等人則拿著槍枝躲在裝甲車後，「我們分頭進行，」倫納德在槍聲中對劉秀澤大聲喊道：「你負責增強我們這邊的人精神，我來對付江少白！」
「沒問題。」劉秀澤說完把頭縮回來閃過一枚子彈。
「倫尼。」倫納德胸口的無線電傳來安潔莉娜的聲音，「你們那邊還好嗎？」
「還好，璟怎麼樣了？」
「她已經下去了，兩分鐘後會到底部。」安潔莉娜的聲音似乎在憋笑，倫納德不禁猜想她們在那發生什麼事了。
「好，那我就放心了。」倫納德瞥向逼近防禦陣線的印法埃軍隊，「江少白，讓我們來做個了斷。」

97

蕭璟在黑暗中快速的下降著。
剛才安潔莉娜說完「下降」時，她忍不住尖叫一聲。她當時臉正朝著外面，被這突然近乎自由落體的感覺給晃倒在地，她可以聽到安潔莉娜在上頭髮出的笑聲在洞穴中迴響。
「真丟臉。」蕭璟自言自語地說。她往周圍看，光線正在迅速減弱，頭頂上的景物也幾乎看不清楚。她唯一感覺到的只有不斷下降的氣溫和將她頭髮吹得不斷舞動的強風。

在這樣黑暗的處境中，蕭璟腦中忽然掠過一個想法：要是星艦進不去怎麼辦？如果進去了卻發現根本無法使用……正當她這樣想的時候，流籠忽然停了下來。

四周靜悄悄的，完全沒有一絲空氣的擾動，這給蕭璟一種極度不真實的感覺。

「按鈕……」蕭璟想起安潔莉娜的話，趕忙摸到那顆照明的按鈕。

周圍瞬間亮了起來，流籠的光芒照射在岩壁上。蕭璟打開門走到鋪設鷹架的平面上，眼前所見到的景象讓她不禁發出讚嘆聲。

一架銀白色的星艦停泊在她眼前。完美無暇的流線外型，配上如白玉般潔白的外殼，表面宛如水面般光滑，深埋在地底的歲月居然沒有在上面留下絲毫的痕跡。七年前贏政的星艦雖然更加巨大壯觀，卻遠及不上這艘精緻美麗。至於赤炎之子，和它相比簡直就像是一台過時的古董車。

蕭璟沒有忘記自己任務，她提起手上的隔離箱，快步地走在不穩的走道上。她觀察著星艦無瑕的外觀，試著找出任何可能進入的地方。「這東西的門口究竟在哪裡？」蕭璟在口中喃喃說道。

星艦發出了一聲聲響，蕭璟嚇得倒退一步，只見星艦上方原本平滑的曲面出現了一道光圈，然後便出現了一個通道。

「哇，還真是體貼。」蕭璟小聲說。她感到十分不解，這一艘艦艇已經沈睡這麼久了，怎麼會對自己說的話有反應？她小心翼翼的朝洞口走去。

蕭璟走到洞口上方，好奇的往下看。有一道梯子通往底部，內部只有微弱的光芒，看不清還有什麼。她深吸一口氣，單手提著解藥箱，小心翼翼地爬下梯子。

當她的腳一踏到地面，原本的洞口便封了起來，但她完全沒注意到，因她此刻正被眼前的景象震驚不已。

「噢……天啊，」蕭璟喉嚨發出哀鳴，「倫尼，我根本不知道怎麼用這東西……」

星艦的內部居然空無一物，沒有一絲灰塵，也看不見任何設備。牆面是透明閃亮的薄層，這些牆面區隔出大大小小不同區域。有許多細微的光束掠過其中，讓她聯想到贏政星艦的內部。

想到贏政的星艦，她立刻往光束延伸的地方看去。她發現在前方不遠處，有一個長條狀的銀色平面體懸浮在空中。這東西她在贏政的星艦中看過，一定是星艦的控制系統，蕭璟心中興奮地想道。

「只是要怎麼做……」

「需要幫忙嗎？」蕭璟被背後這突然傳來的聲音嚇得倒抽一口氣，她迅速回過頭，只見一名穿著灰色條紋西裝的男人對著自己微笑。他頭髮略顯灰白，眼神中閃爍著光芒。

「別緊張，倫納德，我是……」他瞇起眼睛，「等等……妳是蕭璟？喔，我懂了，他曾輸過血給妳，難怪系統會對妳的命令有回應。」

蕭璟震驚的看著他，過了好一會兒才想出一個勉強合理的結論，「你是……傑生？」

「沒錯，」傑生看起來鬆了一口氣，「看來用不著自我介紹了。」

「但……系統對我命令有回應？什麼意思？我可以控制這裡的系統？」

「最高指揮系統沒有辦法，但開個門還是辦得到的。這是因為七年前在贏政的星艦上，那時我把倫納德的基因傳送到這裡，取代我成為最高管理者，只是沒想到第一個來的人會是妳。」

「七年前？那是……算了，」蕭璟還有滿腹的疑問，但她強迫自己把這些問題吞下去，因為眼前有更緊急的事情要處理，「我要上傳黑死瘟疫的解藥，需要用這艘星艦的發訊設備，你知道要怎麼做嗎？」

「當然，不過請先給我一小段時間，」傑生對蕭璟伸出手，過了一秒他便露出微笑說，「好了，我將妳和倫納德都寫入系統管理權限了，現在妳能使用這的一切設備。」

「這安全設定也太隨便了吧……」蕭璟對傑生這麼隨和的態度感到相當傻眼，他遠比倫納德所描述的要好講話太多了。

「妳要感到很幸運，我和贏政不同，我可是通情達理的人工智慧。」傑生對蕭璟說：「現在將妳的手放在面板上，用妳的精神下達指令。這部分需要妳自己處理，我被設定成和中央指揮系統部分是隔開來的。」

蕭璟將手放到面板上，但沒有任何感覺，不過面板卻出現了一道道漣漪，「呃，我要上傳解藥基因組？」

「接受指令。」蕭璟身旁突然冒出一台DNA掃描儀。

「原子結合力操縱技術，你們其實也有了初步的發展。」傑生對蕭璟說：「把解藥試管放進去。」

蕭璟遵照傑生的指示打開隔離箱，同時說道：「但我要同時上傳解藥到印法埃的奈米機器人上，需要怎麼做？」

「印法埃……」傑生眼睛抽動了一下，但很快就恢復了正常，「若是這樣，妳需要有相應的程式演算法和基因組電子序列，因為我也不知道他們用的是什麼轉換法。」

「在這。」蕭璟從口袋中拿出磁碟，「奈米機器人和解藥的基因組都在這。」

蕭璟一說完便出現了一道光束掃過她手上的磁碟，身旁浮現出「複製完成」的視窗。

「我幫妳檢查看看試管和妳轉換檔案的兩邊有沒有差異。」傑生閉上眼睛一會兒，然後對蕭璟露出讚嘆的表情，「哇，這麼複雜的序列，妳居然完全沒有出錯，以一名學工程的人來說，不得不對妳的實力感到佩服。」

「現在我該怎麼做？」蕭璟完全不理會傑生的恭維。

「現在妳需要啟動信號發送裝置，這艘星艦的發送裝置雖然沒有贏政的那麼強力，不過他當初在地球上設置的能量增幅裝置，和我的系統是通用的……妳知道我在說什麼嗎？」

「明白。」蕭璟點點頭，她想起七年前在台灣的磐石指揮部，泰勒斯博士講解全球的能量指標急劇上升的簡報。當她將手按上面板時，外頭忽然傳來一陣晃動，蕭璟不禁抬起頭來，「印法埃越來越接近了，我們得快點！」

「等等。」傑生忽然舉起手打斷蕭璟。

「我沒有時間……」
「你們的計劃有個漏洞。」傑生這句話讓蕭璟立刻停下動作。
「是什麼問題？」
「你們的解藥上傳後，若是奈米機器人的接收功能仍然存在，那就無法阻止其他人繼續上傳其他種類的病毒，所以妳必須在上傳後阻止奈米機器人接收新的指令。」
蕭璟從來沒想到這個問題，經傑生提醒才陡然想到：就算趕在世衛組織前上傳，只要無法阻止他們繼續上傳新的病毒，那自己等於是做了白工。「但我現在沒有足夠的時間編寫新的程式碼了……怎麼辦？」
「別擔心，根據妳提供的那兩道程式碼，已經讓我對機器人和基因轉換有一些了解，我會以這為基礎編寫出來，」傑生安撫蕭璟道，「但這需要一些時間，因為程式還有很多地方要推算一下。在這之前，麻煩妳幫忙準備信號發射裝置。」

98

美國　華盛頓特區　五角大廈

「全球信號發射設置地點準備的如何？」法蘭克問道。
「報告總統，比預計的時間提早，已經全數完成了。」
「好，提前將解藥上傳。」法蘭克把目光轉向雙木永萱，「把時間提前半小時，沒有問題吧？」
「應該是沒有，照目前的進度來看，隨時都可以啟動。」
「好，」法蘭克搓揉自己的雙手，「傳令下去：全球的解藥釋放提前半個小時。」
「沒問題，」技師低下頭輸入幾個指令，然後抬起頭來，「指令已傳達，時間修正完畢。」

螢幕上倒數的時間，消失了一下，然後轉變成「00:05:00」「00:04:59」……盯著跳動的紅色數字，雙木永萱的眼神也隨著它們的變化愈來愈熾熱。

99

希臘　科林斯

「集中火力，對準前方敵軍的主力裝甲部隊射擊！」

「填裝彈藥中，協助掩護！」

「右翼小心砲擊！」

「找尋掩護！」

挖掘基地外，蓋亞聯盟的駐軍和印法埃部隊之間戰況激烈。槍聲、爆炸聲震耳欲聾，在裝甲車和坦克的掩護下，印法埃的部隊緩步前進。

沃克在部隊的後方，透過前方傳回來的影像，對印法埃的攻擊不斷地做戰術上的調整，並試著和外界連繫。

「報告指揮官！已經聯絡上佛洛斯的駐防軍隊了，他們剛好移動到底比斯附近，現在正往我們這裡前進！」

「幹得好。」沃克握緊拳頭。前方靠近倫納德的防禦陣線忽然被炸出一個缺口，烈焰沖天，沃克倒吸一口氣，「我要去前面。」

不顧手下的阻止，沃克逕自跳上車急駛到前方，到達防禦陣線他便跳下車查看，所幸沒什麼傷亡。他在裝甲車後面找到劉秀澤和倫納德，他們兩人表情痛苦地坐在地上。劉秀澤一看到沃克，便問道：「情況如何？」

「援軍很快就會到，大家再撐一會兒，」沃克看著劉秀澤痛苦的樣子，「你還好嗎？」

「要對這麼大群人進行增強……」劉秀澤滿頭大汗地說，「很累，我從來沒做過這樣的事。不過還撐得住。」他看向身旁的倫納德，「他應該比我辛苦很多倍。」

沃克憂心的點點頭。

儘管外面的戰況有如驚濤駭浪，倫納德閉著眼，全然不為所動，甚至連剛才發生在身邊的爆炸都沒注意到。他的精神正在經歷的衝擊，比外面的戰火更加倍猛烈。

他緊閉著雙眼，將自己的精神力量推展到前所未有的強度。他感覺自己在印法埃的軍隊中往來穿梭，對所有人的精神進行干涉，只要一有人顯露出破綻就立刻擾動。與之同時，江少白也使用精神力量來抵消倫納德放出的每一次干涉。此外，他們兩人更進行了多次的精神力量的對戰。雙方的攻防除了比強度外，還要看彼此的速度和精確度，而江少白在這方面的能力遠遠超越倫納德。在雙方勢均力敵的情況下，只要誰的專注力一不集中就可能陷入精神永恆受創的慘狀。如果沒有劉秀澤幫忙分攤防禦的部分，倫納德可能早就支撐不住了。

然而，如此激烈的隔空交戰卻突然中斷了。倫納德睜開眼睛，不住地喘氣，這次的對決耗盡了他的力量，但這並不是他停下來原因。

他抬起頭看向遠方印法埃的陣地，喃喃地說：「有人來了。」

100

和倫納德的這場對峙，讓江少白感到相當震驚。

這是他頭一次親身感受到倫納德的力量。雖然曾聽混沌描述過，但實際經歷後才發現遠超自己的想像，好幾次差點敗下陣來，完全是憑著意志力苦撐才沒有被擊垮。

然而，他並沒有沈浸在這樣的震驚中太久。

他回頭望向讓自己與倫納德交戰中斷的源頭——一架直升機正在後方緩緩降落。

「馬上載我到那架直升機那裡去。」江少白咬牙切齒的怒道，「我要見見這該死的混蛋。」

他一抵達直升機降落的地點時，混沌正好從機上跳了下來，並對江少白露出微笑，「總司令閣下。」

江少白一看見他那如黑曜岩般稜角分明的面孔，一股怒意頓時湧上心頭。「你這傢伙，我要你留在中國，掃除反對勢力並回報生力軍狀況，你一件事都沒辦到，現在又給我出現在這裡？這裡是戰場，不是你的遊樂園！」

「時間緊迫，你很快就會知道我來的原因，」混沌指著後方的直升機，「你先上來，我們在上頭說。」

江少白感到相當不悅，但他看混沌的樣子不像在開玩笑，他回頭交代了一下便和混沌一起登上直升機。

「現在，可以告訴我你來的目的了嗎？」江少白在直昇機起飛不久後說道：「搶奪星艦的行動才進行到一半，倫納德和另一個精神能力者還在對面，我不能離開太久。」

「這麼說，你已經見過蕭璟了？」混沌沒有理會江少白的話，而是緊緊盯著他看。

江少白被這個問題惹得心裡一陣慌亂，他恨恨地瞪著混沌，「是又怎樣？我很清楚我們的任務，現在倫納德、蕭璟和星艦全部都在，我們可以將他們一網打盡。」

混沌沒有錯過江少白回答時內心的悸動，他對江少白瞇起眼睛，「我做了那麼多，就是希望把你從中拯救出來……現在你的反應證明了我的觀點。」

「我警告你，你要是敢再動蕭璟一根汗毛，我一定會親手殺了你！」江少白聽出混沌話中的意思，氣憤地威脅道：「你之前做的一切我就算了，但等我們行動成功之後，她和倫納德都會被抓，母星要倫納德的目的是什麼我不在意，但蕭璟——你離她遠一點！」

「你這樣說只會加強剷除掉她的必要性。」混沌冷笑道。

「我們走著瞧。」江少白站起身來，「機師，返回地面！」

「不。」混沌搖了搖頭，「你以為我帶你上來只是為了單純的聊天？這些話我之後隨時都可以跟你講，沒必要趕在這個時候。等等，我是另有目的。」

江少白往窗外看去，這才注意到自己此刻所在的位置。

直升機已經爬升到大約五千公尺的高度，並且越過了蓋亞聯盟的防禦陣線，到達了星艦挖掘基地的正上方。從這望下去，可以看到下方的深坑。

「你瘋了嗎？要是軍隊用刺針飛彈或直接用坦克瞄準，我們會直接墜毀下去！」

「這架直升機配備印法埃軍火科技部門最新研發的反導系統，還搭配可見光迴射功能，他們沒那麼容易鎖定我們。而且為了真主偉大的計劃，有必要冒這個風險。」

「你在說什麼？我們很快就可以拿下這座基地了！」

「到那時就太遲了，」混沌站起身來，走到武器庫拿出一把狙擊步槍，「世衛的第二代黑死病毒還有幾分鐘就要上傳，要是蕭環成功趕在他們之前釋放解藥，那組織的努力就會前功盡棄。」

「那要怎麼做？」江少白問道：「放出高功率波頻覆蓋這裡嗎？」

「你們的發射器絕對無法蓋掉乙太星艦的。」混沌調整了一下瞄準鏡，「因此，唯一的方法是毀掉那架星艦。」

「毀掉？」江少白瞪大了眼睛，「印法埃費了多大的心力搶奪星艦，怎麼可以毀掉它？而且你要怎麼做？地球上的武器完全傷不了贏政的星艦，甚至連痕跡都不會留下。」

混沌舉起手上的狙擊步槍，「這裡面，裝著世上唯一一顆反物質子彈，彈殼是用『地鼠』的原始金屬製造，具有超高電磁場控制功能，可以直接追蹤地底星艦的目標。並且在爆炸時會將外殼金屬粒子，透過將電子向外排出而產生對內的超強斥力，限縮爆炸規模。」

「你瘋了嗎？」江少白憤怒地抓著混沌的衣領，「這會把整個洞穴炸坍！星艦永遠挖掘不出來！」

「那確實很可惜，但為了遠大的未來不得不這樣做。」混沌甩開江少白的壓制，將機門敞開一半，外頭的風立刻吹了進來，將混沌的衣服吹得劈啪作響。

「再等等……也許……也許我可以派遣空投部隊直接拿下星艦挖掘基地。」江少白才剛和倫納德對峙完，此刻面對混沌精神力量的壓制幾乎無法反擊。

「我之所以讓你來親眼見證，就是要你從此擺脫那女人的箝制，專心一意在乙太交託給你的任務上！」混沌把槍口對準底下的洞口，並把手放到扳機上。

「給我住手，你這瘋子！」江少白對混沌怒吼，他奮力突破混沌的壓制，跳起身來把他推到在地，兩人在地上打成一團，前方的機師嚇得連頭都不敢回。

「你失去理智了！」混沌把江少白從身上推開，然後迅速撿起步槍，但江少白卻緊抓著他的手不讓他瞄準，兩人彼此瞪視著對方。

深坑底下忽然傳來很大的震動聲，在混沌和江少白的注視下，底下的星艦發出一道強烈的光芒，讓人無法逼視。接著，一道無形的高功率電波，以光速將黑死瘟疫的解藥在瞬間傳遍世界。

101

【ＢＢＣ即時新聞】

黑死瘟疫出現曙光，超能力者事件曝光

黑死瘟疫爆發已經進入第八十七天，根據世界衛生組織（ＷＨＯ）的統計，全球因瘟疫死亡的人數已經上升到了二十八億人，其中有三十八國元首喪命，多國政府完全崩解。而在這場人類與黑死病毒幾近絕望的抗戰中，終於出現了勝利的曙光。

就在一個小時前，ＢＢＣ和全球多個單位都接獲重要消息：所有感染黑死瘟疫的患者，他們的病況已經開始出現好轉，許多瀕臨死亡的患者也開始穩定下來。醫療專家將這現象稱為奇蹟。

隨後WHO和蓋亞聯盟理事會（LGC）召開記者會，揭曉了謎底。根據法蘭克總統的說明，此次終結瘟疫的英雄，是WHO傳染病專家雙木永萱所領導的解藥開發團隊，在他們不眠不休的努力下，於稍早完成了解藥的開發，並於今日將解藥透過生物奈米技術傳播到全世界受染者體內。

「這是團隊功勞，未來還有很長的路要走。」對於媒體採訪，主導開發出解藥的雙木永萱謙虛地回應，並且立刻回到WHO中展開後續的疫情追蹤。

然而在全球為疫情的終結歡欣鼓舞時，LGC同時也揭露了一項令人恐懼的機密資訊：根據WHO的研究發現，部分黑死病毒免疫者具有精神操縱力量的超能力。根據LGC的說法，這場瘟疫極可能是印法埃集團為了篩選出具有此種能力者而設計出來的，而印法埃集團之所以在瘟疫爆發後，便得以迅速的擴張在世界各地的勢力，也是由於掌握了這些精神操縱能力者的緣故。

這個消息一出，造成了許多民眾的恐慌，擔心自己淪為思想控制下的犧牲品。對於LGC提出的指控，印法埃集團尚未做出任何回應，唯一可以確定的是，在疫情解除之後，印法埃對世界各國的掌控已逐漸縮小。

儘管目前瘟疫的威脅已經逐步解除，但未來世界仍將無可避免地陷入長期的動亂。印法埃的超能者事件真相也存有諸多疑慮。LGC再次向全球呼籲，當前仍不可以放鬆戒備，各國領導人要捐棄己見、團結一致，重建國際秩序以對抗印法埃集團。

BBC也將持續為各位更新黑死瘟疫後續消息，及世界最新的局勢變化。

102

（三小時前）

江少白步履蹣跚地從直昇機走了下來。

他身上的軍裝被扯得破損不堪，手掌的傷口緩緩地流出鮮血，一反開戰前自信挺拔的模樣。周邊的部屬全都一臉驚恐和疑惑的看著他，但他完全沒有注意到他們，也沒聽到雙方交戰的砲火聲。他的意識還停留在直昇機上和混沌爭執的情況。

在地下星艦放射出光芒那刻，他還沒意識到創世疫苗已經失效了，他心中只想著要阻止混沌對星艦的進一步攻擊，奮不顧身從混沌手中奪過狙擊步槍並用槍托不斷往他身上揮打。儘管混沌企圖用精神力量阻止江少白，卻沒有任何作用。江少白發瘋似地毆打混沌，直到他失去意識為止。江少白靠著牆面大口喘氣，並要機師載他們返回地面。

回程中，他一直緊盯著昏厥的混沌，心中想著對講機中蕭璟的聲音。自從他認出蕭璟後，許多早被塵封遺忘的回憶便開始一點一滴的浮現。原本兩次認定失去的人，又再次出現在自己身邊，一向堅毅果決的他如今的眼神充滿了迷惘，他不曉得面對現在這樣的局勢和身分，自己該如何自處。許多過去的片段在眼前閃過：要是他當初沒有加入印法埃、要是他當初繼續留在西安……

「江少白總司令！」軍官在他面前焦急的叫喊把他的意識拉回現實。

「怎麼了？」他抬起茫然的目光，這才注意到眼前的局勢。

原本整齊前進的部隊陣形已經被打亂，只能憑藉著裝甲車的掩護苦撐著。而另一頭不知道從什麼時候開始，一支蓋亞聯盟的裝甲戰隊在直升機的掩護下迅速挺近。印法埃部隊在蓋亞聯盟的壓制下節節敗退，更遑論奪下對方的防禦陣地了。

才離開半個小時，就產生如此巨大的變化，江少白澈底驚醒。

他握緊雙拳，打算施展精神力量重新恢復部隊的鬥志，但他發現自己竟完全失去力量。接連和倫納德及混沌的對戰，讓他精疲力竭，而此時部隊的戰鬥意志已經被倫納德瓦解，他知道到一切已經不可能挽回了。

「總司令，現在怎麼辦？」

江少白咬緊牙關，如果純粹比較軍事實力，即便蓋亞聯盟有了援軍，印法埃仍在其之上。但軍隊在失去自己的精神能力支持後，軍心完全被倫納德的精神力量給動搖，反觀蓋亞聯盟卻志氣高昂的強力回擊。若此時再持續硬碰硬只會徒增無謂犧牲。

「先將部隊撤回艦隊上，並聯繫伊茲密爾的部隊立刻前來支援。」江少白強迫自己恢復專注力冷靜下達指令。

傳令兵才離開，一名軍官就一臉緊張的跑過來。

「沒什麼重要的事就晚點再說。」江少白神色疲倦的對軍官揮揮手，「我現在還有很多事……」

「總司令，委員會來電，說創世疫苗遭到重創，請您立刻返回指揮艦隊。」

「什麼？」江少白猛然轉頭看向那軍官，「你立刻回覆他們，現在這裡軍情緊急，我……」

「很抱歉。梁祐任副主席表示完全理解現在的狀況，並表明這是委員會全體達成的共識，要在審判號召開緊急集會。」軍官緊張的說：「另外委員會已經派遣專機在土耳其等您，要載您前往審判號。您不需帶部下同行，這裡的戰況也會由委員會指派其他人接手……」

江少白瞪著一臉驚恐的軍官，但他很快就垂下目光。委員會下達這樣的指令意思已經很清楚了，如果繼續待在這裡別說被蓋亞聯盟擊退，甚至可能在那之前就被自家人給殲滅了。

「我明白了，告訴副主席，我現在就動身。」江少白轉頭看向後方星艦挖掘深坑，那裡還存留著倫納德強大的精神力場和蕭璟的氣息，他眼神混雜著憤怒、挫折、惋惜還有莫名的悔恨。他深深的嘆了口氣，身為印法埃總司令這麼久以來，第一次感受到如此的挫敗和無能。

「走吧。」江少白恢復一如過往的冰冷聲音，轉身快步離開。

103

希臘　科林斯　乙太星艦

「不管看幾次還是覺得很驚人。」安潔莉娜看著傑生星艦內部的格局，難以置信的說。

「是吧？」蕭璟露出得意的笑容，她看著倫納德，「七年前你搶先我一步進到嬴政在西安的星艦，這次終於輪到我先了。」

「這種體驗很有趣吧？而且妳的狀況比我好多了。當時我在星艦裡被嚇得半死，差點精神崩潰。」倫納德對蕭璟笑道。

「我原本還想和倫尼吐槽妳坐流籠時驚慌的樣子，結果剛才作戰時看了他的狀況……妳和他相處一定很累吧。」安潔莉娜對蕭璟做出同情的表情。

蕭璟點點頭，「是啊，現在的男生一點都不靠譜，我們要自立自強。」

「拜託，那完全是意外，我當時靠著壁面……」

他們三人同時大笑了出來。在這毫無壓力、歡笑的氣氛當中，蕭璟腦中不禁想著，也許，她和安潔莉娜會成為很好的朋友。

倫納德看著空無一物的星艦內部，露出迷惘的表情，「希望我能夠再和傑生見一次面，我有很多事情想要問他。」

「嗯，我也是。」蕭璟點了點頭，在成功發射解藥信號後，傑生對她露出一抹神祕的微笑，並說自己要離開一陣子，讓她帶其他人好好的探索星艦內部，然後就消失了。「現在我們已經來到這裡，以後還有很多時間可以問他。」

「是啊，對於乙太還有贏政後代……真的有很多疑問。」倫納德手指輕輕撫過裝著救贖派畫作的金屬圓筒。

蕭璟默默地頷首。她注意到劉秀澤一直靜靜的看著那漂浮的主控版，便向他走去，「你怎麼了？」

劉秀澤搖了搖頭，「妳知道，進入這艘星艦是我們救贖派長久以來的夢想，沒想到我居然成為了第一個進來的人……游弘宇先生一定很想親眼見到這一幕。」

蕭璟和倫納德看了彼此一眼，「游弘宇和陳珮瑄都說會利用自己的方式離開，不知道他們現在如何了。」蕭璟露出擔心的表情，她沒有忘記自己能活著來到這裡，完全是托了他們夫妻二人的福。

「等這裡的事情告一段落，我們再設法找尋他們。」倫納德搭著她的肩膀說道。

頭頂的艙門再次打開，沃克正從上頭爬下來，倫納德趕忙上前去扶著父親。

「我已經和上頭聯絡過了。」沃克一下來立刻開口說道，眾人全部嚴肅的看著他，「多虧了底比斯的援軍和解藥的即時上傳，印法埃艦隊也已經退回到土耳其，我們趁這段時間盡快將星艦搬到地面上。」

「世界衛生組織怎麼說？」蕭璟焦急地問。

「那群沒有腦的傢伙……」沃克搖了搖頭，露出一臉嫌惡的表情，他把平板拿給他們，「你們自己看。」

眾人圍在平板旁，上頭是世衛的聲明，內文隻字未提科林斯部隊的浴血抵抗和蕭璟等人成功製作解藥。安潔莉娜發出了不屑的笑聲，「世衛功勞？團隊合作？他們還真敢說啊！全世界的人差點被他們害死，還有臉說這種話？」

「也就是說雙木永萱現在仍然掌管著世衛，對嗎？」倫納德問道。

「沒錯，你們斷絕病毒的同時，也斷絕了揭露雙木真面目的機會。她現在更是位居蓋亞聯盟核心，準備全面推動『普紐瑪』精神部隊籌建計畫。」

「天啊，真是一場惡夢……真不知道蓋亞聯盟在想什麼。」倫納德厭惡的說。

「我正在準備資料之後會上交給蓋亞聯盟，一定要揭發雙木永萱的真面目。」沃克看向蕭璟，「另外還有一件事，根據情報，江少白已經離開土耳其前往他們的總部，還有好幾位印法埃的委員也紛紛離開他們的所在地，看來他們高層即將要召開一場會議。」

「印法埃的實力絕對不只如此，在遭遇這種挫折後，他們的反撲可能會非常可怕。」倫納德面色嚴肅的說，「尤其在和江少白對峙之後……我非常確信這一點。」

蕭璟垂下眼神，她並沒有忘記在印法埃軍隊攻擊科林斯時，和江少白那短暫的對話。那瞬間的他，彷彿心中充滿了矛盾，不曉得要如何面對這個以為已經死去的青梅竹馬。而且不知道為什麼，她有種感覺，這次解藥之所以能順利上傳，一定和江少白有關。

「你們很快會再遇到江少白，好好想想該如何面對他。蕭璟，尤其是妳。」這是游弘宇在分別時對他們說的話。這段話讓蕭璟感到非常的混亂，她仍舊不清楚該怎麼做，在與江少白對話後更加深她的混亂，她甚至不敢跟倫納德說。

「璟，沒關係的，不管怎麼樣都由我們一起去面對。」彷彿會讀心般，倫納德握住她的手溫言說道。

「是啊，我們辦得到。」蕭璟挺起胸膛，露出準備迎向一切挑戰的堅毅神情。

「沒錯，雖然還有很多問題要解決，但那也是之後的事。」沃克微笑著說，臉上僵硬的表情終於舒展開來，「現在，在上面所有的官兵正等著你們，今天大家就一起好好的慶祝一番。」

尾聲

中國　貴州　平塘縣克度鎮大窩凼窪地　FAST（天眼）

位於中國貴州的天文望遠鏡FAST，官方全名為「500公尺口徑球面電波望遠鏡」（Five-hundred-meter Aperture Spherical Radio Telescope, FAST），因其具備世界最大單口徑和最高靈敏度，被世界認為是天文探測的頂級望遠鏡，更被世人譽為可看到宇宙最深處的「天眼」。

天眼架設在當地巨大的喀斯特天坑上，它由4500塊反射面板組成，具備著主動接收電磁波的功能。其核心技術，在於由近萬根鋼索建構出精密的支撐鎖網及特別定位夾具，使得這些面板透過電腦的精細控制，可以隨著天體方位變化而自動變形，將球面鏡同步轉為拋面鏡，增加觀測範圍，並精準地將所有的電磁波匯聚到接收電波的焦點位置：饋源艙。

饋源艙並非是一個單純地接收裝置，而是一個可以讓工作人員進入操作的艙房，內部具備精密的接收裝備和調整天眼角度的設備，宛若這巨大的望遠鏡的視網膜。

這麼重要的科研機構，全天候都會有人員監視一切數據和狀態。然而在瘟疫爆發後，這裡的工作人員幾乎都被送往隔離營。由於印法埃迅速的佔領中國南方各省——貴州當然也沒有例外——這裡幾乎成了空城。

現在疫情緩和了下來，之前的工作人員也陸續重返崗位，但人手還是嚴重不足。

「妳還待在這啊？」羅弘俊進入了饋源艙中，看到之前一起在這工作的信號監測人員倪瑩，不禁訝異的說道。

「前幾天剛回來。你呢，居然還活著啊？」倪瑩對著羅弘俊笑道，說完兩人便激動的抱在一起。他們是物理研究所的同學，後來又一起在天眼工作，但在瘟疫爆發後就再也沒見過對方。如今，在親友幾乎都離散的情況下，還能再見到認識的人，讓他們覺得恍如隔世。

「是啊……但也只剩我了。」羅弘俊嘆了一口氣，「瘟疫解除後，也不曉得要去哪裡，印法埃也停止供給糧食，我就想說回到熟悉的地方看看……」他一臉懷念的看著饋源艙中的一切，「這些儀器怎麼還那麼乾淨？」

「當然是我清理的，」倪瑩搖搖頭，「本來這裡全都蓋滿灰塵。而且我還把設定回復到接收模式，看著那閃爍的綠光，還有顯示器上緩緩移動的安靜波形……有種一切都還和過去一樣的感覺。」

「但一切都不一樣了。」

「是啊……都不一樣了。」兩人相對無語的沉默著。

「等等……你剛才說閃爍的綠光？」羅弘俊忽然盯著倪瑩身後某個光點疑惑道。

「沒錯，平常閒置在接收狀態就這樣。怎樣？你不是也在這待過？這麼快就忘了？」

「不是……妳自己看。」羅弘俊指著倪瑩背後的儀器。她轉頭一看，頓時瞪大了眼睛。此刻接受器正不斷閃爍著紅光，顯示器上的波形也不再是毫無規律的隨機低幅度起伏，而是出現詭異的波動。

倪瑩立刻衝到主機終端前，手指顫抖著輸入一連串指令，然後不可置信的說，「天啊……這是一個被調整過的電磁波段！」

「拜託，瘟疫才剛剛結束。不要又像七年前一樣，人類自以為是什麼新發現，結果卻是一個啟動外星戰艦的指令。」羅弘俊發出哀號聲。

「不……」倪瑩盯著螢幕，以近乎耳語的聲音喃喃說道：「這次是個真正的訊息。」

（天啟II‧始皇印記　完）

致謝

相較於第一集，本書能夠完成所需要感謝的人更加的多。

本書能夠成功出版，首先必須感謝秀威資訊出版社的編輯喬齊安先生協助我校正文章的疏漏之處；其次，是繪製封面的楊廣榕先生，您所設計的封面將書中所蘊含的歷史謎團及未來科技的意境給完美地呈現出來；再者，是感謝拍攝本書作者照的專業攝影師盧禮綜，謝謝你為本書和我拍出這麼完美的相片。感謝你們的付出和幫助，讓本書可以順利上市！

感謝熱心為本書推薦的諸多推薦人們：張善政先生、李惟陽先生、甄偉健先生和黃致錕先生，你們所寫的每一句推薦讚美的話，都給了我莫大的激勵，也讓本書增添更多色彩。也十分感謝願意具名推薦的上官鼎先生、郭守正先生、林宜澐先生和游弘宇先生，對於我這個經驗淺薄作家來說，您們願意推薦是莫大的鼓勵。

在書籍專業知識上，由於本書包含了超越第一集的大量專業科學知識，單靠我一人絕對難以透徹了解，感謝張善政先生和葉丙成先生協助我找尋專家協助校訂文章。書籍中關於醫學生物科技部分的知識上，有賴於鄭嘉良教授的協助校訂，而關於書中所出現的量子電腦和相關資訊領域的技術問題，則是感謝許明修教授所給予的幫助。您們二位豐富的知識和專業，讓本書知識的重量大為增加，也使得了書中所描述的知識更加貼近現實！如尚有任何不符現實的部分，純屬我個人的不足。

特別感謝從四年前就一直和我一同架構本書的摯友游弘宇，你和我日以繼夜的和我討論、架構書中的劇情，是你讓我明白「學生能做到的，絕對遠遠超過大人們的想像」這一道理，你是本書能夠完成最大的功臣，你作為如此年輕的青年實踐家，我期許你未來能夠在更廣的領域中發光發熱；謝謝遠在加拿大的摯友鍾允恩，你強大的語文能力提供了我所有的外文問題的協助，對本書給出了巨大的貢獻，願你未來醫學的路上，能繼續互相鼓舞；我也十分感謝在長庚的好同學陳珮瑄，書中妳所繪製的插畫非常的精美專業，妳一直以來認真負責的態度總讓我十分欽佩，相信妳未來必然可以成為設計領域中的佼佼者。

謝謝高中陪伴我三年的花中數資班同學們，你們對我的支持及情誼讓我十分的感動，本書蘊藏著滿滿的與你們之間的回憶，你們每一個人不論知曉與否，都一同參與了本書的撰寫。希望所有人在未來都能找到屬於自己的方向並有所成就，也希望你們在看此書時能夠憶起所有屬於我們班級之間的回憶！

謝謝愛我的家人們。你們總是支持我想做的事情，你們的愛和信任是《天啟》續集得以完成的重大功臣。

最後，感謝上帝，感謝祢一路的帶領，讓我能夠在面對生命中諸多選擇和迷惘的時候，能憑藉著對祢的信心跨越一切挑戰。

釀冒險33　PG2255

天啟II：
始皇印記

作　　者　江宗凡
責任編輯　喬齊安
圖文排版　林宛榆
封面設計　楊廣榕

出版策劃　釀出版
製作發行　秀威資訊科技股份有限公司
114 台北市內湖區瑞光路76巷65號1樓
電話：+886-2-2796-3638　傳真：+886-2-2796-1377
服務信箱：service@showwe.com.tw
http://www.showwe.com.tw
郵政劃撥　19563868　戶名：秀威資訊科技股份有限公司
展售門市　國家書店【松江門市】
104 台北市中山區松江路209號1樓
電話：+886-2-2518-0207　傳真：+886-2-2518-0778
網路訂購　秀威網路書店：https://store.showwe.tw
國家網路書店：https://www.govbooks.com.tw
法律顧問　毛國樑　律師
總 經 銷　聯合發行股份有限公司
231新北市新店區寶橋路235巷6弄6號4F
電話：+886-2-2917-8022　傳真：+886-2-2915-6275

出版日期　2019年7月　BOD一版
定　　價　480元

Printed in Taiwan

國家圖書館出版品預行編目

天啟. II：始皇印記 / 江宗凡著. -- 一版. -- 臺北市：釀出版, 2019.07
面； 公分. -- (釀冒險；33)
BOD版
ISBN 978-986-445-332-0(平裝)

863.57 108007769

讀者回函卡

感謝您購買本書，為提升服務品質，請填妥以下資料，將讀者回函卡直接寄回或傳真本公司，收到您的寶貴意見後，我們會收藏記錄及檢討，謝謝！

如您需要了解本公司最新出版書目、購書優惠或企劃活動，歡迎您上網查詢或下載相關資料：http:// www.showwe.com.tw

您購買的書名：______________________________

出生日期：________年________月________日

學歷：□高中（含）以下　□大專　□研究所（含）以上

職業：□製造業　□金融業　□資訊業　□軍警　□傳播業　□自由業

□服務業　□公務員　□教職　□學生　□家管　□其它_____

購書地點：□網路書店　□實體書店　□書展　□郵購　□贈閱　□其他

您從何得知本書的消息？

□網路書店　□實體書店　□網路搜尋　□電子報　□書訊　□雜誌

□傳播媒體　□親友推薦　□網站推薦　□部落格　□其他__________

您對本書的評價：（請填代號　1.非常滿意　2.滿意　3.尚可　4.再改進）

封面設計____　版面編排____　內容____　文／譯筆____　價格____

讀完書後您覺得：

□很有收穫　□有收穫　□收穫不多　□沒收穫

對我們的建議：______________________________

____

____

____

請貼
郵票

11466
台北市內湖區瑞光路 76 巷 65 號 1 樓
秀威資訊科技股份有限公司 收
BOD 數位出版事業部

（請沿線對折寄回，謝謝！）

姓　　名：________________　年齡：________　性別：□女　□男

郵遞區號：□□□□□

地　　址：________________________________

聯絡電話：(日)________________　(夜)________________

E-mail：________________________________